이효석문학상 수상작품집 2025

이 효 석
문 학 상
수 상 작 품 집
2 0 2 5

───────────────────────────
───────────────────────────

제 2 6 회
대 상 수 상 작
사 과 와 링 고
이 희 주

차례

대상 수상작

6 　사과와 링고 이희주

　　수상작가 자선작

　54 　사랑, 기억하고 있습니까

　수상소감

97 　출발에 앞서

　작품론

101 　'미래의 소유'를 빼앗기 : 이희주론 최가은

　인터뷰

123 　사랑과 고립 너머, '우리'라는 착시 김유태

우수작품상 수상작

148 너는 별을 보자며 김경욱

178 삽 김남숙

220 빈티지 엽서 김혜진

248 옮겨붙은 소망 이미상

282 우리의 적들이 산을 오를 때 함윤이

기수상작가 자선작

318 자연의 이치 손보미

심사평

379 삶은 자주 날것으로, 때로는 세공된 별처럼

387 이효석 작가 연보

제26회 이효석문학상

수상작

대상

상상작

2016년 문학동네 대학소설상을 통해 소설을 발표하기 시작했다. 연작소설 『사랑의 세계』, 장편소설 『환상통』 『성소년』 『나의 천사』 등이 있다. 제16회 젊은작가상을 수상했다.

사과와 링고
이희주

죽었다는 연락만 기다리고 있었다. 사야에 대해 기다리고 있던 소식은 그것뿐이었다는 걸 사라는 깨달았다. 점심을 먹고 있는데 휴대전화가 떨렸다. 밝아진 화면 위로 마지막 메시지만 보였다.
―정말 미안해. 언니도 어려운 거 아는데…….
그 뒤는 잘려 보이지 않았다. 그것만으로 무슨 소리인지 알았다. 입맛이 뚝 떨어졌다. 분노가 확 치밀어 저도 모르게 숟가락을 탁 내려놓았다. 구내식당 천장의 형광등을 보다 미간을 때렸다. 삐져나오려는 것을 집어넣듯, 물 한 방울이 바위를 뚫는 느낌으로 똑똑 내리치는 건 화를 참는 사라의 방법이었다.

짧은 명상을 마치자 호흡이 가라앉았다. 분노도, 무엇도 없는 무심한 표정으로 사라는 점심밥을 바라보았다. 담는 순간 식는 식판 위의 만찬. 메뉴는 쌀밥, 떡국, 맛살과 미역초무침, 매운 닭볶음, 배추김치. '만찬'이라는 말에 어울리지 않을지 몰라도, 사라는 정말 그렇게 생각했다. 남이 영양 밸런스까지 맞춰 차려주고 마음껏 떠먹을 수 있는 밥이 흔한가? 누군가는 찐쌀이라 퍽퍽하다느니 뭘 먹어도 같은 맛이라느니 배부른 소리를 했지만 사라는 지겹지 않았다. 질릴 줄 몰랐다. 원래 그랬다. 인내심이 강한 게 아니라 아무 생각이 안 들었다. 한없이 연장만 되는 비정규직에 머무는 것도 이 성격 때문이다. 그걸 알아도 바꿀 수 없었다. 바꿀 의욕이 안 났다. 그런 건 타고난 거니까. 잡곡밥이 나왔다면 더 좋았겠지만.

5500원. 오늘의 만찬은 5500원이다. 남길 생각은 당연히 없어 꾸역꾸역 긁어 삼켰다. 식판을 반납하고 벽시계를 보았다. 12시 25분. 점심시간이 끝나는 1시까지는 아직 여유가 있었다. 사라는 좀 걷기로 했다. 날이 더워 금세 겨드랑이에 땀이 배어 나왔다. 그래도 밖에 나오니 숨통이 트였다. 길을 걷는 사람들 손엔 아이스 아메리카노가 한 잔씩 들려 있었다. 그걸 보자 목이 말랐지만 참았다. 1500원 아껴서 뭐 해, 그런 생각에도 몸에 밴 습관 탓에 쉬이 지갑이 열리지 않았다. 이것도 타고난 거. 환갑이 넘은 엄마도 밖에서는 커피 한 잔 사 먹지 않는다.

5분을 남기고 회사 앞으로 돌아왔다. 휴대전화를 꺼내 메신저를 눌렀다. 내용은 예상했던 대로였다. 언니. 진짜 내가 언니한테만은 말 안 하고 싶었는데, 언니가 아니면 말할 데가 없어. 나 지금 가스도 끊기고……. 결론을 말하면 빚을 갚아야 하니 1500만 원을 빌려달라는 얘기였다. 관지놀이가 징 하고 울렸다. 소리를 버럭 지르고 싶었다. 야, 양사야. 너 이러는 게 한두 번이야? 어? 한두 번이냐고. 올해 초에 500만 원 빌려간 거 꼴랑 100만 원 갚고 그런 소리가 나와? 그 말을 구깃구깃 접어 잘 삼켰다. 차라리 줄 사람이 자기밖에 없는 게 다행이라고 애써 생각했다. 만일 엄마한테 돈이 있었다면, 그래서 엄마가 '빌려'줬다면 그 돈은 뜨거운 물에 부은 설탕처럼 순식간에 녹아 사라졌을 것이다. 사야는 그런 애니까. 가족들 지갑에 손을 대고도 거꾸로 성질을 부리는 아이. 어린 시절부터 줄곧 그랬다. 가족을 미친 서울 집값을 감당하기 위해 모여 사는 타인이라고 생각하는 사라와는 달리, 사야는 가족을 정말 '하나'라고 생각했다. 그러니까 가족의 돈도 자기 돈. '훔쳤다'는 말은 결코 성립하지 않았다. 이 논지를 반박할 수도 없었다. 사야의 말이 꾀를 부리기 위함이 아니었기 때문이다.

 실제로 아빠가 살아 있던 어느 해 가족 모두 사야에게 이끌려 초밥집에 간 적이 있다. 이십대 초반 여자애가 맛집이라고 찾은 가게는, 누군가의 눈엔 접시가 돌아가는 싸구려 식당일지 몰라도 네 식구에겐 드문 외식 자리였다. 돈 때문에도 그렇고, 애초에 넷은 식구라는 말의 어원이 무색하게 밥을 함께 먹는 게 어색한 사이였다. 바 좌석에 나란히 앉아 눈만 도록도록 굴리는 셋에게 사야는 어처구니없이 달착지근한 데리야키소스를 끼얹은 찐 붕장어초밥이나 고무처럼 질긴 활어회초밥을 내밀었다. 이거 먹어봐. 이것도. 그 흐뭇한 얼굴. 한 접시에 4000원밖에 안 하고, 동시에 4000원이나 하는 식사를 하며 사라는 자신보다 사야가 가족을 훨씬 위한다고 생각했다. 물론 그때도 이런 거 사줄 바에 등록금 명목으로 타간 돈이나 갚으라고 말하고 싶었지만, 어쨌든 철없는 막내딸이 가족을 위해 무언가를 한다는 건 멋진 일이었다. 비록 그게 생색에 그치는 일이라도.

내일 은행에 들르고서 다시 연락하겠다고 짧은 답장을 보낸 뒤 사무실에 들어갔다. 다들 미친 건가? 점심시간에 일을 하고. 분명 12시에 새로고침을 하고 딱 한 시간 자리를 비웠을 뿐인데 거래처에서 보낸 메일이 쌓여 있었다. 쳐내고 한숨 돌리니 벌써 4시였다. 허리가 아팠다. 화장실에 가는 척 자리를 비웠다. 휴대전화를 꺼내니 아니나 다를까 엄마에게서 메시지가 와 있었다.

―사라. 사야한테 얘기 들었어. 미얀. 엄마 자식이니까 엄마가 해줬어야 하는데.

―사야가 이번이 마지막이래.

―엄마도 꼭 갚으라고 할게.

(사랑해유~ 라고 붉은색 글씨로 쓰인 플래카드를 든 소녀 이모티콘. 사야가 사줬다. 걘 이런 걸 잘 샀다.)

―많이 바쁘니?

―저녁에 오랜만에 삼겹살 먹을까?

―덥잖아. 잘 챙겨 먹어야지.

그리고 다시 사야가 사준 이모티콘. 가히 후지다고 해도 좋을 촌스러운 미감의 소녀가 눈을 반짝이며 사라에게 힘내요! 라고 말했다. 사리는 관자놀이를 문질렀다. 잠시 메신저의 발명에, 구겨진 얼굴을 숨길 수 있는 것에 감사했다. 눈치 보는 엄마에게 똑같이 괜찮은 척 웃어줄 기력이 없었다. 좆 되면 좆 된 대로 그냥 좆 됐구나, 하고 사는 것이 편했다. 1500만 원을 수챗구멍에 부었는데 1만 5000원짜리 삼겹살을 먹는다고 괜찮아지나? 아니잖아. 그러니까 그냥 살자, 엄마. 어? 서로 애쓰지 말고. 나 그럴 기력 없어. 진짜 피곤해…….

그런 말 대신 오늘 늦어, 라고 짧게 답장을 보냈다. 너무 무뚝뚝한 거 같아 어금니를 꽉 깨물고 '엄마 먼저 저녁 드세요. (하트)'라고 이모티콘도 덧붙였다. 무뚝뚝하게 굴고 싶은 건 사실이었는데 그랬다. 어쩐지 엄마를 속이는 기분이 들었다. 거래처 사람을 대하듯 거짓 친절을 베푸는 게 나은지, '가족끼리'니 솔직하게 구는 게 나은지 알 수 없었다. 양심에 덜 찔리는 건지 더 찔리는 건지 헷갈렸다. 가시가 박힌 듯 따끔따끔하다는 것만 모호하지 않고 확실해서 조그만 통증처럼 거슬렸다.

자리에 돌아오고 나서도 계속 '마지막'이라는 말이 맴돌았다. 결코 진짜가 아닐 그 말. 문득 불발된 몇 건의 지구 종말이 떠올랐다. 사라가 아는 것만 세 번은 있었다. 1992년 휴거 대소동, 1999년 노스트라다무스의 세기말 종말론, 또…….

"와, 또 쏟아지네."

맞은편 선임의 말은 쏴 하는 무서운 빗소리에 묻혔다. 번쩍, 하고 빛이 난 뒤 우르릉 울리는 천둥소리가 들렸다. 사라는 이제 종말은 오컬트나 신비주의의 영역이 아닌 기상 과학의 영역이라는 걸 느꼈다. 이성적 현대인인 사라가 훨씬 믿기 쉬운 영역. 사람들의 시선이 다시 모니터를 향한 뒤에도 사라는 한동안 창에서 눈을 떼지 못했다. 몸을 부딪고 스러지는 저 비가 세이렌의 유혹 같았다. 홀리고 싶다. 사라는 중얼거렸다. 이 비가 정말로 종말의 예언이라면 이대로 뛰쳐나가고 싶다. 제정신이고 싶지 않다. 속아서 전부 내동댕이치고 싶다. 그런데 경험적으로 알았다. '마지막'이라는 말은 철회된다. 휴거 다음 날 사람들이 장막 뒤에서 나오듯 데면데면한 얼굴로 마주 앉은 커피숍에서 이번엔 진짜야, 진짜 이번 한 번만 도와줘, 라는 말과 함께 유예된다. 그렇다면 도대체 마지막은 언제 온단 말인가?

마지막은 주말 오후 2시와 6시 그리고 평일 저녁 8시에 명일아트센터에 온다.

뮤지컬 〈더 라스트〉는 소행성 충돌로 종말이 예견된 미래에서 두 친구 마크와 에디가 각자의 소원을 이루기 위해 영국을 횡단하며 벌어지는 일을 다룬다. 두 차례 키스 장면이 등장하지만, 일군의 여성 관객을 노리고 만든 브로맨스 뮤지컬은 아니다. 종말에 대한 철학적인 대화가 중점으로, 〈고도를 기다리며〉의 청년 버전이라는 말도 왕왕 듣는 명작이다.

사라가 〈더 라스트〉에 빠진 건 우연이었다. 다이슨 헤어드라이어를 노리고 단 댓글 이벤트에서 얼결에 초대석에 당첨되었다. 팔까, 하다가 산반에 문화생활을 하러 갔고 필쩡을 끼고 보다가 마음이 녹아내렸다.

종말 당일, 두 사람은 에디가 가고 싶어 했던 해변에 도착한다. 여행 내내 에디가 기대한 한적한 풍경과 달리 해변은 인산인해다. 압사의 위기에서 둘은 내쫓기듯 차에 오른다. 시동을 걸자 라디오에서 충돌 예정이었던 소행성이 파괴되었다는 소식이 전해진다. 사람들의 환호성을 들으며 에디는 깨닫는다. 그가 두려워한 건 종말이 아닌 삶이라는 걸. 에디의 펄떡이는 동맥 안쪽에선 청춘의 코르크로는 막아지지 않는 불안이 솟구치고 있었고, 그래서 에디는 이 여행을 기꺼워했던 것이다. 다시 돌아갈 필요 없는 여행이니까. 모든 여행은 목적지에 도착하기 전까지가 가장 즐거운 법이고, 최악은 돌아가는 순간이다. 에디는 땀에 젖은 두 손을 맞잡고 중얼거린다. 돌아가고 싶지 않아. 그리고 그 결과, 지구는 멸망한다. 그의 옆에 앉아 있던 마크는 신이었고, 마크의 소원은 에디의 소원이 이루어지는 거였기에.

허망하다면 허망한 반전이어도 사라는 좋았다. 한 인간의 곁에 그의 소원을 들어주기 위해서라면 지구도 멸망시켜줄 신이 있다는 게 좋았다. 어두컴컴한 극장에서, 때로는 커다란 벌레 같은 게 사사사삭 바닥을 기어가는 이 가짜 공간에서 사라는 자신이 손쓸 수 없이 외롭다는 걸 깨달았다. 하루하루 그저 살아만 가는 자신에게도 실은 간절히 원하는 게 있다는 것, 누군가가 곁에 있길, 늘 자신을 지켜봐주길 희망했다는 사실을 깨달았고, 그런 자신의 얼굴을 마주한 탓에 눈물이 줄줄 흘렀다. 참을 수 없게 쏟아졌다. 초대석은 앞에서 세 번째 줄이었다. 커튼콜이 시작되자마자 벌떡 기립

하여 박수를 치는 사라에게 마크는 조금 놀란 표정을 지으면서도 입만 뻥긋해 말했다. 감사합니다. 그 후 그 뮤지컬은 사라가 살아갈 힘이 되었다.

사야의 말에 따르면, 가족은 가장 가까운 사이니 서로의 비밀을 알고 있어야 했다. 더러운 걸 공유하고 함께 짊어져야 했다. 그렇다면 사라의 가족은 〈더 라스트〉였다. 자신이 죽고 싶어 한다는 걸 아는 건 세상에 하나, 〈더 라스트〉뿐이었으니까.

공연이 끝난 건 10시였다. 배우들이 퇴근하길 기다리는 무리를 등지고 사라는 지하철을 탔다. 역에서 내리자마자 클렌저가 떨어진 것이 생각났다. 드러그스토어가 문을 닫아 근처 편의점에 들어갔다. 마땅한 게 없어 망설이는데 두 명의 취객이 들어왔다. 이십 대 후반? 조금 큰 볼륨으로 이야기하던 쪽이 말했다. 아니, 근데 존나 솔직히, 솔직하게 말해서 돈 많은 여자랑 결혼해서 셔터맨이나 하고 싶다고. 남의 눈치 따위는 아랑곳 않는 듯 묘하게 자의식이 묻어나는 말투. 그런 말을 해도 누구도 시비 걸지 않으리라는 걸 알면서 용기 낸다는 듯한 태도에 비웃음이 났다. 그게 무슨 대단한 고백이라고. 남성성의 사멸도, 인간은 누구나 애완동물이 되고 싶어 한다는 것도 놀랍지 않았다. 먹여주길 바라고, 재워주길 바라고, 이유 없이 사랑받고 싶어 한다. 다만 그럴 팔자와 아닌 팔자가 있는 거다.

왠지 기분이 나빠져서 얼른 계산하고 나왔다. 집에 와서 보니 급하게 집어 드는 통에 피부 타입에 맞지 않는 제품을 사버렸다는 걸 알았다. 한숨을 쉬는데 엄마가 방문을 두드렸다. 저녁은 먹었니? 자정이 다 된 시간인데 선잠을 자며 기다린 모양이었다. 눈을 마주치자 사라는 얼굴이 굳었고, 씻어야 한다는 핑계를 대고 욕실로 도망쳤다. 느리게 이를 닦는데 점점 손에 힘이 들어갔다. 벌어진 잇몸 사이로 솔을 쑤셔 넣으며 양치에만 집중하려 애썼지만 화가 났다. 사야가 저렇게 된 건 비빌 구석이 있어서라는 생각을 멈출 수 없었다. 그러니까, 애초에 엄마부터가 무르게 굴질 말았어야 했다는 데 생각이 이르자 속이 들끓었다.

그러나 엄마가 사야에게 약하듯 사라도 엄마한텐 약했다. 이번이 마지막이라는 말이 거짓말이라는 걸 알면서 속고, 또 속는 그 여자가 불쌍했다. 연민한 죄로 차용이 불행처럼 연쇄됐다. 예능 방송의 전달 게임처럼 뒤트는 몸과 몸을 거치며 점점 커진 빚이 전가됐다. 미안해. 엄마는 몇 번 울기도 했다. 우리 큰딸 너무 불쌍해. 그러면서도 사야를 사랑하기를 멈추지 않았다. 당연하지. 인간에겐 오염되지도 섞이지도 않는 몇 가지 마음이 있다. 사야를 사랑함과 사라를 사랑함은 판막 너머 다른 공간에서 일어나는 일이므로 사라가 어떻게 할 수 있는 일이 아니었다. 전엔 매번 당하는 엄마를 안쓰러워도 했고, 존경도 했다. 엄마를 위해 호구의 자긍심을 발명해야 한다고 생각했던 적도 있다. 그렇지만 이젠 피곤했다. 엄마를 보면 미래를 본 듯 암담했다. 실제로 사라의 얼굴은 점점 엄마의 얼굴과 비슷한 형태로 열심히 늙어가고 있었다. 급식 일을 하는 엄마는 하루살이였고, 한창 일할 나이인 사라의 수익 그래프 역시 답이 없었다. 더 보완하는 것보다 끝내는 게 나은 그래프였다.
"그렇지만 엄마가 이해되지 않는 것도 아니잖아."
"그렇지."
사라는 마크를 향해 고개를 끄덕였다. 변기에 앉아 있던 마크가 몸을 일으켰다. 김이 서린 거울에 대고 뿔테 안경에 눌린 옆머리를 이리저리 매만지다가 문득 고개를 돌려 사라와 눈을 마주치고 씨익 웃었다.
"좆 되는 거 재밌잖아."
장난기 어린 눈동자. 부러 거친 욕에 허세를 뒤섞어 능글거리는 게 밉지 않았다. 두 뺨에 골격이 드러나듯 깊은 보조개가 패는 걸 보고 마음의 판막이 고무처럼 심하게 진동했다. 구토처럼 사랑이 치솟았다. 마크. 너는 왜 맞는 말만 하는데 두들겨 패고 싶지가 않을까? 사랑스럽기만 할까? 그건 내가 너를 만들었기 때문이겠지. 망상 속에서만 나타나는 나의 신!
인생은 기름을 바른 미끄럼틀이다. 올라가기는 어려워도 내려가는 건 쉽다. 조금만 긴장을 풀면 금방 미끄러지고 어느 순간에는 그 추락을 은밀히 즐기는 자신을 발견하게 된다. 그런데 최근엔 어쩐지, 어쩐지 시시했다. 하다못해 퇴근길에 사야 할 것도 없었고, 아침에 뭘 입지? 고민이 되지도 않았다. 얼마 전에는 회사에서 이를 닦던 중 자신이 원래 미술을 하고 싶어 했다는 사실이 떠올랐다. 버스에 올라타다가 마지막 연애가 8년 전이라는 게 생각났다.

"남자 생각도 하고 여유 있었네."

"……."

"나 버릴 생각이었어?"

마크의 말을 흘려들으며 사라는 계산을 했다. 엄마가 유방암 수술을 한 게 1년 전, 요양병원에 있던 할머니가 돌아가신 건…… 헤아려보니 반년 전이었다. 때가 됐긴 됐구나. 역시 불행이 칼을 들고 쫓아와야 정신이 번쩍 난다. 사라는 기묘한 에너지가 몸에 차오르는 것을 느꼈다.

"내가 널 버리는 일은 없어."

사라는 자신이 다시 미끄럼틀에 올라탔다는 걸 알았다. 시야가 까마득하고 내장이 울렁거렸다.

세수를 마치고야 깨달았다. 클렌저만이 아니었다. 스킨도 없었다.

*

눈을 뜨자마자 휴대전화를 만졌다. 자율신경계가 흐트러진다는 걸 알면서 손을 멈추지 않았다. SNS에 접속해 아이디 하나를 검색했다. yang_cat…… 나머지 철자를 입력하기 전 많은 건지 적은 건지 애매한 팔로워를 가진 사야의 계정이 나왔다.

사야가 올리는 건 정보값 없는 뻔한 사진뿐이었다. 남다르길 희망해서 결국 다 똑같아지는 개성 없는 디저트나 꽃 사진. 좀 밑으로 내리면 중소업체에서 협찬받은 화장품이나 영양제 따위가 있었고, 더 밑으로는 셀카가 많았다. 최근에 업로드된 건 거의 고양이 사진뿐이었다. 보송보송한 회색 털의 고양이는 링고, 검고 매끄러운 털의 고양이는 사과. 양캣이라는 계정명에서 누군가는 링고와 사과를 떠올릴진 몰라도 시작은 사야 그 자신을 지칭하는 표현이었다는 걸 사라는 알았다.

"서른 넘어서 자기를 고양이라고 부르는 여자는 미친 여자뿐이야."

마크가 말참견을 했다. 기분이 약간 좋아졌지만 대꾸는 안 했다. 무시하고 몸을 뒤집어 침대에 엎드린 채 스크롤을 내렸다.

나이 들며 팔로워가 좀 떨어졌어도 사야는 고양이상 미녀다. 자기 자신을 '양냥이'라고 불러도 우습지 않았다. 물론 얼굴에 1300만 원을 붓긴 했지만, 그 전에도 예쁘장했다. 두 사람이 이십대 초반이었을 땐 명동 에이랜드가 힙스터 스폿이었다. 그 앞에 얼쩡대고 있으면 포토그래퍼가 괜찮은 애들의 스냅숏을 찍어갔는데 홈페이지에 몇 번 사야의 사진이 올라왔었다. 스타일 때문이 아니라 얼굴 때문이었다. 드물게 함께 외출하는 날이면 못해도 대여섯 번은 번호를 땄다. 그때의 열등감을 넘어 뿌듯한 기분이란! 그래서 사라는 사야가 괜찮은 남자를 만나 시집갈 거라고 믿었다. 원래 사야 같은 애들이 남자 보는 눈 하나는 기막히지 않나? 사라는 자매 중 하나가 엄마와 3박 4일 장가계 여행을 떠날 사위를 데려온다면 그건 사야라고 믿었다. 내가 못하는 일이니까 네가 해야지.

그게 네가 분담한 역할이지. 그렇게 믿었다.

안타깝게도 언니의 희망이었다는 건 머잖아 밝혀졌다. 남자 보는 눈은 유전인 걸까? 사야가 만나는 건 전부 변변찮은 놈들뿐이었다. 스무 살이 넘어 골초가 된 남자. 팔과 종아리를 감싼 십수 개의 타투가 전부 비슷한 속도로 바래는 중인 남자. 여자 앞에선 허세를 부려도 아는 형 앞에선 순한 양인 남자. 꿀 줄은 아는데 갚을 줄은 모르는 남자. 속이 터져서 사라는 충고를 던지고 싶었다. 제발 사야, 주인을 만나. 너 예쁘게 꾸며주고 밥 주는 사람 만나. 너 모욕 주려는 거 아냐. 언니도 페미니즘이 뭔지 알아. 그냥 그게 네 팔자라니까?

그런데 사야는 그러지 않았다. 이십대 초반 때면 모르겠는데 서른이 다 되어가도록 똑같은 애완동물끼리 만나 앙알앙알 울었다. 어릴 때 아니면 입양도 잘 안 되는데. 옆에서 보는 내내 속이 터졌지만 그래도 요즘은 결혼을 늦게 하는 추세라는 게 사라가 품은 마지막 희망이었다. 사야는 서른하나, 아니 만 나이로 하면 이제 갓 서른이었다. 피부도 좋고, 언니라 감싸는 게 아니라 예쁜 얼굴인 건 맞았다. 앞자리 숫자가 바뀌었다고 깎아내릴 정도는 아니었다. 그러니까 아직은 뭔가 기대할 수 있지 않을까?

부푼 가슴을 안고 도착한 커피숍에서 사라의 바람은 구멍 난 풍선에 든 공기처럼 푸시시 빠졌다. 어쩐지 최근에 고양이 사진만 올리는 이유가 있었다. 아메리카노를 마시기 위해 약간 내린 마스크 속 사야의 코는 완전히 쪼그라들어 있었다. 아무 말도 안 했는데.

빤한 시선과 마주하자 사야는 울음을 터뜨릴 것처럼 팍 인상을 찡그렸다.
"내가 그냥 계좌 이체만 해달라고 했잖아."
울먹이는 꼴을 보니 오히려 피가 식었다. 화를 낼 가치도 없었다. 절로 쌀쌀맞은 목소리가 나왔다.
"엄마한테 받으려고 했다며. 그럼 어차피 만나야 하잖아. 아니야?"
200, 300 빌려준 것이 벌써 5000만 원이 훌쩍 넘어 증여세 문제가 있다고 했다. 만일 엄마에게 돈이 있었대도 현금으로 건네야 했을 테니 어쨌든 한 번은 봐야 했다. 도대체 그 돈을 다 어디에 쓴 걸까? 그러나 이럴 때 잔소리하면 역효과다. 방귀 뀐 놈이 성낸다고 사야가 자리를 박차고 나갈지도 모른다. 사라는 한숨을 쉬는 대신 테이블 위에 참을 인 자를 그렸다. 한자 1급을 딴 사라에겐 너무 쉬워서 조금 더 획수가 복잡한 것으로 바꿨다. 언덕 아, 닭을 수, 그물 라……. 저도 모르게 써버린 글씨에 흠칫 놀라 문질러 지우는데 실컷 훌쩍인 사야는 배가 고팠는지 나도 언니 먹는 거 먹을래, 라며 지갑을 들고 일어났다. 몇 번 각도를 바꿔가며 고다치즈와 얇게 썬 사과가 들어간 베이글 샌드위치의 사진을 찍더니 굶주린 사람처럼 한입 크게 깨물었다. 맛있게도 먹네, 생각하곤 샌드위치가 반 정도 남았을 때 물었다.
"그래서, 도대체 어떻게 된 건데?"
엄마에게 들어 대강은 알아도 자세히는 몰랐다. 사야는 갑자기

입맛이 떨어진 듯 샌드위치를 내려놓았다. 후, 한숨을 쉬었다.

"나 잠깐 밖에 좀."

머리를 손으로 헝클어뜨리며 나간 사야가 창을 등지고 섰다. 앞섶이 펄럭이는 모습만으로 바깥의 눅눅하고 뜨거운 공기가 느껴졌다. 실내의 에어컨은 셌다. 바람이 차갑고 시려, 긴 바지를 입을 걸 후회했다. 잠시 뒤 담배를 지져 끈 사야가 돌아왔다. 둘은 한동안 말없이 테이블만 봤다. 멍하니 있던 사라의 눈길을 잡아끈 건 조그만 큐빅이었다. 가스도 끊겼다면서, 사야의 손가락 끝은 숍에서 받은 게 분명한 장식적인 네일아트로 꾸며져 있었다. 무슨 판단을 내리기도 전에 사야가 선수를 쳤다.

"이거 선결제 해둔 거야. 환불 안 해줘."

눈치는 빠른데 돌려 전하는 방법을 모른다. 말하지 않는 속내에 대해서까지 득달같이 달려들어 미리 잔소리를 차단하는 태도에 화도 나고 어이도 없었다. 자매는 자매인지, 자신의 말투와 똑같아 할 말이 없었다. 아니, 어쩌면 상대에 맞춰서 화술을 달리하는 건지도? 인스타 피드에 올리는 협찬 글은 다른 인플루언서들과 똑같았고, 풍경 사진 밑의 하나 마나 한 감성 글귀는 어디 블로그에서 베낀 듯했다. 전반적으로 통일성이 없었다. 그런데 그건 달리 말하면 카멜레온 같다는 뜻 아닌가? 장점으로 살려서 돈 버는 재능으로 변환할 순 없나? 생각에 빠지는데 연기보다 짙은 한숨을 뱉으며 사야가 입을 뗐다.

"후, 그러니까."

세상의 무게를 짊어진 듯 미간의 주름이 깊어졌다.

"언니도 알잖아. 코로나 유행하면서 준비하던 거 그만두기도 했고. 지금은 워낙 경기가 안 좋으니까 일이 잘 안 구해져. 알바 지원도 하긴 하는데 어린애들만 뽑고."

안다. 왜 모를까. 대학도 중퇴하고, 이렇다 할 경력도 없는 사야가 할 수 있는 일의 폭은 점점 줄고 있다. 그래도 이십대였을 때는 고정 수입은 없어도 협찬 따위로 제 용돈벌이는 했다. 아니, 용돈이라는 표현이 무색하게 어떤 시기에는 월급을 받는 사라보다 훨씬 많이 벌었다. 호텔에서 애프터눈티 세트를 먹고 친구들과 발리의 휴양지에 가서 비키니 사진을 올렸다. 초밥집에 데려간 것도 아마 그 무렵이었지? 그러나 언제까지나 수익이 보장되지는 않았다. 남이 무슨 일을 하냐고 물으면 답할 수 있는 직업을 갖는 것도 중요했다. 사라는 사야에게 승무원 준비를 해보는 건 어떠냐고 권했다. 대한항공이나 아시아나는 무리더라도 경제성장기에 늘어난 저가 항공 승무원은 어찌저찌 될 수 있을 거 같았다. 네가 어리진 않아도 키도 크고 얼굴도 예쁘잖아. 그 말에 사야는 혹했다. 그렇겠지. 큰 데는 무리여도 작은 데는 가겠지. 심드렁한 척 굴었지만 내심 대한항공의 나비 같은 리본을 머리에 단 자기 모습을 상상하는 게 눈에 보였다. 어쨌든 오랜만에 기대로 반짝이는 동생의 눈이 참 예뻤다.

학원비의 반은 사라가 냈다. 괜찮다고 사양하는 사야에게 지금 버는 건 저축하고, 합격하면 갚으라고 했다. 살던 중 자매의 사이가 가장 좋았던 시기였다. 연년생에, 같은 초중고를 다니면서 알은척하지 않을 때가 태반이었는데, 이땐 무려 일주일에 한두 번씩 메시지도 주고받았다. 사야도 나름대로는 열심히 했다. 사라가 바라는 만큼 성실하게는 아니어도, 어디냐는 물음에 자주 학원이라고 하는 걸 보아 적어도 출석은 빼먹지 않고 하는 듯했다.

문제는 코로나였다. 하늘길이 막히고 있던 사람도 잘리는 판에 새 사람을 뽑을 리가 없었다. 의욕이 꺾인 사야는 학원을 나가지 않았고, 이젠 나이를 먹어 도전할 수도 없게 되었다. 그런 걸 생각하면 안타까웠다. 한두 살 차이가 뭐라고? 그건 정말 사야의 탓이 아니었다. 아니긴 했다. 그렇지만…….

언제까지 그러고 있을 순 없잖아.

대강 사정을 들어보니 소개받아 들어간 직장에서 뭐가 어떻게 된 건지는 몰라도 빚을 지고 나왔단다. 그 돈이 500만 원 정도이고, 비트코인으로 날린 게 200만 원, 아는 사람들한테 자잘자잘하게 빌린 게 500만 원, 밀린 월세랑 공과금, 저렴한 동네로의 이사 비용, 그리고…….

"링고랑 사과가 벽을 다 긁어둬서."

"벽지 해줘야 돼?"

"응."

"그래. 그거 말고는 더 없어?"

"괜찮아."

있으면 있는 거고 없으면 없는 거지 괜찮은 건 뭔데? 말꼬투리를 잡을 기운도 없었다. 어차피 내 돈 같지도 않으니까. 몇 번 휴대전화 화면을 누르자 기름 바른 미끄럼틀에서 몸이 쑥 미끄러지듯 순식간에 500만 원이 이체됐다.

"지금 500 보냈으니까 확인해봐. 나머지는 내일이랑 내일모레 보낼게."

사야는 똥이라도 싸듯 구긴 인상을 펴지 않았다. 그러나 슬그머니 제 휴대전화를 내려놓는 얼굴은 훨씬 밝아져 있었다. 금방 들뜬 티를 숨기지 못하고 사야가 말했다. 언니, 내가 진짜 성공해서 갚을게. 지금 옮기는 데는 진짜 괜찮아. 내가 언니 가방도 사주고, 코트도 하나 해줄게. 나중에 여행도 같이 가자. 나트랑 같은 데. 언니 나트랑 가본 적 있어? 없지? 싸고 괜찮아. 같이 호텔에서 맛있는 거 먹고 수영도 하고 그러자.

지랄하지 말고 돈이나 갚아……. 그런 문장이 정신의 목울대에서 울컥 삐져나왔지만 육체로는 다른 말을 뱉었다. "거기는 뭐 하는 덴데?"

"어?"

"너 다닌다는 데."

"응? 그냥 뭐 사무도 보고. 전화 응대도 하고."

"콜센터야?"

"비슷하지 않을까?"

"비슷하지 않냐니. 무슨 일 하는지도 몰라?"

"자세한 건 들어가서 배우는 거지."

"언제부터 출근인데?"

"다다음 주. 저녁 출근이라 마음이 편해. 아침엔 일어나기 힘든데."

"무슨 콜센터가 저녁에 출근을 해."

"……."

"야, 너 또 속는 거 아냐? 너 스무 살 때도 무슨 아는 친구가 소개해준다고 해서……."

"아! 언니, 그런 거 아냐." 사야가 듣기 싫다는 듯 귀를 막고 몸서리쳤다. "진짜 이 오빠 그런 사람 아냐. 멀쩡하게 사업하는 사람이야. 나 어려운 거 알고 도와주려고 그러는 거야."

어린애처럼 입을 꾹 다물고 있는 폼이 더 물어봤자 답이 나올 것 같지도 않았다.

사라는 캐묻길 포기했다. 알아서 하겠지. 저도 어른인데. 찬물 맞은 듯 짧은 정적이 끝나고 사야는 뭔가 초조한 듯 엉덩이를 들썩였다. 말없이 팔짱만 끼고 있는 제 언니가 불편한 눈치였다. 그래, 눈치라도 봐. 사라는 생각했다. 500만 원짜리 눈칫밥이면 나는 두 달은 앉아 있을 수 있어. 실제로 그렇게 사니까. 그렇지만 사야는 카페에 들어와서는 20분, 돈 받은 지는 2분도 지나지 않아 물었다.

"언니, 더 있을 거야?"

"왜?"

"나 고양이들만 두고 나와서."

핑계도 좋네. 혀를 차는 대신 대꾸했다. "먼저 가."

"응. 진짜 고마워. 내가 진짜 벌게 되면 언니 돈부터 갚을게."

"그래."

"근데 여기 커피 괜찮다. 밸런스도 좋고 프루티한 향기가 나. 되게 산뜻해."

그러고는 카운터로 다가간 사야가 잠시 뒤 자기 몫의 새 커피를 사서 들고 왔다. 손바닥만 한 가방에 휴대전화를 집어넣고 벗어둔 줄도 몰랐던 얇은 여름 카디건을 팔에 걸쳤다. 흐물흐물하고 차르르하게 팔을 타고 흐르는 물결.

"언니, 나 이제 갈게. 진짜 고마워."

조금 더 나가면 큰 잔에 1500원 하는 테이크아웃 전문점이 널렸는데. 언제 연민했냐는 듯 울컥 화가 치솟았다. 너는 그 소비 습관이 문제라고. 돈 버는 니 언니는 밥 대신 빵 쪼가리 하나 시켜서 물이랑 넘기는데 너는 6000원짜리 아메리카노를 마신 것도 모자라서 그걸 또 테이크아웃한다고? 이런 말을 하면 또 커피값 모아서 집 살 수 있어? 내가 나이가 서른인데 그거 한 잔 못 사 마셔? 라며 징징 짤 것이다. 그래, 세상 좆같은 거 알지. 언니도 자본주의가 뭔지 알아. 근데 사야, 너한테도 문제가 있다는 생각은 안 해봤니?

그러나 사라가 사야의 발목을 향해 던진 올가미는 의도와는 전혀 다른 어절로 짜여 있었다.

"너 엄마한테 그런 거 사주지 마."

"뭐?"

"이모티콘."

사야는 잠시 생각하는 듯한 표정을 짓더니 푸핫, 웃음을 터뜨렸다. 마스크 위로 나온 350만 원짜리 눈이 반달처럼 예쁘게 휘었다.
"괜찮아. 그거 얼마나 한다고."
그럼 이만, 이라는 듯 손을 휘휘 젓고 돌아서는 사야.
아니, 후져서 꼴도 보기 싫으니까 선물하지 말라고. 그렇게 머릿속으로만 뱉은 말의 토사물에 범벅이 된 채 사라는 지쳐 귀가했다.

누워서 바라본 천장은 예나 지금이나 똑같았다. 사라가 초등학교 6학년, 사야가 5학년이 되던 해 그들의 부모는 처음으로 집을 샀다. 서울 가장 외곽, 평균 소득이 가장 낮은 동네에 아파트도 아닌 빌라의 2층이었지만 고지대에 있어 해는 잘 들었다. 아직도 이사 날이 생생했다. 그 전까지 이사는 방랑을, 불안을, 물에 만 밥도 안 넘어간다며 가슴을 퍽퍽 치던 엄마를 상징했지만 그때만은 달랐다. 이것이 시작이다. 그런 기쁨이 있었다. 깨끗한 새 커튼이 바람이 불 적마다 펄럭였다. 사라도, 사야도 어른 흉내를 내며 집들이를 했다. 덜 자란 여자애들이 열 명 가까이 모여 무릎을 맞대고 과자를 먹으며 킬킬댔다.
아쉽게도 딱 거기까지였다. 그 후로는 쭉 하향세. 사라는 몸을 뒤척였다. 바로 눈앞에 보이는 옷장엔 스티커가 붙어 있었다. 도대체 언제 붙인 거지? 손톱을 세워 벗겨내다 문득 '어린이 방에 사는 아저씨'라는 일본의 신조어를 떠올렸다. 그럼 나는 어린이 방에 사는 아줌마인가. 사라는 쓰게 웃었다. 실제로 커튼도, 옷장도, 곧 아가씨가 될 거니까, 라며 엄마가 기대를 담아 선물해준(그렇다. 그 것은 필수품이 아닌 엄마의 '선물'이었다) 화장대마저 초등학교 때 그대로였다. 사춘기엔 사야와 서로 먼저 서겠다며 다투던 거울 앞이 이제는 휑했다. 마지막 연애 이후 남자관계에도, 화장품에도 업데이트가 없었다.

변화가 있어야 했는데.

한때는 전능한 언니로 보이고 싶어 쿨한 척했고, 실제로 쿨하 기도 했다. 사야가 처음 돈을 빌려달라고 했을 때, 언니, 엄마한테 는 말 못 하겠어, 비밀로 해줘, 라고 했을 때, 나 진짜 힘들어, 언니 밖에 말할 사람이 없어, 라고 했을 때, 스물에 가족을 떠나 사는 그 애가 안쓰러워서, 미워할 수 없어서 든든한 얼굴로 말했다. 언니가 알아서 할게. 그러면 사야는 고맙다고 했고, 갚겠다고 했고 실제 로 10분의 1 정도는 갚기도 했다. 그러나 나머지 10분의 9가 영원 히 돌아오지 않을까 봐 돈을 빌려줌으로써 자매의 관계를 유지하 던 시절도 지나고 이젠 초조함만 남았다. 이번에 빌려준 건 엄마의 부탁 때문이다. 엄마가 아니었다면 무시했겠지. 아니, 정직해지자. 10분의 9가 아니었다면, 빚을 갚으리라는 실낱같은 희망이 없다면 무시했을 거다.

대학이라도 사회학과를 나온 사라가 할 수 있는 건 행정 업무 뿐이었다. 계약을 갱신할 때마다 딱 최저 시급만큼만 월급이 올랐 나. 간신히 200은 넘겨도 300은 요원했다. 그래도 하나 자랑할 만 한 게 있다면 그 적은 돈을 최선을 다해 모았다는 거였다. 마라탕

안 먹고 네일 안 하면서. 곱창 안 사 먹고 커피 안 사 마시면서. 원하는 건 없었고 알뜰살뜰 통장에 차오르는 돈을 보면 그게 참 군침 돌게 쏠쏠했다. 붐이 일어날 때 주식 안 한 거. 그것만 후회됐지 예적금으로 할 수 있는 건 다 했다. 그렇게 모으면 빠져나갔다. 땡중들 휜소리처럼 채워지는 건 비우기 위해서라는 듯 빠져나갔다. 아프고 죽어가는 육체를 틀어막다 보니 서른둘이 되어도 통장에 있는 돈이 2000만 원이 안 됐다. 일했는데. 졸업하고 계속 일했는데.

사야, 네가 그랬지? 넌 언니처럼 머리도 좋지 않아서 대학도 못 나오고 제대로 할 줄 아는 일도 없다고. 아니야. 내가 봤을 때 너 재능 있어. 남 등쳐 먹는 재능. 이 좋은 재능이 왜 가족에게만 발휘되는 걸까. 제발 사야가 꽃뱀이 되었으면 좋겠다. 좀 놀던 여자에게 등골 파먹히길 바라는 남자를 만났으면 좋겠다. 실제로 그런 부부가 가장 잘 살았고 또 행복했다. 미모와 돈. 서로가 서로에게 원하는 걸 가지고 있었으니까. 그런데 사야, 넌 뭘 원하고 있는 거야? 좋은 집, 편한 집 원하는 거 아니야? 쟤도 불행에 중독된 걸까? 스무 살이 되자마자 탈출했으면서. 아니, 고등학교 때부터 집에서는 잠만 잤으면서. 진실로 묻고 싶었다. 도대체 넌 뭘 원하니? 그보다 더 묻고 싶은 건 이런 말이었다. 언제까지 그러고 살 작정이야?

"그래도 네게도 좋은 일은 있어."

"그게 뭐야?"

마크는 답을 하는 대신 휴대전화 액정을 툭툭 쳤다. 사라가 집어 들자마자 짧게 진동이 울렸다. 캘린더의 알람이었다.

〈더 라스트〉 D-1.

마크가 웃었다. 사라는 중얼거렸다. 샤야, 언니가 원하는 건 이 거야. 언니는 이걸 위해 살아.

*

통유리 밖을 보며 삼각김밥을 씹었다. 잔업을 하는 바람에 시간이 촉박해져 한 번에 욱여넣고 편의점을 나섰다. 종종걸음 쳐서 앞서가던 여자의 뒤꽁무니에 달라붙었다. 그가 공연장 문을 잡아주었다. 사라는 고개를 꾸벅 숙였다.
그날 공연에는 이상하게 집중하지 못했다. 사라는 같은 행동을 반복하는 걸 좋아했다. 같은 메뉴를 일주일 동안 먹어도 질리지 않았고 지금 회사도 그래서 계속 다녔다. 누군가 갑자기 사라의 자리에 삼십대 중반을 향해 가는 여자가 있다는 사실을 발견하지만 않는다면 지금처럼 계약을 갱신할 것이다. 언젠가 엄마처럼 물에 만 밥도 넘어가지 않는 때가 올지 몰라도 아직은 괜찮았다. 그런데 왜 공연이 눈에 들어오지 않았는가? 어째서 가자미처럼 시선이 옆을 향했던가?
사라는 지하철에 탔다. 먼저 들어간 여자, 우연찮게도 사라의 옆자리에 앉은 여자를 떠올렸다. 얌전한 여자였다. 연청바지 위에 겹쳐 입은 얇은 시스루 레이어드 원피스를 두 다리 사이로 모은 다음 납작하고 천이 흐물흐물한 캡을 벗어 무릎 위에 내려두었고 극이 진행되는 내내 시체처럼 미동이 없었다. 사라는 그 여자의 쫑쫑 땋은 긴 머리카락을 떠올렸다. 예쁜 걸로 치면 이십대의 사야가 훨씬 예뻤다. 그렇지만 옆자리 여자는 사야가 가지지 못한 것, 단어를 붙이자면 개성을 갖고 있었다. 그 여자 또한 예술을 애호하고 풍부한 취향을 가진 젊은 여자들 사이에 두면 그저 그런 클론처럼 보일지라도 어쨌든 반짝반짝했다. 그가 의복으로 드러낸 삶이, 예술에 대한 애정이 사라의 신경에 거슬렸다. 사라는 자기 오른손을 문질렀다. 손목을 타고 내려간 손을, 얇은 거죽 아래 고무호스나 회로처럼 핏줄과 근육이 뒤엉켜 있을 손을 꾹꾹 눌렀다.

미술…… 같은 걸 하고 싶은 때가 있었다. 분명히. 쉬는 시간에 종이 가득 그림을 끄적이거나 반복되는 패턴을 그리며 텍스타일 디자인을 했다.

하지만 모두 옛얘기다. 대학 졸업 전까지 카페 알바를 하고 졸업 직후부터 지난 7년간 사무직으로 일하는 동안 손목이 완전히 아작났다. 취미로 선 하나라도 그으려고 하면 통증부터 느껴졌다. 어쩔 수 없었다. 그림보다 먹고사는 게 중요하니까. 그래도 무언가를 만들어내고 기획하는 일에 대한 욕심은 있어서 은근히 그런 직종에 도전했다. 잡지 에디터, 영화사 마케터, 출판 편집자, 배우 기획사의 홍보팀……. 이력서를 넣은 다음엔 매일 걷던 길을 걸으며 이젠 이 풍경을 보는 것도 얼마 남지 않았다는 기묘한 감흥에 젖었지만 기대가 이루어진 적은 없었다. 도대체 왜? 뭐가 문제지? 화가 날 때도 있었다. 나도 안다고. 나도 너희가 아는 것을 알고, 너희가 아름답다고 느끼는 것을 아름답다고 느낀다고. 감각적으로 구분 가능하다고.

그런데 정말 알까? 나는 정말 민감한 게 맞는 걸까? 내가 정말 그 사람들처럼 아름답지 않은 걸 못 견딘다면 오늘 옆에 앉은 여자 같은 옷을 입어야 하는 게 아닐까? 첫인상으로 많은 게 판단된다면 자신은 어딜 가나 탈락이다. 지오다노에서 산 폴로셔츠와 슬랙스 세 벌을 번갈아 입고 다니는 사라의 내면에 예술을 향한 열정이 있다는 걸 알아줄 사람은 없었다. 사라도 거리의 통유리창에 비친 자신을 보면 흠칫 놀라곤 했으니까.

근처의 직장인들은 다 생긴 게 비슷했다. 화장기 없는 얼굴에 머리를 하나로 묶고 '걸쳤다'는 거 외엔 아무 의미 없는 옷을 입고 다녔다. 밖에서 보면 사라도 그중 하나였다. 그리고 실은 그냥 하나가 맞았다. 사라가 멋있다고 생각했던 것, 사라가 아는 괜찮은 음악이나 예술의 목록은 대학에 다니던 때를 마지막으로 업데이트가 이뤄지지 않았다. 남자도, 플레이리스트도, 외서도 마찬가지였다. 그나마 주기적으로 새로 사는 옷도 전부 흠 잡히지 않기 위해 구입한 것, 다시 말해 지오다노에서 산 폴로셔츠와 슬랙스 세 개일 뿐.

사라는 SNS에 〈더 라스트〉를 검색했다. 오늘 공연이 끝나고 올라온 몇 개 되지 않는 새 글을 금방 읽고 남몰래 염탐하는 이들의 아이디를 검색했다. 들어가보면 똑같은 구도로 찍은 티켓 사진이 수십 상이고 그 위에 적힌 회 차 수만 달랐다. 얼굴 사진은 하나도 없었지만 사라는 코앞에서 가해자와 눈이 마주친 목격자처럼 공연장에서 눈여겨본 그 사람들과 SNS 속 '멜로디' '밤이' '김쏘핫' '도리(커미션 받음)'를 일치시킬 수 있었다. 사라는 그들의 글을 천천히 읽었다. 새로운 발견은 없었다. 발견을 위한 발견, 의미를 위한 의미만 있었다.

분명, 오늘 두 사람이 기숙사 소파에 나란히 앉아 소행성 충돌에 대한 라디오 뉴스를 듣는 첫 장면에서 마크의 눈에 눈물이 고였다. 5열에 앉은 사라가 보았을 때 그건 애써 재채기를 참는 포즈였다. 그러나 2열에서 본 밤이는 '소행성 충돌'이라는 얘기를 들은 마크가 자신의 손으로 만들 미래의 변곡점을 예견하며 드러낸 이른 회한이라고 해석했다.

마크는 인간인 동시에 신이니까 시간 개념이 다를 거야. 동시에 여러 대의 TV를 보듯 과거도 미래도 한눈에 보겠지. 그래서 연극이 시작하는 시점에서 보고야 만 거야. 지금과 같은 구도로 둘이 나란히 앉아 라디오를 듣는 마지막 장면을. 에디의 소원을 들어주기 위해 그를 소멸시키는 것을 택하는 미래의 자신을. 멸망을 선고하는 신의 절대적 냉정함과 짧은 순간 에디를 살리고 싶다고 망설인 인간의 연약한 마음을 표현하기 위해 좌우의 눈의 떨림이 달랐고…….

"말이 되는 소리를 해라……."

사라는 저도 모르게 입 밖으로 뱉었다. 누구나 각자의 방법으로 〈더 라스트〉를 가지고 싶어 한다는 것은 알았다. 새로운 시야를 가질 수 없다면 세부적으로 들어가야 한다. 카메라의 해상도가 높아지듯이 더 세세하게. 그 방식이 지루했을 뿐 비웃을 마음은 없었다. 시키지 않아도 침을 튀기며 〈더 라스트〉를 다짐육으로 만드는 그들이 때로는 맞는 소리를 하니까.

이를테면 멜로디가 〈더 라스트〉에 영향을 미쳤다고 분석한 톰 스토파드의 『사랑의 발명』은 이전엔 들어본 적도 없는 희곡이었다. 간신히 중고 책을 구해 읽었을 때 멜로디가 자주 인용되는 이유를 어렴풋하게 느꼈다. 방금 본 밤이의 긴 글타래에서도 마크는 시간을 다르게 인지한다, 는 표현은 좋았다. 시작과 끝은 이미 마크의 안에 정해져 있다. 그렇게 생각하니 똑같은 극을 반복해서 보는 자신과 무대에 올라 정해진 끝을 향해 몇 번이고 달려가는 배우들이 같은 존재처럼 느껴졌다. 꽤 괜찮은 소릴 하네. 그러나 '좋아요'는 누르지 않았다. 다만 스크린 숏을 찍어 간직했을 뿐이다.

샤워를 마치고 침대에 누웠다. 종일 앉아 있느라 부은 두 다리가 무거워 잠이 오지 않았다. 뜬눈으로 뒤척이다가 사라는 인정했다. 질투가 났다. 밤이나 멜로디보다 훨씬 똑똑하고 돈 많은 사람도 많았지만, 그들이 부러웠다. 그들이 되고 싶었다. 곁에 누운 마크가 얼굴을 빤히 보았다. 얇은 입술을 열어, 그럴 필요 없어, 사라는 사라 자신인 걸로 충분해, 라고 말해주지 않았다. 그 말을 사라 자신이 믿지 않았으니까. 왜 내 환상인데 내게도 각박한 것일까. 내가 남에게 각박하기 때문인가.

뭐가 되었든 사라의 인생에서는 〈더 라스트〉가 중요했다. 그것에 대해 사람들이 관심 보일 만한 이야기를 하고 싶었다. 그럴 수 있게 된다면, 그래도 조금은 자신에게 너그러워질지 몰랐다. 자부심을 갖게 될 수도. 그런데 할 말이 없고, 레퍼런스로 댈 만한 책도 모르고, 서양 예술사에 대한 기초 지식이 있는 것도 아니고, 김쏘핫처럼 영어를 잘해서 퍼 온 글을 번역할 수 있는 것도 아니었다. 지금 뭐 하고 있는 거지. 이게, 이게 인생인가. 배우거나, 가꾸거나, 무언가를 남기려고 하거나 탐구할 마음도 없이 이렇게 하루 벌어 하루 먹고사는 것이 삶인가. 삶이라는 게 이런 건가. 사는 게 맞는 건가……. 울적해지는데 휴대전화 액정에 알림창이 떴다.

─언니, 자?

─혹시 하루만 회사 뺄 수 있어?

아아, 이번에도 역시. 딴생각을 하자 사야가 득달같이 달려왔다. 귀신처럼 쫓아왔다. 배부른 소리 하지 말라 이거구나. 픽 웃음이 터졌다. 절대 터치하지 않고, 1을 없애지 않은 채로 메시지를 읽었다. 나 이사 좀 도와줄 수 있어? 전혀 예상하지 못한 내용이었다. 이제껏 사야가 사라를 집에 부른 일은 없었다. 그런 사적인 일에는 확실히 선을 그었다. 돈 필요할 때만 가족인 건가 싶은 한편, 돈만 가져가서 다행이다, 라고 생각했다. 애정까지 달라고 하면 더 피곤하니까. 그런데 왜 이제 와서 선을 허무는 거지?

어쨌든 드문 일이라서 메신저에 접속했다. 짜증을 뒤섞어 언젠데? 라고 하는 대신 처음으로 사건의 배경을 물었다.

─왜? 무슨 일 있어?

그러자 사야에게서 전화가 걸려왔다. 길고 수다스러운 말의 요지는 원래 이사를 도와주기로 했던 아는 오빠가 오토바이 사고가 났다는 것이었다. '오빠'면 최소한 나랑 동갑이라는 건데 그 나이 먹도록 차가 아니라 오토바이를 끌고 다닌다는 말인가? 알 만하다, 고 탄식하는데 그런 반응을 곧장 차단하듯 입을 틀어막는 대꾸가 돌아왔다.

─오빠가 오토바이를 운전했단 게 아니라, 오빠가 탄 차를 오토바이가 박았대. 그 오빠 차 모델3야. 언니도 테슬라 주식이나 사지. 그 오빠 돈 많이 벌었다는데.

─…….

─언니 모아둔 돈 많잖아.

인내의 항아리에 금이 쩍 갔다. 물방울이 줄줄 흐르듯 위험하게 떨어졌다. 조금만 넘치면 수화기에 대고 소리 지를 것 같았다. 참자. 참을 인은 너무 쉬우니까 복잡한 글자를 쓰자. 아……비……지……옥……. 아무튼 그 오빠는 한방병원에 입원해서 드러누웠기 때문에 밖으로 나오기 어렵다고 했다. 금방 돌아오는 금요일이니 잘 좀 부탁한다는 말에 네 친구들은 뭐 하고, 라는 소심해서 공격 같지도 않은 공격을 던졌다. 사야가 당연한 걸 묻는다는 투로 대꾸했다.

─평일이잖아. 다 일하지.

전화를 끊었다. 녹초가 되어 눈을 감으며 오늘 공연에서 몰래 한 녹음을 재생했다. 시작부의 조용한 숨소리. 평소보다 빈박자 빨랐던 들숨. 벌렁대던 콧구멍과 마크의 젖은 눈동자를 떠올렸다. 눈을 뜨자 옆에 누운 마크가 일렁이는 눈으로 자신을 보고 있었다. 재채기를 참았다는 건 오해야. 내 몸엔 대사 작용이 일어나지 않아. 1퍼센트의 에비앙과 99퍼센트의 사랑만으로 이루어져 있지……. 그런 눈으로 사라를 바라보았다. 사라도 눈을 맞춰 마크의 눈동자에 비친 자신의 모습을 바라보았다. 그러자 마크가 보는 방식대로, 긴 시간 축이 한눈에 들어왔다. 사라는 그것을 통해 단 하나의 답을 보았다. 내 미래에 사랑은 없다. 나를 위해 종말을 불러올 신은 없다.

진짜 호구는 나다. 금요일 아침, 지하철을 타고 사야가 사는 부평으로 가며 사라는 생각했다. 7호선은 길고 깊어 지하철에서 내리니 살짝 어지러웠다. 지상에 올라와서도 한참 숨을 고른 뒤에 사야가 알려준 주소대로 구불구불한 골목길을 따라 들어갔다.

붉은 벽돌집들 사이에 지은 지 그리 오래되지 않은, 좁은 땅에 억지로 세운 모양의 오피스텔이 눈에 들어왔다. 포장 이사 업체 사람 하나와 딱 붙어 계단을 올라서 사야의 집으로 들어갔다. 처음 방문한 동생의 보금자리에 대한 첫인상은 고양이가 아니더라도 벽지 물어줘야 했겠다, 라는 거였다. 담뱃진에 전 벽이 누랬다. 고등학생도 아니면서 얼마나 피운 거야?

옮긴 집도 비슷하게 생겼는데, 크기가 조금 더 작았다. 100평에서 한두 평을 줄이는 게 아니라 다섯 평에서 네 평으로 쪼그라드니 숨이 갑갑했다. 새 집주인은 이전 세입자가 남긴 흔적을 책임지지 않은 듯했다. 사야의 얼굴이 또, 금방 울음이라도 터뜨릴 듯 찌그러졌다. 아니, 다 보고 들어오기로 한 거 아니었어? 황당했지만 참았다. 둘이 달라붙어 물때와 곰팡이를 벅벅 벗기고 나니 진이 빠졌다. 상자를 풀지도 않은 사야는 그 살림에도 지킬 게 있다고 꼬박꼬박 도어록을 걸었다. 설정이 어려운지 사라를 불렀다.

"언니, 이거 세팅하는 법 알아?"

설명서와 휴대전화에 띄운 검색 결과를 번갈아 보며 조작을 하는데, 비밀번호를 입력하던 사야가 어깨를 웅크려 도어록을 가린 채 힐끔힐끔 사라의 눈치를 살폈다.

"프라이버시잖아."

그게 얄미워 안 보는 척 봤다. 하! 어차피 옛날 집 전화번호 뒷자리면서. 집 안으로 돌아온 사라는 지쳐 벽에 등을 기댔다. 차라리 돈을 주는 게 편하다. 몸으로 때우는 건 지친다. 눈을 감고 있자 사야가 엉덩이를 붙여왔다.

"피곤하지? 저녁 시켜줄게 자고 가, 언니야. 응? 내일 공휴일이잖아. 회사 안 가니까. 응?"

언니야, 라니. 오랜만에 듣는 애칭에 마음이 눅어 그러기로 했다. 씻고 나오니 사야가 배달 온 치킨 포장을 풀고 있었다.

"타이밍 좋다. 지금 막 왔는데."

어릴 때의 추억으로 고른 건지, 아니면 그 정도가 적당한 보상이라고 생각하는지 종일 고생하고 먹는 메뉴치곤 소박했다. 후자일 게 뻔했지만 사야의 아양에 넘어갔다.

"언니, 치킨 좋아하지?"

싫어하진 않지. 그렇지만 회나 스테이크를 더 좋아하지……. 그렇게 대꾸할 기력도 없어 다리를 하나 잡고 뜯었다. 그냥 동네 치킨집 같은데 잡내 없이 고소한 맛이 입에 착착 감겼다.

"이 집 괜찮지? 따뜻할 때 빨리 먹어."

사야는 말만 그렇게 하고 바닥에 납죽 엎드리더니 그때까지 죽은 듯 케이지 안에 있던 고양이들을 불렀다.

"얘들아, 나와. 사라 언니한테 인사해."

슬쩍 고개를 숙여보니 어둠 속에 라임색의 두 동공만 또렷했다. 열린 케이지에서 거대한 먼지 하나가 후다닥 뛰쳐나와 행거 아래로 숨었다. 잿빛 꼬리가 타악타악 바닥을 내리쳤다.

"사과는 안 나오네."

기름기와 소금기에 온화해진 사라가 알은체를 하자 사야가 말했다.

"아니, 쟤가 사과고 얘가 링고야."

"검은 애가 사과 아냐?"

"아니, 회색이 사과고 검은 애가 링고. 얘가 더 링고같이 생겼잖아."

그러나 링고는 케이지에서 나오지 않아 생김을 파악할 수 없었다. 사야가 포기하고 상에 붙어 앉아 남은 닭다리 하나를 뜯었다.

"어쩔 수 없어. 사람 가려서. 지난번에 병원에 갔을 때도 하도 안 나와 가지고 억지로 끌어당기니까 막 내 손을 물려고 하는 거 있지? 지 언니도 못 알아보고."

투덜대는 말투와 달리 사야의 얼굴은 자부심으로 빛났다.

"그래도 나 아니면 챙겨줄 사람이 없으니까."

병원이라는 말에 어디 아프냐고 물으니 사야가 고개를 숙였다. 둘 다 신부전이 있어서 지속적으로 건강검진을 받으며 약을 먹어야 한다고 했다. 꽤 비쌀 텐데……. 사라는 가장 먼저 떠오른 생각을 접었다. 대신 고양이들은 원래 아파도 티를 안 내서, 잘 봐줘야 해, 라고 어느 정도 의연하다고 할 수 있는 태도로 말하는 사야를 보았다. 밝은 표정에서 묘하게 자부심이 묻어나왔다. 저런 표정을 본 게 언젠지, 새삼스러워 눈을 못 떼는데 사야의 등 뒤로 검은 그림자가 움직였다. 그것이 삐져나와 있던 회색 꼬리를 향해 갔다.

"아, 링고 나왔다. 링고."

그 말과 동시에 숨어 있던 사과가 몸을 번뜩 일으키더니 검은 털의 링고를 앞발을 이용해 연쇄적으로 때렸다. 푸핫. 예상외의 풍경에 사라는 반사적으로 웃음을 터뜨렸다. 입에서 치킨 찌꺼기가 함께 튀어나갔다. 사야가 목소리를 낮춰 꾸짖었다. 사과! 너 이 녀석! 누가 동생 괴롭히래. 무릎으로 기어가 둘의 사이를 떼냈다. 품 안에 안긴 링고는 얌전했다. 검진에 필요했는지, 드러난 배에 털을 민 자국이 있었다. 사야가 그걸 안쓰럽다는 듯 쓰다듬었다.

"꼭 사과가 링고를 괴롭혀. 이거 봐. 지금도 못살게 굴잖아."

둘이 사이가 안 좋은가 보네, 대꾸하니 그런 건 아니고 링고가 오기 전까진 외동으로 키워서 그런 것 같다는 답이 돌아왔다. 침범 당했다고 생각하는 건지 뭔지……. 중얼거리던 사야가 무심결에 덧붙였다.

"사과 잰 꼭 언니 같아."

입맛이 뚝 떨어졌다. 울컥해서 뼈를 내려놓았다.

"그게 뭔 소리야? 내가 너 괴롭힌 적 있냐?"

뱉어놓고 당황한 건 사야도 마찬가지인 듯했다.

"아이참, 언니는. 그냥 하는 소리지. 사과가 딱 한 살 언니거든. 우리랑 똑같이."

애교 섞인 투였지만 그것만으론 수습이 불가능했다. 얼굴 가죽이 뺏뺏하게 굳었다. 인상을 쓴 사라가 보기 미웠는지 사야가 입을 열었다. 갑작스러운 분노로 목소리가 파들파들 떨리고 있었다.

"있잖아. 없긴 왜 없어. 어렸을 때 언니가 언니 친구들하고만 놀려고 나 따돌렸잖아. 지들끼리 속삭이더니 갑자기 나 버리고 달려가고……. 쫓아가다가 넘어져 가지고 완전 피 많이 나서 지금도 흉터 남았잖아."

제 눈에는 보이지도 않을 팔꿈치를 들이밀며 사야는 툴툴댔다. 검지 손톱만 한 흉터는 말하지 않으면 있는 줄도 모를 만큼 희미했다. 맹장 수술을 해도 우주여행에 갈 수 있다는데. 별것도 아닌 걸로 엄살떠는 게 어처구니없었다.

"그런 걸 누가 신경 써."

사라가 황당함을 담아 항변하자 사야가 이를 앙다물고 짓씹듯 내뱉었다.

"그건 언니라서 그런 거고."

대화는 그걸로 끝이었다. 조금 늦게, 사야가 한 말의 저의가 궁금해졌다. 그게 무슨 뜻일까. 언니는 흉터 같은 건 신경 안 쓰니까 괜찮다고? 언니는 나 같은 여자가 아니라 괜찮다고? TV 대신 쓰는 모니터는 아직 상자 속에 있어 무서운 침묵을 가를 것이 없었다. 둘 다 말없이 휴대전화만 만졌다. 사라는 새로운 것도 없는 SNS를 끊임없이 새로고침 했고 사야는 바쁘게 손톱을 타닥거렸다. 아직도 긴 손톱이, 지난번과는 또 달라진 손톱이 신경에 거슬렸다. 이런 분위기에서 자고 갈 순 없다. 아직 체력이 덜 돌아왔으니까, 10분만 더 앉아 있다가 일어나야지, 생각하는데 사야가 휴대전화에서 코를 뗐다.

"언니."

"왜."

"나 친구 온대서."

"이 시간에?"

"응."

"……"

"……"

"그래서?"

"언니 진짜 자고 갈 거야?"

눈을 돌리는 모습을 보니 남자였다. 미친것. 어차피 집에 갈 생각이었지만 내쫓기는 기분이었다. 자리에서 일어나자 머리가 띵했다. 에어컨을 너무 세게 틀었나 보았다. 갑자기 이 집의 모든 것이 꼴 보기 싫었다. 두 마리 고양이, 병원비, 전기세, 수도세, 환불이 불가능하다는 네일숍의 회원권, 이삿짐 사이에 남의 눈 따위는 신경 쓰지 않는다는 듯 입을 딱 벌린 캐리어에 널브러져 있는 브라가 끔찍했다. 현관에서 신발을 신는데도 계속 눈앞에 어른거렸다. 분홍색에 레이스 장식이 잔뜩 달린, 아직 사람의 체온을 품은 듯 따끈따끈하고 달큰한 살냄새가 날 것 같은 브라……

"너 피임은 제대로 하냐?"

"……"

"정신 차리고 똑바로 살아. 여기서 팔자 더 꼬지 말고."

충동적으로 뱉은 말에 사야는 답하지 않았다. 대신 뭔 개소리야, 라는 눈빛으로 사라를 쏘아보았다. 사라는 순간 움츠러들었고, 문이 닫혔다.

사라는 지하철을 타러 갔다. 입구에 다다라서야 분노가 치밀었다. 저게 언니를 우습게 보고……. 지하로, 지하로 내려가는데 못에 걸린 스웨터에서 털실이 풀려 나오듯 욕이 줄줄 나왔다. 누가 보든 말든 상관없었다. 이 씨발 좆같은 것들. 뭘 쳐다봐? 미친 사람 처음 봐? 존나 신기하고 남의 일 같지? 너희한테도 찾아올 거야. 지하철에서 소리 내 욕할 정도의 일이. 너희 미친 사람이 남 같지? 다른 사람 같지? 아냐. 미친 사람은 없어. 미치겠는 상황이 있는 거지. 곧 봐. 두고 보자고. 산다는 건 개좆같은 일이니까, 너희가 언제까지 웃나 두고 보자.

끓는 화를 간신히 가라앉히고 집에 돌아와 잠을 자려는데 새벽에 전화가 왔다. 사야였다. 무시하고 한 번 껐다. 짧은 침묵. 하! 하고 혀를 차고 누른 듯 다시 진동이 울렸다. 받았다. 왜. 한마디 떼었을 뿐인데 스피커에서 우는 소리가 들렸다. 사야는 잔뜩 취한 채 자기 할 말만 했다. 꼬인 혀로, 내일 아침에는 어쩌면 기억도 나지 않을 말, 지금의 진심이 100퍼센트 드러나는 말을 했다.
　―언니, 나 지금 취했거든? 술 많이 마셨어. 근데, 근데 정신은 말짱해. 아아주 말짱해, 언니. 내가 언니, 그냥 자려다가 잠이 안 와서 전화했어. 내가 참으려다가, 참다 참다 못 참겠어서 전화했어. 언니, 어떻게 그래? 내가 돈 좀 빌렸다고 어떻게 그럴 수가 있어? 너 맨날 뮤지컬 보러 다니는 거 내가 모르는 줄 알아? 지는 맨날 본 거 또 보면서 돈 펑펑 쓰는 주제에 동생이 좀 어려워서 빌린 거 그게 그렇게 고까워? 사람 무시하지 마, 진짜. 지만 대학 나왔다고. 어? 대학 나왔다고 다른 사람 쓰레기 보듯이 보고. 모르는 줄 알지? 다 알아. 언니 나 쓰레기라고 생각하잖아. 그래서 쓰레기 짓 하는 거야. 니가 나 쓰레기로 보니까. 엄마도 니만 좋아하고 나는 내놓은 자식 취급하고…….
　그렇게 횡설수설하다가 배터리가 닳은 듯이 뚝, 전화가 끊겼다.
　사야는 곯아떨어졌을 것이다. 다시 전화가 오지 않는 걸 보니 그랬다.
　사라는 아니었다. 잠이 깼다. 더는 잘 수 없도록 또렷하게 깼다. SNS를 켜 사야의 계정을 찾았다. 업로드한 지 24시간이 되지 않은 게시물이 사야의 프로필 사진을 붉게 감싸고 있었다. 눌러보니 깔

때기를 머리에 뒤집어쓰고 카메라를 보고 있는 링고의 사진이 올라와 있었다.

―신우염 진단 1년. 우리 아기 그동안 잘 이겨내줘서 고마워. 앞으로도 힘내보자.

사라는 뭔가를 찾는 사람처럼 허겁지겁 사야가 그동안 올린 게시물을 차례로 클릭했다.

―(광고) 요즘 대세 형광등 앰플! 저도 드디어 Get♡ 바르고 일주일 지났을 무렵부터 주위에서 피부가 왤케 환해졌냐고…….

―오랜만에 근교 나들이~ 평일에 참은 대신 주말에는 달달한 거ㅎㅎ

―이번에도 쇼핑 성공 (새집이 아닌 박스에 들어간 고양이 사진)

―이것들이 지 언니 닮아서 입은 고급이어 가지구. 고양이가 아니라 돈 먹는 하마라니까!

―집사야, 우리를 쓰다듬으라냥

―귀여운 내 새꾸들. 이번 달에도 냥이들 병원비로 엄청 깨졌네ㅜㅜㅜ 그래도 언니 아니면 누가 너희를 챙겨줄까? 이번 달도 힘내자, 파이팅!

"자기가 무슨 생각하는지 알아."

마크가 웃었다. 사라는 웃을 수 없었다. 생각이 실천이 되기까지는 넘어야 하는 벽이 많다. 사라는 그 벽을 깨부수며 앞으로 질주

하는 자신을 느꼈다. 너무 빨라 스스로도 멈출 수 없었다.

"도와줘, 마크." 사라가 말했다. "너는 세계를 멸망시킬 수 있잖아. 그러니까 이 정도는 작은 소원 아니야?"

"그럴 순 없어." 마크는 말했다. "난 당신의 환상이니까. 자기가 해야 해."

잔인한 신은 달콤한 말을 해주지 않았다. 웃으며 냉정한 현실을 전할 뿐이었다.

"모든 건 자기가 자기 손으로 하는 거야."

5시. 해가 지기 시작할 무렵 집에서 나가는 사야가 보였다. 공동 현관이 닫히기 전 사라는 재빨리 안으로 들어갔다. 좁은 엘리베이터에서 누군가 마주칠까 봐 겁이 났다. 후드티의 모자를 꼭 눌러썼음에도 떨렸다. 사야의 집 앞에 섰다. 302호. 두 사람이 서 있기도 버거울 복도에 서서 도어록을 켰다. 익숙한 집 전화번호 뒷자리를 누르자 삑삑 소리가 울리며 붉은 불이 켜졌다. 심장이 덜컹. 다시 한번 천천히 같은 번호를 누르자 이번에는 경쾌한 소리를 내며 문이 열렸다. 손가락이 미끄러지기라도 했나 보다. 안도의 숨을 뱉으며 사라는 집으로 들어갔다.

사람이 없는데 에어컨은 켜져 있었다. 긴장으로 흘린 땀이 차게 식으면서도 멎지 않았다. 아직 풀지 않은 이삿짐 상자가 쌓여 있었다. 침대는 흐트러져 있고 급하게 나갔는지 헤어드라이어와 고데기가 바닥에 내팽개쳐져 있었다. 빠진 머리카락들이 뱀처럼 길게 구불거리는 방은 좁았다. 이렇게 좁은 방을 전전하며 어디로 가고 싶은 걸까. 꼭 조그만 상자에 담겨 바다로 던져진 기분이었다. 막막함에 사라는 두 눈을 꼭 감았다 떴다. 이걸 타고 어디까지 도착할 수 있을까. 확실한 건 살아남기 위해선 짐을 덜어야 한다는 거였다. 가라앉는 배에 사치품은 필요 없다. 사라는 입을 뗐다.

"얘들아."

마른 성대가 비벼져 나오는 소리가 낯설었다. 다시 한번 목을 가다듬고 사라는 말했다.

"얘들아, 언니 왔어. 여기 봐."

'입이 고급'인 애들이 좋아한다던 간식을 봉투에서 꺼냈다. 마트에서 팔지 않아 동물병원 두 군데를 돌아 손에 넣은 거였다. 고양이도 개처럼 후각이 좋나? 뒤늦게 의문이 들었지만 접시에 담아 손부채질로 냄새를 풍겼다.

"얘들아, 와봐. 언니 왔어. 간식이다, 간식."

간식이라는 말엔 세이렌의 유혹 같은 힘이 있어, 어두운 케이지 안쪽에서 잿빛 털뭉치가 기어 나왔다. 사라는 조심스레 닭고기를 담은 접시를 내밀었다. 잿빛 털뭉치가 다가와 그걸 입에 물었다.

"사과."

쩝쩝대는 소리에 어디선가 슬그머니 검은 고양이가 나타났다.

"링고."

손을 흔드니 경계하는 눈빛으로 보다가 순식간에 마음을 바꾼 듯 무릎으로 올라왔다. 그 순간 사라는 악! 비명을 삼켰다. 링고가 발톱을 세운 채 무릎을 디딘 탓이었다. 면바지를 뚫는 발톱이 지독한 악의처럼 느껴졌다. 어금니를 깨물고 참았다. 신은 공평하니까. 적어도 마크는 그럴 것이다. 사라는 접시에서 닭고기를 집어 링고의 주둥이로 내밀었다. 링고는 의심 없이 그걸 받아먹었다. 아주 짧게, 사라는 평화를 느꼈다. 얌전한 것들을 돌보는 마음을 느꼈다. 그러나 이 둘은 병들어 아팠고 살아가는 동안 1000만 원은 더 잡아먹을 것이다. 사라는 그 털 많은 등을 어루만지며 불렀다.
"야, 1000만 원."
"……."
"돈 먹는 하마."
염치가 없어도 너무 없지. 어떻게 같은 애완동물한테 기생할 생각을 할까. 응? 주인을 찾았어야지. 누울 자리를 찾아서 발을 뻗어야지. 기묘한 슬픔으로 가슴이 뿌듯했다. 너희 모두 죽어가는 것들이구나. 느리게 천천히, 앞으로 얼마만큼 더 고통스러워야 할까. 그런 게 삶이라면 끝내는 게 낫다. 사야에 대해서는 이렇게 생각했다. 내가 너를 돌봄의 고통과 예정된 가난에서 구해주는 거라고. 미래에 있을 1000만 원을 손에 쥐여주는 거라고. 엄마는 늘 말했지. 언니니까 네가 이해해. 네 동생 사람 구실 못하고 사는 거 보면 안쓰럽잖아. 엄마 말엔 틀린 게 하나 없었다. 그래서 이러는 거다. 내가 언니니까. 언니니까 동생 하나 남들처럼 살게 해주려고, 신은 못 되어도 언니는 되어주려고 이러는 거다.
케헥. 무언가 걸린 것처럼 사과가 기침을 했다. 그와 거의 동시에 링고의 몸이 빳빳해졌다. 구토를 하려는 듯 벌어지는 주둥이를 사라는 붙잡았다. 하나도 토하지 못하게 힘을 꼭 주었다. 날카로운 발톱이 팔을 긁었다. 아팠지만 힘을 풀지 않았다. 사라는 심호흡을 했다. 명상하듯 눈을 감았다. 머릿속에서 차임이 들렸다. 부스럭대는 소리가 점차 줄고, 귀가 멀 것처럼 커다란 오케스트라의 연주가 들렸다. 부글부글 링고의 입가에서 거품이 새어 나왔다.

〈더 라스트〉는 평일 저녁 8시, 명일아트센터에서 시작한다. 극장에 도착하니 7시 55분이었다. 흐르는 땀을 식히며 자리에 앉았다. 손부채질을 하는데 옆 사람이 곁눈질로 보았다. 미친년아, 조용히 볼 거니까 안심해. 한숨을 쉬고 안경을 고쳐 쓰는데 뺨이 축축했다. 땀인 줄 알았는데 눈물이었다. 누수된 듯 질질 새고 있었다. 손바닥으로 문질러 닦았다. 지워질 화장도 없어 다행이라는 생각이 들었다.

머릿속에 울린 것과 똑같은 차임, 똑같은 오케스트라의 연주가 시작되었다. 연주가 모두 끝나고 짧은 침묵 뒤 무대 왼편에서 남자 하나가 걸어 나왔다. 이야기의 화자이자 내레이터인 에디가 입을 여는 순간 끄는 걸 깜빡한 휴대전화 화면이 밝아졌다.

사야.

동생의 이름이 끌로 새긴 듯 눈에 선명히 들어왔다. 사라는 사야의 전화를 받지 않았다. 끄지도 않았다. 단지 그대로 내버려둘 뿐이었다. 스마트폰은 들썩들썩, 울먹이던 사야의 어깨처럼 진동했다. 울림이 멈추더니 이번엔 메시지가 왔다.

　—언니

　—사라 언니

　사라는 휴대전화를 뒤집었다. 옆 사람이 사라의 어깨를 조용히 두들겼다. 사라는 무시했다. 화면은 계속해서 밝아졌다, 꺼졌다를 반복했다. 옆자리 여자가 목소리를 냈다. 저기요. 사라는 가만히 정면을 향한 채 대꾸했다.

　"그냥 좀 있어요."

　"예?"

　황당하다는 듯 노려보는 여자에게 사라는 답했다. "그냥 보시라고요. 이거 안 껐다고 지구가 멸망하는 게 아니잖아요."

　혀를 찬 여자가 어셔에게 손짓했다. 사라는 동요하지 않고 무대로 시선을 돌렸다. 이제 막 마크와 에디는 여행을 시작했다. 지구가 끝날 때까지 함께하자고, 종말이 자기들 손에 달려 있다는 걸 모르고 약속하고 있었다. 벌어진 트렁크에 옷가지를 마구 집어넣고 있었다. 진동이 울렸다. 화면이 계속 밝아졌다.

　—언니

　—나 좀 도와줘

　—언

　비명처럼 단어가 쏟아졌다. 다가온 어셔가 몸을 기울여 사라에게 속삭였다. 선생님. 말을 거는 목소리를 사라는 무시했다. 이 세계에서 결코 끌려 나가지 않겠다는 의지를 담아 발에 힘을 꼭 주었다. 진동이 울렸다. 선생님, 이러시면 퇴장 조치 할 겁니다. 몇 번의 경고를 무시하자 어셔가 사라의 팔을 낚아챘고 놀라 손을 뗐다.

꺄악.

사라는 링고가 남긴 생채기로 잔뜩 붓고 피투성이가 된 팔에서 느껴지는 고통을 참았다. 다시 진동이 울렸다. 옆자리 여자가 사라의 휴대전화를 뺏어 끄려다가 실수로 전화를 연결했다. 전화기 너머에서 처절한 울음소리가 들렸다. 언니, 언니! 어셔는 어정쩡하게 통로에 서 있고 사라는 이를 악물고 있고 놀란 옆자리 여자는 입을 다물고 있고 모두 이도 저도 못하고 멈춘 상태에서도 무대는 여전히 진행되고 있었다. 묘하게 경쾌해서 서글픈 목소리로 에디가 말했다.

여행은 도착하기 전까지가 가장 즐거운 거야. 막상 가면 더러운 모래사장과 버려진 캔, 애들 오줌이 가득한 미적지근한 바닷물과 나쁜 날씨와 실망밖에 없거든.

그러자 마크가 답했다.

그래도 최선을 다해서 즐기자고. 여행을 하는 동안엔 말이야.

제 26회
이효석
문학상

―――

대상 수상작가
자선작

사랑, 기억하고
있 습 니 까

폭동이 일어나기 전날 우미는 서울에서 170여 킬로미터 떨어진 군산의 한 호텔에 있었다. 일을 시작한 지 일주일이 되었다는 카운터 직원과 넷플릭스를 재생하려다 실패하고 공중파 뉴스를 틀었을 때였다. 선배에게서 연락이 왔다. 잘했어?

우미는 아차 하고 답했다.

"못 구했어요."

왜냐는 물음이 돌아오기 전에 재빨리 덧붙였다.

"사람이 없습니다."

우미는 작은 언론사의 기자였다. 처음에는 그래픽디자이너로 취직했다가 얼결에 기자가 되었고 다른 직장을 알아보던 차에 그 사건이 터졌다. 말이 되나? 황당했지만 회사 입장에선 호재랄까? 호재였다. 사건의 여파로 어느 때보다 정치에 대한 관심이 커지는 바람에 불어난 유튜브 구독자가 80만을 돌파한 날, 우미의 선배이자 직속상관이자 구성원이 단둘뿐인 미디어팀의 팀장은 말했다. 인터뷰 연재를 하자. 이름하여 응원봉을 들고 거리에 나온 전국의 아이돌 팬 인터뷰!

"말씀은 알겠는데, 괜찮을까 싶어요."

"왜?"

솔직한 입장으론 BTS가 몇 명인지도 알지 못하는 사람이니 이런 얘기를 하겠거니 싶었다. 우미는 돌려 말했다.

"잘 모르는 사람이 해도 되나 싶어서요. 팬덤은 민감하니까요."

"모르니까 하는 거지. 그게 기자가 하는 일이지."

선배가 잔뜩 신이 난 목소리로 말했다. "우미 씨 케이팝 잘 알잖아. 한번 해봐."

광장에 흘러나온 에스파 노래를 알려줬을 뿐인데. 그건 지난해 제일 히트한 가요 중 하나고 길거리를 돌아다니는 것만으로 전 곡을 욀 수 있었는데 선배는 요지부동이었다. 까라면 까야지. 민주언론에도 위계질서는 존재하니까. 일단 알았다고 하고 쏟아지는 뉴스에 바쁘다는 핑계로 개겼는데, 진심이었는지 며칠에 한 번은 우미를 자리로 불렀다. 우미 씨, 그거 잘하고 있어? 응원봉 준비 잘되고 있어? 몇 번을 이리저리 핑계 대다 물러설 곳이 없어졌을 때 말했다.

"재밌는 이야기가 나올지 모르겠어요. 너무 흔하지 않을까 싶은데."

그러자 선배가 살다 살다 이런 한심한 얘긴 처음 듣는다는 듯한 표정으로 얼굴을 빤히 봤다.

"우미 씨, 내가 지금 기회 주는 거야. 자기 지금 3년 차잖아. 우미 씨도 기획 같은 기획 한 번은 해야지."

그게 우미가 태어나 두 번째로 간 군산에서 실패를 맛본 이유였다. 서울과 달리 지역 집회는 썰렁했다. 사람의 많고 적음이 무슨 상관이겠냐만, 구인에 실패한 것만큼이나 현장 분위기에 울적했던 것도 사실이라 목소리에 힘이 빠졌다.

"좀 더 큰 도시로 가야 할 거 같아요."

그렇게 없어? 규모가 작은 도시는 아닌데. 마찬가지로 서울 촌놈인 선배도 놀란 듯 웅얼거리다 일단 돌아와 얘기하자며 전화를 끊었다. 달리 할 일도 없어 우미는 술을 약간 마셨다. 오랜만에 마시다 보니 주량도 가늠하지 못해 양치도 못 하고 그대로 잠이 들었고, 새벽녘 TV에서 쏟아지는 빛에 눈이 부셔 리모콘을 찾다 그 일이 일어난 걸 본 것이다. 처음엔 영화라고 착각했고 다음 순간 곧장 가방을 쌌다. 택시를 타고 익산역까지 도착해 KTX를 타고서야 선배에게 메시지를 보냈다.

─저 가는 중입니다.

선배 역시 깨어 있었는지 조심히 오라며 짤막한 한 줄을 남겼다. 각성 상태가 된 우미는 노트북을 켰다. 공개된 뉴스로부터 몇 가지 소스를 추출하여 숏폼으로 만든 뒤 연달아 세 개를 업로드했다. 조회 수가 제대로 올라가는 걸 확인하고서야 상황을 파악했다. 한 무리가 각목이나 쇠파이프 따위를 들고 법원 벽을 내리치고 있었다.

얼굴을 가렸어도 알아볼 사람은 알아볼 수 있을 듯했다. 도대체 뭔 생각인 거야. 중얼거리다 우미는 반사적으로 화면을 정지했다.

"이거 유리 아니야?"

6년 만에 입 밖으로 낸 이름이었다. 그러나 다시 보니 전혀 닮지 않은 남자였다. 심장이 쿵쾅댔다. 왜 그 이름이 먼저 떠오른 걸까. 정지한 얼굴을 보고 있자니 기억이 아지랑이처럼 피어올랐다. 그 안을 정원처럼 헤매던 중 짧게 감탄사가 나왔다. 아, 만난 적 있는 얼굴이다. 6년 전, 유리의 흔적을 쫓다가 만나서 유리의 이름이 떠오른 거다. 오히려 알아본 게 용하네. 스피커에서 안내 멘트가 들렸다. 우리 열차는 오송, 오송역에 도착할 예정입니다. 내리실 분은 차 안에 잊은 물건이 없는지 다시 한번 확인해주시길 바랍니다……. 몇몇 사람이 내리고 몇몇 사람이 탔다. 정차했던 열차가 다시 출발했다. 우미는 턱을 괴고 바깥을 봤다. 빠르게 흩어지는 풍경을 바라보며 생각에 잠겼다. 유리. 입 밖으로 낸 것만으로 우미를 이상한 추억에 빠뜨린 남자. 환한 미소. 한때 가장 사랑했던 그는 우미의 최애였다.

그해 겨울 우미는 성지순례에 갔었다.

*

'사랑, 기억하고 있습니까'의 작가 마리(@○○○○○○○)를 공론화합니다.

사랑, 기억하고 있습니까의 작가 '마리(@○○○○○○○)'를 공론화합니다. 그는 '죽은 나무(@○○○○○○○)'라는 이름으로 쓴 팬픽에서 성인과 미성년자의 성관계, 종교적 소재 등 비윤리적인 소재를 사용하였습니다. 또한 참고한 이미지와 같이 보편적 윤리 인식에 어긋나는 풍기 문란한 묘사를 하며 유리를 희롱했습니다. 실제 유리가 법적 성인이라 할지라도 극 중 미성년자로 묘사되는 이상, 이러한 성적인 표현이 반복해서 등장하는 건 엄중히 다뤄야 할 사안이라고 봅니다.

한 사람이 다른 이름으로 쓰는 계정을 밝히는 게 예의는 아니라는 건 압니다. 그러나 멤버들도 알 정도로 알려진 팬이 이런 짓을 하는 걸 두고 볼 수 없었다는 생각에 한때 그와 친분을 쌓던 지인임에도 이 글을 남기게 되었습니다. 기획사의 현명한 대처를 기다립니다.

*

성지순례는 본래 종교용어로 신성한 장소를 방문하는 일을 뜻하나 우미가 종교를 가졌던 건 아니다. 갓 대학을 졸업하고 수면방이 있는 신생 3D 스튜디오에서 일하던 우미에게 신은 멀리 있었다. 눈에 보이지도 않았고, 만져지지도 않았고 그건 입사 동기인 영하에게도 마찬가지였다.

두 사람은 만화애니메이션과의 신입생으로 처음 만났다. OT에서 우미는 활발한 영하가 이곳에 어울리지 않는다고 생각했고, 예상대로 영하가 자퇴한 뒤론 볼 일이 없다가 첫 직장에서 재회했다.

원래 아는 사이냐는 사수의 물음에 영하가 대학 때 친구요, 라고 한 것을 계기로 두 사람은 가까워졌다. 친구. 우미는 그 단어를 잘 쓰지 않고 영하는 인스타 DM만 주고받아도 썼는데 몰라서 가능했던 일이었다.

사수는 무책임하고 상사는 무능하며 잔업이 많던 회사 생활. 그중 하이라이트는 매주 금요일에 하는 기도 모임이었다. 유명 교회 장로인 대표는 전 사원을 불러 손을 모으게 했다. 눈을 꼭 감고 쏟아내는 간절한 외침은 언제나 현세의 궁전을 버리고 내세의 궁전으로 갈 준비가 되었다는 구절로 끝났는데, 실제로는 연희동에 있는 그의 궁전 잔디를 깎는 데 직원들이 동원된다는 소문이 돌았다.

"진짜야?"

"그래서 다 때려치우고 나가는 바람에 우리가 같이 뽑힌 거잖아. 원래는 한 번에 둘씩 못 뽑지. 좆손데."

영하가 길게 담배 연기를 내뿜으며 답했다. 그랬던 탓에, 언제나 반복되는 잔업과 격무에 시달리던 두 막내는 여느 때처럼 야근 밥을 사러 나왔다가 경의선 철길 공원에서 게릴라 공연 중인 아이돌을 보고 동시에 결심한 것이다. 사랑을 시작해야겠다고.

둘 다 최애로는 유리를 잡았다. 데뷔 3년 차의 중소기획사 그룹. 슬슬 반응이 오는 중이래도 떡밥이랄 게 없어 영하는 자연스레 사진을 찍고 우미는 그림을 그리게 되었다. 원래 하던 가락이 있으니 당연히 팔로워가 금방 붙었다. 회사에선 무능한 막내가 여기서는 신이고 미켈란젤로였다. 한번은 소통 커뮤니티에 그림을 올리고 유리로부터 '우와, 잘 그렸다 ㅎㅎ'라고 댓글을 받기도 했다.

영하는 한술 더 떴다. 야외 행사에서 찍은 직캠이 '아이돌로 예술 하는 홈마'란 제목을 달고 커뮤니티의 인기 게시글에 오르면서 하루아침에 유명 인사가 된 것이다. 걸그룹도 아닌데 조회 수가 100만, 200만을 넘어 좀 있으면 1000만이었다. 공식 뮤직비디오 조회 수가 100만을 간신히 웃도는데. 영하는 너무 관심받아서 무섭다면서도 들뜬 티를 숨기지 않았다. 이대로라면 우리도 2군, 아니 1군 아이돌 머잖았는걸? 우미도 농담처럼 말하며 가까이서 북돋웠다. 감독님, 보여주셔야죠! 우리 유리 시상식 보내주셔야죠! 그럴 때면 영하는 야, 오버 좀 하지 마, 라고 하면서도 사무실에선 절대 보여주지 않는 얼굴로 웃으며 말했다. 흐흐, 이게 사는 거지. 이게 사는 거야.

우미는 공개된 그림 계정 외에 비밀 계정이 있었다. 아마 영하도 그럴 테지만 서로 마음 편히 덕질하기 위해 맞팔할래? 같은 말은 하지 않은 채 잘 맞는 익명의 지인들하고만 어울렸다. 그러던 어느 날 한 친구가 우미에게 엉뚱한 걸 물었다.

―님, 혹시 팬픽도 봐요?

줄글을 선호하지 않아 잘 읽진 않는다고 하자 친구가 링크 몇 개를 보냈다. 나중에 시간 되면 한번 봐주세요. 이거 존잼인데. 우미는 사실 글보다는 만화파인데, 어쩐지 그걸 말하는 게 민망했다. 그래서 말만 알았다고 하고 야근을 핑계로 차일피일 미뤘는데 친구는 끈질겼다.

—님, 요것도 같이 보세요. (링크)

—(링크) 새로 올라온 글인데 볼만하네요~

—(링크) 최근 본 것 중 제일 수작 ㅎㅎ 추천합니다.

그때마다 고맙다고만 하고 절대 보지 않았는데 친구는 꺾이지 않았다. 이러다 끝도 없을 거 같아서 한번 져줘야겠다 싶었다. 마침 오랜만에 약속 없는 주말이었다. 모로 누워 링크 하나를 눌렀다. 이것만 보지 뭐. 그리고 처음부터 끝까지 읽은 뒤, 바로 트위터에 들어가 DM을 보냈다.

—님. 보내주신 거 봤어요.

—어땠어요?

우미는 망설이다가 두 글자로 말했다.

—존잼

—ㅋㅋㅋㅋㅋㅋㅋㅋㅋ 그쵸!

그렇게 우미는 팬픽의 세계에 빠졌다. 그러나 활동기도 아닌데 매일 새로운 유리를 만날 수 있다는 기쁨은 잠시, 수작과 범작, 망작, 범작, 또 다른 범작과 실패작까지 고루 섭렵한 뒤 우미는 약간의 실망 속에 깨달았다. 유리가 나온대서 전부 유리가 아니구나.

우미는 김이 서린 거울에 웃는 유리를 그렸다. 사랑스러운 유리. 웃음이 많은 유리. 원체 밝고 생글생글 웃는 애지만 우미가 보는 유리는 그게 아니었다. 좀 부끄러운 표현이지만 고독한 늑대랄까? 항상 그림자를 드리우고 있달까? 그런 느낌이 있었다. 그래서인지 친구가 추천해준 작품은 대부분 가짜 같았다. 누가 유리를 이름만 빌려 흉내 내는 느낌? 밝고 사랑스러운 게 다가 아닌데. 분명 내면의 상처? 아픔? 그런 게 있는데 8할은 유행 지난 캔디형 여주처럼 그려졌다. 한번 그런 생각이 들자 아무리 명작이라 해도 반쪽짜리 같았다. 혀를 쯧쯧 차며 돌밭 속에서 진주 하나를 찾고 있자니 꼬장꼬장한 교수가 학부 시절 크리틱 때마다 반복하던 말이 떠올랐다.

인물 속으로 깊게 들어가라고. 개가 무슨 생각을 하는지 어떤 사람인지 진심으로 궁금해하란 말이야. 저녁밥은 뭘 먹을지, 양식인지, 한식인지, 젓가락질은 잘하는지, 국을 먹을 땐 숟가락으로 뜰지, 먹고 바로 설거지를 할지 누울지, 눕는다면 어떻게 누울지 피부로 느끼란 말이야. 엉? 너희 옆에 사는 것처럼 이, 종이에서 끄집어내서 생생하게 살려내란 말이야.

참스승이셨구나. 우미는 맥주를 홀짝이며 휴대전화를 매만졌다. 때마침 사이버상의 친구들도 팬픽 이야기로 열을 올리고 있었다. 우미는 비밀계정 친구들이 주고받는 멘션을 보았다.

─저는 캐릭터 해석은 불만 없는데 맨날 학원물 아님 캠퍼스물인 게 아쉽네요. ㅜㅜ 유리가 너무 앳되게 생겨서 그런가.
─장르물 보고 싶음 ㅜㅜ 야쿠자도 좋고 리맨물도 좋고 ㅜㅜ 남들 다 보는 사이비물 저희도 한번 먹어보고 싶습니다.
─동의합니다. 저희도 다양한 밥상을 받아먹을 필요가 있습니다.

―여러분, 미치카 님이 차려주신답니다.

―ㅋㅋㅋㅋ 저는 숟가락 놓는 것밖에 못함. ㅜㅜ 두부 엄마 밥 주세요.

―네, 두부 님 미치카 님 말 꺼낸 융이 님까지 세 분이 차려 오시는 걸로. ^^ 그리고 축전은 이분? (@○○○○○○○) ^^

갑자기 걸린 태그에 우미는 허겁지겁 들어가서 답을 달았다.

―ㅎㅎㅎㅎㅎ 좋아요. 써주기만 해주세용.

그러면서도 묘하게 답답한 기분이 들었다. 왜 나한텐 팬픽 쓰라는 말을 안 하지? 기대가 안 되나? 지금이야 시간이 없어 그림 한 장 딸랑 올리고 말지만 원래 우미의 장기는 흑백만화였다. 이야기를 잘 만든다는 뜻이지. 사람들을 사로잡을 자신도 있었고, 2차 창작을 비판하는 건 규칙 위반이라니 글을 통해 이렇게 묻고 싶기도 했다. 여러분, 거기서 진짜 유리 봤어요? 뭔가 부족하지 않아요? 아니, 유리 껍질만 있잖아. 걔가 그런 애가 아닌데, 뭐가 더 있는 앤데.

그래서 우미는 팬픽을 쓰기로 했다. 이름만 그랬지 일종의 대안 역사서였다. 평행세계의 유리를 정확히 포착한 글이랄까? 누가 봐도 반박할 수 없는, 신싸 유리를 쓰자! 그렇게 생각하자 오랜민에 몸에 활력이 돌았다. 업무용으로 쓰던 작은 수첩이 산발적인 메모로 가득 찼다. 회사에서 적은 걸 밤에 집에 돌아와 풀어 쓸 때면 불평불만을 하면서도 즐거웠던 야간작업이 떠올랐다. 피로를 뛰어넘어 아주 몰입한 순간에 나오는 기분 좋은 에너지가 몸을 감쌌다. 일을 하는 중에도, 밥을 먹는 중에도 항상 쓰고 있는 팬픽이 머릿속에 있었다. 그렇게 달려 나가다가 우미는 문득 결론에서 멈춰 섰다.

이걸 해피로 끝내, 새드로 끝내?

읽는 작업과 쓰는 작업은 달라서 읽을 땐 무조건 행복한 게 좋지만 쓸 땐 다 죽이고 싶었다. 학부 때도 그랬지. 한번은 교수가 너는 왜…… 다 죽이니? 다 죽이고 있어, 라고 해서 다음에 해피엔딩을 가져가니 너는 왜…… 이야기를 이렇게 억지로 끝냈니? 다 죽이는 게 낫겠다……, 고 했다. 그땐 어쩌라고 싶었지만 이젠 알았다. 틀을 벗어나라는 소리지. 그런데 그러기 위해서 도대체 어떤 길로 가야 할지 알 수 없었다. 유리를 데리고 어딜 가야 답이 나올까 싶었다.

그렇게 며칠 머리만 싸매고 한 문장을 썼다가, 두 문장을 지웠다가를 반복하는데 영하가 물었다. 주말에 군산 가지 않을래? 이번 생일에 유리에게 보내줄 아이패드에 무대 영상을 넣다가 군산의 풍경을 함께 담아주면 더 좋겠다는 생각이 들었다고 했다.

"작년에도 집에 못 갔잖아. 보면 좋아할 거 같아서."

나쁘지 않았고, 어쩌면 그곳에서 새로운 아이디어를 발견하게 될지도 몰랐다. 적어도 기분 전환은 되겠지 싶어 우미는 수락했다.

그렇게 둘은 어느 쾌청한 1월의 아침, 용산역 앞에서 만나 익산행 KTX에 올라탔다. 둘 다 잠이 부족하던 터라 광명을 지나기도 전에 곯아떨어졌다. 영하는 창가에, 우미는 자기 어깨에 기대어 한 번을 깨지 않고 남으로 향했다.

군산에 도착한 건 생각보다 이른 시간이었다. 유리가 추천한 중국집은 아직 오픈 전이라 둘은 구경이나 할 겸 관광지 빵집에 들어갔다. 매장 안은 빵 냄새가 뒤섞인 따끈한 훈기가 맴돌아 향기로웠다. 가볍게 현기증을 느끼면서 우미는 다짐을 놓았다. 구경만 하자. 내일 올라가는 길에 사고. 그러나 때마침 카운터 뒤쪽에서 직원이 밤식빵이 가득한 트레이를 들고 나왔고…… 두 사람은 중국집 대신 빵집에서 아점을 먹었다. 종류별로 산 빵을 늘어놓고 창가에 앉아 지나가는 사람들을 보는데 새삼 이상한 실감이 났다. 유리는 여기서 태어나고 자랐구나. 그런 생각이 드니 본능적으로 도시의 풍경에서 유리의 얼굴을 찾게 되었다. 사람은 자라난 장소와 얼마나 닮아 있을까?

"도쿄에서도 이랬는데."

영하가 단팥빵을 크게 베어 물며 말했다. "거기 갔을 때도 유리랑 닮은 도시다, 했는데. 그런데 여기도 유리랑 좀 비슷한 거 같다. 소행성 176이 제일 비슷하겠지만."

큭큭. 두 사람은 소리 낮춰 웃었다. 유리네 그룹은 동세대에 데뷔한 다른 그룹처럼 독특한 세계관을 갖고 있었다. 먼 별에 사는 외계인이 음악으로 지구에 사랑을 전파하기 위해 내려왔다는 걸로 멤버들의 실명도 비밀이었다. 물론 반년이 지나기도 전 대부분이 본가에서 키우는 개 이름까지 밝혔지만 유리만이 꼿꼿이 콘셉트를 지켰다. 그러다 한 멤버가 도쿄 공연 직후 라이브 방송에서 '유리 일본어 왜 이렇게 잘해'라는 댓글을 읽고 '형 여기 사람이잖아요' 하고 말실수를 하는 바람에 출생이 밝혀진 것이다.

그때가 2년 차였다. 2년이 흐르고서야 유리는 어머니는 일본분이고, 아버지가 한국분이라는 걸 변명하듯 밝혔다. 그리고 3년 차가 되어서야 군산에서 태어났지만 자란 곳은 도쿄이고 열일곱에 다시 역이민했다고 정정했다.

어찌 생각하면 콘셉트에 충실했을 뿐인데, 때늦은 고백은 팬덤에 작은 파란을 불렀다. 이유가 없으면 숨길 필요도 없다면서, 어머니가 긴자 요정 출신이라느니, 이름난 조폭인 아버지와 환락가에서 만났다느니 수군댔다. 물론 우미는 코웃음으로 일축했다. 조폭이라니. 걔가 얼마나 속이 없는데. 우미는 데뷔 초, 싸구려 케이블 예능의 실험 카메라를 떠올렸다. 길에서 험한 외모의 사람들이 금전을 요구하자 왼쪽 주머니 오른쪽 주머니 할 것 없이 금방 털어주던 유리의 모습은, 뭐랄까, 좀 한심한 지점이 있어 팬들 사이에서 유명한 금지 영상이었다. 그때 고등학생이었기에 망정이지. 돈 내놓으라는 한마디에 바로 바닥에 납죽 엎드리다시피 하는데……. 어휴, 떠올리기도 싫었다. 그래도 가해자인 것보다야 낫다지만 어쨌든 유리가 누구를 때릴 애는 아니라는 거다. 열 대 때리면 열한 대 맞았지. 그래서 속상할 때가 있는 건데…….

"야, 다 먹었는데?"

생각에 잠겨 먹다 보니 조금만 먹고 싸 가자고 했던 빵을 동낸 뒤였다.

"아니, 언제?"

"그러니까. 어떻게. 먹을 거야?"

영하가 반쯤 남은 밤식빵을 가리키며 말했다. 깨달으니 어쩐지 더는 빵이 당기지 않아 고개를 저었다. 영하가 가방에 넣으며 말했다. "그럼 내가 챙긴다. 이따 간식으로 먹자. 중국집은 밤에 가고."

두 사람은 멀지 않은 곳에 있는 카페로 옮겼다. 여기도 유리의 단골집으로, 배가 부르다지만 생일이니 케이크를 안 시킬 수 없었다. 두 사람은 하트 모양 초도 구입한 뒤 유리가 셀카를 찍었던 소파에 앉아 동영상을 찍었다. 생일 축하합니다. 생일 축하합니다. 사랑하는 박유리 생일 축하합니다. 낮게 노래 부르고, 박수를 치고 훅, 하고 불을 껐다. 케이크는 시트부터 직접 만드는지 식감이 촉촉했다. 역시 전라도가 음식이 맛있다. 배부르다, 배부르다 하면서도 케이크 두 개를 순식간에 동내자 졸음이 슬슬 밀려왔다. 맞은편의 영하도 마찬가지인지 눈을 감고 있었다.

"영하."

"……."

"자?"

돌아오는 대꾸가 없었다. 우미는 망설이다 가방을 열어 아이패드를 꺼냈다. 조용히, 키보드를 연결하고 결말을 남긴 채 깜빡이는 커서를 보았다. 막힌 결말을 한 문장 덧붙이고, 두 문장 지우면서 제자리를 맴돌았다.

우미가 선택한 건 사이비물로, 교주로 길러지며 각종 폭력에 노출된 유리가 스스로를 구원하는 내용이 줄거리였다. 별다른 이유는 없고, 친구들이 보고 싶다고 얘기한 것 중 꽂힌 게 그거였다. 안 그래도 요즘 사이비물이 유행 중이라니 우리도 이런 거 하나쯤은 있는 게 좋지 않을까 싶기도 했고. 장르가 장르인 만큼 에로와 폭력에 힘을 주었는데, 자꾸 보다 보니 처음엔 마음에 들었던 부분도 이상하게만 느껴졌다. 특히 유리가 자기를 이용하고 괴롭게 한 벌레 떼 같은 신도들을 끌어안는 결말을 도무지 설득력 있게 쓸 수 없었다. 자기에게 폭력을 휘두른 혐오스러운 인간을 어떻게 끌어안을 수 있지? 여기에 답을 내려야 결말을 쓸 수 있을 거 같았는데 도무지 그 마음을 추론할 수 없었다. 우미는 마른세수를 했다. 그 얼굴을, 가장 치욕적이기에 성스러워지는 표정을 상상하려 했지만 잘되지 않았다.

아, 짜증 나!

우미는 벌떡 일어나 담배를 피우러 나갔다. 히터 바람에 몽롱해진 머리가 찬 바람을 쐬니 조금 맑아졌다. 담배 연기를 가슴 깊이 빨아들였다 뱉으며 우미는 차분히 호흡했다. 근본적인 질문으로 되돌아가 물었다. 나는 왜 쓰는가? 그건 유리를 위해서다. 아직은 알려지기 시작한 단계지만, 성장세로 보아 머잖아 스타가 되리라고 우미는 믿었다. 팬픽은 그날에 사용될 일종의 길잡이였다. 그러니까 힘내자. 사랑을 하면 뭐든 할 수 있다. 그렇게 다짐하며 카페로 들어가는데 영하가 고개를 내밀어 아이패드를 보고 있었다. 우미는 반사적으로 커버를 덮었다. "뭐야?"

"담배 피우러 갔다 왔어?"

태연한 반응에 화도 나지 않았다. 우미는 재빨리 켜져 있던 페이지를 눈으로 훑었다. 하필 에로신이 있는 부분이라 얼굴이 달아올랐다. 왜 남의 걸 함부로 보느냐고 해야 하는지, 농담으로 넘겨야 하는지 망설이는데 영하가 선수 쳤다.

"재밌어?"

저의를 알 수 없는 질문 다음에 영하가 덧붙인 말이 엉뚱했다. "만화 그리는 거."

그러더니 만애과 시절 크리틱 시간에 교수에게 악담을 들은 이야기를 늘어놓는 것이었다. 알맹이가 없는 걸 할 바엔 때려치우라든가, 눈만 크게 그린다고 다가 아니라고 했다든가. 잠자코 듣다가 우미는 영하가 자신의 팬픽을 만화 콘티로 착각했다는 걸 깨달았다. 아, 맞지. 좀 막말하는 경향이 있었지. 대꾸를 하자 불이 붙은 모양인지 영하의 말이 빨라졌다. 안 그래도 대학입시 때 에너지를 다 써서 의욕이 없었는데 계속 그러니까 내가 뭐 하고 있나 싶어져서 자퇴한 거라며 기억에서 희미해진 교수의 목소리를 흉내 냈다. 하영하. 내가 누누이 말했지. 니가 겪은 얘기, 아는 얘기를 쓰라고. 어디서 망가 같은 거 베껴오지 말고.

"근데 걔가 네 건 좋다고 했어."

불쑥 들어온 말에 우미는 깜짝 놀라 가슴팍을 가리켰다. "내 걸?"

"응. 그래서 너 회사에서 만나고 깜짝 놀랐어. 네가 네 작품 할 줄 알았거든."

우미는 입을 다물었다. 교수가 칭찬을 했다는 건 둘째치고(그는 우미에겐 데생이 고등학생 이하라며 나머지 공부를 시켰다), 지금도 자기 작품을 한다고 생각했기에 할 말이 없었다. 돈이 안 될 뿐이지. 우미는 그랬다. 기억하는 이래로 항상 무언가를 만들었다. 아주 어릴 땐 엉터리 피아노 작곡을 했고, 대학 땐 만화였고, 이젠 팬아트고 팬픽일 뿐이었다. 장르만 다르지 우열이나 차등도 없었다. 그렇지만⋯⋯.

재능엔 우열이 있지.

우미 역시 그 순간을 기억했다. 강의실의 모두가 한순간에 조용해지던 것. 양쪽에 최소 네댓 개의 피어싱이 달린 영하의 두 귀가 붉어지던 것. 그 공기. 어쩌면 다시 사회에서 만난 첫날 친구예요, 하고 덥석 팔짱을 껴오던 영하의 기세만큼이나 중요했던 건 같은 교실에서 영하가 우미 앞에 내보였던, 아니 탄로 나고 말았던 수치를 기억했기 때문인지 몰랐다. 그러나 우미는 감정을 모두 먼 곳으로 밀어버렸다. 멀리서 우월감의 봉화가 피워 올리는 희미한 연기를 애써 등지고 영하에게 되묻는 것으로 답을 대신했다.

"너는 뭐 만들 생각 없어?"

예상했다는 듯 방어적일 정도로 빠른 답이 돌아왔다. "못 하지. 안 그런 지가 벌써 몇 년이냐. 졸업도 못 했는데."

"꼭 만화로 안 해도 되잖아." 우미는 적선하듯 덧붙였다. "팬픽 같은 거 써봐도 되고."

"팬픽?"

"나도 뭐 잘 아는 건 아닌데 요즘엔 팬픽으로 입덕하는 사람도 많고. 물론 유리 팬 절반은 네가 만든 건데……."

"음, 뭐."

칭찬으로 끝맺었는데 영하의 반응이 어설펐다. 웃는 듯 마는 듯. 묘한 표정에 슬쩍 무슨 일이 있냐고 물었더니 전혀 예상치 못한 답이 왔다. "실은 아까 기획사에서 DM이 왔는데."

"기획사? 유리네 회사?"

영하가 고개를 끄덕였다. 가짜라고 의심할 수도 없게 공식 계정으로 발송된 메시지엔 영하의 노고에 감사한다는 말과 함께 직캠 조회 수가 1000만 회가 넘은 기념으로 멤버 유리가 인사를 하고 싶어 한다는 내용이 적혀 있었다.

"진짜 유리가 그랬대?"

"겠냐. 회사에서 시킨 거지."

아니, 운영 한번 기가 막히게 하네. 좆소는 이런가? 반쯤은 황당했지만 최대한 숨기며 침착하게 뭐라고 답변했는지 묻자 영하가 고개를 설레설레 저었다.

"아직. 근데 거절하긴 하려고. 무슨 소리 들을지 어떻게 아냐 싶어서. 트친들은 가라는데, 그래도 다른 사람들 눈치도 좀."

안 그래도 굴러온 돌이 박힌 돌 뺀다고 원래 유리 사진을 찍던 팬의 견제에 성격이 드센 영하도 못 견디게 난감한 모양이었다. 그럼 쌍 지들이 잘 찍든가. 지들이 못 찍는 거 가지고 나한테 지랄. 인상을 찡그리고 있던 영하가 환한 표정을 지으며 일어났다. "담배 한 대만 피우고 가자."

택시에 올라타고도 한동안 우미는 영하가 카페에서 한 충격적인 고백에 매여 있었다. 이래서 양지에서 놀아야 하는구나. 아무리 괜찮은 팬픽을 써서 팬덤을 키워도 기획사에서 고맙다고 연락 올 일은 없을 거다. 물론 무슨 대가를 바라고 하는 일은 아니지만 부러운 건 부러웠다. 암만 인기가 없대도 팬 사인회에 가려면 돈을 좀 써야 했다. 방세에, 관리비에, 교통비에, 생활에 꼭 필요한 지출만으로 통장에 구멍이 뚫리기 직전이니 유리를 직접 만나는 건 언감생심이었다.

그런데 영하는 어떻게 다 따라다니지? 새삼스레 궁금했다. 서로 얼마 버는지 뻔히 아는데. 부모의 도움을 받는 걸까? 일전에 팬덤 내에서 큰손으로 유명하던 사람이 사기죄로 감옥에 갔다는 소식을 들은 게 떠올랐다. 설마. 그 정도로 앞뒤 안 가리는 애는 아니지. 우미는 힐끔 영하의 옆모습을 살폈다. 회사야 편한 차림으로 다니지만, 가끔 약속이 있는 날엔 샤넬 클래식이나 디올 미니백을 들었다. 휴대전화도 새 기종이 나오면 바꿨고, 네일도 2주에 한 번은 바꿨고, 생각해보면 카메라 자체가 고가다. 보디에 렌즈까지 구비하려면 웬만한 중형차값은 훌쩍 넘는다는데 그게 여유가 있다는 뜻이지. 어떻게 생각하면 참고 회사를 다니는 거 자체가 말이 안 되는지도 몰랐다. 이거 진짜 취미 생활이고 알고 보면 괜찮은 집 영애 아니야? 완전히 가능성이 없는 얘기는 아니라서, 이제까지는 그냥 타고난 건 줄 알았던 영하의 반들반들하고 예쁜 피부를 넋을 놓고 보는데 목소리가 들렸다.

"여기 분이 아니신 거 같은데요."

어딘지 신경을 쓰는 것 같은 조심스러운 목소리였다. 영하가 맞다고, 서울에서 왔다고 하자 기사가 같은 말투로 되물었다. 내비에 길이 나와 가긴 하는데, 서울분들이 어째서 이런 델 가실까요. 시내랑 거리도 있고. 영하는 거기가 숨은 풍경 명소래요, 하고 무심하게 뱉고는 살짝 짓궂은 투로 덧붙였다.

"제 남자친구가 여기 사람이거든요. 사진 보여드릴까요?"

기사가 힐끗 유리의 사진을 돌아보고 웃었다. "어유, 인물이 훤하네요."

"잘생겼죠!" 영하가 깔깔 웃었다. "기사님, 유리 모르세요? 여기 출신인데."

"나는 나이가 있으니 잘 모르죠. 가수예요?"

"모르시면 어떡해요! 얘 별명이 군산의 보석인데."

"그런 분을 몰라봤네요. 제가 여기 사람이 아니라서요."

승객과 대화의 물꼬를 터 신난 기사가 이야기를 이었다. 직장 생활을 마치고 아내의 고향에 내려온 지 이제 막 1년이 되었다, 첨엔 밭 한 뙈기나 해먹고 느긋하게 노후를 보낼 예정이었으나 나이 들었다고 집에만 가만히 있자니 좀이 쑤셔 반년 전부터 택시를 시작했다고 했다. 그래도 아는 길은 다 알아요. 내가 길눈이 밝고, 이거 있으면 다 되긴 하니까. 기사가 내비게이션을 손가락 마디로 툭툭 두들겼다.

"그래도 아가씨들이 이런 산에 가는 건 처음 봐요. 관광지도 아닌데."

"다음에 기사님도 가보세요. 풍경이 괜찮대요."

그렇게 한동안 수다가 이어지다가 택시가 어느 언덕에서 멈췄다. 여기서부터는 못 들어가네요. 도보로 가셔야 해요. 시내와 떨어진 곳이니, 기사는 혹시 돌아가는 길에 필요하면 전화 달라며 명함을 건넸다. 유턴한 차가 떠나니 사방이 적막했다. 낙엽과 약간 남은 눈을 밟으며 오르막길을 걷자 머잖아 트인 곳이 나왔다. 날씨가 좋아 멀리 있는 바다까지 시원히 내다보여 기분이 상쾌했다. 동영상을 찍는 영하 옆에서 우미는 조용히 바람을 맞았다. 작게 영하가 중얼거리듯 말을 거는 소리가 들렸다. 유리야, 네 말대로 여기 너무 좋다. 소중한 추억 나눠줘서 고마워……. 한동안 혼잣말하던 영하가 카메라를 껐다. 그리고 약간 시간이 지난 뒤 잠긴 목소리로 말했다.

"유리가 진짜 자기 얘기 잘 안 하잖아."

"응."

"콘서트 할 때도 유리네 부모님만 안 오시고. 동창이라고 글 올리는 사람도 없고. 속내를 잘 안 보여주는 앤데……. 그런데 요즘은 마음을 좀 연 거 같아서 고맙다."

바로 어제, 라이브에서 한 얘기였다. 스트레스 관리를 어떻게 하냐는 질문에 산에서 야경 보는 걸 좋아한다고, 연습생 때는 남산이나 청계산에 가끔 갔고, 예전엔 거의 매일 올랐다며 사진을 하나 보여줬다. 이건 군산에서 찍은 건데…… 예쁘죠. 학교 근처라 자주 갔어요. 어딘지는 비밀. 깜찍한 유리. 유리는 모르겠지만 시대가 변해 그 정도 사진이면 구글 지도만 찾아도 위치를 금방 알 수 있었다. 순진해. 순진해도 너무 순진해. 입술에 손가락을 갖다 대던 유리를 떠올리며 흐뭇한 미소를 짓는데, 두 사람의 휴대전화가 동시에 울렸다. 도착한 동영상을 재생해보니 모자를 푹 눌러쓴 채 춤을 추는 유리 아래로 캡션이 붙어 있었다. 연습 중! 그걸 보고 영하가 낮게 웃었다.

"이러니까 독한 놈이란 소릴 듣지."

영하의 웃음소리가 길게 이어지다가 점차 잦아들었다. 영하가 짧게 한숨을 내쉬었다.

"우미 넌 오프 안 다니지만 나는 유리 자주 보잖아. 근데 실제로 보면 생각보다 더 간절? 간절하다고 하나? 그런 게 보인다. 너무 착실해. 솔직히 맨날 숙소랑 연습실만 오가서 걱정도 돼. 인간이 그렇게만 살 수 없는데……. 왜, 그때 출근길에 미친년들이 밀어서 유리 넘어진 적 있잖아. 내가 너무 미안해서 그날 저녁 사인회 때

유리한테 안 다쳤냐고, 내가 대신 사과한다고 그랬거든? 근데 뭐라는지 알아? 자기는 괜찮대. 사랑해주는 거니까 다 할 만하대. 다른 애한테 들었으면 이 새끼 공사 치네, 뭐가 갖고 싶은 거야? 아이폰 새로 나온다니? 지방시? 하다못해 베이프 티셔츠라도 하나 받으려고 하는구나, 하겠는데 유리는 진심인 거야. 그게 눈에 보이는 거야."

왜 모를까. 우미도 알았다. 오프에 안 다녀도 유리가 진심이라는 건 화면 너머로도 느껴졌다. 그래서 무섭고, 때론 슬프기도 했다. 이렇게 매사에 진심이다 보면 다치지 않을까? 유리도 어쨌든 이십대 남자애였다. 놀고, 연애도 하고 싶을 텐데 언제까지 자기를 포기하고 내어줄 수만 있을까? 유리의 말대로 진짜 사랑만 해주면 다 충분한 걸까? 그럼 삶이 없어도 되나? 깊이 생각하면 우울해졌다.

겨울 해는 짧다. 아직 환하다지만 사람도 안 다니는 곳에 있는 건 안전하지 않았다. 어쩐지 씁쓸한 기분을 품에 안고 두 사람은 언덕을 내려갔다. 오솔길을 지나 다시 도로가 나오는 곳까지 도착한 뒤 영하가 휴대전화를 들고 영상을 켜 소리를 키웠다. 익숙한 목소리가 흘러나왔다. 제가 학교 다닐 때, 저녁 먹고 자주 가던 데가 있는데, 언덕을 내려가면 오솔길이 나왔거든요. 거기로 가면 사방이 트여 있는 곳이 있어서…….

"그런데 왜 지도에는 안 나오지? 폐교된 건 아니겠지?"

"그래도 건물은 남아 있겠지."

"그렇겠지? 어쨌든 시간 있으니까 가보자고."

둘은 유리의 말을 거꾸로 되짚으며 올라갔다. 꼭 길이 있는 것처럼 말하는 투였는데 별달리 인도가 없어 영하는 가드레일에 바짝 붙어 걷고 우미는 뒤따랐다. 5분 정도 시간이 지났을까. 팻말이 하나 보였다.

"저건가? 저기. 사단법인 평화와 어쩌고."

"어? 맞는 거 같아. 사립이라서 안 나왔나 보다."

거기서부터 영하의 발걸음에 묘하게 탄력이 붙었다. 좀 천천히 가라고 말을 붙이면 처음에만 속도를 늦추는 듯하다가 금방 저만치 앞서 나갔다. 그런 말 하는 우미 역시 발걸음이 다급해지는 걸 멈출 수 없었다. 묘한 흥분에 심장이 쾅쾅 뛰었다. 영상이 올라온 건 어제. 만일 운이 좋다면 유리가 다녔던 학교에 가는 건 두 사람이 처음일 거다. 그런 기대감에 가득 찬 두 사람의 눈에 다시 한번 팻말이 들어왔고, 그 뒤편으로 울창한 나무로 둘러싸인 건물도 보였다.

"아직 있다!"

신이 나 달려간 두 사람은 교문 앞에 멈췄다. 교문 위에 푸른 담쟁이 잎이 아치형으로 드리워져 있고 그 아래 그늘 한가운데 구세주가 있었다. 흰 석고를 깎아 만든 조그만 얼굴이 핏기 없이 창백했다. 한편 감은 눈매와 뺨이 부드럽기도 하여 슬퍼하는 듯도 했다. 뭐야. 미션스쿨인 걸까? 종교적인 분위기에 두 팔을 휘두르며 뛰어온 게 민망했다. 어쨌거나 오긴 왔으니 기록을 남겨야지. 두 사람은 유리의 포토카드를 들어 그 앞에서 사진을 찍었다. 그런 다음 한 명씩 서서 어색한 브이도 했다. 그러고 나서도 한동안은 철조망을 따라 안을 힐끔대면서 발걸음을 떼지 못하는데, 불쑥 영하가 입을 열었다.

"들어가볼까? 어차피 주말이라 사람 없을 거 같은데."

문이 잠겨 있는 것도 아니고 얼핏 보이는 정원은 조경을 꽤 신경 써서, 외지인 둘이 관광을 왔다가 모르고 들어왔다고 핑계 대기도 괜찮을 듯싶었다. 영하가 슬그머니 발을 뗐고, 우미도 못 이기는 척 들어갔다.

문을 통과하자마자 바로 정면엔 인물상이 있었다. 교문에 있는 구세주상을 크기만 키운 줄 알았는데, 포즈만 똑같을 뿐 가까이서 보니 얼굴이 달랐다.

"뭐야?"

"창립자인가 봐. 우리는 하나님의…… 이건 뭐야. 뭐라고 읽어……. 섭리? 섭리 안에 사는 군사다…… 말씀에…… 이건 또 뭐야…… 복종하고…… 자유, 자유를 수호하고……."

동상 발아래의 돌비석에 새겨진 한자 섞인 문장을 소리 내어 읽는 영하를 뒤로하고 우미는 안으로 들어갔다. 교정을 채운 열대수가 이 도시가 남쪽에 있다는 걸 말해주었다. 키는 작아도 둘레는 한 아름드리는 되는 종려나무가 가득했다. 조그만 꽃을 피운 비파

나무 잎이 거울처럼 빛을 반사했다. 우미는 계절도, 시간도 잊은 채 그냥 아름다움에 몸을 맡겼다. 묘한 기시감은 어린 시절에 교회 수련회에 따라갔던 기억을 상기시켰다. 수련원은 꼭 이런 데 있었지. 산속에. 우리끼리만 모여서 기도할 수 있는 곳에. 그렇게 생각하니 어린 시절로 돌아간 듯 아늑했고, 이 정원을 한없이 뱅글뱅글 돌기만 할 수도 있을 거 같았다. 뒤따라온 영하도 캠코더를 켠 채 감탄했다. 와, 진짜 잘해놨네. 무슨 공원 같다. 근데 무슨 동상이 이렇게 많아. 한동안은 그러고 다니다가 어깨를 툭툭 치고 물었다.

"화장실 안 갈래?"

"여기서?"

"엉. 지금 아니면 시내 나갈 때까지 참아야 하는 거 같은데. 아님 여기 있어. 금방 다녀올게."

별로 마렵진 않았으나 혼자만 있기 민망해서 같이 바로 앞 단층 건물에 갔다. 건물은 한일자로 되어 있었고, 유리문을 열면 바로 작은 홀과 벽을 따라 놓인 소파, 커다란 거울과 난초 서너 개가 있었다. 한눈에도 값이 꽤 나가 보였지만, 이곳 역시 순찰 중이라는 팻말이 붙어 있고 아무도 없었다.

"전화해야 하나?"

"화장실만 갈 건데, 뭘. 잠깐만 있어."

그리고 영하는 정말 급했는지 종종걸음으로 복도를 따라 사라졌다. 우미는 천천히 소파에 엉덩이를 붙이고 앉았다. 다리를 뻗자 칼날처럼 긴 그림자를 만든 햇빛이 종아리에 와 닿았다. 아주 환해서 오히려 어두운 빛이었다. 다시 학생이 된 것 같았다. 사춘기 애들로 가득한 건물에서 풍기는 특유의 시멘트 비린내를 맡자 학교에 처음 들어왔을 때 느꼈던 아늑함이 또다시 밀려왔다. 우미는 손으로 인조가죽을 쓸어내리며 묘한 감상에 젖었다. 해가 지고 있는 탓일까? 세피아색으로 물든 건물은 뒤엉킨 호르몬이 만들어낸 비밀로 가득 차 있어 금방이라도 터질 것만 같았다. 그 침묵 속에 천천히 잠기다가 우미는 문득 깨달았다.

군산이 유리를 닮았다면 이 학교는 유리 그 자체다. 어쩐지 그렇게밖에 말할 수 없는 비밀과 아름다움이 있었다. 그래서 익숙했던 거구나. 그래서 알 것 같았던 거다.

우미는 소파 손잡이가 유리의 손이라도 된 것처럼 조심스레 쓰다듬었다. 오래 산 곳에는 사람의 흔적이 남는다. 도시도, 학교도 그렇다. 깨달음을 얻으니 시멘트 비린내 속에 언젠가 열일곱의 유리가 흘렸던 땀 냄새가 배어 있는 거 같았고 무척 싱그럽게 느껴졌다. 우미는 코를 벌름거렸다. 숨을 깊게 들이마시고 내뱉으며 감탄했다. 이래서 성지순례지. 이게 성지순례인 거야. 그렇게 얻은 깨달음으로 감동에 젖어 있는데 어디선가 묘한 소리가 들렸다.

뭐지? 우미는 반사적으로 몸을 일으켰다. 경비원이라면 잠시 화장실을 쓰러 들어온 거라고 말하려던 참이었다. 그러나 복도에는 아무도 없고, 영하 역시 화장실에서 아직 나오지 않은 듯했다.

이상한데. 우미는 소리의 진원지를 찾아 걸었다. 가까이 갈수록 먼지 떨어내는 소리 같은 게 점점 커졌다. 우미는 엉뚱하게도 수련원에서 한 레크리에이션 수업을 떠올렸다. 신뢰 게임이라고, 한 사람이 두 팔을 가슴에 모으고 뒤로 몸을 눕히면, 뒤에 있던 사람이 받아주는 활동이었다. 우미는 그걸 착실히 했고, 중학생 오빠들은 짝을 받아주는 척하다가 장난으로 몸을 쑥 빼곤 했는데 그때 나던 소리가 들렸다. 누군가 적당히 딱딱한 곳에 계속 몸을 부딪치는 듯했다.

그 기억을 떠올리니 어딘가 불안한 느낌이 들어, 우미는 발소리를 죽이고 소리가 들리는 곳 코앞까지 다가갔다. 그건 건물의 뒤편에서 나는 소리였다. 열린 창으로 들어오는 소리였다. 조심조심 들키지 않게 우미는 눈만 창문 위로 살짝 뺐다. 그리고 바깥에서 일어나는 일을 파악하려고 하는데…….

"야!"

언제 다가왔는지 영하가 불호령을 쳤다. "너, 이 자식들, 지금 뭐 하는 짓이야!" 그 말에 한 남자애의 배를 차던 애들이 느물느물 웃으며 멀어졌다. 영하가 옆에 난 쪽문을 밀고 바깥으로 나갔다.

"괜찮아?"

영하가 쓰러진 남자애에게 손을 내밀었다. 남자애는 수치심 때문인지, 두세 번은 영하의 손을 내쳤지만 결국 영하가 한쪽 팔꿈치를 잡게 내버려뒀다. 영하가 조금 뒤늦게 따라온 우미에게 손짓했다. 우미가 비어 있던 다른 쪽 팔꿈치를 잡았다. 그렇게 두 사람에게 기대어 소년은 천천히 일어났다.

살짝 힘을 빼도 서 있는 걸 보니 놀라서 힘이 풀린 거지, 걷지 못

할 상태는 아닌 듯싶었다. 다행이다. 소년이 두 다리로 서는 걸 보고 영하는 중얼거리더니 잠깐만, 이라는 말만 남기고 어딘가로 훌쩍 사라졌다.

이 상황에 어울리는 말은 아니었지만 참 어색했다. 쌀쌀한 날씨에도 가냘픈 겨드랑이에서 뿜어져 나오는 열기를 느끼며 우미는 곁눈질로 소년의 얼굴을 힐끔댔다. 여중, 여고를 나온 탓일까? 이제껏 누가 누구를 다구리 쳤느니 하는 말은 들었어도 그걸 실제로 본 건 처음이었다. 실제 싸움에는 확실한 박력이 있었고, 그건 자주 레퍼런스 삼던 소년만화와는 달랐다. 말하자면 각오는 없는데 잔인하달까. 그 이유를 생각하니 때리는 사람이 두려워하지 않아서라는 걸 알았다. 맞을 걸 예상하면 웅크리게 될 텐데, 일방적으로 치기만 할 수 있다는 확신이 드니 그런 잔혹한 호쾌함이 나오는 거다.

그런 엉뚱한 생각을 하고 있는데 소년의 목울대가 울렁였다. 이크. 우미는 고개를 돌렸다. 우는 남자애를 볼 줄도 몰랐고, 대할 줄도 몰랐다. 참아줬으면 싶었는데 잠시 뒤 어김없이 훌쩍이는 소리가 들렸다. 겨드랑이가 들썩들썩 움직였다. 빨리 좀 오라고……. 마음속으로 영하를 부르는데 그가 건물 모퉁이에서 쑥 고개를 내밀었다.

"바로 이 앞에 있는데 한참 찾았어."

그리고 소년의 다른 쪽 어깨를 부축해서 수돗가로 데려갔다. 다리를 뻗을 수 있냐는 물음에 소년이 고개를 끄덕이자 영하가 우미를 향해 말했다.

"우미야, 좀 도와줘. 잘 잡아줘."

소년은 학처럼 선 채 다리를 수돗가에 올렸다. 바닥에 넘어질 때 찢어진 바지 틈으로 까진 상처가 모래를 묻힌 채 드러나 있었다. 부서진 광물이 석류처럼 붉게 벗겨진 피부에 그악스럽게 달라붙어 피를 빨아 먹고 있었다. 조심스레 수도꼭지를 틀어 피를 씻어냈다. 으악. 우미는 자기도 모르게 소리를 냈다. 침묵하던 소년도 그제야 깨문 잇새로 작게 신음을 뱉었다. "말할 줄 아네." 목소리를 듣고 영하가 농담처럼 덧붙였다. "세수도 해. 꼴이 말이 아니다."

그 말에 무언가 터진 듯 소년이 말했다. "저도 알아요."

그리고 다시 뜨거운 눈물을 주룩주룩 흘렸다. 우미는 뭐랄까, 민망할까? 참을 수가 없어서 고개를 돌렸다. 그러나 영하는 달랐다. 끝까지 그가 우는 걸 지켜보고, 가방을 열어 베갯잇 대신 쓰려던 수건도 건넸다.

마지막까지 소년은 맞은 이유를 말하지 않았다. 당직실에 데려다주겠다고, 거기라면 누군가 어른이 있지 않겠냐는 영하의 말에 그냥 자기 탓이라고, 믿음이 부족했던 탓이라는 이상한 핑계를 대며 우겼다. 어린 소년의 자존심을 건드릴 필요는 없었다. 사실, 못 본 척 피하는 게 가장 나았을지도 모른다고 우미는 생각했다. 실컷 운 소년의 호흡이 어느 정도 가라앉았을 즈음엔 이미 해가 진 지 오래였고, 하늘은 군청색이 되어 있었다.

"혼자 움직일 수 있어?"

소년이 보일 듯 말 듯 희미하게 고개를 끄덕였다. 영하가 더 묻지도 않고 넙죽 말했다. "그래? 그럼 우리 택시 타는 곳까지 데려다줘."

"예?"

"캄캄하잖아. 우린 길도 잘 모르는데."

"알았어요."

소년이 조금 갈라진 목소리로 답했다. 그러고는 종려나무 길을 따라 두 사람이 지나왔던 구세주의 두 팔 밑을 향해 절뚝이며 걷기 시작했다. 영하는 그 뒤를 따랐다. 우미도 뒤를 쫓다가 슬그머니 영하의 팔을 잡고 목소리를 낮춰 우리끼리 가도 되지 않았냐고 물었다. 그러자 영하가 심플하게 답했다.

"그치. 근데 들여보내기 좀 그래서. 무슨 일이 있을지 어떻게 알아." 그러고는 살짝 덧붙였다. "이럴 땐 도와달라고 하는 게 돕는 거야."

그렇게까지 말하는데 어떻게 말릴 수 있겠는가. 결국 택시가 오기까지 30분을 아주 어색한 채로 기다린 후에 두 사람은 숙소로 돌아왔다. 놀라기도 하고, 또 번거롭기도 해서 결국엔 중국집에 가는 대신 편의점 라면으로 끼니를 때우기로 했다. 맥주에 취한 영하가 모로 누웠다. 혼잣말인 듯 별일이 다 있네, 어쩐지 꿈 같다, 라고 중얼거리다가 목소리를 키워 우미에게 물었다.

"그게 무슨 소리인 거 같아?"

"뭐가?"

"아니, 그 남자애들이 말이야. 때리면서 그런 얘기 했잖아. 너 천국 가기 싫냐, 그랬잖아. 그게 무슨 뜻이지?"

"그냥 유행어 아냐? 별 뜻 없을 거 같은데."

그런가. 그러곤 영하는 오랜 시간이 지나지 않아 곯아떨어졌다. 우미는 기다렸다는 듯 그 옆에서 아이패드를 켰다. 됐다. 봤다. 이제야 알 거 같다. 낮에 학교를 다녀온 게 킥이었다. 이제야 나는 진짜 유리를 알게 된 거다. 그런 마음으로 쓰니 유리가 선택할 만한 결말을 알 거 같았다. 시원섭섭한 마음으로 글을 마무리 짓고 파일을 업로드하고 나니 밖이 어슴푸레 밝아오고 있었다. 우미는 잠든 영하를 두고 바닷가로 나가 해돋이를 보았다. 유리가 사랑했다는 바다의 아름다움을, 뜨거운 빛을 온몸으로 양껏 들이마셨고 한결 개운해진 채 돌아가 영하를 깨웠다.

용산역에 떨어진 것은 점심 무렵이었다. 뒤풀이 겸 해장을 할까 했지만 묘한 피로가 누적되어 일찍 헤어지기로 했다. 여전히 부은 얼굴의 영하가 손을 흔들었다. 내일 회사에서 보자. 응. 잘 쉬고. 너도. 우미는 휴대전화를 확인했다. 못 본 사이 누군가 연재물에 댓글을 달았다는 알람이 울렸다. 들어가서 보니 이런 말이 적혀 있었다.

— 헉. 드디어 이런 게 올라오네요. 감동.

<u>으흐흐</u>. 우미는 웃었다. 이를 드러내고 남들의 시선을 개의치 않고 실컷 웃었다. 두 팔을 쭉 뻗고 기지개를 켜자 저절로 탄성이 나왔다.

이게 사는 거다. 이게 사는 거야.

*

그 후 1년 뒤 코로나바이러스가 유행하며 팀은 해체됐다. 케이팝은 그 어느 때보다 주목의 대상이 되었으니, 공연예술계가 타격을 입었기 때문은 아니고 조금 이상한 일인데, 팀의 메인 댄서이자 부드러운 음색의 소유자이며 비주얼인 유리가 팀을 탈퇴했기 때문이었다. 사유는 결혼이었다. 신흥종교의 신자인 그는 하나님의 말씀을 따라 신앙 가정을 만들기 위해 만 스물한 살에 결혼하여 일본으로 이주했다. 그걸로 끝.

우미는 고구마 줄기처럼 딸려 나오는 기이한 이야기들을 밤을 새워 찾아 읽었다. 신흥종교. 기독교계 이단. 사이비 종교. 신자 리스트에는 일본의 유명 정치인, 70년대를 풍미한 가희와 과학자의 이름, 그리고 유리의 이름도 적혀 있었다. 일전엔 유리와 연결되어 있지 않았었는데, 누군가 친절하게도 문서를 수정해두었다. 직캠이 화제가 된 후 두 번째로 유리는 각종 포털 사이트의 실시간 검색어 1위를 했다. 모든 팬덤이, 영하가 예술사진을 찍었을 때와 비교도 안 되는 양과 속도로 유리에 대해 이야기했다. 은근히 유리를 눈꼴시어하던 사람들이 있었는지 이런 악플도 달렸다.

─효자라고 영업하더니만 ㅎㅎ 돌판 레전드 ㅎㅎ

사람들은 어쩐지 신이 난 느낌으로 유리의 이야기를 날랐지만 우미는 아무 말 없이 새삼스레 유리의 행동을 되짚었다. '유리'로 존재하는 것만이 목적인 유리. 춤, 노래 그리고 팬들밖에 모르는 유리. 순한 유리. 저 혼자 꼿꼿이 콘셉트를 지키는 유리. 딴짓 안 하는 유리. 그래서 이쁜 유리. 유리의 선택이라 여겼던 모든 것이 실은 신을 위한 헌신이었다. 그리고 유리는 자기를 모르는 여자들이 내미는 손, 그 손에 아무리 채워도 공허했던 사랑보다 훨씬 위대한 사랑 안에 머물기로 했다. 현세의 궁전이 아닌, 내세의 궁전에 머물기로 하였다고 했다.

그 말을 끝으로 10분짜리 간증 영상은 끝이 났다. 우미는 영상이 꺼지고 난 뒤 남은 검은 화면을 보며 생각했다. 그래. 내 말이 맞잖아. 뭔가 있는 거 같댔잖아. 그러나 언제나 유리의 뒤에 드리워져 있던 검은 그림자는 숨겨둔 아픔이 아니었다. 그것은 신의 후광을 마주하는 자라는 증표였다. 그것도 엉뚱한 신, 한국인 신, 살아 있는 신, 김치를 먹어본 적이 있는 신, 섹스를 미친 듯이 하는 신의 썩은 이처럼 누런 후광 말이다.

그 일을 계기로 우미는 탈덕했다. 그보다 조금 일찍 영하도 탈덕했는데, 이유가 달랐다. 누군가 영하를 공론화한 것이다. 그들은 영하가 분리해서 사용했던 팬픽 계정을 알아내서 이름난 홈마가 포르노그래피를 써서 멤버를 희롱했다며 비아냥댔다. 멤버들이랑 얼굴도 아는 사이에 이런 걸 쓰다니 제정신이냐며 익명의 고발인이 악의적으로 가지치기한 '사랑, 기억하고 있습니까'를 피 날랐다. 앞뒤 맥락이 없어 포르노처럼 보이는 텍스트엔, 두 사람이 그날 성지순례에 가서 본 풍경이 있었다. 눈이 있으면 알 텐데. 하물며 이런 장면에조차 사랑이 묻어 있다는 걸. 하지만 고발인이 선정성을 핑계 삼은 이유를 모르지도 않았다. 처음 팬픽을 업로드한 그날, 자신의 글이 아닌 늦은 밤 뜬금없이 올라온 글이 타임라인을 휩쓰는 걸 보고 우미 역시 단지 야해서 인기가 많은 것뿐이라고 질투로 깎아내렸으니까.

늙은 교수에게 혹평을 받은 영하의 콘티를 뒤늦게 보고 교수가 못 알아본 그의 재능에 깜짝 놀랐던 것처럼. 그래서 영하의 자퇴 소식에 안심했던 것처럼. 활발하고, 양쪽 귀에 최소 네댓 개의 피어싱을 하고 다닐 정도로 멋쟁이이고, 수완 좋은 영하에게 이 세계로 오지 말라고 비명을 지르고 싶었던 것처럼 그들도 두려웠던 것이다. 영하가 찍은 영상이. 그들이 아닌 영하가, 정말 유리를 시상식에 세울 수 있을 것 같았던 것이.

그런 동시에 우미는 이런 의문에 도달하는 것이었다. 우리는 유리가 부서지길 원한다는 걸 알았다. 정확히 말로 표현은 못 해도 느꼈다. 그래서 신이 아닌 우리가 주었다고 한다면, 현실의 유리를 보호하기 위해 글 속에서 뺨을 뭉갰다면 그건 말이 되지 않는 이야기일까? 유리가 우리의 신이 되어주었기 때문에 그 세계에선 우리가 유리의 신이 되어준 거라고. 유리를 이름 모를 죄의식에서 해방하기 위해 손에 피를 묻힌 거였다고. 그렇게 세계의 폭력을 나눠진 공범자가 된 거라고. 우리는 유리를 위해 뭐든 할 수 있었다고. 하물며 가해자가 되는 일까지.

도덕 싸움에서 패배한 자가 갈 곳은 없었다. 영하는 계정을 폭파했고, 글을 지웠고, 머잖아 회사도 그만뒀다. 아니, 정확히는 잘렸다. 일전에 영하가 굿즈 나눔 이벤트를 하며 회사 주소로 택배를 부쳤는데, 그걸 기억하는 누군가가 영하의 트윗을 모아 택배로 부친 것이다. 대표가 만든 현세의 궁전에 비역질하는 음란물을 쓴 영하가 갈 곳은 없었다. 영하는 괴롭힘에 가까운 업무 분담을 한 달도 견디지 못하고 짐을 쌌다. 마지막 날, 우미는 회사 로비까지 영하를 따라가 말했다.

영하. 계속 글을 써. 뭐라도 좋아. 이야기를 써.

간절한 말이었는데. 영하는 웃었고, 그날 이후 두 사람이 연락을 주고받는 일은 없었다. 그러나 우미는 영하가 자신이 한 말을 잊지 않기를 바랐다. 언젠가 다시 한눈에 반할 정도로 아름다운 정원을, 종려나무와 비파나무 잎이 거울처럼 반짝이는 길을, 열일곱 살의 유리가 바지가 벗겨진 채 질질 끌려다니는 모습을, 새처럼 유리문에 머리를 처박는 모습을, 수돗가에서 얼굴에 물을 잔뜩 뒤집어쓰고 가쁘게 숨을 내쉬는 모습을 볼 수 있길 바랐다. 그걸 손도 대지 않고 지켜만 본 구세주의 흰 손과 흰 얼굴을 묘사한 문장을 만날 수 있길 바랐다. 그리고 종종 교수가 영하를 향해 했던 말, 네가 아는 걸 그리라는 말, 영하는 그 말을 실천했고 그게 졸업이라고 느꼈다. 하지만 그게 뭐가 중요한가? 글은 지워졌고, 더 이상 세상에 존재하지 않는데.

한 차례 실패에도 선배는 굴하지 않았다. 그는 지역에서 사람을 구하기 어렵다면 서울 집회에서 구하면 어떻겠냐고 했다. 응원봉을 든 여자들은 발에 차이게 많았고 우미가 말을 건네면 대부분 호의적인 반응을 보였다. 처음부터 경계 없이 발랄한 웃음을 잃지 않았다. 그러나 그들에게 괜찮으면 나중에 시간을 내달라고 하고 명함을 건네고 돌아설 때면 우미는 매번 뭐라 설명할 수 없는 감정이 밀려왔다. 분명 다른 사람들이겠지만 이상하게 영하를 신고한 사람들, 고소하다는 듯한 말투로 글을 남긴 이들의 얼굴이 떠올라 누구도 똑바로 볼 수 없었다.

우미는 행렬이 시작되기 전 광화문 방향으로 내려왔다. 거대한 스크린 속에서 눈을 번뜩이는 젊은이의 얼굴, 거기 서린 기이한 흥분과 두려움을 보았다. 우미는 그들이 어디에서 왔는지 알았다. 약속된 종려나무가 어디 있는지 알았다. 누군가 마이크에 대고 외쳤다. 성전은 이미 시작되었다! 하나님의 성스러운 군대여! 진격하라! 찢어진 목소리. 듣는 것만으로 목에서 피 맛이 났다. 멍하니 발걸음을 멈추고 선 우미 앞에 개중 하나가 다가왔다.

불법 선거!

희번덕대는 눈을 빛내며 침을 뱉듯 구호를 외쳤다. 폭도의 얼굴. 제자리를 찾아 신이 난 얼굴. 자신이 성전에 임한다는 이야기에 흠뻑 취한 얼굴. 어쩌면 6년 전에 스쳐 지났을 수도 있는 얼굴.

그 밤, 나란히 앉아 택시를 기다리고 있을 때 밤하늘을 가른 건 꺼진 배에서 울리는 소리였다. 그것은 영하와 우미와 소년의 배에서 동시에 일어난 현상이었다. 생각났다는 듯 영하가 외쳤다. 밤식빵! 아침에 산 거 남았다. 종일 가방에 넣고 다녀 뭉개졌지만 모양만 그렇고 말짱했다. 거절하려는 소년에게 영하가 들이댔다. 괜찮아. 둘이 먹기엔 너무 커. 멀리 야경을 내려다보며 세 사람은 식빵을 나눠 먹었다. 정확히 삼등분. 목이 메는 줄도 모르고 먹었다. 멀찍이 택시의 헤드라이트가 이쪽을 비추며 다가오자 남자애가 꾸벅 인사를 했다. 통금 시간이라서요. 그렇게 말하며 손을 흔들었다. 두 사람도 몸을 돌려 빛이 오는 방향으로 내려갔다. 갑자기 영하가 뒤를 돌아 불쑥 외쳤다.

"야!"

어둠 속에서도 흰 인영이 이쪽을 돌아보는 것이 느껴졌다. 멈칫한 것도 잠시, 영하가 배에 힘을 주고 큰 소리로 외쳤다.

"맞고 살지 말아! 차라리 때리고 살아!"

그 말을 들은 남자애의 얼굴을 우미는 기억했다. 그제야 웃던 얼굴이 어둠 속에서 달걀처럼 떠오르고, 그와 동시에 유령보다 무서운 자신의 마음도 여지없이 떠오르는 것이다. 그날 유리창 너머에서 무슨 일이 일어났는지 알았지만, 우미는 영하가 올 때까지 그 장면을 보고만 있었다. 무서워서도, 떨려서도, 내 문제도 아닌 일에 얽히고 싶지 않아서도 아니었다. 우미는 단지 보고 싶었을 뿐이다. 소년의 맞는 얼굴을. 유리창 너머 안전한 곳에서. 그 생생한 핏방울을 펜촉에 찍어 쓰고 싶었다.

돌아오는 길에 우미는 빵집에 들러 밤식빵을 샀다. 힘을 주니 결을 따라 부드럽게 찢어졌다. 졸인 밤을 혀로 으깨며 그 밤 나눠 먹은 빵의 맛을 떠올렸다. 영하도, 우미도, 이름 모를 소년도 그것을 달다고 느꼈다. 시간이 흘러 그 감미는 희미해졌지만, 우미는 누구나 단걸 먹으면 달다고 느낀다는 걸 깨달은 순간을 또렷이 기억했다. 그 순간, 무언가 참을 수 없이 두려웠던 것을 분명하게 떠올렸다. 그날 빵을 나눠 먹은 두 사람에게 그 맛을 기억하냐고 묻고 싶었다.

제 26 회
이 효 석
문 학 상

대상 수상작가
수 상 소 감

출발 에서
앞 서

수상 소식을 들은 당일, 그리고 다음 하루이틀 정도는 정말 기쁘지 않았다. 아니, 우울했다. 이 상의 무게를 알기 때문이다. 짓눌리는 기분 속에서 필요한 서류를 준비하는 등 여러 절차를 밟는 동안에도 무게는 가벼워지지 않았다. 대신 다루는 법을 고민하게 되었다. 이효석문학상이 가진 분명한 권위를 부정하지 않기로 했다. 그렇다면 내 목이 부러지지 않게 하기 위해 어떻게 해야 할까. 어떻게 하면 더 이상하고 더 난잡한 문학, 녹슨 바늘 같은 문학, 병균 같은 문학, 그래서 아름다운 문학으로 돌진할 수 있을까. 그러면서 나를 죽이지 않을 수 있을까. 아니, 죽은 다음에 어떻게 부활할 수 있을까. 매번 죽으며 두려워할 수밖에 없다면 어떻게 고삐를 씌울까. 거기 올라타 어디로 갈 수 있을까.

때론 글이 내게서 모든 걸 가져간다는 생각이 든다. 주는 듯하지만, 실상 되로 준 걸 말로 뺏어가는 일이 반복된다. 그럼에도 여기 머무는 이유는 순전히 관성 같은 재미 때문이다. 쓰다 보니 어느 순간 고삐도 필요 없이 맨몸으로 올라타는 즐거움이 생겼고, 그 재미로 달리다 보니 먼 곳에 도착해 있었다. 그곳엔 나의 우물이 있었다. 다른 사람의 우물이 있었다. 나는 어둠 속에서 텀벙대며 오래 머물렀다. 얼룩 같은 물방울이 나를 더럽히는 걸 기꺼워했다. 메마를 걸 알기에 흠뻑 젖기로 했다.

글을 쓰면서도 쓰는 사람들은 특별한 사람들인 줄만 알았다. 돌아보니 사람들이 나를 그중 하나로 보고 있었다. 그럼 그 기대에 맞춰 양껏 드래그할 수밖에 없다. 그렇게 되를 주고 말을 빼앗기로 했다. 쓰는 자유, 책임질 자유, 나를 파괴할 자유, 나와 남을 엉망진창으로 해부할 자유, 꿰맬 자유, 그렇게 전혀 생각지 못한 모습으로 다시 태어날 자유를 가지기로 했다. 그것을 반드시 글 안에서 이룰 것이다.

데뷔 후 한동안은 고독하게 쓴다고 생각했다. 그러나 고립된 마음 옆에 작은 점이 하나 찍혔고, 또 찍혔고, 그렇게 다른 사람들과 연결되게 되었다. 그게 나를 강하게 만들었다. 음악의 자유가 건반 안에 머무르듯, 이 연결 안에서 고군분투하며 자유로워지겠다.

제 26 회
이 효 석
문 학 상

작 품 론

'미래의 소유'를 빼앗기
: 이 희 주 론
최 가 은

문학평론가. 2020년부터 비평 활동을 시작했으며, 문학사 연구를 병행하고 있다. 참여한 책으로는 『시, 인터-리뷰』 『페미니즘 리부트 시대, 다시, 고정희』 등이 있다.

이희주 읽기의 매혹과 어려움

올해 제26회 이효석문학상 대상작인 「사과와 링고」를 읽은 어떤 독자는 즉각 이런 질문을 던질 것이다. 「사과와 링고」는 사랑의 세계인가 아니면 폭력의 세계인가? 대상 수상 작품의 감상치고 상당히 단순해 보이는 이 질문은 공교롭게도 지금껏 이희주가 발표하는 소설이라면 어느 것에건 따라붙어온 의혹의 시선이기도 하다.

이 의혹에는 보기보다 까다로운 문제가 숨겨져 있다. 소설을 향한 간단한 질문은 이희주의 소설 세계가 **궁극적으로 지지하는 것이** 광의의 사랑과 폭력, 둘 중 어느 것에 있는가에 관한 독자의 의문을 포함하는데, 그 답에 따라 소설에 대한 판단 역시 달라질 수 있음을 암시한다는 점에서 '소설 읽기'에 관한 오늘날의 중요한 문제를 환기하기 때문이다.

그 의미를 구체화하기 위해 먼저 현재 한국문학의 가장 이상적인 독자상을 한번 떠올려보자. 유연하면서도 엄밀한 시민 윤리를 다층적으로 내면화한 교양인. 소수자 및 사회적 약자와 관련된 여러 비가시화된 자리를 발견해내고, 이를 오래 응시할 수 있는 섬세함을 지닌 문화인. 사회적으로 용인되지 않은 목소리는 물론 대항적 지식·대안적 욕망의 잠재력을 믿는 페미니스트이자, 그에 따라 소설의 용감하고도 불친절한 서사적 상상력까지 기꺼이 포용하고 지지할 수 있는 능동적인 독자. 이 보편적이면서도 특별한 '독자'는 이희주 소설이 제기하는 질문 앞에서 유독 깊은 난감함을 느끼곤 한다. 왜일까?

이희주 소설의 특기는 최근 문학/문화 담론장을 지배하는 온갖 종류의 논쟁을 여러 층위에서 두루 점화시키는 데 있다. 여성의 과잉 성애화된 욕망을 적나라하게 전시하고, 혐오와 수치심의 대상과 주체의 자리를 자유롭게 뒤섞으며 무자비하고도 화려한 폭력을 행사하는 그의 소설이 '파격적'인가 아니면 반대로 '안전한' 선택의 결과인가에 관한 토론에서부터,[1] 소설의 정제되지 않은 혐오 표현을 '재현의 윤리' 차원에서 어떻게 볼 것인가 하는 쟁점까

---

[1] 최다영, 「최애의 아이」 해설 「비공굿 : 아이돌 2세」, 『2025 제16회 젊은작가상 수상작품집』(문학동네, 2025), '결말'에 관한 해석 참조; "소설의 설정을 파격적이라 보는 분도 계시겠지만, 저는 이 구조 자체는 허황되지 않았다고 봅니다." 이희주, 「최애의 아이」 인터뷰, 『소설 보다 : 겨울 2024』(문학과지성사, 2024), 159쪽.

지. 달리 말하자면, 그의 소설은 "여성에게 강요되는 어떠한 종류의 강박과 자기혐오의 틀 안에서 메타화"[2] 된 결과인지, 아니면 끈덕진 자기동일화의 모순에 사로잡혀 폭력의 분석과 수행이 제대로 분리되지 못한 결과인지 즉각적인 판단이 어려운 텍스트라는 것이다.

그런데 정작 우리가 던지고자 하는 질문은 바로 이 어려움에 있다. 그러니까 소설 읽기에 있어 그런 것이 왜 그다지도 중요한가?

오늘날의 문제를 정밀하게 분석하고 묘사하는 동시대 소설의 경우, 현실에 대한 최종적이면서도 대안적인 책임을 져야 한다. 그것이 오늘날 우리가 강력하게 공유하고 있는 소설에 대한 새로운 믿음 혹은 판타지이다. 이희주의 소설은 대개 확고하리만큼 '현실(삶)'의 편에 있다고 받아들여진다. 한국사회에 중층적으로 겹쳐 있는 여러 모순의 징후들—특히 자본과 성(애)의 문제, 혐오와 수치심과 정체성의 문제 등—을 정교하면서도 치밀하게 분석하고, 이를 알레고리적으로 설계하는 동시에 파괴하는 것이 이희주 작법의 특유성이기 때문일 것이다. 그러나 그의 소설은 이런 종류의 소설에 기대되는 바를 언제나, 현란하게, 배반한다. 이희주 소설을 향한 농도 짙은 매혹과 불쾌함의 근원은 바로 그 배반에서 비롯된 도덕적 긴장에 있으며, 이는 독자에게 소설에 대한 '판단 불가능'

---

[2] 오은교, 「죽을 만큼 사랑해, 죽일 만큼 사랑해」, 『문학동네』 2022년 여름호, 58쪽.

의 지점을 끈질기게 남겨놓는 주된 요인이다.

'현실' 소설[3]이라는 분류가 작가의 이미지 혹은 작가 스스로의 자의식과 관련하여 갖는 의미는 중층적으로 분석되어야 하겠지만, 어쨌거나 같은 맥락에서 볼 때「사과와 링고」는 현실에 대해 거의 아무런 책임을 지려 하지 않는 텍스트처럼 보인다. 소설이 제시하는 '해결책'은 폭력적 난동에 가깝다. 과도한 돌봄의 압박과 무가치한 일상의 반복에서 오는 무력감, 아름다움을 향한 열등의식에 강하게 사로잡힌 한 여자가 동생의 (아픈) 고양이 둘을 자기 손으로 살해하는 결말이라니…….

독자의 혼란은 대개 이희주의 표식이라고도 할 수 있는 이 파국적 결말에서 증폭된다. 작품의 끝에서 소설(가)의 결정적 말하기가 이루어진다는 보통의 믿음에 따르면, 분명 '삶'의 편이었던 이희주의 소설은 세계를 화려하게 끝장내는 이 '폭력'에 대해 아무것도 확언하려 하지 않기 때문이다. 사랑 혹은 폭력. 최종적으로 소설이 어느 한쪽에 최소한의 무게를 실어야 비로소 작품 속 인물들이 보여준 그간의 모든 의미의 중첩과 교란의 영역들, 직접적 해석을 보류하게 했던 의미의 덩어리들―이를테면 자신의 동생을 '애완동물'로 지칭하는 등의 '혐오와 폭력'―을 하나의 총체적 메시

---

[3] 동시대 소설에 대한 우리의 접근법은 리얼리즘-모더니즘-포스트모더니즘 소설과 같은 기존의 분류 도식보다는 '문학(성)'의 편인가, 아니면 '현실(삶)'의 편인가라는 도식에 더 익숙한 듯하다. 이러한 도식의 타당성이나 유효성에 대한 구체적 판단은 여기서 미루도록 하고, 그러한 분류에 따를 때 이희주 소설이 '현실' 소설로 쉽게 분류된다는 점을 언급하고 싶다.

지—이를테면 '대안적 사랑'—아래로 결집할 수 있을 텐데 말이다. 하지만 「사과와 링고」에서 확인한 대로, 이희주 소설은 그 해결을 위한 자리에서 적극적으로 미끄러진다.

독자가 심히 불편한 심경에 사로잡히는 지점 역시 여기이다. 매끈하게 안착해 있던 세계로부터 나 홀로 쫓겨나고 함부로 내동댕이쳐진 듯한 기분. 정교하게 구축된 소설의 상상적 논리를 따라가면서도 그것을 삶의 것으로 구부려 취하려 애썼던 그간의 해석 노동이 모조리 우스워진 느낌. 소설-현실의 당사자이자 참여자로서 광기의 폭풍우가 휩쓸고 간 잔해를 깊은 허무와 떨림으로 받아내고 있는 우리 곁에 작가 이희주는 다가와 이렇게 말하는 것만 같다. 얘……. "언니도 페미니즘이 뭔지 알아."(21쪽) "언니도 자본주의가 뭔지 알아."(28쪽)

「사과와 링고」의 이 기분 나쁜 결말에 관한 이야기에서 시작해, 문학과 현실(삶)의 관계에 관한 민감한 질문을 교란해볼 수도 있을까? 그럴 수 있고, 아마 그래야 할 것이다. 「사과와 링고」는 이희주 세계의 그 모든 찬란함과 경이로움은 물론, 축축하고 질척이는 오물의 진짜 의미를 세심하게 되짚을 때, 그리하여 '소설 읽기'와 관련해 오늘날의 우리에게 제기되고 있는 문제적 질문을 직접적으로 마주할 때 더욱 정교하게 즐길 수 있는 작품이기 때문이다. 나아가 이희주를 제대로 즐기는 일은 이희주 소설의 매우 독특한 위상, 그 해석적인 난해함과 풍성함을 여러 층위에서 사유해보는

시도이기도 하다.4

괴물과 아름다움

이희주 소설이 추동하는 욕망과 광기의 에너지는 매번 놀라울 정도로 정밀해지는 설계의 다양성에도 불구하고 선명하면서도 자의식적인 작가의 입장만은 확실히 분별해낼 수 있게끔 반복적으로 펼쳐진다.

이희주 소설에서 반복되는 첫째 요소는 소설 속 욕망의 대상이다. 아름다운 소년/소녀의 외형으로 형상화되는 '미'. 그것을 향한 맹목적이면서도 게걸스러운 탐닉. 이희주 소설의 이 첫 번째 특징은 갈수록 노련하고도 치밀한 방식으로 묘사되는 중이다. 작가의 아름다움 추종은 '미' 그 자체를 최고의 가치로 삼는 탐미주의·유

---

4 비평가 이희우는 「최애의 아이」가 "그야말로 '요즘 소설', 최고의 요즘 소설"이라고 단언한다. 그것이 '최고의 요즘 소설'인 이유는 이희주를 읽는 우리에게 특히 흥미롭고도 중요해 보인다. 이희우가 보기에, 「최애의 아이」는 모더니즘 소설의 '징후'를 읽어내는 비평가의 해석학적 능력과 포스트모더니즘 소설의 '화려함'을 엮어내는 큐레이터 비평가의 아카이빙 능력을 동시에 요구한다. 혹은 그보다는 "아직 적당한 이름이 없는 제3의 능력, 유형학적 능력"을 적극 요청하는 "특히 동시대적인" 소설이다. 이희우는 이희주 소설의 매혹과 어려움이 여기에서 비롯된다고 주장하려는 것 같다. 비평가의 말에 동의하면서 나는 같은 주장을 이희주 소설 전반에 확장해 적용할 가능성을 생각해보려 한다. 이희우,「불투명한 몸의 디스토피아 : 최근 한국 소설에서의 신체 변형과 그 함의」, 웹진《비유》2025년 7~8월호. (https://www.sfac.or.kr/literature/epi/C0000/epiView.do?epiSeq=1290)

미주의 문학의 정념을 적극 활용하면서도, 이를 현대화하는 데 더욱 열중한다. 이를테면 미추(美醜)의 위계를 탄력적으로 세공하여 맞춤 제시하는 현대 자본의 논리—아이돌 산업의 수익 창출 구조, 성산업의 구조적 착취, 기술 매체의 자동화된 자본화 등—를 다층적 층위에서 묘사하는가 하면, 성애의 대상과 주체의 위치를 철저히 계급화하는 데 일조하는 합리적·경제적인 장치 및 이데올로기를 '있을 법한', 그러나 진짜 있다기엔 다소 '급진적인' 배치로 탁월하게 구현해낸다.

아름다움은 작가 스스로가 말했듯 오늘날 "이성 관계에서부터 권력까지, 삶의 방향성을 결정하는 중요한 수단"[5] 이다. 이를 향한 광의의 집착을 나열하는 일은 곧 우리 사회의 가장 불쾌한 얼굴을 적극 해부하는 일과 같다. 그런데 이희주식 해부 과정의 특이성은 아름다움이 '아름다움'으로 작동하기 위해 버려지고, 삭제되고, 누락되어야 하는, 더 정확하게는 적극적으로 비가시화되어야 하는 '아름답지-않음'의 자리를 발견하고 이를 깊이 응시한다는 데 있다. 이희주 소설의 인물들은 대개 그 '아름답지-않음'의 자리에 놓여 있고, 이는 그들이 "아름다움에 순응하기보단 아름다움을 손에 쥐고 싶어 하는 인물"[6] 들로 설정되는 주된 요인이다.

「사과와 링고」는 이희주 패턴으로 이어지는 저 둘째 요소를 전

---

5 이희주, 「최애의 아이」 인터뷰, 『소설 보다 : 겨울 2024』, 152쪽.
6 같은 글, 153쪽.

면에 부각한다. 말하자면 이 소설의 핵심은 '아름다움'을 추종하는 열렬한 에너지의 주체가 '아름답지-않음'의 자리에서 탄생한 괴물이라는 사실에 있다. 그런데 그의 괴물은 아름다움을 단지 아름다워서 욕망하는 것이 아니라, 스스로를 괴물의 자리에 가두어두기 위해 그것을 처절하게 숭배한다. 탐닉의 대상을 "괴물인 자신과 정반대에 놓인 '아름다운' 존재"[7]로 쉼 없이 승격할 때 그는 아름다움과 철저히 분리될 수 있는데, 그렇게 함으로써 괴물인 자기 자신을 타인으로부터의 식별 영역, 이해 영역에서 소거할 수 있기 때문이다. 어느 누가 불가해하며 흉측한 괴물에게 이해의 수고를 들이겠는가? 타인이 '나'를 이해해줄 가능성을 아예 제거해버릴 때 아름답지 않은 '나'가 이해되지 못할 가능성 역시 제거된다. 내가 철저하게 괴물이 되면 될수록, 괴물이 아닌 이들과의 공존 불/가능성에 대한 상상이나 그것으로부터 배반당할 위험은 급격히 줄어드는 것이다.

이런 괴물들의 삶과 선택을 따라갈 때, 이희주 소설은 그 의중을 살피기가 어려워진다. 왜냐하면 이희주의 괴물들은 자신의 '아름답지-않음'으로 인해, "기름을 바른 미끄럼틀"(18쪽) 같은 성취 위주의 사회에서 무슨 일이건 언제나 불가능한 입장에 미리 처해 있거나, 무엇을 겨우 해내더라도 손해를 보며 미끄러지게끔 설계되

---

[7] 이희주, 「2회 파파야도 아니지만 사랑 만들기를 해보렵니다……」, 이희주·이미상, 『두 심장 꿰매기: '사랑'에 관한 교환 리뷰』, 《주간 문학동네》. (https://weekly.munhak.com/articleEpisode/80/961)

어 있는 여자들이기 때문이다. 하려고 드는 것이 무상의 돌봄일 때도, 합리적인 의사 결정일 때도, 삶에의 성실한 투신 심지어 무자비한 폭력과 혐오의 내면화일 때도 이들이 하는 것이라면 그 무엇도 제대로 된 의미가 부여되지 않는다. 쉽게 말해 이 여자들 혹은 여자가 되지 못한 여자들은 아예 보이지도, 들리지도 않는다. 「사과와 링고」는 매정하게도 그것을 그들의 '팔자'라고 명명한다.

  소설이 괴물들의 팔자에 냉담하다면, 인물 스스로는 어떤가. '사라'는 자기 자신의 무기력한 순응주의에 타협하며, 그것과 불화하는 내면의 저열한 혐오를 옹호하지만, 비극적 몰락을 통해 자기 처벌을 감당해온—바로 그 방식으로 '몰락의 아름다움'만은 차지할 수 있었던—기존 남성 괴물들의 결단을 답습하는 일 역시 피해 간다.

여성 괴물 '사라'

  「사과와 링고」의 괴물은 "분노도, 무엇도 없는 무심한 표정"으로 하루하루를 견디고 있는 삼십대 무기계약직 여성인 '사라'이다. 소설은 "죽었다는 연락만 기다리고 있었"(9쪽)던 동생 '사야'로부터 돈을 또 빌려달라는 연락을 받는 '사라'의 처지를 비추며, 이 소설의 주된 갈등이 무엇인지 보여준다. 정황상 '사라'는 최근에서야 존재감이 드러나고 있는 삼십대 'K-장녀'의 눈물겨운 가족 돌봄기 혹은 착취기를 보여주려는 것 같다.

연민한 죄로 차용이 불행처럼 연쇄됐다. (……) 미안해. 엄마는 몇 번 울기도 했다. 우리 큰딸 너무 불쌍해. 그러면서도 사야를 사랑하기를 멈추지 않았다. 당연하지. 인간에겐 오염되지도 섞이지도 않는 몇 가지 마음이 있다. 사야를 사랑함과 사라를 사랑함은 판막 너머 다른 공간에서 일어나는 일이므로 사라가 어떻게 할 수 있는 일이 아니었다. (17쪽)

그런데 이 "연민한 죄"와 불행처럼 연쇄되는 "차용"의 짐에는 한국에서 '장녀'가 짊어진 과도한 의무감과 강요되는 모성애·희생정신 이상의 복잡한 문제가 개입되어 있는 듯하다. 물론 '사라'가 아닌 '사야'가 가족 돌봄의 주된 대상이 되는 이유는 "우리 큰딸 너무 불쌍해" 몇 번이나 울면서도 "사야를 사랑하기를 멈추지 않"는 엄마 특유의 답 없는 동정심 때문이며, 하필이면 그 쓸모없는 마음을 장녀 '사라'가 오롯이 물려받았기 때문이다. 그러니까 이런 건 성격이고, 기질이며, 팔자인 것이다. 그런데 이희주는 소설이 전개되는 내내 매우 은밀한 방식으로, 누군가가 누군가의 무한한 돌봄의 대상이 되는 데는 "철없는 막내딸"(12쪽)이라는 취약하면서도 무구한 위치 이외의 다른 중요한 요소가 개입한다는 것을 암시한다.

'사라'의 묘사에 따르면, '사야'는 예쁘다. 구체적으로 말하자면 "고양이상 미녀다". 삼십대가 되어서 "자기 자신을 '양냥이'라고 불러도 우습지 않"을 정도다. 과거 이십대 때 자매가 함께 외출하는 날이면 '사야'는 "못해도 대여섯 번은 번호를 따였"던 여성이며, 힙

스터 스폿에서 찍힌 "괜찮은 애들의 스냅숏"(20쪽)에 종종 사진이 올라오기도 한 '괜찮은 여자'다.

"이성적 현대인"(13쪽)인 '사라'의 입장에서 볼 때, 대학도 중퇴하고, 그렇다고 대단한 경력이 있는 것도 아닌 삼십대 여성 '사야'에게 고양이 같은 '예쁨'은 아직은 고가에 교환 가능한 자산이다. '사야'는 마치 애완동물처럼 누군가(특히 남성)로부터 무한한 돌봄의 대상이 될 수 있는 필요조건을 갖춘 인간이라는 의미이다. 이는 평소 '사라'가 생각해온 돌봄의 진실이기도 하다.

어느 날 '사라'는 돈 많은 여자를 만나서 '셔터맨'이나 하고 싶다는 남자들의 푸념을 엿듣는다. 그녀가 그들의 말을 한껏 비웃을 수 있는 이유는 "인간은 누구나 애완동물이 되고 싶어 한다는" 사실 자체는 별로 놀라운 일이 아니기 때문이다. '사라'의 생각에, 인간이라면 누구나 "먹여주길 바라고, 재워주길 바라고, 이유 없이 사랑받고 싶어 한다". 진짜 문제가 있다면 "그럴 팔자와 아닌 팔자가 있"(16쪽)다는 사실이다. '애완동물'이 될 수 있는 팔자가 따로 정해져 있다는 것. 따라서 "주인을 만나" "너 예쁘게 꾸며주고 밥 주는 사람 만나"라는 언니 '사라'의 조언은 동생 '사야'에게 "모욕 주려는" 것이 아니라 손익을 철저히 따져 제시되는 합리적 논리이다. 예쁨받을 팔자는 생득적인 것이기에, 좀 더 노골적으로 말해 '애완동물 되기'는 '사야'가 가정 내에서 "분담한 역할"(21쪽)이기도 하다.

사라는 사야가 괜찮은 남자를 만나 시집갈 거라고 믿었다. 원래 사야 같은 애들이 남자 보는 눈 하나는 기막히지 않나? 사라는 자매 중 하나가 엄마와 3박 4일 장가계 여행을 떠날 사위를 데려온다면 그건 사야라고 믿었다. 내가 못하는 일이니까 네가 해야지. 그게 네가 분담한 역할이지. 그렇게 믿었다. (20~21쪽)

철없는 동생을 향해 무상으로 제공되고 있는 것 같았던, 아니 심지어 착취당하고 있는 듯했던 '사라'의 돌봄은 머지않은 미래에 가정으로 환수될 가치를 위한 투자이기도 했던 것이다. 그러나 '사야'는 제 팔자에 순응하거나, 엄연한 가정의 역할에 충실하지 않는다. 제 '주인'을 찾으려 노력하기는커녕, "서른이 다 되어가도록 똑같은 애완동물끼리 만나 앙알앙알 울"(21쪽)어대더니 심지어 진짜 애완동물의 '주인'이 되어 제 몫의 돌봄을 행하려 한다.

합리적 판단임을 가장하며 '사야'에게 전달하는 '사라' 마음속의 이 폭언들에 대해 무슨 말을 할 수 있을까. 깊게 생각해볼 것도 없이 이는 성적 매력을 자본화하는 기존의 논리를 정당화함으로써 여성의 '인적 자본'과 '매력 자본'의 정형화된 관계를 재구성할 가능성을 원천 차단하는 우리 사회의 혐오 논리를 그대로 답습하는 것이다. 그런데 소설은 우리로 하여금 여기에서 좀 더 생각을 이어가도록 만드는 것 같다. 이러한 비판은 적절한 동시에 손쉬운 것은 아닐까. 우리 사회에 명백하게 존재하는 돌봄-성-자본 권력의 불편한 메커니즘과 이를 기반으로 하여 실제로 유연하게 작동

되고 있는 수많은 가족 내 돌봄 관계의 성격을 심문하는 일 역시 중요한 일이라면 말이다.

> 인생은 기름을 바른 미끄럼틀이다. 올라가기는 어려워도 내려가는 건 쉽다. 조금만 긴장을 풀면 금방 미끄러지고 어느 순간에는 그 추락을 은밀히 즐기는 자신을 발견하게 된다. 그런데 최근엔 어쩐지, 어쩐지 시시했다. (……) 사라는 계산을 했다. 엄마가 유방암 수술을 한 게 1년 전, 요양병원에 있던 할머니가 돌아가신 건…… 헤아려보니 반년 전이었다. 때가 되긴 됐구나. 역시 불행이 칼을 들고 쫓아와야 정신이 번쩍 난다. 사라는 기묘한 에너지가 몸에 차오르는 것을 느꼈다. (18~19쪽)

극도로 신자유주의화된 오늘날의 세계가 "기름을 바른 미끄럼틀"이라면, 일단 고꾸라지지 않도록 정신을 번쩍 들게 하는 '칼 든 불행'은 생존을 추동하는 가장 큰 힘이다. '사라'와 '사야'가 현실을 살아갈 힘은 아이러니하게도 각자의 경제적/정서적 돌봄 대상인 '사야'와 '사야'의 고양이 '사과와 링고'에서 비롯된다. '사라'와 '사야' 그리고 고양이 '사과와 링고'의 관계는 "그래도 나 아니면 챙겨줄 사람이 없으니까"(42쪽)와 같은 은근한 가부장적 자부심과 냉소가 뒤섞인 문장으로 이어져 있다. 말하자면 이 관계는 단지 경제적이거나 정서적인 교환의 관계인 것이 아니라 (혹은 딱 그만큼) 권력적인 관계이다. 무력한 타인의 생존권을 보장하는 동시에

원할 때면 언제든 그 권리를 회수할 수 있는 권력. 그것을 상대에게 고지할 수 있는 권력. 그러니까 지상 최대의 권력 말이다. 그것의 무지막지한 힘은 상대방의 '눈칫밥'을 당연하게 요구하는 데서 드러나기도 한다.

말없이 팔짱만 끼고 있는 제 언니가 불편한 눈치였다. 그래, 눈치라도 봐. 사라는 생각했다. 500만 원짜리 눈칫밥이면 나는 두 달은 앉아 있을 수 있어. 실제로 그렇게 사니까. (27쪽)

그런데 저를 살리는 언니-주인의 눈치를 볼 생각이 전혀 없는 '사야'는 '사과와 링고'라는 '애완'의 대상을 상대로 권력관계의 우위를 점하고 있다. 분수를 모르는 '사야'의 주인-되기는 '사라'로 하여금 이 기울어진 힘의 논리에 제 존재를 의탁하는 것으로도 모자라 얼마간 자발적인 방식으로 복속되어 있는 자기 자신의 진짜 모습을 마주하게 한다.

'사라'는 생각한다. '사라'로 하여금 평생 배부른 소리를 하지 못하게 하고 그저 앞만 보고 달리게 만든 원초적 힘, 심지어 은근한 자긍심의 원천이기도 했던 자신의 생존력은 오직 '사야'의 무능력과 무기력, "남 등쳐 먹는 재능"(31쪽)에 의해 충당되어왔던 것은 아닐까. '사야'가 절대적으로 무능한 존재가 아니라면, 누군가의 주인이 될 수도 있는 존재라면, 이제 '사라'는 그간 미뤄둔 자신의 진짜 '배부른 소리'를 마주 봐야 할 것이다. 괴물 '사라'가 꺼내려들지 않았던 스스로의 '배부른 소리', 다른 말로 하면 '욕망'은 역시 아름다움과 관련된다.

"말이 되는 소리를 해라……."
사라는 저도 모르게 입 밖으로 뱉었다. 누구나 각자의 방법으로 〈더 라스트〉를 가지고 싶어 한다는 것은 알았다. 새로운 시야를 가질 수 없다면 세부적으로 들어가야 한다. 카메라의 해상도가 높아지듯이 더 세세하게. 그 방식이 지루했을 뿐 비웃을 마음은 없었다. 시키지 않아도 침을 튀기며 〈더 라스트〉를 다짐육으로 만드는 그들이 때로는 맞는 소리를 하니까.
(……)
샤워를 마치고 침대에 누웠다. 종일 앉아 있느라 부은 두 다리가 무거워 잠이 오지 않았다. 뜬눈으로 뒤척이다가 사라는 인정했다. 질투가 났다. 밤이나 멜로디보다 훨씬 똑똑하고 돈 많은 사람도 많았지만, 그들이 부러웠다. 그들이 되고 싶었다. (35~36쪽)

1500원짜리 커피를 사 먹는 일도 아까워하고 초등학생 때 산 화장대를 바꾼 적도 없는 '사라'는 자본주의에 맞춤화된 욕망이 결여된 인물처럼 보인다. 그런 '사라'가 욕망하고 질투하는 자리는 〈더 라스트〉라는 아름다움의 자리가 아니라, 그것을 제대로 '가지는' 자리이다. 그런데 '미' 그 자체도 아니고, 미를 향유하고 더 나아가 소유하는 자리마저 어째서 '사라'에게는 배부른 소리가 되는 걸까.

아름다움을 소유할 수 있는 자리는 아름다움을 감별하는 능력을 요구하며, 이 능력은 욕망하는 주체의 '미적 능력'으로 보증되기 때문이다. "어린이 방에 사는 아줌마"(29쪽)인 '사라'는 그저 아름답지 않은 존재가 아니라, 아름다움을 가려낼 수 없는 인물로 여겨진다. 아름다움은 아름다움에게만 식별될 수 있기 때문이다.

> 도대체 왜? 뭐가 문제지? 화가 날 때도 있었다. 나도 안다고. 나도 너희가 아는 것을 알고, 너희가 아름답다고 느끼는 것을 아름답다고 느낀다고. 감각적으로 구분 가능하다고.
> 그런데 정말 알까? 나는 정말 민감한 게 맞는 걸까? 내가 정말 그 사람들처럼 아름답지 않은 걸 못 견딘다면 오늘 옆에 앉은 여자 같은 옷을 입어야 하는 게 아닐까? (33~34쪽)

아름다운 것을 알아보고 이를 숭배하며, 그것 앞에 바짝 무릎 꿇어 발바닥을 핥을 수 있는 이는 남성인 괴물이거나, 아니면 적어도 "오늘 옆에 앉은 여자 같은 옷을" 입은 여성일 것이다. "지오다노에서 산 폴로셔츠와 슬랙스 세 벌을 번갈아 입고 다니"는 여성-괴물 '사라'는 그곳에 있을 수 없다. 그는 지금껏 한 번도 제대로 묘사된 적 없는, 따라서 "내면에 예술을 향한 열정이 있다는"(34쪽) 사실 따위는 결단코 발견될 리 없는, 아름답지 않은 여성-괴물이기 때문이다.

소설의 책임

이제 이 낯선 괴물의 최종 선택에 대해 말해야 할 과제가 남았다. '사라'는 '사야'의 가장 소중한 "사치품"(49쪽)을 제거하는 복수를 행한 것일까, 아니면 아무것도 될 수도 그렇다고 실패할 수도 없는 자신의 처참한 자리를 직접 파괴한 것일까. 어느 쪽이든 읽는 이를 아연실색하게 하는 결말에 이르러, 여러 불편한 의심이 폭발한다. 이희주 세계 전반의 의미를 확보한 후에도, 그로부터 다시 시작해나가야 할 문제들이 여전히 남아 있다는 사실이 환기되기 때문일 것이다. 그리고 소설은 다소간 의뭉스럽게도 혹은 퉁명스럽게도 그 문제를 소화하고 처리하며 나아가 확장해야 할 임무를 스스로가 아니라 독자에게로 떠넘기는 것처럼 보인다.

작가는 언젠가 스스로의 결말을 '무대예술'로 명명하며, "돌발적인 방식, 게릴라성, 퍼포먼스가 그런 여성 욕망의 분출에 적합한 도구로 사용되었던 역사", 즉 "여성적 발화"의 맥락을 언급한 바 있다. 이는 "균열을 내는 방식으로서의 살풀이·굿·퍼포먼스·방언 등에 대한 깊은 존경"[8] 으로 변환될 수도 있는데, 관련된 작가적 계보 혹은 문학사적 맥락 같은 것을 은밀히 상기하는 발언이다.

앞에서 언급한 에세이에서 작가는 자신의 괴물들이 탄생하고 이탈하는 자리를 구체적으로 언급한다. 작가가 "내심 아버지로 모

---

[8] 이희주, 「최애의 아이」 인터뷰, 『소설 보다 : 겨울 2024』, 154~155쪽.

시는 남자 둘" 중 하나라는 일본 작가 미시마 유키오의 세계는 여러모로 아름다움을 향한 이희주의 가학적·도착적·퇴폐적 숭배와 닮아 있다. 그런데 정작 작가가 그를 '영향력'의 하나로 언급하는 주된 이유는 다른 무엇보다도 "그가 압도적으로 외로운 인간이라는 사실"에 있으며, 더 구체적으로는 "이렇게 징그럽고 외로운 미시마의 영혼"이 작가 자신의 "영혼과 공명하기 때문"[9] 이다.

징그러움과 외로움으로 공명하는 작가들의 영혼은 그들 소설 속 괴물들의 영혼과 완전히 일치하지도, 그렇다고 완벽하게 분리되지도 않는다. 그럼에도 우리는 의심이 들기 마련이다. 이들의 결말은 누구의 선택일까? 작가가 바로 그 외로운 괴물인가?

미시마 유키오는 소설가가 삶과 밀착되어 있다는 세간의 통념을 반박하며 이렇게 말한다. 소설가는 자신의 내부와의 관계 그리고 외부와의 관계 중 어느 한쪽을 등한시하는 일을 허용하지 않는 인물이라고. 그가 만약 삶을 살기로 한다면, 그것은 "다른 한쪽에 눈을 감는 일"[10]이다. 소설가가 삶을 선택한다면 그것은 곧 괴물의 삶에 눈을 감는 일인 것처럼. 이는 '문학'과 '현실(삶)' 중 무언가를 선택해 제시하는 일 따위가 소설(가)의 최종적 책임이 아니라는 회피성 발언에 불과한 걸까. 그러나 놀랍게도 그들은 그것이 무언가를 회피하는 일이 아니라, 회피를 피하려는 선택이며, 소설

---

9 이희주, 「2회 파파야도 아니지만 사랑 만들기를 해보렵니다……」.
10 미시마 유키오, 『소설독본 : 미시마 유키오 소설론』, 손정임·강방화 옮김, 미행, 2023, 27쪽.

의 불가능한 최종적 책임 역시 그런 것이라고 말한다.

예술가가 미래를 먼저 차지한다는 것은 그런 일이다. 사람들의 빛나는 실용적인 미래상을 미리 주도면밀하게 모독하는 것이다. 모독하는 것, 충동적으로 본능적으로 모독하는 것이 아니라, 심지어 완전한 계획과 기획에 기반하여 이성적으로 한 치의 틈도 없이, 미래를 먼저 차지하고, 모독하고, 점유하는 것. …… 단 문자로만![11]

소설의 책임은 현재를 장악하고, 미래를 정당하게 소유하여 적절히 제안하는 데 있는 것이 아니라 우리 모두가 "소유했다고 일단은 믿은 미래를 송두리째 뽑는 듯한, 그의 존재의 본질 전체에 대한 부정 위에 성립하는 듯한 그 위험"의 유용성을 극한으로 밀고 가는 것,[12] 그리하여 '미래의 소유'를 다시 빼앗고 모독하는 것이다. 단 문자로만.

왜냐하면 머나먼 미래와 머나먼 과거 모두에서 언어와 현실은 "거의 등가"이기 때문이다. 그것은 언어가, 언어로 구축된 세계가 현재의 가치와 윤리로는 결코 포착할 수도, 가두어 막을 수도 없는 온전하고 투명하게 열린 세계라는 것을 의미한다. "언어가 현실에

---

11 같은 책, 198쪽.
12 같은 책, 201쪽.

결정적으로 지고 있는 듯이 보이는 것은, 있는 것 같기도 보이지 않는 것 같기도 한 현재라는 이 순간뿐"[13]인 것이다. 이 정직한 진실을 끝까지 회피하지 않는 것. 이와 같은 맥락에서 '영혼의 공명'에 대해 다시 생각해본다면, 이희주의 결말은 '미래의 소유'라는 현실의 편에서도 '괴물의 삶'이라는 문학의 편에서도 완전히 옹호될 수 없다. 그의 선택은 그 모두를 "주도면밀하게 모독하는 것"이기 때문이다.

[13] 같은 책, 198쪽.

제26회
이효석문학상

―――

대상 수상작가
인터뷰

사랑과 고립 너머,
'우리'라는 착시
김유태

매일경제신문 문화부 문학 담당 기자. 2018년 월간 『현대시』를 통해 시를 발표하기 시작했다. 시집 『그 일 말고는 아무 일도 일어나지 않았다』, 독서 에세이 『나쁜 책』이 있다.

이희주 작가는 10년 전, 생애 처음 써본 소설로 등단했습니다. 『환상통』이라는 제목이 암시하듯, 그의 문학은 환상과 현실 사이의 고통 어딘가를 진자 운동처럼 오갔습니다. 그 경계에는 아이돌을 좋아하는 마음, '팬덤'이 있었습니다. 그는 스스로를 멸칭인 '빠순이'로 자임하고 일부 평자들은 그를 '빠순이들의 대변인'이라고 말하곤 했는데, 그는 멸칭과 평가 이면에서 세상에서 배제됐던 '빠순이(들)'를 정직하게 끌어안으며 써왔습니다. 아이돌 팬들이 보는 세상을 통해 아름다움과 추함을 그렸고 미추의 경계 너머에서 배제되고 은폐돼왔던 독특한 사랑이란 감정을 감춰진 시대정신 속에서 발굴했습니다. 올해 제26회 이효석문학상 대상 수상작 「사과와 링고」에도 팬으로서 살아가는 언니와 그 열정을 비뚜름하게 바라보는 동생이 나옵니다. 두 자매는 서로 닮았고 서로를 버릴 수 없지만 '우리'라는 울타리 안에서 반목합니다. 이희주 작가는 소설로 우리에게 질문합니다. '우리'라는 개념은 착시가 아니었는지를요. 이 인터뷰는 「사과와 링고」를 둘러싼 이희주 작가의 창작 배경뿐 아니라 『최애의 아이』 『환상통』 『성소년』 등 작가가 걸어왔던 10년을 반추하는 기록으로 읽히길 바랍니다. "문학은 거울이고 그 거울을 통해 자신을 본다"고 말하는 이희주 작가와의 대화를 전합니다. 인터뷰는 2025년 7월 16일 오후 2시 서울 충무로의 한 탁자에서 진행됐음을 밝혀둡니다.

Q 편하게 대화를 시작해볼게요. 작가님 근황이 궁금해요. 다니던 회사는 현재 그만두셨는데 하루 일정이 어떻게 되는지, 또 요즘 하시는 작업은 어떤 건지도요.

정해진 시간에 운동하는 걸 제외하고는 나머지 시간은 자유롭게 쓰는 편이에요. 어느 땐 종일 책상 앞에만 있고, 어느 땐 종일 친구들이랑 만나 하루를 보내면서요. 상반기에는 이번 수상작을 포함, 총 두 편의 단편소설을 발표했고요. 여러 매체에 여성, 아이돌 등을 테마로 짧은 글을 실었습니다. 연작소설집 『사랑의 세계』 개정판과 앤솔러지 작업도 했고, 현재는 8월 간행 예정인 첫 단편집과 『성소년』 개정판 마무리 작업 중입니다. 뭔가 자잘하게 일이 많았네요. (웃음)

개인적으로는 친구들과 팀을 꾸려 작년 계엄 이후 거리로 나온 2030 아이돌 팬 여성을 인터뷰하는 프로젝트를 진행하기도 했습

ⓒ 김재훈

니다. 현재 출간 계약이 완료되어 간행 작업을 마무리한 상태예요. 이미상 작가님과 《주간 문학동네》에서 사랑에 관한 서평 에세이도 주고받고 있어요. 2주에 한 번꼴로 번갈아 가면서 쓰는 에세이인데, 매번 간신히 마감 때에 맞춰 촉박하게 원고를 넘기면서 서로 빚을 지고, 또 탕감하며 재미있게 쓰고 있습니다.

Q 놀랍네요. 올해 이효석문학상 심사 과정에서 이희주 작가님의 「사과와 링고」와 이미상 작가님의 「옮겨붙은 소망」이 경합을 벌였는데, 두 분께서 서로 친애하는 사이란 점은 알지 못했어요.

존경하는 동료 작가예요. 원래 팬이었을 뿐, 친분이 있지는 않았는데 이번 에세이 작업을 하며 심적으로 가까워졌어요. 저의 사랑하는 '에짝(에세이 짝꿍)'이랍니다. (웃음)

Q 이번 이효석문학상 수상은 의미가 남다른 측면이 있습니다. 2016년 『환상통』으로 문학동네 대학소설상을 수상하면서 작품 활동을 시작하셨는데 올해가 10주년이에요. 아무래도 10년의 시간을 갈무리하는 상이기도 한데, 수상 소식을 접했을 때 어떤 생각이 드셨어요.

다른 분들은 눈물이 날 정도로 기뻤다고도 하시던데, 저는 솔직히 이틀 정도는 가시방석에 앉은 기분이더라고요. (웃음) 아직 많이 부족한데 이렇게 큰 상을 받아도 될까 싶었거든요. 제가 또래

작가들보다 등단을 일찍 했어요. 원래 소설이 아닌 시를 썼고요. 대학생 때 『문학과사회』 최종심에 처음으로 이름을 올렸어요. 그때는 뭘 잘 몰라서 '어? 나 곧 시인 되나? 근데 소설도 쓰고 싶은데?' 하는 마음에 휴학하고 처음 소설을 써서 응모했는데 덜컥 당선이 된 거예요. 그런 만큼 외부의 공격에 취약했어요. 내 글에 대한 스스로의 믿음, 확신이 부족했던 시절이라 사람들의 비판에 상처를 받고 오래 글을 못 쓰기도 했죠. 그래서 내심 못 썼던 기간은 깎아서 5년 차 작가라고 해주시면 좋을 거 같다고 생각 중인데요, (웃음) 큰 상을 받은 만큼 받아들이기로 했습니다. 지금은 하루하루 감사하며 지내고 있어요.

Q 수상작 「사과와 링고」 속으로 들어가볼게요. 제목에 담긴 의미를 소설을 쓰신 작가님께 직접 묻는 것이 해석을 협소하게 만드는 일일 수도 있고, 그런 집요한 질문이 결례일 수도 있겠지만 그래도 왜 '사과'였는지, 왜 '링고'였는지 여쭙고 싶었어요.

말씀해주신 것처럼 소설에 나오는 두 고양이 사과와 링고는 사라와 사야 자매와 닮아 있죠. 작품 안에 여러 이야기가 있지만 제게 「사과와 링고」의 중요한 키워드는 '자매'였거든요. 닮은 듯 다른 두 여자. 다른 듯 닮은 두 여자. 무엇보다 떨어질 수 없는 두 여자의 애증을 그리고 싶었고요. 이야기를 이끌어가는 축은 언니 사라고, 동생 사야는 반동적 인물처럼 그려지지만 실은 '투 톱 체제'

의 이야기죠. 그래서 제목에서 '와'라는 평등한 접속사를 사이에 두고 두 고양이 이름을 나란히 배치한 거예요. 링고(りんご)가 일본어로 사과란 뜻이고, 작품 내에서 사라가 고양이 사과와 링고를 헷갈려 하는 장면도 나오고요. 이처럼 서로 다르다고 선을 긋고 미워하지만 실은 닮은 구석이 있고, 또 본인들도 그걸 알기 때문에 완전히 끊어내거나 내치진 못하는데, 이런 여성들 간의 끈적한 관계를 다루고 싶었습니다.

Q 문예지 『릿터』 2025년 4~5월호에 「사과와 링고」를 발표하셨어요. 이 작품은 언제 쓰기 시작하셨는지, 또 마감은 언제였는지도 궁금해요. 이 작품이 탄생하기까지의 전사(前史)가 있나요.

찾아보니 지난해 8월에 완성한 작품이네요. 묵혀뒀던 걸 다듬어서 3월에 마감했고요. 소설을 하나의 집으로 비유한다면 철저한 설계도 위에서 집필을 시작하는 분도 있고, 어느 정도의 윤곽만 잡고 작품 안으로 들어가는 분도 계시는 걸로 알아요. 저는 작품에 따라 그때그때 다른 방식을 사용하는데요, 「사과와 링고」는 말하자면 맨땅에 요 깔고 시작한 소설이에요. (웃음) 인물부터 결말까지가 거의 한 번에 나왔고, 첫 구상에서 마무리까지 변동 없이 밀어붙였죠. 계획을 꼼꼼히 짜고 시작한 소설은 문장 단위에서 좀 더 섬세하게 접근할 수 있다는 장점이 있어요. 미학적 측면에 훨씬 공들일 수 있고요. 그런데 「사과와 링고」는 제 작품 중에서도 현실과 많이 맞닿아 있고, 2030 도시생활자 여성의 삶이라는 사회적인 맥락과 함께 읽혀야 하기에 저의 주특기 중 하나인 환상성이나 자폐적이다 싶을 정도로 섬세한 문장은 접어두고 속도감을 살려 썼어요. 저는 작품마다 완성하기까지의 시간 편차가 다소 큰 편이에요. 오래 걸리는 단편은 6개월 정도 걸리기도 하는데요, 「사과와 링고」 그리고 「최애의 아이」는 빠르게 쓴 작품이에요. 시작부터 탈고까지 얼마나 걸렸는지는 말씀드리지 않도록 하겠습니다. 대충 썼다고 오해하실까 봐. (웃음)

Q 이번 이효석문학상의 심사 과정을 옆에서 지켜보았는데 「사과와 링고」에 대해 심사위원들의 칭찬이 끊이질 않았어요. 심진경 선생님은 "현대 젊은 여성들의 삶과 감성을 잘 담아냈다. 당대의 소설이 갖출 수 있는 감수성이 드글드글 끓는 작품"이라고까지 말씀하셨어요. 한 명의 독자로서 저는 동시대 청춘을 상반되게 보여주는 두 캐릭터인 사라와 사야 자매, 성실하게 직장 생활을 하면서 무언가를 추구해나가는 한 청춘과 겉보기에는 어딘가 비어 있는 듯한 또 다른 캐릭터의 청춘을 상호 대립시키고 두 인물 간의 갈등을 이야기한 점이 독특하게 다가왔습니다. 사라와 사야가 동시대를 '대표'하는 여성이라고는 볼 수 없지만 동시대 청춘들 가운데 대비되는 두 캐릭터를 세우신 게 아닐까 싶어요.

좀 위험한 말일 수도 있는데, 개인적으로 2015년 페미니즘 리부트 이후 여성들이 '우리'라는 단어를 사용하는 방식에 대한 경계심이 있어요. 오로지 성별로만 집단을 하나로 묶을 때, '우리'라는 단어가 타자를 폭력적으로 배제하는 방식으로 작용하는 것을 많이 보았거든요. 저는 오염과 포용이 더 나은 문화를 만든다고 믿어요. 사실, 그렇게 믿을 수밖에 없고요. 왜냐하면 아무리 꼴 보기 싫은 사람과도 함께 살아야 하잖아요. 그게 삶이니까요. 그래서 두 캐릭터를 자매로 설정했어요. 독자가 보았을 때 직관적 영역에서 떨어질 수 없고, 함께 살 수밖에 없는 존재로 설정한 거죠. (가족이라고 꼭 얼굴 보고 살 필요는 없지만요.) 저는 우리가 이런 동질화되었다고 가정되는 집단 내의 갈등을 진지하게 다뤄야 한다고 생각해요. 이걸 제대로 짚지 않고 다음 스텝으로 넘어가면 어느 순간 한계에 부딪힐 거라고 보고요.

Q 수상작은 「사과와 링고」지만 다른 단편 「최애의 아이」도 함께 이야기 나눠 보고 싶어요. 사실 이효석문학상 예심을 통과한 열여덟 편의 단편소설에는 작가님의 「사과와 링고」와 「최애의 아이」가 동시에 포함돼 있었어요. 예심을 통과한 작품 가운데 한 작가의 작품이 두 편 올라오는 경우는, 이효석문학상을 10년 넘게 근거리에서 지켜봤던 저로서도 처음 보는 일이었습니다. 그런데 공교롭게도 두 작품을 읽어보면 결말 부분이 공통적으로 매우 날이 서 있습니다. 결말을 읽으면 어디엔가 베인 것처럼 아주 날카로워요. 그런데 또 두 작품은 차이가 있어요. 「사과와 링고」는 '사라야, 제발 그러지 마'의 감정으로 인물의 행동을 지켜봤다면, 「최애의 아이」의 우미를 보면서는 '아닐 거야, 절대 아닐 거야'란 생각으로 읽었거든요. (웃음)

소설이라서 할 수 있는 일인 거죠. (웃음) 읽는 이들을 즐겁게 하거나 위로하기 위해 쓰기도 하지만 두 작품은 그런 의도로 쓰지 않았기에 어설프게 굴고 싶지 않았어요. 작가로서 윤리적으로 문제가 되는 테마를 도마 위에 던진다면 확실하게 해야 한다고 판단하기도 했고요. 「최애의 아이」는 자신이 사랑하는 '최애' 아이돌의 정자를 구매해서 임신하는 여성 팬의 이야기예요. 너무 과장되지 않았냐, 비현실적이다, 라는 평도 있지만 저는 아이돌의 모든 게 상품화되는 현시점에서 충분히 있을 법한 이야기라고 생각하고 썼어요. 하이브의 방시혁 의장이 '더 뉴요커(The New Yorker)'에서 하이브의 성공의 근원은 친밀감을 판 것이라는 요지의 인터뷰를 했거든요. 현재 아이돌 시장을 잘 설명하는 말이지만 저항감이 들더라고요. (웃음) 아이돌과 팬이 서로 친밀감을 느끼고 있다는 걸 부정할 순 없죠. 하지만 시스템이 인지하고, 친밀감이라는 이름으로 사생활의 일부를 수익화하는 건 전혀 다른 문제예요. 이를 통해 발생하는 피해를 감당해야 하는 건 아이돌 개인뿐만 아니라 팬들이라고 생각하고요. 이를테면 일대다 소통 서비스인 '버블'이라는 앱이 있는데요. 팬들이 일정 금액을 내고 구독하는 메신저 형식의 유료 서비스예요. 멤버가 자주 안 오면 팬들은 '돈을 냈는데 왜 서비스를 안 하냐'며 화를 내요. 다시 말해 돈을 냈으니 오라고 말할 권리가 있다, 이런 건데요. '친밀감'을 내세우지만 실상은 '소비자' 정체성으로 이 판이 돌아가고 있다는 걸 보여주죠. 그런데 팬들이 원하는 게 정말 '소비자'가 되는 걸까요? 아니요. 팬들은 진심

ⓒ 김재훈

을 원해요. 그걸 얻는 방법을 모르고 있는 것뿐이죠. 그런데 기업은 친밀감을 '판다'고 하면서 돈을 내면 구매할 수 있는 것처럼 포장해요. 그게 어떻게 가능해요. 그건 가능하지 않아요. 오랜 시간을 들여 아이돌도, 팬도 서로에게 신뢰를 주면서 함께 만들어가야 얻을 수 있는 거죠. 그런 의미에서「최애의 아이」의 우미도 피해자라고 생각해요. 사기를 당해서가 아니라요. (웃음) 돈을 내면 뭐든 다 살 수 있다고 믿은 것, 그런 메시지를 끊임없이 던지는 사회를 '순응·적인' 우미가 고스란히 믿어버린 게 진짜 농락을 당한 거죠.

아무튼 저는 아이돌과 팬의 관계에서 '돈 냈는데 왜!' 하는 인식을 갖게 되는 일이 팬 개인에게도 결코 행복한 일이 아니라고 봐요. 돈은 너무 중요하지만, 또 전부가 아니라는 걸 아이돌과 팬을 떠나 모두가 배워야 한다고 믿고요. 워낙 소비자 정체성이 만연한 사회이니, 누군가는 '너보다 부자인 애들 왜 걱정해주냐' 이럴 수도 있어요. 그런데 저는 다른 사람이 아니고 팬이잖아요. 그 애들을 사랑하는 사람이 아니면 누가 이런 말을 하겠어요. 최애가 어리다 보니 이런 생각을 안 할 수도 없고요.

Q 이제 드디어 '아이돌' 이야기를 깊게 해볼게요. (웃음) 첫 소설 『환상통』 출간 이후 지겹도록 들으신 질문일 텐데요. 이희주 작가님의 소설을 관통하는 키워드는 아이돌 팬덤입니다. 『환상통』부터 『성소년』 그리고 「최애의 아이」 등 많은 소설에 팬덤이 주요한 소재로 나옵니다. 이효석문학상 대상 수상작 「사과와 링고」에서도 언니 사라가 뮤지컬 〈더 라스트〉에 대한 팬심을 유지하고 있고 이것 때문에 동생 사야와 갈등을 빚기도 하고요. 왜 아이돌이었고, 왜 팬덤이었을까요.

아이돌은, 제가 기억하는 순간부터 좋아했기에 설명하기 어렵네요. 일종의 모태신앙이랄까요. (웃음) 제가 예쁜 것과 무언가에 열광하는 걸 좋아하는데 둘을 한 번에 할 수 있는 문화가 가까운 데 있었죠. 운이…… 좋은 거겠죠? (웃음) 조금 전에도 살짝 언급했듯, 제가 외부에선 동질적으로 보이지만 내부에는 차이가 있는 공동체에서 발생하는 정동에 관심이 많아요. 비단 팬덤뿐 아니라 정치, 사회운동, 종교나 컬트 공동체 등도 그 대상이고요. 개중에 팬덤을 가장 자주 다루는 건 일단 저의 삶과 매우 가깝게 붙어 있기 때문일 거예요. 제가 오랜 기간 팬으로 살며 많은 장면을 보았거든요. 아주 눈부시게 아름다운 순간부터 문제적 순간들까지도요. 삶의 다른 순간에는 사회인으로서 '멀쩡히' 기능하던 사람들도 자기 내면에 있는 줄도 몰랐던 에너지에 휩쓸리는 순간 금방 중심을 잃어요. 인간의 그런 나약한 모습, 저 자신도 갖고 있는 일면에 대해 연민과 애정이 있고요. 그래서 반복/변주하며 팬덤의 이야기를 그리게 되는 듯해요. (그러면 지금은 어떤 팬클럽에……?) NCT WISH라고, (웃음) SM 소속 보이그룹입니다. 제가 근 몇 년간 팬 활동을 쉬었어요. 그래서 '드디어 나도 빠순이에서 졸업할 때가 되었나' 하고 있는데 NCT WISH가 나온 거예요. 제가 데뷔 팬이에요. 어쩌다 그 친구들의 첫 무대를 봤는데 아, 너무 이뻐 가지고, 어떻게 이렇게 이쁜 친구들이……. (웃음) 제 마지막 아이돌이라고 생각하고 후회 없이 사랑하려고 하고 있어요. 바빠서 자주 보러 가진 못해도 항상 응원하고 있습니다.

Q 적절한 단어를 찾지 못해 이 단어를 쓰게 됨을 양해해주세요. 무슨 단어냐고 하면…… 바로 '빠순이'요. (웃음) 빠순이는 멸칭이지만 작가님의 소설에서의 빠순이는 흔히 아는, 경멸적인 혐오스러운 어조로서의 멸칭 빠순이와는 다른 의미 같아요. 그런데 "이희주 소설가는 빠순이들의 대변인"이란 평가도 있잖아요. 이런 수사에 대해 어떻게 생각하세요.

아니에요, 빠순이라고 하셔도 돼요. 충분히 가치중립적으로 사용할 수 있는 단어라고 보거든요. 의미를 전복할 때도 되었고요. (웃음) 제가 팬덤의 긍정적 일면만 부각하며 상찬하지 않고 당사자로서 보고, 듣고, 느낀 걸 가감 없이 이야기하는 걸 좋게 보시는 분들이 계시는데요. 감사하고 힘이 됩니다. 전략적으로 접근할 수도 있겠지만 공격받을 걸 감안하더라도 내가 파악한 것, 내 주관을 솔직히 적는 게 작가로서 존엄을 지키는 방식이라고 보거든요. 저는 삶과 쓰기의 거리를 벌려두는 타입이 아니에요. 그래서 그 순간 내가 가장 중요하게 여기는 것에 대한 글을 쓰고요. 그런데 '빠순이' 이야기는 10년 가까이 지속적으로 쓰기도 했고, 그 문화가 발전했다가 후퇴했다가, 또 조금씩 발전하려는 모습을 지켜보면서 근래엔 뭐랄까, 일종의 책임감을 갖게 되었어요. 이걸 내 방식으로 세상에 남겨야겠다는 열망과 의지가 생긴 거죠. 이 불씨가 당분간은 꺼지지 않을 거 같아요. 꼭 소설의 형식이 아니더라도 제가 할 수 있는 최선을 다해 우리의 이야기를 기록할 예정입니다.

Q 오래전 출판사에서 작가님의 책을 다룬 서평 보도자료를 보니 빠순이들의 팬심을 이렇게 썼습니다. "팬이란 단 한 번의 의미 있는 마주침조차 허용되지 않는 대상과 전혀 관계를 맺을 수 없는 특이한 사랑을 하는 존재"라고요. 그런 점에서 본다면 아이돌 빠순이의 사랑이란 굉장히 특이한 형태란 생각이 들었습니다. 빠순이의 사랑은 중심부로부터 배제돼왔던 사랑인데, 이희주의 소설은 존재하지만 늘 배제돼왔고 알지만 알려고 하지도 않

앗으며 그런 점에서 불가해하기까지 했던 사랑을 중심부로 끌어올려 팬덤을 하나의 은폐됐던 시대정신으로 예리하게 보여줬다는 생각이 듭니다.

우리는 '사랑'을 주고받음의 문제라고 생각하잖아요. 더 많이 받은 사람이 승자고, 준 사람은 패자라는 논리가 만연해 있고요. 하지만 주고받음을 떠나 사랑을 '하는' 걸 갈망하는 사람들이 있어요. 그게 빠순이고, 그들을 위해 아이돌이 존재한다고 봐요. 그래서 스스로 감당 못 해 끓어넘치는 사랑, 너무 뜨거워서 델 거 같은 사랑을 받아주는 아이돌에 대한 고마움이 있죠. 전 사랑받는 게 마냥 좋다고만은 생각하지 않는 편이라……. (웃음) 이 사랑을 흔히 '일방향의 사랑'이라고 하고, 이 표현 역시 제 작품을 설명하는 하나의 키워드이긴 해요. 인공지능 시대가 찾아오고, 이런 사랑이 더 이상 낯설지 않게 되면서 이희주의 소설을 다시 읽을 수 있는 또 다른 눈이 생겼다고 봐요. 처음 책이 나왔을 때도 그렇고, 지금도 종종 뭐 이런 이야기를 쓰느냐는 비판과 직면할 때가 있는데요. 그때나 지금이나 제 마음은 똑같아요. 세상에 써선 안 되는 이야기는 없다. 당연한 소리라 웃기긴 한데, (웃음) 저는 문학을 좋아하거든요. 그래서 그 안에서 모든 걸 보고 싶어요. 좋은 것도, 나쁜 것도, 아름다운 것도, 추한 것도 전부 다요. 제 작품 「최애의 아이」는 범박하게 요약하면 한 여자가 자신이 낳은 아이를 죽이는 내용인데요. 저는 이런 '끔찍한' 이야기야말로 문학에서 해야 한다고 봐요. 여기가 아니면 어디서 하겠어요. 현실에서? 저는 문학을 성역화하고 싶지 않아요. 망치로 벽을 깨서 성 밖의 사람들을 다 불러 모으고 싶죠. 그렇게 말들이 범람하고 서로 뒤엉키는 걸 꿈꿉니다. 새롭고, 멋지고, 더럽고, 엉뚱하고, 끔찍한 거. 그래서 전부인 모든 것을 문학 안에서 만날 수 있길 언제나 바라고 있어요.

Q 「사과와 링고」에서도 사라가 뮤지컬 〈더 라스트〉의 빠순이잖아요. 실재하는 뮤지컬은 아닌 것으로 아는데, 〈더 라스트〉는 어떻게 생각하셨는지도 궁금해요.

이 또한 아주 자연스럽게……. (웃음) 뮤지컬 〈쓰릴 미〉 이후 남성 주인공들 사이의 브로맨스적 요소를 넣은 극이 여성 팬들의 인기를 얻고 있거든요. 이런 극들이 같은 극을 반복해서 보는 일명 '회전문 관객'의 비율도 높고요. 그래서 일단 남자 주인공 둘을 만들고 나머지 줄거리는 주제에 맞게 구성했어요. 사라는 나쁜 노동 환경 속에서 제대로 된 미래 계획을 세우지 못한 채 나이만 먹고 있는 인물이에요. 그래서 항상 '끝'을 상상하죠. 자격증 공부를 하는 식으로 현실의 자신을 구제하려 발버둥 치기엔 너무 지쳐 있고, 의사나 변호사와 결혼해서 부잣집 사모님이 되는 꿈을 꾸기엔 너무 현실적이기도 하고요. 그런 사라가 바라는 결말이 있다면 모든 게 다 끝장나는 것밖에 없지 않을까, 싶었습니다. 그래서 〈더 라스트〉를 세계가 멸망하는 극으로 만들었어요. 현실에서는 끝장이란 건 없고, 우리 손으로 모든 걸 해결하며 지지부진하게 살아가야 한다는 걸 다들 알잖아요. 그래서 작품에서나마 파괴적 카타르시스에 흠뻑 젖고 싶어 하지 않을까, 하고 사라에게 기쁨을 선사한 거죠. (웃음)

Q 과거 『릿터』(2024년 6~7월호)에서 소유정 선생님과 나누신 인터뷰를 찾아보니 아름다움과 추함, 즉 미추(美醜)에 관한 이야기가 인상적이었어요. 「사과와 링고」도 미추가 공존하잖아요. 「최애의 아이」에서도 아기를 쳐다볼 때 '빵'으로 은유하기도 하고요. 또 무엇보다 아이돌은 아름다움과 유관한 인물이고요. 아름다움과 추함은 소설을 쓰면서 의도하시는 걸까요, 아니면 자연스럽게 일종의 상호 대립이 발생하는 걸까요.

제가 완전히 옛날 사람이라. (웃음) 말씀해주신 것처럼 아름다움과 추함 같은 고전적 주제를 자연스레 반복해서 쓰게 됩니다. 제 방식대로 그 주제를 가지고 노는 게 즐겁기도 하고요. 독자들도 그 낙차를 즐겨주셨으면 좋겠습니다.

Q 장편소설 『성소년』에 대한 이야기도 빠뜨릴 수 없겠죠. 작년에 이 소설이 미국 하퍼콜린스와 영국 팬 맥밀런에 각각 억대 선인세로 판권이 팔리고, 프랑스, 이탈리아와도 계약이 체결되었어요. 이건 10년 차 한국 소설가에게 주어지는 굉장한 선물이자 한국문학의 중대한 사건이라고 생각해요.

『성소년』은 2021년도에 한국에서 간행된 작품인데요, 약간의 텀을 두고 해외 간행사와 계약하게 되었어요. 첫 간행 당시 큰 주목을 받은 작품이 아니라 해외 판권이 팔릴 거라곤 기대하지 않았기에 얼떨떨했고요. 이 일이 마중물이 된 듯 연달아 좋은 상을 받게 되어 더 기쁘기도 해요. 물론 가장 기쁜 건 계약 금액이나 수상 여부가 아닌 내 손으로 작품을 만들었다는 사실 그 자체지만요.

『성소년』은 네 명의 여성이 자신이 사랑하는 톱스타인 한 아이돌을 납치하고, 그 과정에서 각각이 가진 욕망이 좌절하는 과정을 다룬 소설인데요. 이 작품을 쓰면서 저에게 중요했던 키워드는 '좌절'이었어요. 좌절을 했다는 건 뭔가를 해봤다는 거잖아요. 이상한 마음의 욕망을 지닌 네 여자가 움직이는 과정을 들여다보는 게 제겐 중요했어요. 그 모든 욕망의 중심에 있는 아이돌은 무엇이고 어떤 존재인지에 대해서도 쓰고 싶었고요. 여성이 가진 날것의 욕망과 공격성 등을 드러내는 '불편한' 작품이기도 하기에, 장르적 재미를 살리는 동시에 문장을 아름답게 구성하기 위해 노력했어요. 말하자면 철저한 도안을 바탕으로 튼튼하게 세운 집이랄까요. 장르를 읽는 즐거움과 미적 쾌감을 이용해 독자를 장편의 끝까지 데려가려고 했죠. 영미권 번역서는 미국 하퍼콜린스와 영국 팬 맥밀런에서 각각 단행본으로 나올 예정인데요, 두 권 다 표지 시안이 나온 상태라 내년 정도에 출간되지 않을까 싶어요. 『성소년』의 영문판 제목은 'Holy Boy'예요.

Q 이희주 소설 독자로서의 바람일 수 있지만 『성소년』이 출간되면 부커상 후

보로도 가능하리라고 개인적으로 생각하고 있습니다. (웃음) 그렇게 생각한 이유는 단지 케이팝 열풍 때문은 아니에요. 앞서 말씀드렸지만 배제돼왔던 거대한 감정, 빠순이들의 사랑이라는 세태를 포착했기 때문이에요. 한 집단의 구성원만 이해할 수 있었던 감정이지만 실은 다들 궁금해하기도 하고요. 그런데 이런 말씀을 드리는 이유는 발견되지 못했던 감정이 소설로서 확산되고, 그 감정이 이해받게 만드는 예술이 소설이기도 하잖아요. 좀 더 깊이 생각해보면 발견되거나 거론되지 못했던 시대정신 속 가려졌던 감정, 그러나 실은 그 시대를 대표하는 감정을 드러내는 것이 소설의 역할일 수 있다는 생각이 드는데, 그런 점에서 질문드릴게요. 작가님께서 생각하시기에 소설의 역할이란 뭘까요. 또 독자가 소설을 읽는 건 어떤 의미를 가질까요.

그렇게까지 생각해주시니 너무 감사한데요. (웃음) 저는 오랫동안 소설을 저 자신을 비추는 거울이라고 생각해왔어요. 계속 '일방향의 사랑'을 다룬 건 그게 제가 살아가는 방식이었기에 그랬던 거고요. 제가 룸펜 기질이 있거든요. 은둔 청년으로 지냈던 시기도 있고요. 그래서 제가 쓰는 이야기를 보편적인 이야기라기보단 조금 남다른 이야기라고 생각했었는데요. 어느 순간 이게 시대정신이 되었다, 싶은 시점이 오더라고요. 이를테면 팬데믹 영향으로 사람들이 점점 고립에 익숙해지고 인간을 두려워하면서 실제 사람보다 인공지능을 편하게 여기는 때가 왔잖아요. 다른 사람과 연결되는 것이 좋은 일이 아닌 무서운 것, 위험한 것으로 여겨지기

ⓒ 김재훈

도 하고요. 그런데 저는 인간은 기본적으로 만남을 갈망하는 존재라고 생각하거든요. 저도 그랬고, 지금도 여전히 그렇고요. 그래서 최근엔 우리가 어떻게 그 위험을 감수하고 세상 밖으로 나가서 다른 사람을 만날 수 있을까, 연결될 수 있을까, 이런 걸 골몰하고 상상하고 있어요. 어른으로서의 책임감이 좀 생겼달까요. 제가 실제로 고립의 시기를 넘어온 사람이기에 할 수 있는 말이 있을 거라고 생각하고, 그걸 소설로 어떻게 표현할 수 있나 고민 중이에요. 뭐, 말은 이렇게 해도 일단 제가 쓰면서 재밌는 걸 쓰겠지만요. (웃음)

Q 앞서 작년 계엄 당시 아이돌 팬을 인터뷰한 프로젝트를 잠시 말씀해주셨

는데 좀 더 자세히 알려주세요. 빠순이와 사회운동의 관계에 관해서요.

지난 계엄 당시 광장의 아이콘 중 하나였던 응원봉을 들고 나온 2030 여성들을 인터뷰했어요. 많은 팬이 거리로 나왔고, '○○(최애 이름)아, 살기 좋은 세상 만들어줄게' 같은 말이 팬덤 내 밈으로 통용되었거든요. 그걸 보면서 저 말이 정말 사실일까? 그렇다면 시민 정체성과 팬 정체성은 만날 수 있는가? 만난다면 어떤 지점에서 만나는가? 라는 질문을 가지고 대화를 통해 그 답을 찾아본 거죠. 그렇게 광장, 지인 소개, SNS 모집 등을 통해 만난 여섯 분을 심층 인터뷰하며 인터뷰 내용보다 그냥 팬들을 만나는 게 즐겁다는 걸 깨달았어요. 그래서 오프라인에서 만남을 도모하는 것이 어쩌면 더 나은 문화를 만드는 시발점이 되지 않을까, 하는 결론에 다다르게 되어 여러 기획을 준비 중이고요.

아시겠지만 팬덤이 안전하지만은 않거든요. 빠순이는 기본적으로 '전투민족'이기에 공격성이 매우 높은데, (웃음) 이게 온라인 기반의 문화 안에서 점점 강화된다는 생각이 들더라고요. 얼굴이 안 보이고, 발화의 맥락을 이해하지 못하니 서로 인간이라는 걸 잊는 거죠. 그래서 눈 맞춤과 몸짓언어를 사용할 수 있는 오프라인 공간에서 서로를 공격하기보다 허심탄회하게 이야기를 나눌 수 있는 장을 마련하고 싶어졌습니다. 그 밖에 팬덤 내 갈등이나 아이돌 노동에 관한 논의, 팬 활동을 통해 시민으로서 각성했다는 이야기 등과 더불어 광장에서의 사회대개혁을 향한 뜨거운 갈망이 언제 읽어도 현재적으로 전달될 수 있게 노력했어요. 원고는 마무리된 상태로, 올해 12월 3일 계엄 1주년에 맞춰 간행될 예정이고요. 가제는 '응원봉을 들고 거리로 나온 2030 여자들'인데, 제목은 새로 짓게 될 것 같아요.

Q 숨을 좀 고르고, 조금은 편안한 질문으로 가볼게요. 최근엔 어떤 책을 읽으셨어요.

최근 읽은 책 가운데 인상적이었던 건 나오미 클라인의 논픽션 『도플갱어』(류진오 옮김, 글항아리, 2024)예요. 나오미 클라인은 진보적 성향의 환경운동가로 몇 권의 저서를 내고 활동 중인데, 어느 날부터인가 사람들이 극우 스피커인 '나오미 울프'와 저자를 헷갈리기 시작한 거예요. 처음엔 그저 퍼스트네임이 같아서 일어나는 촌극이라고 생각했는데, 나오미 울프를 들여다보고 그가 사용하는 언어의 틀이 자신의 것과 똑같다는 걸, 거울상이라는 걸 발견하게 된 거죠. 굉장히 흥미롭고, 현재 한국사회를 들여다보는 데 유용한 틀이라고 생각해서 추천하고 싶고요. 최근엔 소설보다 사회과학 분야의 책을 주로 읽는 중이에요. 미래세대에 대한 걱정이 많아져서 (웃음) 인셀에 대한 책도 두루 읽고 있습니다. 성별과 상관없이 중요한 단서를 얻을 수 있을 거라고 생각해요.

Q 마지막 질문이에요. 올해가 등단 10년 차임을 앞서 이야기했는데, 혹시

10년 전의 나에게 해주고 싶은 이야기가 있을까요.

'앞으로 더 고생하는 일 많아질 거야. 그렇지만 할 수 있어'라고 말해주고 싶어요. NCT WISH의 멤버 유우시가 팀 막내 사쿠야에게 데뷔하며 한 말인데 제게도 힘이 되더라고요. 또 '지금은 외롭겠지만 하다 보면 동료가 생기니, 믿고 나아가라'라고도 말해주고 싶습니다. (웃음)

제26회
이효석
문학상
———
우수작품상
수상작

1993년 『작가세계』 신인상을 통해 소설을 발표하기 시작했다. 소설집 『장국영이 죽었다고?』 『위험한 독서』 『신에게는 손자가 없다』 『소년은 늙지 않는다』 『내 여자친구의 아버지들』 『누군가 나에 대해 말할 때』, 장편소설 『천년의 왕국』 『동화처럼』 『야구란 무엇인가』 『개와 늑대의 시간』 『거울 보는 남자』 『나라가 당신 것이니』 등이 있다.

너는 별을 보자며
김 경 욱

"와이프는 요새 어떻게 지내요?"

오랜만에 만나는 사람들은 나보다 은하 씨의 근황부터 묻곤 한다. 은하 씨를 좀 아는 사람은 물론이고 얼굴 한번 본 적 없는 사람까지. 물론 은하 씨는 유명인사가 아니다.

"뭐가 궁금하신데요?"

정색하며 되묻는 대신 나는 웃으며 답하곤 한다.

"저도 잘 모르겠어요."

농담이 아니다. 은하 씨와 열여섯 해째 한 지붕 아래 살고 있지만 잘 모르겠다. 사람들이 왜 은하 씨를 궁금해하는지. 다만 벽을 마주한 책상 앞에 죽치고 앉아 늘 하는 일을 해본다. 도무지 알 수 없는 무언가를 곰곰이 상상해보기.

상상(想像), 익숙한 두 글자를 찬찬히 뜯어보면 뜻밖의 한자들이 숨어 있다.

나무, 눈, 마음, 사람, 코끼리.

내게 상상한다는 나무한다, 눈한다, 마음한다, 사람한다, 코끼리한다와 크게 다르지 않다. 나무의 눈으로 사람의 마음을 코끼리하면 눈앞이 문득 환해진다. 검은 밤하늘에 반짝이는 빛이 있으면 끝없는 암흑 너머 어딘가 별이 존재하듯이.

존재했듯이. 과거시제가 맞으려나. 우리가 빛을 바라보는 순간 이미 별이 사라지고 없는 경우라면. 내가 궁금한 건 이거다. 은하 씨를 알고 지낸 스무 해. 그 시간은 어느 쪽일까? 존재하는 별인가, 존재했던 별인가. 잘 알지도 못하면서 사람들이 은하 씨를 궁금해하는 이유를 상상해볼 때마다 나무와 눈과 마음과 사람과 코끼리는 은하 씨를 만나기도 한참 전에 쓴 어떤 소설로 나를 데려간다.

소설가 남편이 아무리 기똥찬 이야기를 내놔도 이미 비슷한 이야기가 존재한다고 알려주는 아내 이야기. 그러면서 누구나 아는 이야기는 난생처음 듣는 것처럼 구는 아내 이야기.

그 단편은 이런 문장으로 시작한다.

'이것은 내 아내에 관한 이야기다.'

아내라니. 여자친구조차 없던 이십대 중반이었는데. 결혼 같은 건 SF처럼 먼 미래 얘기였는데. 기혼자로 오해받을 줄은 꿈에도 상상 못 할 만큼.

뜻밖의 반향이 얼떨떨했다. 가장 많이 읽히는 문학상 수상작품집에 후보작으로 실리긴 했지만.

"와이프는 잘 있어요?"

"저 아직 싱글인데요."

"정말요?"

깜짝 놀라는 모습을 내심 즐긴 순간이 없었다면 거짓말이겠지. 작가가 결혼도 안 한 게 그 소설의 마지막 반전인 것처럼.

유부남이 총각 행세하며 돌아다닌다는 뒷말이 귀에 들어오기 전까지의 얘기였다. 황당했다. 작가 프로필에 미혼이라 밝힐 수도 없고. 후보작이 아니라 수상작이었다면 덜 억울했을까.

'이것은 내 아내에 관한 이야기다. 나를 아는 사람들은 귀가 쫑긋해질 수도 있겠다. 워낙 말수가 적은 편인 데다 아내라는 단어는 입에 올리는 법이 거의 없었으니.'

다시 읽어보니 누군가와 함께 살고 있는 기분으로 써 내려간 기억이 났다. 그 누군가 불러주는 대로 받아쓰는 느낌이었달까.

이어지는 단락은 정말 내가 쓴 것 같지 않았다.

'나는 전갈자리다. 이 별자리 태생들은 비밀스럽기가 칼데라호와 같다. 모든 걸 되비치는 차갑고 잔잔한 수면 아래 언제 터져 나올지 모를 마그마가 들끓고 있다. 불보다 뜨겁게 들끓는 물이 무서운 고요함의 원천. 전갈자리의 일급비밀은 단단한 갑옷 깊숙이 품은 독이 아니라 자신이 전갈자리라는 사실 자체다.'

사실 내 별자리는 황소자리다. 대단한 비밀도 놀라운 반전도 없을 것 같은 별자리. 그런 소설은 쓰고 싶지 않았다. 별자리보다 더한 걸 바꿔서라도 전갈의 글을 쓰고 싶었던 걸까. 찔린 줄도 모른 채 작은 죽음을 겪고 다시 태어나게 만드는 그런 글을.

이것은 내 아내에 관한 이야기다. 결혼도 전에 쓴 가짜 아내 이야기 말고 열여섯 번째 결혼기념일을 목전에 두고 쓰는 진짜 아내 이야기. 이십몇 년 전 쓴 소설과 같은 듯 다른 아내 이야기.

그런 아내를 원했는지도 모른다. 안 읽은 책이며 안 본 영화가 없고 모르는 이야기가 없으면서도 내가 지어낸 이야기만큼은 뻔하다고 하지 않는 사람. 황소인 줄 알면서도 전갈인 척하는 모습을 그냥 넘겨봐주는 사람. 그런 사람을 만났다고 생각했다.

언제부턴가 나는 잘나가는 작가의 책은 읽지 않았다. 몇 해를 꼬박 바쳐 야심 차게 출간한 신작이 2쇄도 찍기 힘들어진 때부터였을까. 뻔한 글이나 쓰면서 뻔하지 않게 쓰는 법을 가르치고 다닐 때부터였을까. 일일이 찾아 읽을 필요가 없기도 했다. 안 읽는 책이 없는 은하 씨가 권하는 목록만 챙겨 읽으면 충분했다. 개중에는 잘나가는 작가의 책도 없지 않았지만 은하 씨 추천이라면 읽을 가치가 있었다. 아니, 은하 씨가 추천하는 책이라도 어떻게든 읽어내야 했다. 내 창작 수업을 거쳐간 학생이 쓴 화제의 데뷔작도 은하 씨가 권하지 않았다면 결단코 읽지 않았으리라. 몇 달을 미루다 몇 시간 만에 독파했다. 너무 잘 가르치지 말아야지, 가망 없는 다짐을 되뇌면서도 끝을 봤다. 살아 있는 모든 작가에게 경쟁심을 불사르며 죽은 작가의 글만 읽는 괴물이 되지 않으려고.

소설 창작 수업에서도 이렇게 말하는 학생들이 있다.

"고전만 읽어요. 요즘 소설은 못 읽겠어서……."

말줄임표가 무엇을 감추고 있는지 거울처럼 훤했다.

그 마음 알지. 너무 잘 알아 탈이지. 그러다 화장실에 앉아 네 글만 읽게 되는 수가 있어.

물론 속으로만 중얼거렸다. 안다는 말은 함부로 내뱉으면 안 되니. 소설 창작 수업에서는 더더욱. 잘 안다고 철석같이 믿었던 세계가 낯설기 그지없는 얼굴로 돌진해오는 순간을 포착하는 게 소설이라면. 낯설기 짝이 없던 세계가 무섭도록 익숙한 얼굴로 돌변하는 순간을 목격하는 게 소설이라면.

소설이 무엇이든 소설가에겐 그런 존재가 필요하다. 다 알면서도 모르는 척해주는 존재. 아무 말 없이 책 한 권 건네주는 존재.

요즘 소설은 못 읽겠다며 말꼬리를 흐리는 학생들에게 나는 은하 씨가 권한 책을 조용히 내밀곤 했다.

"이런 책은 어떻게 아셨어요?"

한번은 빌려준 책을 돌려주며 학생이 물었다.

달의 뒷면을 보고 온 우주인들의 논픽션이었다. 착륙선이 달 표면에 내려간 동안 사령선에 홀로 남은 조종사들. 그들은 착륙선이나 NASA 본부만이 아니라 온 인류와 단절된 채 달 궤도를 반 바퀴 돌아야 했다.

"독창적인 글을 쓰는 방법은 둘 중 하나예요. 세상의 모든 책을 읽거나 어떤 책도 읽지 않거나."

나는 세상의 모든 책을 읽은 사람처럼 말했다.

지금이라면 어떤 책도 읽지 않는 사람처럼 말해야 할 테지만.

은하 씨에게 필독서를 추천받지 못한 나날이 1년도 넘었다. 은하 씨는 이제 책도 잘 읽지 않고 영화도 어쩌다 한 번씩 보고 종일 음악만 듣는다. 그것도 한 가수의 노래만. 덕질의 세계에 빠진 것이다. 아무리 흠뻑 빠져든 책도 두 번 읽지 않고, 아무리 끝내주는 영화도 두 번 보는 법이 없던 사람이. 같은 플레이리스트를 하루 종일 틀어놓고, 같은 음반을 수십 장씩 사들이고, 화보가 실린 잡지를 내 책보다 잘 보이는 자리에 꽂아두었다.

최애가 생겼다고는 말하지 않겠다. 최애라는 말은 은하 씨에게 어울리지 않으니. 싱어송라이터, 뮤지션, 아티스트. 은하 씨가 뭐라 부르든 내겐 밤하늘의 별보다 많은 가수들 중 한 명일 뿐이라서. 요즘 같아서는 나조차 은하 씨의 최애였던 적이 언제 있었나 싶기도 하고.

은하 씨가 한 오디션 프로를 챙겨 볼 때만 해도 함께 콘서트까지 보러 갈 줄 몰랐다. 꽃도 채 피지 않은 벚나무 가지 사이로 〈벚꽃엔딩〉이 울려 퍼지는 봄날 저녁이었다. 올림픽홀은 초행길이었지만 두리번거릴 새가 없었다. 올림픽공원역 3번 출구로 나가자마자 노란 물결에 휩쓸렸다. 팬덤명은 유니콘인데 시그니처 컬러는 화이트가 아니고 옐로였다. 가수가 첫 무대에 노란 운동화를 신고 나와서라는 얘기도 있고, 투어콘서트에서 콜드플레이의 〈Yellow〉를 불러서라는 얘기도 있었다. 은하 씨도 쨍한 개나리색 원피스 차림이었다. 노란 기가 많은 얼굴이라 옐로 계열은 안 어울린다던 사람이. 노랑 물결은 삼사십대로 보이는 여성이 주류였다. 남자는 거의 눈에 띄지 않았다.

올림픽홀이 가까워질수록 은하 씨 곁에 바짝 붙는 자신을 어쩔 수 없었다. 개나리색은 차마 엄두가 안 나도 베이지나 아이보리였으면 덜 움츠러들었을까. 진초록색 셔츠를 걸친 내가 꽃밭에 잘못 기어든 한 마리 배추벌레 같았다.

"괜찮겠어요?"

2층으로 올라가는 계단 밑에서 은하 씨가 물었다.

은하 씨는 1층 플로어석이고 나는 2층 천장석이었다.

"걱정 마요. 끝나고 아까 그 벤치에서 봐요."

은하 씨와 헤어지자마자 흘끗거리는 시선이 느껴졌다. 변명이라도 해야 할 것 같았다. 아내를 따라왔다고. 실은 아내의 최애를 두 눈으로 직접 보고 싶었다고. 대체 어떤 특별함이 있는지. 어떤 특별함이 있어 포토카드인지 사진 쪼가리인지만 몇 장 든 음반을 수십 장씩 사들이게 만드는지 궁금했다고.

"같이 가겠다고요, 기영 씨가요?"

눈이 휘둥그레진 은하 씨에겐 글 핑계를 댔지만.

"누가 알아요? 갔다 오면 작품 하나 나올지. 제목도 막 떠오르네요. 너는 별을 보자며, 어때요?"

예전엔 제목만 정해지면 마지막 문장까지 술술 풀렸는데. 제목만 붙여놓고 몇 줄 쓰다 만 파일들이 문서함에 가득했다. '나는 쓴다'라는 이름의 폴더 안에. 제목들을 한 줄 한 줄 내려 붙여 시로 엮어본 적도 있다. 내 입으로 말하긴 뭐하지만 꽤 그럴듯한 시였다.
너는 별을 보자며.
더 매만질 것도 없이 시 제목이었다. 아예 시로 풀어내볼까.
"기영 씨도 팬 다 됐네요."
"무슨 소리예요?"
은하 씨가 휴대전화 화면을 건드리기 무섭게 노래가 흘러나왔다. 내 목소리보다 익숙해진 목소리. 은하 씨의 최애였다. 멜로디도 귀에 익었다.
"별을 보자며, 별을 보자며 너는 두 눈을 감네."
은하 씨 휴대전화가 아니라 내 머릿속에서 재생되는 것 같았다.
"너도 보이니, 내 눈 속의 별. 나는 보았네, 저 별 속의 널."
후렴구를 나직이 흥얼거리는 자신을 발견한 순간 깨달아야 했다. 나는 시인이 될 수 없다는 걸. 그것은 은하 씨의 최애가 직접 작사 작곡한 노래였다.
시 한 편이 떠올랐다. 역시 은하 씨 덕분에 알게 된 시였다.

시인은 거울이 있으면 반드시 들여다봅니다
자신이 시인인지 아닌지 확인합니다
시인인지 아닌지 시를 읽어도 알 수 없지만
얼굴을 보면 단번에 알 수 있다는 것이 지론입니다
시인은 어느 날인가 자신의 얼굴이
우표가 되기를 꿈꾸고 있는 것입니다

될 수 있으면 아주 싼 우표가 되고 싶다나요
그렇게 되면 많은 사람이 핥아줄 테니까
시인의 부인은 튀김국수를 만들면서
뾰루퉁한 표정을 짓고 있습니다

 자기연민과 나르시시즘은 우표의 앞뒷면과 같다. 한쪽에는 침이 발리고 다른 한쪽에는 소인이 찍힐 뿐. 소인보다 침이 몇 곱절 무섭다. 아아, 튀김국수라니. 듣기만 해도 군침이 도는 튀김국수라니. 카레나 돈가스였다면 덜 뜨끔했으려나.
 은하 씨의 별자리는 사자자리다. 뭘 새로 하든 십수 년 경력자 같은 게 이 별자리의 특징이다. 요가도 사진도 정식으로 배운 적이 없으면서 전문가 못지않았다. 잡아주는 사람 없이 혼자서 물구나무 자세를 가볍게 해내는 모습은 유튜브만 보고 따라 했다고 믿기 어려웠다. 내 첫 책에 실린 프로필 사진도 은하 씨 솜씨였다. 프로 포토그래퍼는 감춰진 얼굴을 끌어낸다더니 나도 모르는 내 얼굴이 담겨 있었다. 날카롭고 예민해 보이는 평소 사진과 달리 눈앞에 카메라가 없는 듯 자연스럽고 편안한 표정이 나 같지 않았다.
 "사진은 이제 안 찍어요."
 다음 책 사진을 부탁했을 때 은하 씨는 잘라 말했다.
 바리스타 자격증에 열을 내던 즈음이었나.
 영화사 PD, 웹디자이너, 드라마 보조작가, 그림책 편집자, 숲 해설사…… 은하 씨가 발을 담갔던 분야만 제대로 그렸어도 내 작품 세계는 훨씬 다채로웠을 텐데. 영원한 기쁨의 샘을 찾아 초원을 쉼 없이 헤매는 사자처럼 은하 씨는 한곳에 오래 머물지 않았다. 최근에는 친구가 차렸다는 앱 개발 스타트업 사무실에 나가고 있었다. 별자리 관련 앱을 준비한다고 들었다.

"기영 씨, 화성이 전갈자리인 거 알아요? 황소자리 태양과 90도 각도라서 조심해야 해요. 독을 함부로 쏘면, 전갈을 업고 강을 건너는 황소개구리를 죽일 수도 있어요."

은하 씨는 열 개의 별과 열두 개의 별자리가 거미줄처럼 얽히고 설킨 천궁도를 보여주었다. 내가 이달의 운세로 익힌 평면적인 별자리와는 차원이 달랐다. 우리가 흔히 알고 있는 자신의 별자리는 태양의 자리일 뿐, 다른 별들의 자리와 상호관계까지 알아야 우리가 누군지 알 수 있다고 은하 씨는 말했다. 태양이 전갈이든 화성이 전갈이든, 90도든 180도든 내 안에 전갈이 도사리고 있다는 사실만으로 기뻤다. 뼛속까지 전갈인 글을 쓸 수 있을 것 같았다.

C2구역 9-8. 2층 맨 뒤에서 세 번째 줄이었다. 무대가 까마득했다. 거기서 무슨 일이 벌어지는지 놓치지 않으려면 좌우로 걸린 대형 스크린을 보아야 했다. 아직은 낮게 깔리는 드라이아이스만 텅 빈 무대를 지키고 있었다.

콘서트 시작까지 20분 가까이 남았지만 플로어석은 빈자리가 없었다. 노랑 옷에 노랑 머리띠, 금빛 응원봉까지 노랑의 도가니였다. 온몸이 노랑으로 물든 한 무리의 나비 떼. 꼭대기에서 내려다

본 플로어석이 메인 무대 같았다. 거기 어딘가 은하 씨도 있었다. 막판에 풀린 취소 표로 어렵사리 잡은 자리였다.

더 좋은 자리를 구해보겠다고 팔을 걷어붙인 쪽은 나였다. 그때 이미 은하 씨의 최애를 직접 봐야겠다는 마음이 일었던 걸까. 정작 은하 씨는 천장석이나마 예매에 성공한 걸 기뻐하고 있었는데.

글 한 줄 써보겠다며 펼친 노트북으로 예매 사이트만 들락거렸다. 취소 표가 풀리는 새벽 2시만 되면 마우스에 불이 나게 클릭한 보람이 있었다. 수백 번도 더 본 '이미 선택한 좌석입니다'라는 문장 대신 결제창이 뜨는 순간 하마터면 취소 버튼을 누를 뻔했다. '이미 누가 쓴 글입니다'라는 퇴짜 대신 '그대로 진행하세요'라는 결재 도장이라도 받은 기분이었다.

무대가 가까운 자리로 한 장 더 구해보려고 했지만 행운은 거기까지였다.

"원래 표는 취소하지 말아요. 내가 갈게요."

"같이 가겠다고요, 기영 씨가요?"

숱한 밤을 지새워 도달한 지척 거리에서 은하 씨의 최애를 낱낱이 살펴보고 싶다는 말은 할 수 없었다. 대신 고성능 쌍안경을 알아보기 시작했다.

"죄송한데 자리 좀 바꿔주실 수 있을까요?"

옆자리에 앉은 중년 여자가 물었다.

"자리요? 어디로요?"

여자가 뒤쪽을 가리켰다.

"감사합니다. 완전 감사합니다."

뒤돌아보니 딸인 듯한 젊은 여자가 이미 고개를 꾸벅거리며 인사하고 있었다.

뒤에서 세 번째 줄이나 두 번째 줄이나. 나는 군말 없이 자리에서 일어났다. 혼자인 건 어떻게 알았을까, 멋쩍어하며.

"이거 필요하실 거예요."

자리를 바꿔 앉은 젊은 여자가 노란 응원봉 하나를 건넸다. 응원봉 헤드에서 눈망울이 커다란 유니콘이 윙크를 날리고 있었다.

"피켓팅이 뭔지. 저도 아내와 이산가족이 되고 말았어요. 아내는 플로어석이거든요."

혼자 온 게 아니라는 사연을 구구절절 나눌 사람도 없었다.

"저기, 혼자 오셨죠? 정말 죄송하지만 자리 좀 바꿔주실 수 있을까요?"

옆자리에서 똑같은 멘트가 들려왔을 때는 내가 먼저 일어나 통로 쪽으로 이동하고 있었다. 한 줄 뒤 맨 뒷줄로. 진짜 천장석이었다.

"쌍안경 빌려드릴까요?"

내 자리로 옮겨간 젊은 남자가 뒤를 돌아보며 물었다.

"저도 있어요, 쌍안경."

그제야 나는 깜박하고 있던 쌍안경을 백팩에서 꺼냈다.

"니콘 프로스태프, 맞죠?"

콘서트 티켓 두 장보다 비싼 가격으로 지른 프리미엄급 쌍안경이었다.

"오츠카 스카이네요."

남자 손에 들린 쌍안경은 8만 원대 모델이었다. 한 손에 쏙 잡힐 만큼 깜찍한 게 장난감 같았다.

남자와 나는 누가 먼저랄 것 없이 서로의 쌍안경을 눈에 대보았다.

"묵직해서 손 떨림은 없겠어요."

"가벼워서 좋은데요."

나는 배율을 조절해가며 플로어석을 훑었다. 바로 코앞처럼 커다란 뒤통수들이 렌즈를 채웠다. 3열 중간쯤일 텐데, 또렷해지는 만큼 시야가 좁아져서 은하 씨를 얼른 찾을 수 없었다. 옷 색깔은 말할 것도 없고 헤어스타일도 엇비슷했다. 어깨를 덮는 길이였나. 머리를 묶었던가. 방금 헤어진 은하 씨의 뒷모습이 떠오르지 않았다.

하마터면 쌍안경을 떨어뜨릴 뻔했다. 누군가와 눈이 마주쳤다. 은하 씨가 이쪽을 똑바로 응시하고 있었다. 10배율 속 은하 씨는 은하 씨 같지 않았다. 눈 감고도 그릴 수 있을 것 같은데 막상 그리려면 선 하나도 그을 수 없는 얼굴. 나도 모르게 손을 높이 치켜들었지만 은하 씨는 어느 먼 곳을 보는 눈빛만 남긴 채 고개를 돌렸다. 요가를 할 때처럼 꼿꼿한 자세였다. 정수리가 언제 저리 하얗게 성겨졌을까. 검은 오리처럼 풍성하고 윤기도 자르르했었는데. 기분이 이상했다. 몇십 미터 너머가 아닌 몇십 년 너머의 은하 씨를 보는 것 같았다. 우리가 빛을 보는 순간 그 빛의 시작점에서 홀로 식어버린 별처럼. 우리가 볼 수 있는 건 오직 빛의 과거, 과거의 빛뿐이라 해도.

쌍안경으로 당겨 보는 은하 씨의 최애는 TV로 볼 때만 못했다. 왜소한 체격에 얼굴은 며칠 못 잔 사람처럼 퀭해 보였다. 고음 처리가 힘겹게 들리는 게 목 상태도 별로인 것 같았다. 은하 씨를 수요일 밤마다 TV 앞에 불러 앉힌 주인공이 맞나 싶을 정도였다.

은하 씨가 10시 정각에 TV를 켜는 모습이 처음에는 그저 신기했다. 내가 여행 프로나 집 짓는 다큐멘터리를 보고 있으면 슬그머니 곁에 앉아 눈길을 주기는 해도 먼저 TV를 켜는 법이 잘 없었다. 은하 씨가 그 프로를 보고 있으면 이번에는 내가 슬그머니 곁에 앉아 잠깐씩만 봤다. 대충 봐도 뻔한 오디션 프로였다. 일대일 대결에서 이긴 참가자만 다음 라운드로 올라가는 방식도, 무명 가수에게 이름을 알릴 기회를 준다는 콘셉트도 익숙했다. 파이널 라운드까지 살아남아야 참가번호를 떼고 자기 이름으로 노래할 수 있다는 점을 크게 내세웠지만, 화제가 된 참가자는 예선부터 인터넷상에 실명이 돌았다.

"저 사람은 끝까지 가겠네요."

은하 씨가 가리킨 참가자는 38호였다. 인터넷에 찾아보니 데뷔한 지 7년이 훌쩍 넘었지만 변변한 히트곡 하나 없었다. 다른 유명 오디션 프로에도 나갔었다는데 최종 라운드에는 오르지 못했다.

38호의 첫 무대에서 은하 씨는 무엇을 본 걸까. 이어지는 무대들을 눈여겨봐도 나는 도무지 알 수 없었다. 기타를 꽤 친다는 것과 머리숱이 많다는 것뿐.

"우승은 어려울 것 같아요."

38호의 파이널 라운드 진출이 확정됐을 때 은하 씨는 덤덤한 투로 말했다.

"왜요?"

은하 씨는 휴대전화에 저장해둔 38호의 천궁도를 보여줬다.

"태양이 전갈자리인데 염소자리 토성이 90도 각도에 있어요. 틀에 갇히지 않는 창의적 방식으로 자신을 표현하는 재능을 가졌지만 뜻하지 않은 순간 경직되는 실수를 저지를 수 있어요."

결과적으로 은하 씨의 예언은 맞기도 하고 틀리기도 했다. 38호는 파이널 무대에서 가사를 놓치는 어이없는 실수를 했지만 오히려 큰 격차로 우승을 거머쥐었다.

38호가 우승하든 말든 내 알 바 아니었지만 별자리가 전갈이라는 사실은 신경 쓰였다. 무심히 지나친 이전 무대 영상도 찾아보고 팬 카페까지 드나들 만큼.

팬 카페에서 38호의 별자리 분석 글을 발견했을 때 은하 씨일 리 없다고 나는 생각했다. 은하 씨가 그런 곳에 열심히 글을 써서 올리는 모습이 선뜻 그려지지 않았다. '유니하니'라는 오그라드는 닉네임도 그렇고.

'유니'는 38호의 애칭이었다. 그럼 '하니'는 설마?

'별자리로 봤을 때 우리 유니가 우승할 수 있을까요?'

노란 잠수함이라는 닉네임으로 잠입한 나는 유니하니의 글에 댓글로 넌지시 물었다.

유니하니의 별자리 분석에는 토성 얘기만 쏙 빠져 있었다.

답글은 하루가 지나서야 달렸다.

'당연하죠. 행운의 별 목성이 10하우스에 있어서 우승할 수밖에 없어요. 10하우스는 명예와 성취의 영역이거든요.'

38호의 본진에서 우승을 놓친다는 말은 할 수 없겠지.

'첫 무대부터 팬이 되신 이유를 여쭤봐도 될까요?'

나는 또 다른 댓글을 남겼다. 은하 씨에게 묻고 싶었지만 왠지 묻고 싶지 않았던 질문을.

질투심? 내가 작가로 데뷔했을 때 구구단이나 외우고 있었을 애송이한테? 순수한 작가적 호기심이라면 몰라도. 오히려 감사할 일이다. 잔잔하다 못해 얼어붙은 것 같던 일상의 수면에 안전한 숨구멍을 내주었으니. 은하 씨가 누군가에게 몰두하는 모습이 내게도 야릇한 자극이 되었다. 얼음장 아래 뭐가 있는지 낚싯줄을 깊이 드리운 채 숨죽이고 있는 기분이랄까.

은하 씨가 음원 총공을 한들 실검 총공을 한들 어떠랴. 심지어 버블을 구독한들 어떠랴. 최애와 일대일로 채팅한다는 혼자만의 무해한 환상에 매달 몇천 원을 쓴들. 역시 최애를 응원하는 하나의 방식인데. 차트 진입을 위해 음소거 상태로 노래를 반복 재생하거나, 검색창에 가수 이름을 끝없이 입력하는 것보다 자기 욕망에 솔직하지 않은가. 버블이라는 정직한 명칭만큼이나.

은하 씨, 혹시 버블도 하나요?

최애가 불러주는 버블 닉네임은 뭐로 설정했나요?

설마 '은하 씨'는 아니겠죠? 그건 너무 리얼하니까.

첫 무대부터 38호가 눈에 들어온 이유는 뭔가요?

유니하니의 답은 들을 수 없었다. 한참 떠내려간 원글을 찾으려 아무리 검색해봐도 온데간데없었다. 작성자가 삭제한 듯했다.

답은 영원히 듣지 못할 것 같았다. 유니하니가 은하 씨든 아니든. 내가 질투심을 불태우든 작가적 호기심을 지피든.

은하 씨에게 내가 첫눈에 끌린 상대가 아닌 건 알고 있다.

스무 해 전 어느 봄날 우리는 소백산 천문대에서 처음 만났다. 2박 3일 일정의 SF 심포지엄에 어쩌다 함께하게 되었다. 원래 가기로 한 SF 작가가 갑자기 못 갈 사정이 생겼는데 생뚱맞게 나를 추천해주었다. 내가 SF에 관심이 많은 건 어떻게 알았을까. 인공의 빛 한 점 없는 해발 1394미터 산꼭대기, 우주를 올려다보는 거대한 천체망원경. 1500광년 너머의 신비로운 오리온성운이 나를 기다리고 있었다. 천문대에 다녀오면 본격 SF, 아니 SF 비슷한 거라도 한 편 쓸 수 있을 것 같았다.

〈스타트렉〉에 나오는 트랜스포터 같은 장치로 소백산 정상까지 순간이동할 수 있으면 좋았겠지만, 현실은 뉴밀레니엄이라는 호들갑이 무색했다. 관광버스에 승합차까지 갈아타고 굽이굽이 산길을 덜컹이며 오른 한나절. 그마저도 마지막 오르막은 며칠 전 내린 봄눈이 녹지 않아 엉금엉금 걸어야 했다. 지금도 그때를 돌아보면 연두색 이파리 위에 켜켜이 쌓인 눈과 은회색 하늘 아래 겹겹이 펼쳐진 새하얀 능선부터 떠오른다.

"눈이 더 오면 꼼짝없이 갇히겠네."

일렬로 늘어선 사람들 중 누군가 중얼거렸다.

"비상식량은 며칠분이나 있을까."

"지구 종말이 와도 모르겠는데."

통성명도 없이 데면데면하던 일행 사이로 아연 활기가 돌았다.

"최후의 피난처 같네."

마침내 연화봉 바로 아래 눈 덮인 천문대가 모습을 드러낸 순간에는 묘한 흥분이 번져나갔다.

천문학자, 물리학자, 자연과학 다큐 감독, SF 전문 번역가, 항공우주 연구원. 거기 은하 씨가 끼어 있었다. 당시 은하 씨는 카피라이터였다. 광고 회사 사람이 여기는 어떻게 왔을까 궁금했지만 물어볼 기회가 없었다. 처음에는 행사 관계자인 줄 알았다. 언제나 있는 듯 없는 듯 굴면서도 어디든 마지막까지 자리를 지키곤 했다.

늦잠을 자다 구내식당으로 달려갔을 때도 은하 씨 혼자 남아 천천히 밥을 먹고 있었다.

멀리서는 원숙해 보였는데 가까이에서 보니 앳된 얼굴이었다. 말할 때는 또 원숙해 보이는 게 도무지 나이를 짐작하기 어려운 사람이었다.

은하 씨와 처음 나눈 대화는 산나물 반찬 얘기였다. 나물이라면 모양도 맛도 거기서 거기였지만 은하 씨가 이름을 하나하나 알려준 뒤로는 향도 맛도 다르게 느껴졌다. 쑥부쟁이는 쌉쌀하게 달았고 곤드레는 쌉쌀하게 구수했고 취나물은 그냥 쌉쌀하게 맛있었다.

알고 보니 은하 씨도 나만큼 SF와 거리가 멀었다. 함께 CF 작업을 했던 영화감독이 갑자기 못 올 사정이 생겨 대신 온 거였다. 그래서였나. 우리는 SF 작가와 영화감독이 만난 것처럼 진지하게 SF 얘기를 나누곤 했다. 나는 영화 〈서기 2019 블레이드 러너〉만 보았는데 은하 씨는 필립 K. 딕의 원작 『안드로이드는 전기양의 꿈을 꾸는가』만 읽었다고 한 게 기억난다.

"영화는 2019년에 볼까 하고요."

은하 씨가 타임캡슐이라도 묻어둔 듯 말했다.

2019년. 당도하지 않을 상상의 시간 같던 숫자도 몇 해 전 일이 되고 말았다. 언젠가 영화 채널에서 방영하는 걸 은하 씨와 함께 본 적이 있다.

"정말 기억이 인간과 복제인간을 나누는 기준이 될 수 있을까요?"

은하 씨가 물었다.

"기억보다는 상상력이라고 생각해요. 기억은 주입할 수 있지만 상상은 그럴 수 없잖아요."

"그거 알아요? 과거를 기억할 때와 미래를 상상할 때 우리 뇌는 같은 방식으로 작동한대요. 우리는 과거를 기억하고 미래를 상상한다고 믿지만 기억도 상상도 결국 현재의 요구에 따라 만들어지는 무엇일 뿐이라고. 어쩌면 우리는 과거를 상상하고 미래를 기억하는지도 몰라요."

"2019년에 보려고 일부러 안 봤다고 한 건 기억나요? 설마 내 상상은 아니겠죠?"

"내가 그런 말을 했다고요? 대학생 때 본 영화인데. 2019년에 다시 보고 싶다 했겠죠."

문득 자신이 없어졌다. 천문대에서 있었던 은하 씨와의 모든 기억들이.

그러나 무언가 시작된 순간만큼은 분명했다.

想像.

나는 화이트보드에 한자 두 글자를 큼지막하게 적었다. 참가자마다 자신의 작업을 바탕으로 자유롭게 프레젠테이션하고 얘기를 나누는 시간이었다.

"픽션은 과연 무에서 유를 창조하는 작업일까요? 상상이라는 한자를 뜯어보면 눈에 익은 글자들이 보일 거예요. 나무, 눈, 마음, 사람, 코끼리. 상상조차 완전한 무에서 출발하지는 않아요."

木, 目, 心, 人, 象.

상상이라는 단어에 숨은 한자들을 따로따로 적고 말을 이어갔다.

"코끼리의 마음으로 사람의 눈을 바라보든 나무의 눈으로 코끼리의 마음을 읽든 익숙하고 뻔한 것들을 뒤섞어 재배치하기. 이것이 제가 생각하는 소설이에요."

"결혼도 안 하신 분이 외계인 같은 아내 얘기를 쓰셨을 때는 어떤 익숙한 것들이 바탕이 됐을까요?"

내 소설을 읽었다고 첫인사를 건넸던 SF 전문 번역가가 물었다.

세미나실에 웃음소리가 퍼졌다. 웃지 않은 사람은 나뿐이었다. 와이프는 요새 뭐 하고 지내느냐는 질문이었다면 덜 당황했을까.

"혹시 미래의 아내분이 들려준 얘기 아닐까요?"

은하 씨였다. 나물 이름을 알려줄 때처럼 차분한 목소리.

"어떻게 아셨어요? 그분이 불러주시는 대로 받아 적기만 했어요."

그제야 나도 웃을 수 있었다. 은하 씨와 가만히 눈을 맞추며. 서로의 과거를 상상하고 동시에 둘만의 미래를 기억하려는 것처럼.

은하 씨라는 사람에 대해 상상하기 시작한 순간이었다. 사랑에 빠진 순간이었는지도 모른다. 누군가에 관해 상상하는 일은 누군가를 사랑하는 일과 다르지 않기에.

콘서트는 어느새 한 시간 반을 지나 클라이맥스로 치닫고 있었다. 음원으로 듣던 것보다 보컬도 기타 연주도 불안정했지만 왠지 빠져들게 만드는 힘이 있었다. 그게 뭘까. 은하 씨를 첫눈에 끌어당긴 힘은. 어쩌면 바로 저 불안정함이 아닐까. 불안정함을 개의치 않고 자기만의 리듬에 몸을 맡기는 초연함이 아닐까. 중간중간 어눌하게 던지는 멘트들도 귀를 바짝 기울이게 했다. 소소하고 평범하지만 다른 누구도 아닌 자기만의 이야기를 하고 있었다. 38호가 입을 뗄 때마다 탄성인지 탄식인지 모를 반응이 터져 나왔다. 곡이 끝날 때마다 비명 같은 환호성이 공연장을 뒤흔들었다. 빠져들게 만드는 힘은 빠져드는 사람들에게서 나오는지도 몰랐다.

은하 씨가 보이지 않았다. 앞에서 세 번째 줄 가운데 자리. 쌍안경 배율을 높였다 낮췄다 해본들 사라진 사람이 나타날 리 없었다.

화장실이 급했나?

다음 곡이 끝나도 그다음 곡이 끝나도 여전히 빈자리였다.

전화를 해볼까 하다 그만두었다. 어떤 메시지도 남기지 않은 걸 보면 다시 돌아올 수도 있었다.

은하 씨는 마지막 곡이 시작될 때까지 모습을 보이지 않았다.

저 별들을 봐
너를 위해 빛나고 있어
네가 하는 모든 것들을 위해
온통 노랑이었지
그 빛을 따라 널 위한 노래를 하나 지었어
네가 하는 모든 것들을 위해

어쿠스틱 버전으로 들려주는 콜드플레이의 〈Yellow〉였다. 무대도 객석도 노란빛으로 일렁였다. 팬들이 불 켜진 노란 응원봉을 흔들고 있었다. 형광색 머리띠며 팔찌까지, 작은 노랑들이 한데 어우러져 물결치는 금빛 성단을 이루었다. 받아둔 응원봉을 나는 켜지 않았다.

나는 헤엄쳤지
너를 향해 미친 듯 헤엄쳐 갔어
내가 대체 뭘 하는 거지?
너는 온통 노랑이었는데

38호의 목소리를 따라 일렁이는 금빛 물결 속에서 나는 은하 씨의 빈자리를 찾고 있었다. 끝날 듯 끝나지 않던 앙코르 무대가 결국 막을 내리도록 은하 씨는 돌아오지 않았다.
내 인생에서 밤하늘의 별과 가장 가깝고도 멀었던 천문대에서의 그 사흘, 목성을 보던 장면에도 은하 씨는 없었다. 어떤 자리나 빠지는 법이 없던 은하 씨가 다 함께 목성을 관측하는 자리에만 나타나지 않았다.
"저 밝고 어두운 줄무늬는 변화무쌍한 대기의 대류현상으로 발생합니다. 대적반이라 불리는 아래쪽 붉은 점은 고기압성 폭풍으로 최초 관측 이래 300년 동안 사라지지 않고 있습니다."
천체망원경으로 바라본 목성은 무미건조한 연구원의 설명만큼이나 별 감흥이 일지 않았다. 말머리성운이나 플레이아데스성단의 장관이 눈앞에 펼쳐지기를 기대했건만, 내가 접한 관측소 돔 너머의 우주는 어릴 적 가지고 놀던 왕구슬 같은 행성 하나가 전부였다. 은하 씨가 함께였다면 달랐을까. 영원한 폭풍을 나이테처럼 두른, 나무라는 이름의 별로 보였을까.

그때 목성을 보러 오지 않은 진짜 이유가 뭔가요?

콘서트를 왜 끝까지 볼 수 없었나요?

내가 응원봉을 흔들지 못한 건 어색해서가 아니었다. 은하 씨가 자리만 지키고 있었어도 응원봉을 흔들 수 있었으리라. 은하 씨가 자리를 뜬 뒤로 나는 인정하고 싶지 않은 감정에 휩싸였다. 그것은 질투심이었다.

"목성은 어땠어요?"

일찍 잠드는 바람에 관측 기회를 놓쳤다며 은하 씨가 물었다. 천문대를 내려오는 길이었다. 봄눈이 녹기 시작한 산길은 누렇고 질었다.

"기대보다 별로였어요. 누리끼리하고 얼룩덜룩한 게."

"그렇죠. 너무 가까이 보면 별 같지 않잖아요. 아름다운 건 멀찍이 두고 바라봐야죠."

은하 씨는 담담히 말했다. 어느 밤하늘 아래 있든 가장 눈부시게 빛나는 별이 목성이라고, 언젠가 동쪽 하늘에 유난히 반짝이던 별을 가리키며 일러주었을 때처럼.

은하 씨가 천장석에 앉았다면 콘서트 도중에 나가는 일은 없었을까. 38호는 은하 씨에게 그 정도 존재일까. 너무 아름다워서 가까이서 보고 싶지 않은. 어두운 길을 걷다 걸음을 멈추고 문득 올려다보고만 싶은.

푹 빠져 좋아하던 일을 불쑥불쑥 그만두는 것도 그래서일까.

나와 결혼한 것 역시 그런 이유일까. 가까이 오래 두고 보기에 적당한 사람이었을까.

은하 씨는 내가 황소인 줄 알면서도 전갈인 척하는 모습을 그냥 넘겨봐준 게 아닌지도 모른다. 애당초 내가 황소자리든 전갈자리든 상관없었는지도.

은하 씨는 콘서트가 끝나고 만나기로 한 벤치에 앉아 있었다.

"어땠어요?"

나는 아무것도 모르는 척 물었다.

"기대한 것보다는 그저 그랬어요. 소리도 너무 크고 의자도 좀 불편하고. 기영 씨는요?"

"자리를 바꿀 걸 그랬나 봐요. 무대도 한눈에 들어오고 사람들 구경하기도 좋더라고요."

나는 은하 씨의 손을 잡으며 말했다.

"맛있는 거 먹으러 가요."

은하 씨와 나는 무작정 걷기 시작했다.

그새 어둠이 내려 어디가 어딘지 알 수 없었다. 다만 저 멀리 목성이 빛나고 있는 밤하늘은 동쪽이 분명했다. 내 가슴속에 당겨진 질투의 불씨가 사그라지지 않았다는 사실과 함께. 한편으로는 안도감이 들기도 했다. 나와의 동행에서 은하 씨가 불쑥 퇴장하는 일은 없을 것 같았다. 끝없이 사랑을 찾아 헤매 다니는 사자에게는 황소의 기다림이 필요할 테니까. 황소자리 사람들은 함께 맛있는 것을 먹고 함께 좋은 곳에 가고 함께 밤하늘의 별을 바라보는 것이 사랑이라고 믿으니까.

  슬퍼할 일도 기뻐할 일도 아니다. 우리가 기억하고 상상하기를 멈추지 않는다면. 미래를 기억하고 과거를 상상하는 걸 포기하지 않는다면. 우리는 모두 누군가의 기억의 재료이자 상상의 재료에 지나지 않으리니.

제26회
이효석
문학상

―

우수작품상
수상작

2015년 문학동네신인상을 통해 소설을 발표하기 시작했다. 소설집 『아이젠』 『파주』, 산문집 『가만한 지옥에서 산다는 것』 등이 있다. 제15회 젊은작가상을 수상했다.

삽
김 남 숙

재구가 원주에 내려간 이후로 그를 찾는 사람은 진 선생뿐이었다. 진 선생은 재구의 집 거실에서 커피를 내리고 있었다. 일어난 지 얼마 되지 않았고 아무것도 걸치지 않은 채였다. 이사를 오면서 굳이 커튼을 달지 않아 반대편에서 거실 창을 바라보면 집 안이 훤히 들여다보였다. 재구는 그 점을 진 선생에게 몇 차례 이야기했지만 진 선생은 아, 그래? 하고는 막상 신경 쓰지 않았다. 침대 옆에 떨궈진 옷이라도 걸치라고 권하기도 했지만 진 선생은 누워 있는 재구를 한번 휙 돌아보더니 곧장 거실로 나설 뿐이었다. 진 선생은 그런 사람이었다. 어느 그림 속 여자처럼 다리를 벌린 채 속이 다 드러나도 어떤 일말의 부끄러움을 느끼지 못하는 사람이었다. 그런 점 때문에 재구는 진 선생이 나체로 집 안을 휘저을 때마다 마치 자신이 그녀에게 약점이라도 잡힌 것처럼 느껴졌다. 어떻게 스스로를 저렇게 적나라하게 드러내 보일 수가 있는지, 어떻게 저렇게 무방비 상태의 자신을 보여줄 수 있는지…… 재구는 자주 생각했다. 그리고 그때마다 자신의 무궁무진한 약점 중 무엇을 들킨 건지 떠올려보기도 했다. 바람이 난 줄도 모르고 1년이나 이유 없이 싸우다가 결국 5년 전 이혼한 전처 희진인지, 혹은 살뜰히 아꼈지만 재구를 그다지 보고 싶어 하지 않는 어린 딸 효정인지, 그도 아니면 아무도 찾아오지 않는 원주에 혼자 우두커니 있는 본인인지. 그도 아니면…… 재구는 약점에 대해서 생각할 때마다 그 모든 것이 약점처럼 느껴졌다. 모든 것이 하나의 덩어리 같았다. 거대하게 뭉뚱그려진 하나의 덩어리.

그러나 그런 재구의 어지러운 마음과는 달리 진 선생은 별다른 생각이 없어 보였다. 재구는 어쩌면 자신이 진 선생에게 있어서 인간보다는 사물에 가까운 사람일지도 모른다는 생각이 들기도 했다. 어떻게 다룬다고 해도 어떤 모습을 보인다고 해도 상관없는 존재. 부엌 싱크대에 걸린 행주 같은……. 물론 그 점에 불만은 없었다. 지금 재구에게는 자신을 행주 취급하는 진 선생이 유일한 방문자였다.

곧이어 얼음이 동동 떠다니는 커피를 들고 진 선생이 재구가 있는 침대 쪽으로 다가왔다. 진 선생의 짧은 단발머리와 유독 아담한 몸이 눈에 띄었다.

도대체 원주에는 언제까지 있으려고?

진 선생은 재구의 앞까지 의자를 끌고 와 앉으며 물었다. 원주에 내려온 이후로 벌써 세 번째 듣는 말이었다. 재구는 그 질문에 대답하지 않았다. 언제까지 있으려고 이곳에 내려온 것은 아니었다. 재구는 원주로 이사 온 날을 잠깐 떠올렸다. 8년이나 근속한 학원을 그만둔 뒤 방 두 개 딸린 거실이 꽤 큰, 준공한 지 20년 정도 된 낡은 아파트에 자신의 짐을 밀어 넣던 그때를. 그날은 기쁘지도 슬프지도 않았다. 그저 짐꾸러미가 널려 있는 아파트 거실에 앉아서 엉덩이가 시리다는 느낌을 받았을 뿐이었다. 거기에 한참 동안을 앉아, 엉덩이가 시리다는 말만 속으로 되뇌면서도 재구는 움직이지 않았다. 재구가 아무 말 없이 생각에 잠겨 있자 진 선생이 다시 물었다.

언제까지 이러고 있을 거냐고.

진 선생이 다리를 꼬자 그녀의 손에 들린 유리컵 속의 얼음이 딸각거리는 소리를 냈다. 재구의 눈에 진 선생의 작은 가슴이 들어왔다. 그는 나도 모르겠어, 라고 말하려다가 여기서 장사나 할까 봐, 라는 시답잖은 말을 뱉었다. 그러자 진 선생이 재미있다는 듯이 깔깔 웃으며 말했다.

무슨 장사 하려고?

재구는 그 말에 곰곰이 생각하다가 떡볶이, 라고 답했다.

떡볶이?

응, 떡볶이.

진 선생은 들고 있던 커피를 홀짝이며 코웃음을 한번 쳤다.

떡볶이 좋지. 꽃무늬 앞치마 두르고 학교 앞이나 학원가에 조그맣게 차리면 되겠다. 그렇지? 근데…… 좀 나아졌나 보네. 그런 장난도 치고.

그런가.

재구는 흐리게 말했다. 실은 전혀 그렇지 않다고, 여전히 매일 끔찍한 질문에 시달린다고 말할 수 없었다.

*

2년. 그 일이 있은 지 벌써 2년이 지나 있었다. 재구의 변호사는 좋게 해결하려고 직접 만나다가는 꼬투리만 잡힌다고 말했다. 그리고 벌써 그 꼬투리가 잡혔다고 말했다.

그 일이 있고 난 후로 딱 한 번 보미를 만난 적 있었다. 보미는 학원 근처 놀이터의 그네에 앉아 운동화 코로 딱딱하게 언 흙을 파고 있었다. 그리고 재구는 그 옆에서 어쩔 줄 몰라 하며 한겨울인데도 땀을 뻘뻘 흘렸다. 땀에 젖은 재구의 손에는 기출문제가 든 서류 가방이 들려 있었다. 보미는 허공을 향해 긴 담배 연기를 뿜어냈고 재구는 그런 보미의 옆에서 어떤 말들을 할지 골랐다. 그러나 재구는 수없이 솎은 말 중에 고작 몇 마디만을 내뱉었다.

보미야, 그런 장난 치는 거 아니야. 제대로 말해야지. 책임지지 못할 말을 왜 한 거니.

장난, 재구는 그 말을 썼다. 자신의 입속에서 어떻게 그 단어가 나올 수 있는지 스스로도 놀랐지만 재구는 어쨌거나 그 말을 뱉었다. 그때 보미는 검게 칠한 눈두덩이를 비비며 짧게 말했다.

책임은 선생님이 지셔야죠. 이렇게 밤늦게 불러내고 뭐예요, 진짜……. 이런 게 더 책임질 일이라는 건 아시죠? 책임질 수 있으시 겠어요?

희미하게 웃으며 재구를 바라보는 보미의 입가에서 담배 연기가 흘흘 흩어졌다. 재구는 그 미소에 온몸에 한기가 돌았다. 그러곤 자신의 기억 속 보미를 한번 떠올려보았다. 보미는 어땠나. 보미는 어떤 애였지. 그러나 아무리 생각해도 불투명한 잔상만이 떠오를 뿐 정확히 잘 생각이 나지 않았다. 재구의 기억 속 보미가 흐릿한 미소를 보내오는 것만 같았다. 보미는 멍하니 서 있는 재구가 마치 재밌다는 듯이 웃어 보였다. 재구는 그때 그 말을 떠올렸다.

선생님은 좀 허술해요. 모든 게, 다.

재구는 어쩌면 그 말이 맞을지도 모른다고 생각했다. 어쩌다가 여기까지 왔을까, 에서 가장 많은 답을 차지하는 것은 그 허술함이었다. 허술하기 때문에, 허술하게 생각했기 때문에, 모든 것을.

당황스러운 마음으로 변호사 사무실을 찾아갔을 때, 재구의 이야기를 들은 변호사는 왜 법적 자문 먼저 받지 않았냐는 말부터 시작해서 이런 사례가 꽤나 많다는 점을 강조했다. 성추행에 관련된 다툼은, 특히나 미성년자가 성추행 대상인 경우는 예민하고 세심하게 다루어야 한다고 변호사는 말했다. 사건 이후로 대화를 요청하거나 하는 행위들은 더욱 위협을 가하는 행동이 될 수 있다는 말로 재차 꼬집기도 했다. 검은 안경을 쓰고 볼펜을 딸깍거리는 습관이 있는 변호사는 잠깐 뜸을 들이다가 입을 열었다.
 그렇다고 누명을 벗을 방법이 아예 없는 건 아니죠.
 누명, 재구는 조금 놀랐다. 누명이라니. 그 말을 듣는 순간 재구는 오히려 자신이 진짜 죄라도 저지른 것 같은 마음이 들었다.
 근데 요즘 애들 무서운데, 왜 그 애를 집 안까지 들인 거예요? 아무런 의심 없이.
 그때는…….
 재구는 힘겹게 입을 뗐다.
 그때는…… 그 애가 안쓰러웠어요.
 재구는 누군가에게도 하지 않은 그 말을 변호사 앞에서 뱉었다. 그러자 그 말을 들은 변호사는 마치 기이한 사람을 보듯 재구를 쳐다보았다.
 안쓰러워서 그랬다고요? 이해가 안 되네요. 궁지에 몰릴 거라는 생각은 한 번도 안 해봤다는 거죠? 누군가에게 의심을 살 수 있다는 생각도요.
 재구는 그 말에 고개를 끄덕이지도 대답을 하지도 않았다. 그런 생각은 해본 적 없었다고, 그저 상황을 좀 나아지게 하려는 생각뿐이었다고, 재구는 말할 수 없었다.
 진짜…… 아니라는 거죠?
 변호사는 입을 꾹 다물고 있는 재구를 다시금 천천히 훑어보았다. 재구는 그 시선에서 변호사가 자신을 어떻게 생각하는지 알 수 있었다.

저는 진짜로…… 아니에요.

간신히 말을 뱉는 재구의 눈에 창피하게 눈물이 고였다.

*

그 애의 이름은 보미였다. 보미는 재구의 수업에서 항상 맨 앞자리에 앉아 손톱을 만지던 아이로 기억됐다. 또래들보다 키가 좀 컸으며 매번 검은색 추리닝을 입고 눈두덩이를 검게 칠한 채였다. 항상 눈을 아래로 뜨고 있어서 눈동자를 잘 마주쳐본 적이 없고, 서술 시험에서 적은 글씨를 좀체 알아볼 수 없을 정도였던 그 아이. 그러나 글씨체를 지적하는 말에는 벌게진 얼굴을 구기던 아이.

선생님, 제가 오픈 채팅에서 누굴 좀 만났거든요?

2년 전, 보미는 재구를 보며 그렇게 말했다. 통유리로 된 면담실 내부에서 보미의 목소리가 웅웅 울렸다.

남자고요, 나이는 서른세 살 먹은 사람인데…….

보미는 재구를 보며 말을 이었다. 그렇게 말하는 보미에게서 어떤 당당함이 느껴졌다. 재구는 그 말을 하며 자신의 앞에서 손톱을 씹고 있는 보미를 멍하니 바라보았다. 그러나 보미는 아무 일도 아니라는 듯한 표정으로 마치 흥미로운 것에 대해 말하는 듯했다. 그때 재구의 앞에는 출제된 지 10년도 더 넘은 2012년도 논술 기출 문제가 한 뭉치 놓여 있었다.

제가 그 사람이랑 잤는데요, 물론 동의하에요. 근데 문제는 그 새끼가 뭘 좀 찍은 것 같거든요? 그 새끼 집에서요. 그 새끼가 집에 뭘 설치해놨는지 알 수는 없잖아요. 어떡해요, 선생님?

보미의 말에서는 어떤 긴장감이나 두려움이 느껴지지 않았다. 재구는 어디서부터 어디까지를 물어봐야 할지 알 수가 없었다. 그 남자를 어떻게 왜 만나게 됐는지, 왜 그 남자와 잤으며, 그 남자가 지금 어떤 짓들을 계속하고 있는지. 순간 머릿속이 복잡해졌다.

……지금 협박받고 있니?

재구는 생각 끝에 첫마디를 내뱉었다.

협박이요?

응, 협박 그 비슷한 것.

그 말에 보미는 손톱을 물던 입을 멈추고는 재구를 보며 그 특유의 희미한 미소를 띠었다.

협박…… 뭐 비슷한 것 같아요. 다시 안 만나주면 영상을 올리겠다는데, 그 영상을 보여주진 않거든요. 만나서 보여주겠대요.

몇 번이나 만났니?

음, 2주 간격으로 서너 번 정도요. 아, 펜션도 한 번 갔었어요.

보미는 잠깐 생각에 잠긴 듯 말을 늘어뜨렸다.

양평인가, 가평인가…… 암튼 거기. 사실 내일 밤에 그 영상 때문에 만나기로 했거든요…….

내일…… 내일이라.

재구는 보미의 이야기를 들으며 몸이 점점 딱딱하게 굳는 것을 느꼈다. 요즘 애들, 이라는 말에 최악의 상상을 해보기도 했던 재구였다. 그러나 재구는 지금 자신에게 벌어지는 일들을 믿을 수가 없었다. 정확히 말하면 실감이 나지 않았다. 눈썹부터 하관까지 우울한 인상으로 지배된 아이가 쏟아내는 말들이 재구는 얼떨떨했다. 덜컥 겁이 났다고 해야 하나. 재구는 진짜냐고 거듭 묻고 싶었지만 묻지 않았다. 보미는 자신의 이야기를 들을수록 깊은 생각에 잠기는 재구의 얼굴을 유심히 살폈다.

제가 도와달라고 말할 수 있는 사람이 선생님밖에 없어요. 친구한테 말도 못 하겠고……. 선생님이 대신 만나서 해결해주시면 안 될까요?

내가?

네, 선생님이요.

재구는 그때 순간 왜 자신에게 그런 이야기를 털어놓는지에 대해서 묻고 싶었다. 수업 태도가 좋은 편은 아니었으나 알게 모르게 자신을 의지하고 있었던 것은 아닌지, 혹시 언제부터 자신을 믿을 만한 사람으로 여겼는지 묻고 싶었다. 하지만 재구는 그 질문이 너무 바보 같은 질문이라서 하지 않았다. 보미의 태도 또한 이상하게 괴리감이 있었지만 어쩌면 그게 보미식의 구조 요청은 아닐까, 어쩌면 그게 보미식의 신호는 아닐까, 어쩌면 그게 보미식의 유일한 대화 방식이 아닐까, 생각했다. 거들먹거리면서도 보호받고 싶다는 것을 자기 식대로 내비칠 수밖에 없는. 그 나이 또래들에게 보이는 보통의 제스처 같은.

면담실에 잠시 정적이 흘렀다. 그리고 이내 보미가 그 정적을 깼다.

못 도와주시겠어요?

보미가 재구를 똑바로 보면서 말했다.

왜요, 그럴 용기는 없으세요?

용기, 보미는 그런 단어를 썼다. 말을 마친 보미가 갑자기 고개를 숙인 채 눈물을 뚝뚝 흘렸다. 굵은 눈물이 유리 책상 위로 후드득 떨어졌다.

도와주실 거죠, 선생님.

보미는 한 번 더 말했다.

그래, 알았다. 선생님이 도와줄게.

재구는 그 말을 뱉고는 입술에 힘을 꾹 주었다. 재구의 어떤 의지나 다짐들이 섞여 있는 표정을 보고 보미는 그제야 다시 입가에 그 습관 같은 희미한 미소를 띠었다. 그러곤 뜬금없는 이야기를 하기 시작했다. 방금까지 흘리던 눈물이 바싹 말라 있었다.

선생님, 혹시 예전에 꿈 안 꾸신다는 얘기, 그거 아직도 진짜예요?

재구는 언젠가 사춘기 이후로 꿈을 꾸지 않는다는 이야기를 수업 시간에 한 적이 있었다. 보미는 그때 이야기를 꺼냈다.

진짜냐고요. 꿈을 안 꾼다는 말. 근데 어떻게 사람이 그럴 수가 있어요?

재구는 그 대답에 침묵했다. 재구는 사춘기 이후로 꿈을 꾸지 않았다. 재구의 꿈에는 컴컴한 어둠, 조도가 없는 까만 밤이 전부였다. 어째서 자신이 꿈을 꾸지 않는지에 대해서도 생각해본 적이 없었다. 어느새 누우면 잠이 왔고 이불을 허리춤에 둘둘 말고 깨면 아침이 되어 있었다. 꿈을 꾼다는 것이 정확히 어떤 느낌인지 까마득해서 재구는 아득한 기분이었다. 재구에게 꿈은 그저 어둠이었다.

글쎄…….

한참 뒤에 재구가 입을 열었을 때, 보미는 흐릿한 미소를 띤 채 재구를 바라보며 입을 뻥끗거렸다.

어떻게 그럴 수가 있지, 사람이.

그 모호하고 알 수 없는 미소가 오랫동안 재구의 머릿속을 떠돌았다.

*

진 선생은 여전히 옷을 벗은 채로 침대 위에 엎드려 있었다. 휴대전화로 메시지 목록을 한참 확인하고는 시간을 보더니 씻을 채비를 했다. 재구는 그 모습을 가만히 지켜보았다. 진 선생의 얼굴이 조금 붉어져 있었다. 재구는 진 선생의 그 표정을 잘 알고 있었다. 그런 표정을 짓고 난 후엔 한동안 원주에 오지 않는다는 것을. 그러다 어느 날 불쑥 아무렇지 않게 연락을 취해온다는 것을.

진 선생은 상기된 표정으로 말도 없이 떠났다가 일주일이나 2주 뒤에 연락을 해오곤 했다. 진 선생이 잘 지냈지? 라고 물으면 재구는 그저 응, 똑같지, 라고 답했다. 원주 갈까? 라고 물으면 마음대로, 라고 답하기도 했다. 그 뒤에 진 선생이 술에 취한 채 오거나 술을 사 들고 오거나 둘 중 하나였다. 재구는 술에 취해 비틀거리며 들어오는 진 선생을 볼 때마다 차라리 그녀가 누군가를 정말로 사랑했으면 좋겠다고 생각했다. 그런데 그 말은 아무리 생각해봐도 너무 우스워서 진 선생에게 끝까지 건네지는 않았다.

진 선생이 재구를 이용한다는 것을 재구도 알고 있었다. 적당히 외로움을 달래면서도 탈을 일으키지 않을 것 같은 사람, 문을 열어두고 있는 사람, 그 문밖으로 스스로는 잘 나오지 못하는 사람, 누군가를 불러들일 힘도 없는 사람, 진 선생은 그게 재구라는 것을 알고 있었다.

전처 희진에 대해서, 그리고 효정에 대해서 알고 있는 것은 진 선생이 유일했다. 그렇다고 재구가 그녀를 진심으로 믿는다거나 속이야기를 터놓을 정도로 의지하는 것은 아니었다. 그저 말할 사람이 없었을 뿐이었다. 어쩌다가 이혼을 하게 되었냐는 진 선생의 물음에 대한 재구의 대답은 간단했다.

얼굴만 보면 싸우니까. 그냥 얼굴을 보면 싸우려고만 드니까. 참다 참다 더 이상은 어렵겠더라고. 나보다도 화내는 와이프가 힘들 것 같더라고. 효정이한테도 미안하고. 어떻게 하려고 했는데 그냥 내가 싫은 것 같더라고. 만나는 사람이 있었다는 건 나중에 알았고……. 뭐, 나로서는 언제 만났는지는 잘 모르지. 그래도 정황상,

그렇다는 거야.

　재구는 자신이 쏟아낸 단조로운 말에 오히려 놀랐다. 그 긴 시간이 정리하면 이러했다는 사실에 허무함이 느껴졌지만 별수 없었다. 진 선생은 그저 고개를 끄덕였다. 그래도 이제는 속 편하겠네, 라는 그녀의 말에 재구는 전혀 그렇지 않다는 말을 덧붙이지는 않았다. 이혼 후에 더 복잡하고 어려운 날들이 이어지고 있다고도 말하지 않았다. 효정은 재구보다 희진의 애인을 더 좋아했다. 그를 어려워하고 희진의 애인에게는 아빠를 대하듯 살갑게 뛰어가거나 도로에서 손을 잡고 다정하게 걸었다. 그 남자와 같이 있는 효정을 우연히 마주쳤을 때, 옷으로 어설프게 얼굴을 가리면서 돌아섰던 순간에 대해 재구는 말할 수가 없었다. 그때 바보같이 둘둘 만 재킷으로 얼굴을 가리고 앞으로 뛰어가던 자신에 대해, 희진과 효정 그리고 그 남자 앞에서 불청객 같은 자신을 들키기 싫어서 한 행동이 고작 그 정도였다는 것을 차마 말할 수 없었다. 그렇기에 재구는 진 선생의 말에 그저 그렇다고 짧게 대답했다.

　나 나가.

　진 선생은 현관 앞에서 신발을 신으며 말했다. 높은 하이힐이 현관 앞에서 번쩍였다. 진 선생은 작은 키가 싫다며 매번 높은 힐을 고집했다. 겨울철에 하이힐이라. 재구는 진 선생의 뒤에서 그녀가 신발을 신는 모습을 바라보았다. 진 선생이 높은 하이힐 위에 설 때마다 무언가 애쓰는 사람처럼 보였다.

눈 많이 와서 서울 올라가기 힘들 거야. 운전 조심하고.

서울 간다고 말 안 했는데?

그래, 운전 조심해.

근데…… 왜 어디 가냐고 안 물어봐? 안 궁금해?

재구는 대답하지 않았다. 물어본다고 한들, 달라지는 것은 없었다. 진 선생의 얼굴에 가끔 지어 보이던 쓸쓸한 표정이 잠깐 떠올랐다.

저녁 잘 챙겨 먹어. 아, 떡볶이 먹어, 떡볶이. 맛있는 떡볶이.

진 선생은 재구의 대답을 듣기도 전에 문을 열고 밖으로 나갔다. 이어 문이 닫히는 소리가 거실을 공허하게 울렸다. 진 선생이 빠져나간 현관 앞에서 공기가 공회전하는 소리가 들렸다. 재구는 그 속에 갇혀 다시금 어떤 때를 떠올렸다. 지금 재구가 할 일은 그게 전부였다. 찬 바닥에 앉아 서늘하게 엉덩이를 식히며, 했던 생각을 반복하고 또 반복하는 것. 그게 원주에 온 이유이자, 현재 재구의 일이었다.

*

그날 수업에서 보미는 재구에게 알 수 없는 답안지를 제출했다. 한 사립 대학교 논술 기출문제를 풀 때였다. 자주 출제되는 종교와 여성 인권에 대한 문제의 답으로 보미는 그 남자에 대한 이야기를 써 내려갔다. 힌두교 문화 중 하나였던 사티가 1829년 금지된 이후

1987년 다시금 행해진 일에 대한 문제였다. 과연 종교의 전통성을 유지하기 위해 인권이 유린될 수 있는가? 거기서 보미는 뜬금없는 답을 달았다. 문제와는 전혀 상관없는, 상담실에서 들었던 그 이야기였다.

오픈 채팅에서 남자를 만났고 그는 서른세 살이었고 두 달 정도 만나는 동안 술을 몇 번 마셨고 술이 취한 채로 해롱해롱한 상태에서 그의 집에 들어갔고 동의하에 섹스를 했다는 내용이 빼곡하고 자세하게 적혀 있었다. 상담실에서 뭉뚱그려 풀어놓았던 것과 다르게 그 글에는 재구가 미처 알 수 없는 보미의 사소한 마음까지도 자세히 적혀 있었다. 그 남자의 차에서 나던 담배 냄새와 그 남자가 자신에게 했던 말들까지도.

나중에 같이 살래?

너는 다른 애들이랑은 좀 다른 것 같아.

보미는 그 남자를 심심할 때마다 만났지만 어쩐지 만나고 나면 한동안 우울했다고도 적었다. 조금 죽고 싶은 기분에도 휩싸였는데, 왜 죽어야 하지? 라는 생각이 들어서 죽지 않았다고. 죽지 않고 학원에 나왔다고. 그런데 이상하게 몸이 불타고 있는 듯한 기분이 들었다고. 아주 기분 나쁘게. 아마도 사티를 당한다면 이런 느낌이지 않을까, 싶었다고. 몸이 불타는 듯한, 아니 그보다 더 뜨거운, 알 수 없는 분노가 치솟았다고 보미는 썼다.

보미는 답안지를 제출한 후에 수업 시간이 끝날 때까지 칠판을 보지 않고 손톱만 매만졌다. 간간이 휴대전화를 확인하긴 했지만 재구에게는 눈길도 주지 않았다. 어딘가 의연한 보미의 모습은 좀 전에 도움을 청한 사람처럼은 보이지 않아 재구는 의아했다. 그러나 이내 도움을 청한 사람이 갖추어야 할 태도가 있어야 하나, 라는 생각도 들었다. 그저 보미의 휴대전화가 울릴 때마다 괜스레 흠칫 놀랄 뿐이었다.

수업이 다 끝나고 보미는 재구에게 다시금 면담을 신청했다. 보미와 재구는 통유리로 된 면담실에 다시 한번 서로를 마주한 채 앉았다. 보미는 자신이 주고받은 메시지를 재구에게 보여주었다. 재구는 그 메시지를 꼼꼼히 읽어 내려갔다. 처음에는 여느 연인들의 메시지 같았지만, 뒤로 갈수록 분위기가 점점 달라졌다.

─요즘 왜 연락을 안 해? 안 볼 거야?

─바빠서.

─일부러 피하는 거지. 나 귀찮아졌니?

─아니야.

─맞잖아. 귀찮아진 거지? 너 다른 사람 만났니?

─아니라니까. 내가 연락할게.

─이번 주 내로 연락 안 하면 영상 다 뿌린다.

재구는 거기까지 읽고 잠깐 멈췄다. 그러곤 보미를 바라보았다. 이게 다 어떻게 된 거니.

재구는 다 알면서도 그 말을 뱉을 수밖에 없었다. 보미가 검게 칠한 눈두덩이를 천천히 끔뻑였다.

이게 다인데요. 내일 밤에 만나야 돼요.

보미는 시큰둥하게 말했다. 그러나 그런 무감한 말투와는 달리, 보미의 손톱은 줄이 가 있거나 너덜거리고 있었다. 재구는 보미의 뜯어진 손톱을 바라보았다.

……내일 몇 시니?

10시요. 한성대입구 쪽에서요.

부모님은 전혀 모르시지……?

그 말에 보미는 콧방귀를 뀌면서 재구를 바라보았다.

어떻게 말해요. 선생님한테도 간신히 말한 건데. 혹여나 전화하지 마세요. 아, 어차피 전화도 안 받아요, 우리 엄마.

왜?

모르는 번호는 원래 잘 안 받아요. 돈 달라는 얘기일까 봐. 우리 엄마 돈 잘 꾸거든요. 모르는 전화 오면 괜히 찔린대요. 또 어디서 전화 온 건가, 하고. 그보다 저 진짜…… 꼭 도와주셔야 해요. 내일요. 내일 꼭 와주세요. 저 좀 살려주세요, 선생님. 네?

보미는 뜯어진 손톱을 다시금 입으로 가져가면서 간곡하게 말했다. 책상 밑으로 보미의 다리가 살살 떨리는 게 느껴졌다.

다음 날, 한성대입구역 근처 이자카야에는 진한 화장을 한 보미가 앉아 있었다. 그리고 그 맞은편에 한 남자가 앉아 있었다. 항공점퍼를 입고 비니를 눌러쓴 그 남자는 보미가 말한 것보다는 조금 앳돼 보였다. 아, 저기구나. 재구는 속으로 생각하며 터벅터벅 걸어갔다. 한 걸음, 두 걸음, 세 걸음. 그쪽에 가까워질수록 누군가의 독한 향수 냄새가 콧속을 찔렀다. 재구는 바보처럼 묘하게 가슴이 두근거렸다.

*

변호사는 재구가 말을 할 때마다 볼펜을 딸깍거리며 재구를 위아래로 훑었다.

그래서 선생님 말에 의하면, 그 이자카야에 갔더니 피해자 앞에 그 남자가 있었고 남자가 다짜고짜 선생님을 가격하는 바람에 영상은 확인을 못 하셨다는 거죠?

네.

재구는 대답했다.

남자를 잡으려고 했는데, 남자는 도망가고 피해자만 남아서 같이 이야기를 하다 집으로 데려가신 거잖아요. 그렇죠?

네.

근데 상대방 주장은 완전히 다르잖아요. 선생님께서 피해자에게 접근했고 그것 때문에 화가 난 피해자 남자친구가 우발적으로 선생님을 때리고 난 뒤에 도망쳤고 그 뒤로 선생님께서 겁에 질린 피해자를 집으로 데려갔고 거기서 추행이 있었다, 거든요.

추행…… 추행이라. 재구는 변호사의 말에 입이 잘 떨어지지 않았다. 자신이 뱉는 말들이 누군가에게 어떻게 보일지 뻔해 보였다. 그저 창피하고 수치스러운 기분이 몸속을 계속해서 떠돌았다.

……애가 너무 떨면서, 저한테 사람들 없는 집으로 가자고 했어

요. 사람들이 쳐다보는 눈도 싫고 무섭다고…….

재구는 어렵사리 사실대로 말했다. 그 말을 들은 변호사는 한숨을 쉬며 말했다.

그건 선생님 주장이에요. 지금 피해자 쪽은 전혀 다른 이야기를 하고 있고요. 어쨌거나 중요한 건 추행당했다고 주장하는 상대가 있고 그 상대가 미성년자라는 거예요. 미성년자 성추행 사건.

변호사는 또박또박 말을 뱉었다. 미성년자 성추행 사건……. 재구는 할 수 있는 말이 없었다. 그의 무죄를 밝힐 증거랄 것이 남아 있지 않았다. 고통스러운 질문에 답을 해야 할 때마다 생각하고 싶지 않은 보미의 얼굴이 자꾸만 떠올랐다.

선생님은 좀 허술해요. 모든 게, 다.

그 말을 뱉는 보미가 잊히지 않았다. 재구는 앞에 비스듬히 앉아 있는 변호사를 바라보았다. 변호사가 자신을 바라보는 재구를 똑바로 쳐다보았다. 재구는 변호사의 눈동자에서 자신이 어떻게 보이는지 알 수 있었다. 아무리 그래도 어떻게 아무 의심도 없이 학생을 집 안까지 들일 수가 있지? 한심한 인간, 나이를 허투루 먹은 인간, 안쓰러운 인간, 속이거나 이용하기 딱 좋은…….

저쪽에서는 이미 합의 얘기를 꺼냈어요. 600만 원이요. 그리 큰돈은 아닌데, 어떻게 생각하세요?

전 절대 아니라고요. 절대요. 돈이 크든 작든 제가 합의를 왜 합니까…….

재구는 고개를 떨군 채 말했다. 아무도 걸려들지 않는 시답잖은

덫에 혼자만 걸려든 것 같았다. 자신도 모르게 어딘가로 자꾸만 휩쓸려가고 있는 듯한 두려움이 재구를 시시각각 감쌌다. 변호사는 재구를 보면서 크게 한숨을 뱉었다.

고집 피울 문제가 아니에요, 선생님. 앞으로를 따져봐야죠.

변호사의 말투에서 갑갑함이 뚝뚝 묻어나 재구는 어깨를 웅크리고 몸을 더 작게 말았다.

변호사는 이번 사건에 관해 결백을 주장하는 방법에 대해서 두 가지를 알려주었다. 첫째로는 학원 선생님들을 대동해 증언을 받는 방법. 또 하나는 그 수업을 들었던 학생들에게 평소 본인이 성적 불쾌감을 느낄 만한 행동을 했는지, 혹은 그런 조짐들이 보였는지 확인받는 방법. 그러면서 변호사는 고개를 숙인 재구를 향해 말했다.

미성년자 성추행 같은 경우에 누명을 혼자 벗을 수는 없어요. 주변의 증언이 필요합니다. 학생이 선생님께 보여줬다던 영상 관련 메시지도 남아 있지 않고, 가장 중요한 CCTV도 면담실에 없고요. 로비에 달려 있는 거로는 실루엣 정도만 알아볼 수 있어서 소용이 없어요.

재구는 가만히 있어도 몸이 부들부들 떨려왔다. 이마에서는 땀이 흐르고 있었지만 온몸이 추웠다.

그러게 왜…….

변호사는 조그맣게 중얼거렸다.

아무튼 만약에 허위 신고인 것이 밝혀지면 무고죄로 역고소하실 수도 있습니다. 그 외에 학생한테서 또 다른 연락 받은 적은 없으시죠?

재구는 푹 수그린 고개를 끄덕였다.

보미는 그 모든 일로부터 한참의 시간이 흐른 뒤에, 재구에게 한 차례 연락을 해왔다. 보미는 그때 기회, 라고 표현했다.

*

좋은 사람, 그게 뭔지 모르지만 재구는 그런 사람이 되고 싶었다. 아이들에게 도움을 주는 사람이 되고 싶었다. 그 도움을 버팀목 삼아 아이들이 바르고 올바른 판단을 하는 성인이 되었으면 좋겠다는 지루하고 뻔한, 그러나 이상적이고 그래서 더 어려운 생각을 하기도 했다. 그건 말 그대로 어려운 일이었다. 그렇기에 재구는 더 좋은 사람이 되고 싶었다. 특히나 아이들에게 그랬다. 재구는 퉁명스러운 척하면서도 속은 그렇지 않은, 까매진 손끝을 보고도 잠깐의 상처를 잊고 웃을 수 있는 아이들이 좋았다. 이제껏 이 지루하고도 지난한 학원 생활을 유지할 수 있었던 것도 아이들의 그런 모습 때문이었다. 그렇기에 자신이 할 수 있는 일은 아이들이 잠시나마 일상적인 생각에 빠져들 수 있도록 도와주는 것이라고 생각했다. 골치 아프거나 쓸데없는 것들에 곪지 않게. 그러나 재구는 그런 사람이 되지 못했다. 오히려 그 반대였다. 자기 자신도 제대로 챙기지 못하는 허접한 존재 같았다. 말 그대로 허술한, 인생을 잘못 산, 무언가 잘못되어도 한참 잘못된…… 그런 인간일지도 모른다는 생각이 들었다. 그걸 인정하는 과정은 괴로웠다. 아등바등 살았다고 생각했는데, 결국 허술하고 한심한 인간이 되어 있는 것이. 그 누구에게도 그 고통스러운 마음을 돌릴 수가 없는 것이. 온전히 자기 자신만의 구덩이로 남아 있는 것이.

소송이 한참 진행 중일 때에도 재구는 학원을 꾸준히 나갔다. 학원은 그와 보미의 이야기로 떠들썩했다. 요즘 애들이 어떤지와 오픈 채팅에 대한 말들 또한 장내를 채웠다.

어떻게 모르는 사람한테 가슴을 보여줘? 일면식도 없는 사람한테. 거기서 사랑한다고 말하면 사랑이 돼? 나 그거 보고 기함했잖아. 진짜 문제 있지 않아? 이거 어떻게 해야 해?

다리를 외로 꼰 채 진 선생이 재구를 보면서 말했다. 손에는 고양이 얼굴이 달린 안마봉이 들려 있었다. 재구는 그 말에 억지로 쓴웃음을 보였다.

요즘 애들 진짜 왜 그래? 문제 있다, 진짜로. 어쨌거나 제대로 밝혀지면 되는 문제이기는 한데…….

진 선생은 그렇게 말하면서 폭신한 미끄럼 방지 슬리퍼가 신긴 발을 바닥에 통통 굴렀다. 진 선생의 발밑에서 먼지가 통통 일었다.

주변에서는 서로 재구의 결백에 대해서 이야기하겠다고 나섰다. 하지만 몇몇은 아무런 말도 하지 않았다. 재구는 결백을 위해서 증언해주겠다는 사람들 역시 재구를 의심한 적 있다는 것을 알고 있었다. 그건 재구를 믿는다는 말로는 숨겨지지 않는 사실이었다.

그 일이 있고 나서 재구는 교무실로 들어가기 전에 항상 뜸을 들였다. 문 앞에서는 매번 그에 대한 이야기가 새어 나오고 있었다.

그런데 재구 샘이 진짜 몰랐을까? 모를 수가 있나? 바보가 아니고서야. 말 들어보면 완전히 어린애한테 당한 건데, 정말 얘기하는 도중에 눈치 못 챘을까?

그러게……. 나라면 분명 알았을 텐데. 우리가 애들을 한두 번 보는 것도 아니고. 그보다 재구 샘도 왜 그런 거야? 그래, 도와주려고 거기까지 간 건 나도 이해해. 그런데 학생을 집에 왜 데려가냐고.

집은 좀 그렇지.

이번에 일 있고 소문나서 원생도 많이 빠진 거 알지. 솔직히 우리야 재구 샘 도와주고 싶지. 사람이 워낙 착하고 아무것도 모르는 사람 같잖아. 뭐랄까, 좀 그냥 목석같은 사람. 융통성 없고…….

그럼 샘은 진짜 재구 샘이 그랬다고 생각해? 우리 솔직히 말해보자. 이거 말 잘못하면 우리도 큰일 나는 거야. 보미가 좀 불량하다고는 하지만 진짜인지 어떻게 알아. 진짜 추행인 사건이면 이건 뭐, 어떻게 되는 거야. 아, 머리 아파.

뭐, 말하자면 둘 중 하나는 거짓말 중인 거지. 근데 재구 샘 말처럼 개가 처음부터 꾸민 거면 참 무서운 세상이다. 어떻게 그래? 결국 돈이야? 그것도 미리 제안했다며. 진 샘은 어떻게 생각해?

재구 샘은 진짜 아니야.

진 선생은 말했다. 그 말에 주위가 조금 조용해지는 것이 느껴졌다.

진 샘이 어떻게 알아?

솔직히 우리 다 알고 있잖아. 재구 샘 그럴 사람 아니라는 거. 까놓고 말해서 미성년자 추행할 정도로 배짱도 없고. 재구 샘은 간이 작잖아. 다들 그렇게 생각하지 않아? 우리 다 같이 몇 년씩 지내봐서 알잖아. 재구 샘 진짜 그럴 만한 위인이 못 되는 거. 그것도 집으로 데려가서 대놓고. 안 그래?

그렇지······.

진 선생의 말에 주변이 누그러졌다.

근데 그러면 재구 샘이 진짜 바보같이 착한 거네. 그 나이에 앞뒤 안 가리고 착한 마음만 있으면 어떡하냐. 그러니까 지금 이 꼴이······. 아, 모르겠다. 진짜 머리 아프다니까. 요즘 그것 때문에 우리 반 학부모님들한테도 전화 엄청 온다고. 근데 진 샘, 왜 이렇게 재구 샘 챙겨? 샘, 재구 샘 좋아하지.

진 선생은 그 말에 까르르 웃으며 말했다.

아, 내가 미쳤어요? 그냥 사람이 불쌍하잖아. 뭔가 맨날 당하고만 살 것 같고. 근데 연애 스타일로 따지면, 사실 재구 샘 같은 스타일 편하기는 해. 무슨 말을 해도 다 곧이곧대로 믿잖아. 지금 이

사달을 봐. 바보가 아닌 이상 의심도 안 하고 그 상황을 다 믿어? 암튼 재구 샘은 그럴 사람이 절대 못 돼.

재구는 그런 말을 들으면서 문밖에서 시간을 보냈다. 그때의 기분을 표현할 방법이 딱히 없었다. 슬프다는 말로는 잘 설명되지 않는 기분이었다. 몸속에서 무언가 사그라드는 것 같은 기분. 재구는 그저 이야기가 잠잠해지기를 밖에서 기다리다가 어느 순간 화제가 바뀌면 그제야 아무렇지 않은 척 고개를 숙인 채 교무실 문을 열었다. 그때 재구는 진짜 죄인이 된 것 같았다. 얼굴을 천으로 둘둘 말아 가리고 싶은 심정을 또 한 번 느꼈다.

*

진 선생을 필두로 학원 선생님들은 한 명을 빼고 전원 재구의 결백에 대해서 증언해주었다. 학생들을 대상으로 한 조사에서도 처음엔 몇 명이 재구에게 수치심을 느꼈다고 진술했지만, 두 번째로 물었을 때는 분위기상 휩쓸려서 진술했음을 인정했다. 재판장에서 보미는 재구를 바라보지 않았다. 여진히 검은 눈두덩이로 바닥을 보면서 시큰둥한 표정을 지을 뿐이었다. 변호사는 미성년자 성추행같이 예민한 사건은 신속하게 법리적인 근거를 수집해 명명백백히 소명하는 것이 관건이라고 말했다. 그리고 이번 사건이 무혐의로 끝나게 되어서 다행이라며 자신을 만난 것이 탁월한 선택이었다고 재차 강조했다. 그러나 재구는 기쁘지 않았다. 물론 슬프지도 않았다. 말로 표현할 수 없는 그 느낌이 계속 재구의 몸속을 이리저리 휘젓고 다녔다.

무혐의 판결을 받고 학원으로 돌아갔을 때 학원은 축제 분위기였다. 마치 다시 태어난 생일이라도 된 것처럼 케이크에 초를 켜고 재구에게 고깔모자를 씌워주기도 했다.

재구 샘, 진짜 고생했어. 많이 힘들었지?

진 선생과 다른 동료 선생들은 재구에게 박수를 보내며 환호성을 질렀다. 증언하지 않은 박 선생이 그 옆에서 쭈뼛거리며 재구에게 심심한 사과의 말을 전했다.

재구 샘, 그때 증언 못 해준 것 정말 미안해요.

박 선생은 안경을 치켜올리며 말했다. 그러나 그 말속에는 왜, 가 없었다. 그저 결백을 믿어주지 못해서 미안하다는 말뿐이었다. 재구는 박 선생을 향해서 물었다.

박 선생님.

네?

근데 증언하지 못하신 이유가 뭐였어요?

박 선생은 당황한 채로 재구를 바라보았다.

증언하지 못하신 이유요.

아, 그게…….

주변에서 들리던 환호성이 어느새 잦아들었다. 그 자리를 채운 모두가 재구와 박 선생에게 시선을 고정했다.

재구 샘, 좋은 날 왜 그래요.

진 선생은 재구의 옷자락을 당겼지만 재구는 계속했다.

솔직히 말해주세요. 박 선생님의 잘못이라는 게 아니라 나한테 미안해야 할 일이라는 게 아니라, 진짜…… 궁금해서 그래요.

아이고, 재구 샘……. 미안해요.

아니, 미안하다는 말 말고요. 좀…… 제발. 이유가 뭐예요? 솔직히 말해주세요. 저는 그거면 돼요. 알려주세요. 어떤 게 그렇게 보였는지, 그게 뭐든, 솔직하게…….

재구의 말에도 박 선생은 그저 미안하다는 말을 반복했다.

미안해요. 재구 샘. 응? 진짜 미안해요.

재구는 오히려 그 미안하다는 말에 더 숨이 막혀왔다. 미안해요. 미안해요. 도대체 무엇이 미안한 것일까. 도대체 어떤 것이. 도대체 뭐가.

……당신도 똑같이 당해봐야 알아.

재구는 일부러 박 선생에게 이 말을 뱉었다. 꼭 박 선생에게만 하고 싶었던 말은 아니었다. 그 말을 들은 박 선생은 얼굴이 벌게진 채로 황급히 밖으로 뛰쳐나갔다. 그 뒤를 다른 선생들이 줄지어 따랐다. 혼자 남은 재구는 교무실 바닥에 아무렇게나 앉았다. 엉덩이에 차갑고 시린 기운이 느껴졌다. 재구의 머릿속에서 자꾸만 어떤 생각들이 끊임없이 재생되고 있었다. 정확히 언제부터였을까. 법원에서 고개를 숙인 채 시큰둥하게 앉아 있던 보미의 얼굴을 본 이후로, 재구는 자신이 조금 달라졌다는 것을 어렴풋이 느꼈다. 마음속에서 처음으로 어떤 살의를 느꼈다. 그건 뼈가 시린 기분과 비슷했다. 그때부터 그것은 재구의 마음을 내내 눌러오고 있었다.

재구는 그때 이후로 학원을 그만두었다. 박 선생 때문은 아니었다. 그곳에 더 있고 싶지가 않았다. 그곳에 있으면 보미가 자꾸만 떠올랐다. 보미의 희미한 미소, 보미의 손톱, 보미의 새카만 눈두덩이, 보미의 시큰둥한 표정, 보미의 향기 등등. 오히려 모든 것이 해프닝처럼 정리된 뒤에야 보미는 재구에게 선명하게 얼굴을 들이밀었다. 재구는 그저 모든 것으로부터 멀어지고 싶었다. 그곳과 연관된 모든 것들과 멀어지고 싶었다.

재구가 연고도 없는 원주로 이사를 결정한 것도 그쯤이었다. 고요하고 조용한 소도시, 대평원을 떠올리게 하는 잡초가 무성하고 평평한 땅이 펼쳐진 원주. 자연 속에서 휴식할 수 있는 원주. 재구는 어느 날 지역 홍보 문구를 보았고 그길로 집을 알아보았다. 그곳으로 가서 무엇을 해야 할지, 어떻게 살아야 할지에 대한 고민은 없었다. 그런 질문들은 없었다. 그 마음속엔 딱 하나의 질문만이 남아 있었다. 자신이 누군가를 정말로 죽일 수 있는 사람인지, 없는 사람인지에 대한 질문이었다.

내가 그럴 수 있을까, 재구는 어떨 때는 긍정했고 때로는 그럴 수 없을 것 같다고 고개를 저었다. 재구는 찬 거실 바닥에 앉아서 매일 그 질문에 대한 답을 가늠했다.

원주로 간다는 사실을 아는 사람은 진 선생뿐이었다. 이번에도 묻는 사람이 진 선생뿐이었기 때문이었다. 진 선생은 일이 다 끝났는데 왜 굳이 원주로 가느냐고 물었다. 굳이 왜 그 시골로 가냐고, 이미 다 지난 일이고 끝난 일에 갑자기 왜 마음을 쓰냐고.

굳이 가야 돼?

응.

재구는 짧게 답했다.

어차피 다 끝났고 문제없잖아. 다시 일상으로 돌아오면 되잖아. 당장 돌아오라는 말이 아니라 좀 천천히……. 응? 그리고 그 시골 내려가서 뭐 하게. 잊어버려……. 계속 생각해봐야 머리만 아프고 그냥 털자? 응?

재구는 아무 말도 하지 않았다.

아, 진짜. 사연 있는 사람처럼 갑자기 연고도 없는 시골에 가서 뭘 하려고. 아니다. 애초에 뭘 하려는 생각은 있고?

재구는 옆에 선 진 선생을 비켜 다른 쪽을 바라보았다. 재구의 표정은 딱딱하게 굳어 있었다. 그때 진 선생은 그 일이 재구 안에서 완전히 끝나지 않았음을 알았다. 그 일이 재구에게 무언가를 남겼고 앞으로도 그러리란 것을 진 선생은 재구를 보며 느꼈다. 진 선생은 재구가 원주에 가는 것을 더는 말리지 않았다. 하지만 가끔, 아주 가끔 언제 돌아올 것이냐고 물었다.

다시 오긴 할 거잖아, 그렇지?

그때마다 재구는 아무 말도 하지 않았다. 그런 질문을 하는 진 선생이 때때로 역겨웠다.

*

재구는 진 선생이 빠져나간 현관 안쪽에 우두커니 앉아 있었다. 재구의 의지라기보다 습관에 가까웠다. 엉덩이가 시려왔다. 재구는 이 집에 와서 난방을 제대로 켜본 적이 없었다. 추우면 추운 대로 더우면 더운 대로 지냈다. 이윽고 몸을 일으킨 재구는 현관으로 나가 우산꽂이가 있는 신발장을 천천히 열어보았다. 우산이 있어야 할 자리에는 우산 대신에 커다란 삽이 하나 세워져 있었다. 재구는 그 삽을 잠깐 바라보았다. 뭔가를 파거나 손질하기보다는 둔기로 쓰일 것 같은 그 삽을. 삽날이 투박하고 머리통이 단단한 탄소강으로 만들어진, 동봉되었던 설명서에 쓰인 내용을 참고하자면 반복적인 사용에도 거뜬하다는, 그 퍼런 삽을.

재구는 오랜만에 그 삽을 보고는 크게 웃어 젖혔다. 재구의 웃음소리가 거실을 가득 채웠다. 어떤 재밌는 것을 목격한 것처럼 깔깔거리며 그 자리에 주저앉아 몸을 비틀었다. 계속해서 웃어대는 통에 눈에는 눈물까지 고였다. 재구는 눈물을 닦으며 한참을 울고 웃었다. 그러다 어느새 그 웃음은 온전한 울음이 되었다. 재구는 정신이 나간 사람처럼 바닥을 치면서 울기 시작했다. 바닥을 칠 때마다 손바닥에 시린 기운이 퍼졌다. 재구는 울면서 뼈마디 사이로 무언가가 비집고 들어오는 듯한 통증을 느꼈다. 한참을 울다가 울음을 멈추고는 다시금 그 삽을 멍하니 바라보았다.

그러니까 저 삽으로 도대체 무엇을 하려고 했던 건지. 저 바보

같은 삽으로 누군가를 죽이기라도 하려고 했던 것인지. 그럴 용기는 있었는지. 무엇이 그렇게 두려웠던 것인지. 아무리 생각해봐도 잘 알 수 없었다. 누군가를 죽이거나 때리겠다고 구한 물건이 고작 저 어처구니없는 삽이라는 사실이 재구는 미치도록 슬펐다. 너무 하찮고 허술한 슬픔이 몸속을 파고드는 것 같았다. 재구가 느끼는 그 슬픔은 마치 얇은 칼 같았다. 그 얇은 칼이 살아 있는 재구를 서서히 도려내고 있는 것만 같았다.

*

모든 일이 끝나고 6개월 만에 재구에게 낯선 번호로 전화가 걸려왔다. 보미였다. 보미는 아무런 가책도 느끼지 못하는 사람처럼 선생님 전데요, 라는 말로 이야기를 시작했다. 재구는 휴대전화를 쥔 손이 자신도 모르게 떨리고 있음을 느꼈다.

선생님, 잘 지내세요?

보미는 정말로 아무 일도 없었다는 듯 말했다. 그 같잖은 말에 다시금 놀아나고 싶지 않았다.

학원은 왜 그만두셨어요? 어차피 무혐의로 끝났는데. 상관없는 것 아닌가. 왜 도망가는 사람처럼 굴어요.

보미는 그런 말을 능청스럽게 뱉었다. 재구는 보미의 말에 대꾸하지 않았다. 그러나 전화를 쉽게 끊지도 않았다. 질긴 악연처럼 끊어버릴 수가 없었다.

그때는 제가 예민했었나 봐요. 저도 알아요, 저 예민한 거.

보미는 그 사건이 단순히 자신의 기분 때문이었던 것처럼 연기를 하고 있었다. 영상에 관한 얘기, 그때 재구에게 했던 그 어떤 얘기도 없었다. 재구는 자신의 앞에서 눈물을 뚝뚝 흘리던 보미의 모습이 떠올라 괴로웠다.

선생님, 혹시 제가 미우세요?

그렇게 운을 뗀 보미는 한 가지 이상한 제안을 해왔다.

뭐, 저를 미워하셔도 되는데요, 근데 저만 미워하시면 안 되고 선생님 때린 그놈 있잖아요. 그놈도 미워해야죠, 미워하려면. 저 이제 그 새끼도 안 만나거든요. 그래서 말인데, 그 새끼 한번 때리고 싶지 않으세요?

재구는 그 말에 허, 하면서 헛웃음이 새어 나왔다.

네가 미쳤구나.

재구의 말을 들은 보미의 웃음이 뚝 그쳤다.

미쳤다뇨, 말이 너무 심하시네. 선생님 그렇게 안 봤는데. 그냥 기회를 드린다고 하는 거잖아요. 기회를. 복수할 기회.

기회. 보미는 기회, 라고 말했다.

내일 밤에요, 청설공원 아시죠. 11시쯤에 청설공원으로 제가 그 새끼 부를 거거든요? 청설공원 뒤쪽은 사람 잘 안 지나다니고 거기 애들이랑 술 먹는 벤치가 하나 있어요. 그 새끼가 저한테 내일 거기서 만나자고 했는데, 거기 가보세요. 때리고 싶으면 때리든가, 죽이고 싶으면 죽이든가, 그건 마음대로 하세요.

그러곤 보미는 한참을 생각하더니 이렇게 덧붙였다.

아, 선생님한테 그럴 용기가 있다면요. 진짜 죽이고 싶지 않으세요? 나 같으면 벌써 죽였을 것 같은데…….

보미는 그 말을 마지막으로 전화를 끊었다. 재구의 몸이 심하게 떨려왔다. 억울한 눈물이 고여왔다. 자신을 두고 장난을 치고 있는 듯한 보미부터 당장이라도 죽여버리고 싶었다. 그럴 수 있을 것 같았다. 목을 조르고 윽박지르면서 내동댕이치고 싶었다. 그 애의 고통스러워하는 모습을, 끝내 목이 뚝 하고 부러지는 순간을 두 눈에 담고 싶었다.

재구는 그길로 밖으로 나갔다. 동네를 수십 번 빙글빙글 돌다가 집으로 돌아오는 길, 재구의 손에는 커다란 삽 하나가 들려 있었다. 투박하고 퍼런 삽이 재구의 발치에서 간헐적으로 바닥을 깡깡 긁어대며 재구를 그림자처럼 따라왔다.

집에 돌아온 재구는 앉아서 보미와 그 남자를 떠올렸다. 조금 전 보미가 전화를 걸어와 지껄인 개 같은 말들을 무시하고 진 선생의 말처럼 잊어야 했다. 그러나 그게 되지 않았다. 잊히지가 않았다. 그 일을 지나오면서 느꼈던 수치심과 무력감을 재구는 잊을 수가 없었다. 아니, 그때 이후로 한순간도 머릿속을 떠난 적 없었다. 재구는 앉아서 그때를 떠올렸다. 반복의 반복. 반복의 반복의 반복이었다.

재구는 휴대전화를 가만히 바라보았다. 처음엔 보미의 말대로 청설공원으로 가고 싶었다. 가서 삽으로 보미와 그 남자를 모조리 죽이고 싶었다. 하지만 그들과 한 번 더 이상하게 엮여버리면 모든 것이 다시금 반복될 것 같았다. 결국 스스로가 얼마나 허술한 인간인지를 증명하는 일이 될 것 같았다. 그럴 수는 없었다. 생각이 거기에 미치자 참을 수 없이 화가 났다. 어떤 길을 선택해도 멍청이가 될 수밖에 없는 것 같았다. 재구의 머릿속에는 삽을 든 자신이 다시금 늪으로 빨려들어가는 멍청한 모습만이 그려질 뿐이었다.

재구는 다음 날 집에 앉아 있었다. 시계를 바라보았을 때는 막 11시가 넘은 상태였다. 현재 재구의 집에서 청설공원까지는 한 시간 반 남짓 걸리는 시간이었다. 지금 간다고 해도 원래의 시간보다는 훨씬 늦은 시간이었다. 그러나 재구는 쉽사리 몸을 움직이지 않았다. 다만 앉아서 시간이 조금 흐르기를 기다렸다. 11시 반이 넘어가자, 모르는 번호로 전화가 한 번 더 걸려왔지만 재구는 받지 않았다. 그 이후로 다시 걸려온 전화는 없었다. 재구는 파악하고 싶었다. 그들이 재구를 기다리는지, 재구가 그들을 기다리는지. 재구는 천천히 삽을 가지고 차를 몰았다. 비에 젖은 길이 미끄러웠다. 방지턱을 넘을 때마다 무언가 풀썩거리는 소리가 났다.

공원에 도착했을 때는 벌써 2시가 훌쩍 넘은 시간이었다. 공원은 개미 하나 지나다니지 않는 듯 조용했다. 재구는 보미가 말했던 뒤편으로 걸어갔다. 소리가 나지 않게 깨금발로 도착한 그곳에서 멀찍감치 벤치를 바라보았다. 벤치에는 아무도 없었다. 비에 젖은 벤치, 그 아래 굴러다니는 오래된 술병들과 담배꽁초만이 자리를 차지하고 있었다. 재구는 고개를 쭉 빼고 주변을 살폈다. 자신을 제외하고는 아무도 없다는 사실을 재구는 얼마 지나지 않아 알아차렸다. 그때 재구의 뒤에서 깡, 하는 소리가 들렸다. 재구는 황급히 뒤를 돌아보았다. 그건 누군가의 기척이 아니라, 재구가 들고 있던 삽이 바닥으로 뭉툭하게 떨어지는 소리였다.

씨발…….

재구는 나지막이 욕을 뱉었다. 그러곤 주위를 둘러보았다. 마치 이제까지 바보 같은 자신을 누군가 줄곧 바라보고 있는 듯한 기분이 들었다.

나와보라고, 누구든. 이 씨바알.

재구는 소리쳤다. 그러나 아무런 기척도 들리지 않았다. 재구는 시계를 확인했다. 어느새 3시가 훌쩍 넘은 시간이었다. 사위가 알 수 없는 뿌연 안개로 뒤덮인 것 같았다. 재구는 옆에 덩그러니 놓여 있는 삽을 보자, 순간 죽고 싶다는 생각이 들었다. 뭐 한다고 여기까지 이 삽을 들고 온 것일까. 한심하게. 어쩌다가 또 여기까지 온 것일까. 재구는 생각하고 또 생각했다. 어쩌면 이 모든 것이 보미의 거짓말이 아닌 자신의 잘못같이 느껴졌다. 그 말에 아무런 의심 없이 속아버린 것이, 빠져나갈 구멍도 찾지 못한 채 멀뚱멀뚱 가방을 들고 보미 앞에 서 있던 것이, 누군가에게 시시한 상대가 되어 있었다는 것이, 누군가의 눈동자 속에 허술한 그 모습을 영락없이 보여주었다는 것이. 그것을 스스로 인지조차 하지 못하고 허허실실 바보같이 웃고 있었다는 것이.

도대체 왜 이렇게 되었을까에 대한 답을 재구는 이제는 알 것 같았다. 주변은 여전히 쥐 죽은 듯이 고요했다. 재구는 엉성한 자신과 꼭 닮은 그림자를 바라보면서 몸을 심하게 떨었다.

*

여전히 현관 바닥에 우두커니 앉아 있던 재구의 주머니 속에서 휴대전화가 울렸다. 진 선생으로부터 문자가 와 있었다.
―오늘따라 차 막혀. 나 다시 갈까?
재구는 답장하지 않았다. 진 선생의 발그레한 얼굴이 재구의 눈앞에 어른거렸다.
―앞으로 오지 마. 다시는 찾아오지 마.
재구는 그렇게 썼다가 지웠다. 답장이 없자 진 선생은 재구에게 전화를 걸었다. 재구는 받지 않았다. 재구는 여전히 어떤 생각에 잠겨 있었다. 그러다 재구는 퍼런 삽을 바라보았다. 날이 탄소강으로 되어 있는 그 삽을. 삽의 투박한 날을 보자 그 삽으로 무언가 내리치고 싶은 충동이 휘몰아쳤다. 재구는 삽이 있는 신발장 안으로 손을 뻗었다. 현관의 센서 등이 켜지면서 거울 속 재구의 모습이 드러났다. 재구는 자신의 얼굴을 하나하나 뜯어보았다. 눈꼬리가 우울하게 내려가 있고, 그 위로 부스스한 머리가 흩어져 있는 모습이 눈에 들어왔다. 며칠은 굶은 듯이 양 볼이 패어 있었고 목 아래로 피부가 얼굴보다 까맸다. 모든 게 엉망이었다. 허술한 인간……
허술한, 그 모든 것들……. 재구는 자신이 누군가를 죽이기는커녕,
그게 누구이건 그들이 재구에게 무슨 짓을 했건 그 퍼런 삽을 절대
로 휘두를 수 없는 사람이라는 것을 알았다.

   그때 다시금 휴대전화가 울렸다. 등록되어 있지 않은 낯선 전화
번호였다. 진동하는 소리가 희미한 웃음소리처럼 귓가에 울렸다.
그 모호하고도 묘한 웃음소리……. 그 특유의 속을 갉아먹는 소리.

   선생님은 좀…… 허술해요. 모든 게…… 다…….

   재구는 몸을 일으켜 우산꽂이에 넣어둔 삽을 빼 들고 다시 거울
앞에 섰다. 단단한 무게감이 재구의 손에 전해져왔다. 삽을 든 채
거울을 보고 있는 그 우스꽝스러운 모습에 재구는 다시금 웃기 시
작했다.

   으하하하.

   재구는 연기를 하는 것처럼 일부러 소리 내서 웃었다. 그러고는
삽날을 들어 올렸다. 날렵하고 단단한 삽의 대가리를 쥔 손을 재구
는 힘껏 내리쳤다. 딱딱한 삽날이 재구의 머리 위에 그대로 꽂혔
다. 한 번, 두 번, 세 번. 삽으로 머리를 내리칠 때마다 재구의 목이
꺾일 것처럼 바닥으로 뚝 떨어졌다. 삽으로 머리를 내리칠 때마다
누군가의 눈빛에서 충분히 보았던 자신의 모습들이 다시금 떠올
랐다. 어쩌면 삽의 용도는 이런 것이었다고, 재구는 생각했다. 다
른 누군가가 아니라 어설픈 자신을 내려칠 용도. 거대한 통증이 희
열처럼 재구의 몸을 감쌌다. 빨간 피가 묻은 삽의 머리가 센서 등

밑에서 자잘하게 빛났다.

　바닥에 놓인 휴대전화에서는 모르는 이가 끊임없이 진동을 울려댔다. 재구의 입안으로 찝찌름한 피가 울컥울컥 고였다. 재구의 눈앞이 천천히 흐려졌다. 조도가 없는 그저 어둠 그 자체. 재구는 눈을 꾹 감았다. 마치 아주 오래전에 꾸었던 그저 어둡기만 한 꿈속에 들어와 있는 것만 같았다.

제 26회
이효석
문학상
―――
우수작품상
수상작

2012년 동아일보 신춘문예를 통해 소설을 발표하기 시작했다. 소설집 『어비』 『너라는 생활』 『축복을 비는 마음』, 장편소설 『중앙역』 『딸에 대하여』 『9번의 일』 『불과 나의 자서전』 『경청』, 짧은 소설 『완벽한 케이크의 맛』 등이 있다. 제36회 신동엽문학상, 제28회 대산문학상, 제12회 젊은작가상, 제17회 김유정문학상 등을 수상했다.

ⓒ 이해수

빈 티 지 엽 서
김 혜 진

노래가 끝나고 다음 노래가 시작되기 전의 짧은 정적 속에서 그녀가 무심코 거울 쪽으로 눈을 돌렸을 때 그 사람과 눈이 마주쳤다. 어딘가 의기소침하고 수줍어하는 듯한 그 눈빛은 그녀의 눈과 만나자마자 놀란 듯 다른 쪽으로 달아나버렸다. 그녀는 육중한 스미스 머신 안쪽에서 이리저리 몸을 움직이는 그 남자를 잠깐 돌아보았지만 그것에 대해 오래 생각하지 않았다.

그녀는 고춧가루를 생각하고 있었다. 어젯밤 남편이 지나가는 투로 한 말 때문이었다.

고춧가루를 한번 수입해볼까? 돈이 꽤 된다는데.

저녁 8시 정각에 시작한 뉴스가 거의 끝나갈 무렵이었고, TV에 시선을 고정한 남편의 말은 거의 혼잣말에 가까웠는데 묘하게 맘에 걸렸다. 화요일 오후, 그녀가 이렇게 헬스장에서 느슨하게 시간을 보내는 동안 남편은 그 일, 그러니까 고춧가루를 수입하고 판매하는 과정에 대해 집요하게 파고드는 중인지도 몰랐다. 아니, 지나칠 정도로 철저한 예비 조사가 얼추 끝나고 해봐도 좋겠다는 결론에 다다른 것인지도 몰랐다. 어느 쪽이든 그녀에겐 부담스러운 일이었다.

그녀는 그가 새로운 일을 벌이는 걸 원치 않았다. 그가 벌이는 일들이 터무니없거나 허술하거나 망할 게 뻔해서는 아니었다. 오히려 그 반대였다. 그는 매사 빈틈없이 준비했고, 무서울 정도로 성실했고, 그래서 한번 시작하면 끝을 낼 줄 몰랐다. 그는 그런 사람이었다.

그녀는 거울 속의 자신의 모습을 점검한 뒤 그곳에 있는 대부분의 사람들이 그런 것처럼 운동이라고 할 만한 것을 시작해보려고 했다. 그러나 오늘 처음 입고 온, 그러니까 며칠간 이런저런 인터넷 쇼핑몰을 기웃거리며 고심 끝에 구입한 새 레깅스의 색감이 어쩐지 그녀를 주눅 들게 했다. 휴대전화 화면상에선 은은한 와인색으로 보였던 그 레깅스는 검은색이나 남색에서 벗어나 약간의 화사함을 갖고 싶다는 그녀의 욕망을 점잖은 수준에서 만족시켜줄 것 같았으나 실제로는 그렇지 않았다. 색깔은 거의 핑크에 가까웠고 묘하게 광택을 품고 있어 조명이 닿을 때마다 번쩍거리는 듯한 착각이 들 정도였다.

이거 사용하시는 건가요?

누군가 다가와 그녀가 앉아 있는 벤치를 가리켰다. 그녀는 얼른 자리에서 일어났고, 조명이 덜 닿는 안쪽 자리로 이동했다. 그런 후엔 가볍게 스트레칭을 한 다음 두 발을 어깨너비만큼 벌렸고, 몇 차례 무릎을 굽혀 앉았다가 일어났다. 스쿼트를 하고 있었지만, 거울 속 자신의 움직임은 정확한 자세와는 거리가 멀어 보였다. 무릎이 앞으로 나가지 않도록 조심하는 동안엔 허리가 굽어졌고, 허리를 굽히지 않으려 애쓰면 발바닥이 뜨는 식이었다.

그렇게 하면 무릎 다칠 수도 있어요.

누군가 말을 걸었다. 파란 반바지를 입은, 그러니까 조금 전 거울 속에서 눈이 마주친 그 남자였다. 그녀는 놀랐고 당황스러웠지만 약간은 반가운 마음도 들었다. 그곳에서 대화를 주고받는 사람이 없는 것은 아니었지만, 그런 유의 사람은 처음이었다. 그런 유의 사람. 그는 운동을 제대로 익혔고 정석대로 몸을 움직일 줄 아는 사람처럼 보였다.

아, 그런가요? 정말 자세가 엉망이죠?

그녀는 그렇게 물었고, 혹여 자신의 목소리에서 운동에 관한 노하우를 얻게 될지도 모른다는 어떤 기대감이 지나치게 드러난 것은 아닐까 걱정스러웠다. 남자는 그런 그녀의 마음을 알아본 것처럼 가까이 다가왔고 친절하게 몇 차례 시범을 보였다.

그게 다가 아니었다.

러닝화는 쿠션이 있어서 발바닥에 힘주는 게 어려워요. 바닥이 납작한 신발을 신으시면 도움이 될 거예요.

남자는 신발에 대한 유용한 정보를 주었고,

여기 벽 앞에서 연습해보실래요? 무릎이 앞으로 나가는 걸 막을 수 있거든요.

바른 자세에 도움이 될 만한 장소를 일러주기까지 했다. 친절하고 고마운 사람. 그녀는 생각했다. 시간이 지나 그가 일종의 버릇처럼, 습관처럼 운동이 서툰 사람들에게 이런저런 동작을 알려준다는 것을, 그런 행위에서 얼마간의 만족감과 우월감을 느낀다는 것을 어렴풋이 짐작하게 된 이후에도 그 생각은 달라지지 않았다. 그녀가 받은 것은 도움이 분명했고, 거기에서 그가 무슨 감정을 느꼈는지는 별개의 문제였다.

삶에서 사소한 정을 주고받는 일이 점점 드물어진다는 생각을 그녀는 자주 했다.

이전엔 언제 어디서나 경험할 수 있었던, 그래서 흔하고 사소해 보이던 그런 일들이 어떻게 이렇게 다 사라져버렸을까, 생각할 때도 있었다. 그런 생각은 시장 입구의 상가 건물, 그녀와 남편이 벌써 15년째 꾸려가는 자전거 대리점(판매보다 수리를 통해 얻는 수익이 늘 훨씬 컸다)에 있을 때 특히 더 했다.

오래도록 그들 부부는 자전거 타이어에 공기를 주입할 수 있는 호스를 가게 바깥에 내놓았다. 누구든 무료로 사용하라는 의미였다. 선의였고 친절이었고 잠재적 고객들을 위한 서비스의 일종이었던 이 행위를 모두가 고맙게 여긴 건 아니었다.

한번은 동호회 회원들로 보이는 대여섯 명의 사람들이 한꺼번에 몰려와 자전거 타이어에 바람을 넣고는 가게 앞을 가로막은 채 갈 생각을 하지 않았다. 5분을 기다리고, 10분을 더 지켜본 다음 그녀가 가게 밖으로 나가 점잖게 눈치를 주었을 때 그들은 퉁명스럽게 대꾸했고, 저희들끼리 무슨 말인가를 주고받다가 기분 나쁜 얼굴로 자전거를 몰고 사라졌다. 누군가 스치듯 했던 말, 생색이라거나 유세라거나 하는 말은 오래도록 그녀의 머릿속을 떠나지 않았고, 비슷한 옷차림의 사람들을 마주할 때마다 되살아났으며, 그녀가 누군가에게 베풀었을지도 모르는 선의와 친절을 차단해버렸다.

호스를 거의 내던지다시피 하며 자리를 뜨는 사람이 있었고, 일회용 음료 컵을 버려두고 가는 사람이 있었다. 사용법을 모르나 싶어 다가갔다가 눈치를 준다는 오해를 사기도 했고, 공기주입비를 자전거 가격이나 공임비에 과도하게 추가하고 있다는 소문을 듣기도 했다.

이런 일련의 일을 통해 그녀는 친절과 선의가 완성되는 데에는 두 가지 조건이 있음을 배웠다. 주는 사람과 받는 사람. 친절과 선의는 있는 그대로 주고 있는 그대로 받을 수 있는 두 사람 사이에서만 유효했다. 그렇지 않을 경우, 오염되고 변질되고 공중분해되면서 자신 혹은 상대를 다치게 만드는 경우가 허다했다. 그러므로 그것들은 누구나 쉽게 주고받을 수 있는 것이 아니었다. 그것들은 취약했고 위험했고 다루기 까다로웠다.

그녀는 그 '무료 서비스'를 철회하고 싶었으나 그럴 수 없었다. 일부 사람들의 무례함에 노여워하고 괘씸해하면서도 남편이 그것을 그만두는 걸 원치 않아서였다. 그는 그런 서비스라도 있어서 사람들이 한 번이라도 더 오는 거라 했고, 그렇게 오다 보면 뭐든 돈을 내고 살 일이 생길 거라고 했다. 반은 맞고 반은 틀린 말이었지만 그녀는 반박하지 않았다. 남편은 그녀의 진심 어린 충고나 걱정 같은 걸 그대로 받을 줄 모르는 사람이었으니까. 두 사람의 말이 서로에게 온전히 가닿는 경우는 드물었다. 상대에게 도달하기 전에 방향을 틀고 변형되면서 두 사람 사이에 가느다란 실금을 남길 때가 많았다.

며칠간 그녀는 파란 바지의 남자가 알려준 대로 벽 앞에서 스쿼트를 연습했다. 잘되진 않았다. 그럼에도 무엇이 잘못되었는지 어렴풋하게나마 인지하게 되었다는 점에서 미약하지만 기분 좋은 성취감을 느낄 수 있었다.

남자를 다시 만난 건 몇 주 뒤였다.

오후 4시 30분. 자전거 가게에 손님이 뜸한 시간. 그녀가 운동을 핑계로 당당하게 일터를 벗어날 수 있는 한 시간에서 벌써 절반이 지나가는 중이었고, 헬스장 한쪽에서 그녀가 자신을 다잡듯 거울을 보며 자세를 점검하고 있을 때였다.

안녕하세요. 연습 많이 하셨어요?

그 남자였다. 못 본 사이 그의 피부색은 햇볕에 그을린 듯 전체적으로 짙은 구릿빛으로 바뀌어 있었고, 그 덕분에 팔다리의 잔근육들이 도드라졌다. 그러나 그녀는 그런 말은 입 밖으로 꺼내지 않았다. 이따금 주변 사람들에게 놀라움을 안기는 자신의 눈썰미가 어떤 불필요한 오해를 불러오는 걸 피하고 싶어서였다. 자신이 반가위하는 기색(그것이 그녀가 생각한 적당한 수준이라고 하더라도)을 내보이는 건, 그래서 마치 만남을 고대한 듯한 인상을 주는 건 어쩐지 적절치 않은 것 같았다. 그녀는 자신이 평소보다 소극적이고 방어적으로 굴고 있다는 걸 알았지만 그 이유를 구체적으로 따져보지는 않았다.

오셨어요? 매일 연습을 하는데 잘되는지는 모르겠어요. 그래도 이전보다는 훨씬 편해요. 앉았다가 일어나는 게 수월해진 것도 같고.

그러게요. 자세가 진짜 안정돼 보이는데요? 머신으로는 연습 안 해보셨죠? 이쪽으로 와보세요.

몇 걸음 떨어져서 가볍게 몸을 풀던 그가 그녀를 불렀다. 그녀는 그가 거의 독차지하듯 사용하는 스미스 머신 쪽으로 다가갔다. 그는 랙에 고정된 바벨을 가볍게 쥐고 천천히 스쿼트를 하며 신경 써야 할 부분들을 다시금 짚어주었다.

무릎을 오므리지 않도록, 머리를 숙이지 않도록, 발뒤꿈치가 뜨지 않도록.

그가 그녀의 자세를 살펴주는 10분 남짓한 시간 동안 그녀는 자신이 무엇을 간과하고 있었는지, 어떤 움직임에 주의를 기울여야 하는지 알았다. 알게 된 건 그뿐만이 아니었다. 그는 거의 10여 년 만에 혼자 여행을 다녀왔다고 했고, 처음 고려했던 여행지들(일본, 대만, 홍콩)을 제외하고 과감하게 스위스로 목적지를 변경한 것이 지금 돌이켜보면 참 잘한 결정이었다고 털어놓았다. 딱 열흘만 있을 계획이었으나 무리를 해서 사흘을 더 머물렀다는 이야기를 할 땐 그의 얼굴 한 부분이 갑자기 환하게 빛났다. 그건 착각임이 분명했지만 그 순간 그는 마치 그곳에 있는 사람처럼 보였다. 아니, 여행지에 남겨두고 온 그의 일부가 그에게 어떤 생기를 비밀스레 전달하고 있는 것 같기도 했다.

그래요? 스위스면 나도 가본 적이 있어요. 융프라우를 보러 가신 거예요?

그렇게 말하면서 그녀는 오래되어 제대로 기억나지도 않는 옛 여행지들을 떠올렸다. 어쩌면 자신도 그 낯선 곳들에 자신의 일부를 남기고 오지 않았을까 하는 의문이 들었는데, 그렇다 해도 이젠 모두 사라져버렸을 것 같았다. 그건 그녀가 시간을 감각하는 방식이었다. 그녀에게 시간은 모든 걸 흔적도 없이 지우는 무언가에 가까웠다. 그 순간, 그녀는 무심코 거울을 보았고 약간 놀랐다. 그동안 자신에게서 사라져버린 것들이 한꺼번에 자각되는 기분이었고, 자신의 얼굴이 이상할 정도로 낯설었다.

어, 진짜요? 스위스에 가보셨어요? 언제요?

그는 의외라는 듯 그렇게 물었고, 자신보다 머리 하나가 작은 그녀를 내려다보았다. 마흔다섯, 여섯. 느슨하게 어림잡아도 쉰은 절대 넘지 않을 것 같아 보이는 그의 얼굴은 탄탄한 몸에 비해 약간은 밋밋하다는 인상을 주었는데, 그건 어리숙함이나 의기소침함과는 달랐다. 그는 피로해 보였고, 쓸쓸해 보였고, 얼마간 외로워 보이기까지 했다. 아니, 그런 것들이 튀어나오지 않도록 붙잡고 있는 데에 온 힘을 기울이고 있는 것처럼 느껴졌다. 실은 그것이 자신의 감정임을, 그러니까 그런 감정을 통해 그를 바라보고 있었음을 그녀가 깨달은 건 시간이 더 지난 후였다.

　오래전이에요. 결혼하기 전이니까. 20년이 넘었지. 아니다, 20년이 뭐야. 30년이 다 되어가네요. 요즘은 일하느라 여행은 엄두도 못 내요. 우린 자전거 매장을 운영하거든요. 한 달에 딱 한 번만 쉬어요. 우리 아저씨가 워낙 부지런한 사람이라서.

　자전거 가게를 하세요? 어디, 이 근처에서요?

　네, 시장 근처에 가게가 있어요. 횡단보도 건너서 안경점 바로 옆에.

　아, 그러셨구나.

　다소 맥 빠지는 이야기였으나 헬스장에 흐르는 경쾌한 노래에 힘입어 두 사람의 대화는 계속 앞으로 나아갔다. 각자 멀지 않은 곳에 자리를 잡고, 한 동작을 끝내고, 한 세트를 마무리하고 다시금 질문을 하고 답변을 하는 식이었다.

　그는 융프라우는 제대로 구경하지 못했다고 했다. 그곳에 머무는 동안 줄기차게 비가 내렸고, 비바람 탓에 산악열차 운행이 중단되기도 했었다고 말하는 그의 얼굴에 잠깐씩 아쉬움의 기색이 떠올랐다. 그리고 그의 이야기는 낯선 도시를 옮겨 다니듯 새로운 화제를 두서없이 꺼내놓다 베른 구시가지에 있는 헬스장에 다다랐다.

　거기서도 운동을 하러 가신 거예요, 헬스장에?

그녀가 놀란 듯 묻자 그는 기다렸다는 듯 휴대전화를 열어 사진 몇 장을 보여주었다. 언뜻 보면 공장 같기도, 창고 같기도 한 그 공간을 채운 건 컬러풀한 머신들이었다. 머신은 장난감처럼 작아 보였고, 머신을 사용하는 사람들은 더 작아 보였는데, 그는 3층에서 그 사진들을 찍었다고 말했다.

4층 건물 전체가 헬스장이더라고요. 장관이죠?

그렇게 말하는 그는 자신이 직접 찍은 그 사진 속 풍경에 얼마간 압도되어 있는 모습이었다.

정말 그러네요. 장관이네요.

여기 뒤편으로 돌아가면 테라스가 있어서 야외 운동도 가능해요. 안쪽에는 책 읽는 공간도 있고, 입구 복도엔 그림들을 걸어놔서 내가 지금 미술관에 온 건가 싶더라고요. 아, 휴식 공간에는 조각상도 있어요.

멋지네요, 정말.

그녀는 그곳을 잠시 상상했다. 어마어마해서 비현실적으로까지 여겨지는 그곳에 가보고 싶다거나 부럽다는 생각은 들지 않았는데, 이상하게 몸의 움직임이 편하게 느껴졌다. 가본 적도 없고, 가볼 가능성도 없는 그 헬스장의 풍경을 상상하는 것이 어째서 운동에 도움이 되는지, 구체적으로 생각해보지는 않았다.

며칠 후, 남편과 자전거 가게에 있을 때 그녀가 말했다.

우리도 내년 봄에는 여행 한번 다녀올까?

가게 입구 천장은 어린이용 자전거와 크기가 다른 휠, 다양한 종류의 타이어와 비품들이 매달려 있어 어둑했는데, 하루에 단 몇 시간, 햇살이 쏟아지는 오전 시간엔 가게 안이 불을 켜놓은 듯 환해졌다. 등받이가 한쪽으로 기울어진 회전의자에 앉아 경제 잡지를 읽는 남편은 이렇다 할 대꾸가 없다가 벌떡 몸을 일으켰고, 곧 손님이 들어왔다.

어서 오세요!

인사는 그녀가 했다.

타이어가 펑크 난 거 같은데 지금 수리 가능한가요?

여자가 입은 하얀색 반바지 끝에 아이스크림 자국 같은 것이 말라붙어 있었다.

그럼요. 얼마 안 걸려요. 잠시만 기다리세요.

이번에도 대답은 그녀의 몫이었다.

남편이 자전거를 안으로 옮겨 오는 동안 그녀는 바닥에 흩어져 있는 공구 중 필수적인 것들을 따로 챙겼다. 남편의 손놀림은 빠르고 정확했다. 그래서 그녀는 늘 그보다 빠르고 정확하게 움직였다. 남편이 바퀴를 분리하려고 손을 뻗기 전에 얼른 앞바퀴를 들어주고, 그가 타이어 레버를 집어 들 때 다음에 사용할 펑크 패치를 바로 옆에 가져다 놓는 식이었다. 두 사람은 일사불란하게, 질서 정연하게, 마치 한 사람처럼 움직였다. 어쩌면 그런 것이야말로 30여 년 결혼 생활의 구체적이고 실체적인 증거가 아닐까, 하는 생각을 그녀는 종종 했다. 두 사람 사이엔 아이가 없었다. 아이를 가지려고 애를 쓰던 시기가 있었으나 두 사람 모두 적당한 때 마음을 접었고, 자신의 노력을 배반하지 않을 만한 목표로 눈을 돌렸다. 남편이 목표로 삼은 건 손에 쥘 수 있는 어떤 것이었다. 공구, 타이어, 가죽 안장, 로드 자전거, 미니벨로 같은 결과적으로 손에 돈을 쥐여줄 수 있는 것들.

그럼 자신의 목표는 무엇이었을까.

손님이 용무를 마치고 돌아간 뒤에도 그녀는 한동안 그 생각에 붙잡혀 있었다. 그건 허무함도, 실망감도 아닌 새삼스러운 자각에 가까웠다. 변화라면 변화라고 할 만한 그런 생각을 그녀는 헬스장의 그 남자와 연관 짓지 못했다.

여름이 지나고 가을이 깊어지는 동안 그녀는 꾸준히 헬스장에 갔다. 오후 3시 반이 넘으면 운동 가방을 챙겼고, 아파트 단지 샛길로 걸어가는 동안 무슨 운동을 얼마나 할지를 고심했다. 엘리베이터 안에서 근육이 얼마나 붙었나 하고 팔뚝과 허벅지를 살며시 만져볼 때도 있었다.

그 사람, 파란 바지의 남자가 헬스장에 오는 시각은 들쑥날쑥했지만 두 사람은 일주일에 두세 번은 꼭 마주쳤다. 그러면 그는 그녀의 동작과 자세를 살펴봐주었고 도움이 될 만한 조언을 건넸다. 그녀는 프로틴 음료와 커피 같은 것들을 챙겨가기 시작했다. 그렇게라도 고마운 마음을 전하고 싶어서였다.

그녀가 그에 관해 아는 것은 많지 않았다.

반년 전, 오래 다닌 직장을 그만둔 뒤 이 동네로 이사 왔고, 지금은 혼자 살고 있으며, 헬스를 한 지는 3년이 넘었다는 것. 그가 과거에 어떤 직장에 다녔고, 왜 이 동네로 이사 왔으며, 이전엔 누구와 함께 살았는지, 결혼을 했는지, 아이는 있는지 등은 묻지 못했다. 맞다. 그녀가 그에 관해 아는 게 별로 없다고 느낀 건 해결되지 않은 그런 궁금증 탓인지 몰랐다. 그럼에도 선을 넘을 만한 짓은 하지 않았다. 그녀는 남편과 함께 자전거 대리점을 운영하고 있다는 것, 당뇨 초기 진단을 받은 뒤 헬스를 시작하게 되었다는 것, 한 달에 두어 번 독거노인들에게 도시락 배달 봉사를 한다는 것 정도의 이야기만 했다. 대학에서 영어와 스페인어를 전공했다는 것, 이십대 때에는 번역가나 통역가를 꿈꿨다는 것, 지금과 같은 삶을 살게 된 건 그때는 엄두가 나지 않았으나 돌이켜보면 아주 사소한 용기가 부족한 탓이었다는 등의 말은 꺼내지 않았다.

 11월 첫날에 기온이 15도까지 떨어졌다.

 오전 9시, 자전거 대리점 문을 열 때에 같은 건물 2층 세입자 여자가 가게 입구에서 그녀를 불렀다. 자신이 직접 만든 가죽 공예품들의 판매를 위탁하기 위해서였다. '전통무속예술원'이라는 간판을 내건 그곳이 무엇을 하는 곳인지 그녀는 정확히 알지 못했다. 그녀가 아는 건 그 학원을 운영하는 육십대 초반의 여자가 무속인은 아니며(그럼에도 눈빛에선 종종 범상치 않은 기운이 배어났다), 이따금 굿을 준비하는 사람들의 연습실 겸 창고로 그 공간을 대여해주는 것과 가죽 공예품들을 판매하는 것이 그 여자의 주 수입원이라는 것 정도였다. 그럼에도 그녀는 그 여자의 과거를, 미래를, 인생을 현재의 그 변변치 않은 형편 안에 가둬두진 않았다. 자신이 그런 것처럼, 그 여자에게도 환한 시간들이 있었고, 또 있을 지도 모른다고 믿었다. 그건 그녀가 타인에 대한 예의를 잃지 않는 방식 중 하나였다.

남편이 고개를 까닥하고 안으로 들어갔고, 그녀와 여자가 가게 앞에 간이 테이블을 펼쳤다. 지갑과 파우치를 크기별로 가지런하게 펼쳐놓은 뒤 '수제 악어가죽 지갑 할인 판매'라고 적힌 천 조각을 붙이자 모든 일이 끝났다.

맞아. 나 어제 자기 봤다.

문득 여자가 말했다. 그녀가 햇살을 받아 반짝이는 그 공예품들이 정말 악어가죽으로 만든 것일까, 생각하고 있을 때였다.

그래요?

어떤 남자랑 카페에 앉아 있던데?

그녀는 반사적으로 남편이 있는 가게 안쪽을 들여다보았고, 곧 그 행동을 후회했다. 거리낄 게 없는데도 거리낄 게 있는 것처럼 행동했다는 자각 탓이었다.

아, 아는 분이 뭘 부탁해서 잠깐 만났어요. 헬스장에서 종종 만나는 분인데, 외국에서 사 온 엽서를 해석해달라고 하시더라고요.

파란 바지의 남자가 외국 빈티지 엽서를 모은다는 이야기를 한 게 몇 주 전이었다. 그 엽서들을 헬스장에 가져온 게 보름 전이었고, 그녀가 별생각 없이 엽서에 적힌 몇 문장을 해석하면서 그 일이 시작되었다. 갑자기, 우연히, 의도하지 않게. 두 사람은 운동을 마치고 잠깐씩 그 엽서들을 함께 읽었고, 어느새 카페에 마주 앉아 공부하듯 엽서들을 읽어나가게 된 것이었다. 그게 전부였고 틀림없는 사실이었다. 그러나 설명이 부족하다는 생각이 들었고, 그 틈새로 이상한 추측과 오해가 끼어들지도 모른다는 불안이 올라왔다.

외국 빈티지 엽서를 모으는 취미가 있대요. 그분 말이에요. 외국 사람들은 누가 누구한테 썼는지도 모를 엽서들을 사고팔고 하거든요. 나도 외국 갔을 때 본 적은 있는데 사고 싶은 마음은 안 생기더라고요. 괜히 께름칙하기도 하고.

그녀가 조금 더, 조금 더 하며 계속 부가적인 설명을 이어간 건 그 때문이었다.

제가 영어랑 스페인어를 공부했거든요. 대학 다닐 때. 오래전이긴 하지만 그래도 감이라는 게 있으니까요.

세상에. 자기 대학을 나왔어? 그랬구먼. 그나저나 누가 누구한테 쓴 줄도 모르는 엽서를 돈 주고 산다니 취미 한번 유별나네. 신경 쓰지 말아. 반가워서 말한 거니까.

여자는 건성으로 고개를 끄덕거리다 결국 그녀의 말을 끊었다. 그런 후엔 잘 부탁한다는 인사를 남기고 2층으로 올라갔다. 그녀는 그 자리에 서서 자신이 한 말을 점검하듯 하나씩 복기했고, 색이 바래고 글자가 떨어져나가기 시작한 2층 가게의 간판을 올려다보다 가게 안으로 들어왔다.

그리고 그날 오후, 운동을 끝내고 헬스장을 나오며 파란 바지 남자에게 말했다.

오늘은 길 건너 카페를 찾아보면 어때요? 요 앞 가게는 사람이 너무 많더라고요.

아, 그래요? 그러시죠, 그럼.

그러나 길 건너편, 사람들로 붐비는 카페 서너 곳을 그냥 나온 뒤 두 사람이 자리를 잡은 건 공원 안쪽 벤치였다. 남자가 가방에서 엽서 한 장을 꺼냈다. 한 번에 휘갈겨 쓴 듯한 영어 필기체와 빛이 바랜 우표, 뭉툭해진 모서리와 잉크가 번진 흔적까지. 그것은 이전에 봤던 몇 장의 엽서와 비슷했지만 다른 점이 있었다. 여기저기 물방울 자국이 꽤 선명하게 남아 있었다. 그녀는 눈물이 떨어진 자국이 분명하다고 여겼지만 그 말을 하진 않았다.

여느 때처럼 두 사람은 엽서 표지와 우표 모양을 살피고, 수신자와 발신자의 이름을 파악하는 것부터 했다. 그건 핵심이라고 할 만한 내용으로 들어가기 전 준비운동과 비슷했는데, 언제나 그녀가 주도권을 쥐었다. 그는 비교적 쉬운 단어를 읽을 수 있으나 문장을 해석하는 데에는 어려움을 겪는 듯했다. 아니, 제각각인 필기체 탓에 아주 쉬운 단어를 알아보는 것도 힘든 일이긴 했다.

받는 사람 이름이 세실이네요. 세실 크리스토퍼.

아, 이게 세실인가요? 전 전혀 못 알아보겠네요.

그녀는 이 읽기의 과정이 전적으로 자신의 소관 아래 이뤄진다는 게 좋았다. 헬스장에서 몸을 움직일 땐 오로지 그의 조언에 의존해야 했다면, 그녀가 엽서를 쥐고 있는 동안엔 정반대의 상황이 펼쳐지는 거였다. 아니, 남편이 알았다면 쓸데없는 시간 낭비라고

탓했을 게 뻔한 이 일에 그녀가 흥미를 느낀 건 그런 이유 때문만은 아니었다. 엽서를 읽는 동안 그녀는 자신이 상실했다고 여겼던 자신을 거듭 되찾는 기분이었다. 어떤 단어의 의미를 정의할 때, 어떤 문맥을 설명할 때 그녀는 자신 안에 여전히 수준 높은 소양과 지식이 남아 있다는 것을 실감했고, 그러면 과거의 한 시절이 생생하게 살아 돌아오는 것 같았다. 맞다. 그건 완전히 다른 사람이 되는 경험과 비슷했다. 길어봐야 한 시간 남짓한 그 시간 동안 그녀는 지금의 삶으로부터 달아나 자신이 살아보지 못한 삶을 잠깐씩 체험하고 있는지도 몰랐다.

 물론 그녀가 모든 단어를, 문장을 능숙하게 해석해낼 수 있었던 건 아니었다. 때때로 그녀는 얼버무렸고, 뜬금없는 이야기로 시간을 벌었고, 될 대로 되라는 심정으로 터무니없는 해석을 늘어놓았다. 모른다는 말은 절대로 하지 않았다. 그녀는 힘껏 추측했고 유추했고 상상력을 발휘했다.

 그러니까 그 무렵, 주변 사람들이 그녀에게서 전에 없던 미약한 활기를 느낀 건 그 때문이었다. 긴 세월의 흔적이 남은 이국의 엽서, 누군가의 성격과 습관이 스며든 필체, 지금은 세상을 떠났을 게 틀림없는 수신자와 발신자, 그들 사이에 오고 간 애틋하고 다정한 언어, 그리고 그 언어들 아래 흐르는 뜨거운 마음. 그녀의 내면의 뭔가를 깨운 건 일상에서는 아무런 쓸모가 없는 그런 낭만적이고 감상적인 상상력 덕분인지도 몰랐다. 그 엽서들의 주인, 남자의 존재 때문이 아니라.

요즘 같이 다니는 그 아저씨, 식구 아니지요?

그리고 얼마 후, 그녀가 운동을 끝내고 엘리베이터에 올랐을 때 누군가 물었다. 헬스장에서 종종 인사를 나누는 여자 노인이었다. 그 사람이 운동 가방으로 쓰는, '제생한의원'이라고 적힌 부직포 백에서 물이 뚝뚝 떨어지고 있었다.

네?

그녀가 물었고, 노인이 괜찮다는 듯 눈을 깜빡이며 목소리를 낮추었다.

탈의실에서 여자들이 입을 자꾸 대길래 물어봤어요. 뭐라고들 말을 하는데, 내 보기엔 그런 관계는 아닌 거 같아서.

그녀는 노인의 말을 한 번에 이해하지 못했다. 그래서 그 엘리베이터에 자신과 노인 단둘뿐이라는 사실에 안도감을 느껴야 한다는 것도 눈치채지 못했다.

노인은 거의 매일 헬스장에 왔다. 느린 걸음으로 트레드밀을 걷고, 그보다 더 느린 속도로 실내 자전거를 타고, 몇 개의 머신을 이용하는 게 전부인 노인의 운동은 운동이 아니라 거의 생존에 가까운 고군분투처럼 보였다. 특히 샤워실에서 발가벗은 노인과 마주칠 때면, 아래로 허물어지고 있는 듯한 상체를 겨우 지탱하고 있는 노인의 앙상한 두 다리를 볼 때면 애잔함을 감출 수 없었다. 그런 감정 속엔 자신의 육체가 아직 쓸 만하다는 데서 오는 우월감, 노인에 비하면 자신의 상황이 낫다고 여기는 데서 오는 안도감 등이 뒤섞여 있음을 모르지 않았으므로 그녀는 늘 묘한 죄책감을 느꼈다. 이따금 그녀가 노인에게 다정하게 말을 건넨 건 그 때문일지도 몰랐다.

아, 그분이요? 식구 아니에요. 헬스장에서 만난 분인데. 친구? 동료라고 해야 하나?

그래요? 그럼 여기 헬스장에서 만난 사이가 맞아?

네. 여기 헬스장에서 만났어요.

노인이 무슨 말인가를 하려고 할 때 엘리베이터 문이 열렸다. 막무가내로 사람들이 밀고 들어오는 바람에 그녀는 내릴 타이밍을 놓쳤고, 큰 소리를 내고 나서야 그곳을 벗어날 수 있었다. 그리고 몇 걸음 앞서 걷는 노인을 불렀을 때, 이상하게 서늘한 감정이 그녀를 툭 건드렸다. 뭐랄까. 순간적으로 구부정한 노인의 뒷모습에서 어떤 완강함이, 냉담함이 느껴진 탓이었다. 그건 그녀의 착각임이 분명했지만 노인을 뒤쫓아가는 걸 막아서기엔 충분했다.

이 일이 그녀에게 의구심을 심어주었다. 그녀는 거리낄 게 없는 그 남자와의 만남, 지극히 순수한 엽서 읽기 활동이 다른 사람들의 눈에 어떻게 비칠지 생각하기 시작했다. 그만둬야겠다고 생각한 건 아니었다. 그녀는 누가 직접적으로 묻는다면 적극적으로 해명하겠다고 결심했고, 가능하다면 이 활동에 관심 있는 사람들을 더 영입하겠다고 마음먹었다. 그러나 그런 일은 일어나지 않았다.

그리고 얼마 후, 탈의실 입구, 누군가 건의 게시판에 써둔 짧은 글이 그녀의 의구심을 확신으로 바꿔놓았다.

〈헬스장은 운동하는 곳입니다. 운동만 하세요. 양심에 어긋나는

부적절한 관계, 몹시 불쾌합니다!〉

그러니까 그녀가 그 글을 발견하고 탈의실 입구에 멈춰 섰을 때, 이게 무슨 말일까, 누구를 겨냥한 말일까 생각하고 있을 때, 단 한마디 말도 건네지 않고, 냉담하고 신속하게 그녀를 스쳐 간 몇 사람의 태도가 의구심을 확신으로, 확신을 두려움으로 바꿔놓은 거였다.

그녀는 엽서 읽기 활동을 그만둬야겠다고 결심했지만 남자에게 그 말을 곧바로 하진 못했다. 그녀는 남자가 없을 만한 시간대에 헬스장을 찾기 시작했고, 남자와 마주칠 때면 급한 일이 있다거나 몸이 안 좋다는 핑계를 대며 자리를 피했다. 그래서 두 사람이 이 문제에 대해 정식으로 대화를 나눈 건 몇 주가 더 지나서였다.

추운 날이었다. 짧은 가을이 지나고 겨울이 세상을 점령해나가는 중이었다. 두 사람은 헬스장에서 나와 20여 분을 걸어간 다음, 사람이 뜸한 카페에 자리를 잡고 앉았다. 그런 후엔 한동안 조용히 자신의 한기를 물리치는 데 집중했다. 따뜻한 커피 두 잔이 나왔고, 그가 가방에서 엽서 뭉치를 꺼냈다. 그들이 하나씩 읽어나가기로 했던 빈티지 엽서들이었다.

아니요. 오늘은 엽서 말고 할 이야기가 있어요.

그녀가 말했고 그가 네모난 엽서들을 두 손으로 감싸 쥔 채 그녀를 보았다. 두 사람의 눈이 마주쳤고, 그녀가 순간적으로 시선을 피했다. 그럴 수밖에 없을 만큼 그의 눈빛에는 뭔가 특별한 것이 있었다. 그녀는 이별이나 헤어짐 같은 감상적인 단어를 떠올려선

안 된다고 자신에게 거듭 주의를 주었다.

일이 커졌어요.

그녀가 단호한 목소리로 말했다.

헬스장 사람들 말하시는 거죠? 알아요. 일이 커졌습니다.

한참 만에 그가 답했다. 침묵이 내려앉았다. 그건 다른 사람들에게 비슷한 눈총을 받아본 두 사람 사이에서 오갈 수 있는 무언의 공감 같았다. 그럼에도 두 사람은 타인에 대한 이야기는 꺼내지 않았다. 그 사람들이 몰상식하다거나 무례하다는 말로 자신들의 부주의함을 변호할 시도는 하지 않았다.

아무래도 그만하는 게 좋을 것 같아요. 이쯤에서.

그녀가 말했고 그가 물었다.

꼭 그래야 할 필요가 있을까요? 그냥 이런 빈티지 엽서를 읽는 게 다인데요. 가벼운 취미 활동 같은 거잖아요. 아니었나요?

그는 고개를 살짝 들었지만 그녀를 바라보진 않았다. 그의 시선은 테이블 모서리에 고정되어 있었다. 그녀가 포기하지 않는다면 알게 될지도 모를 어떤 감정들이 그의 얼굴을, 표정을 낯설게 만들고 있었다. 그녀는 그 말 뒤편의 말들, 그러니까 그가 질문 뒤에 감추고 있는 진짜 질문들을 떠올리지 않으려고 애썼다.

맞아요. 그렇긴 하지만 다른 사람들 눈에는 부적절해 보이는 일이에요.

그녀는 미간을 찌푸렸다. 자신이 비겁하게 굴고 있다는 생각 탓이었다. 그러나 정확히 어떤 점이 비겁한지 알 수 없었다. 알 수 없는 건 그뿐만이 아니었다. 그녀는 자신의 내면에서 빠르게 솟구쳤다 가라앉는 여러 감정들을 제대로 읽어내지 못했다. 그래서 자신이 지금 어떤 기분이고, 어떤 상태인지 파악할 수조차 없었다.

혹시, 혹시라도 다른 어떤 마음이 있었던 건 아니죠? 아, 오해하진 마세요. 제 말은 조금이라도 그런 마음이 있으셨다면, 그런 거라면.

그가 용기를 내어 고개를 들었고 그녀의 눈을 보았다. 그리고 그녀가 어떤 가능성을 베어내듯 말했다.

아니요. 그럴 리가요. 그럴 리가 없죠.

그렇다면 그만둘 이유가 없지 않을까요? 저희만 떳떳하면 되는 거잖아요. 고작 엽서 읽는 게 뭐 대단한 일이라고. 시간이 지나면 사람들도 알겠죠. 그냥 별일도 아니었구나, 하고.

아뇨. 그만두는 게 좋겠어요. 그러는 게 맞아요.

그녀의 말투에 날카로움이 배어났다. 그건 이 만남이 그에겐 거리낄 게 하나도 없는, 정말이지 순수한 엽서 읽기 행위였을지도 모른다는 데서 오는 서운함이었다. 아니, 이 만남에 어쩌면 그 이상의 의미가 있을지도 모른다고 기대했던 스스로에 대한 부끄러움에 가까웠다. 그녀는 자신의 이런 감정을 제대로 알아차리지도 못했다. 두 사람 사이에 형식적인 몇 마디 말들이 더 오갔다. 고맙다거나 유감이라거나 하는 말들. 적당히 생략되고 정제되어 안전하고 무난하다고 여겨지는 표현들. 그녀가 먼저, 그가 뒤이어 자리에서 일어났고, 두 사람은 카페를 나왔다. 문득 그가 한 손에 들고 있는 엽서 뭉치가 그녀의 눈길을 사로잡았다.

하나 가지세요. 기념으로.

그가 엽서 한 장을 내밀었다. 그녀는 그것을 받았고 고개를 까닥한 뒤 돌아섰다. 그게 끝이었다.

이후 한동안 그녀는 헬스장을 찾지 않았다. 새로운 헬스장에 등록한 건 해가 바뀌고 몇 주가 더 지난 뒤였다. 그곳은 가게에서 멀었지만 규모가 크고 실내가 환해서 쾌적하다는 느낌을 주었다. 그녀는 그 사람, 파란 바지의 남자를 거의 잊고 지냈다. 그럼에도 남편이 전표와 영수증, 고지서 등을 보관하는 용도로 쓰는 낡은 책상 서랍을 무심코 열 때면, 거기 비닐 커버를 씌워 넣어둔 빈티지 엽서를 볼 때면 남자를 떠올리지 않을 수 없었다.

엄밀히 말해 그녀가 생각하는 건 남자가 아니었다. 그건 그녀 자신의 마음, 즉 그때는 알아차리지 못했던 혹은 알아차리지 못하도록 단단히 잠가둔 감정인지도 몰랐다. 그녀는 그 당시 자신이 정말 거리낄 게 하나도 없었는지 자문했고, 그 남자에게 자신이 느꼈던 감정이 무엇인지 되짚어보곤 했다. 그 사람을 통해 자신이 지금과 다른 삶을 막연히, 어렴풋이 꿈꿨던 것에 대해 옅은 죄책감을 느낄 때도 있었다. 그럼에도 그때 자신의 마음을 정확하게 정의하진 못했다.

스위스였다면, 같은 색깔의 머신들이 종류별로 끝도 없이 나란히 도열한 공간이었다면, 두 사람의 모습이, 두 사람의 말과 행위가 아무런 주의도 끌지 않고 관심도 받지 못하는 장소였다면 자신의 마음을 조금은 더 선명하게 읽을 수 있지 않았을까, 생각한 건 그 때문이었다.

입춘을 며칠 앞둔 어느 오후에 남편이 말했다.

뭐야? 이거 당신 거야?

그녀가 가게 입구에 서서 멀리 가로수들을 내다보고 있을 때였다. 그녀가 돌아보자 남편이 빈티지 엽서를 흔들어 보였다.

내 거야. 거기 둬요.

그녀가 말했고 남편이 무심한 투로 답했다.

뭐야? 어디서 난 거야? 죄다 외국말이네.

그녀는 남편 곁으로 다가갔고 엽서를 건네받았다. 거기 적힌 글자들은 프랑스어여서 그녀가 읽을 수 없었다. 그녀는 자신이 해석할 수 없는 암호 같은 글씨를 가만히 내려다보았다.

어디서 난 거야? 읽을 수도 없는 이런 걸 뭐 하러 가지고 있어. 서랍도 복잡한데.

그가 말했고 그녀가 답했다.

왜 못 읽어? 얼마든지 읽지. 읽어줘?

그런 후엔 엽서를 내려다보며 문장을 읽었다. 아니, 읽는 척 흉내를 냈다.

우리가 지금과 같은 삶을 살게 된 건 사소한 용기가 부족했기 때문이에요. 그걸 알아야 해요.

그건 그녀가 가끔 떠올리는 말이었고, 언젠가 그 남자에게 털어놓고 싶던 말이었고, 엽서에 적힌 글과는 무관한 말이었지만 그렇게 내뱉고 나자 정말 그런 문장이 적혀 있는 것처럼 여겨졌다.

고작 그런 말을 하겠다고 돈 들여 엽서를 보내다니, 어지간히 한가한 모양이군.

남편은 어이없다는 듯 고개를 가볍게 흔들고 나갈 채비를 했다. 그 순간, 그녀는 이런 생각을 했다. 이렇게 사는 건 용기가 없어서가 아니라 늘 더 큰 용기를 냈기 때문이라고. 익숙한 일상을 지키는 건 그것을 포기하는 것보다 언제나 더 어려운 일이었다고. 그녀는 그것이 자기변명과 자기합리화에 불과하다는 사실 또한 모르지 않았다. 그러니까 후회와 원망, 안도와 고마움의 감정을 동시에 느꼈던 것이 이번이 처음이 아닌 것처럼.

참, 고춧가루는 만 원 이하로는 절대로 팔지 마. 중국산이어도 아주 하품은 아니니까.

남편은 그렇게 당부하고 가게를 나섰다. 그녀는 남편을 따라 잠시 밖으로 나왔다. 그런 후엔 동일한 간격을 두고 나란히 줄지어 서 있는 새 자전거들, 간이 테이블 위에 가지런히 놓인 가죽 공예품들, 가게 앞 종이 상자에 차곡차곡 담긴 고춧가루 봉지들을 새삼스러운 눈길로 둘러보았다. 부족하다거나 초라하다거나 보잘것없다는 생각은 들지 않았다. 충분하다거나 만족스럽거나 대단하다는 생각도 들지 않았다. 그녀의 일상은, 삶은 언제나 상반된 그 두 가지 마음 사이 어디쯤 머물러 있는 것인지도 몰랐다.

그녀는 한기를 느끼고 다시 가게 안으로 들어왔다. 그러곤 책상 위에 놓인 엽서를 다시금 서랍 깊숙이 밀어 넣었다.

제26회 이효석문학상

우수작품상 수상작

2018년 웹진 《비유》를 통해 소설을 발표하기 시작했다. 소설집 『이중 작가 초롱』이 있다. 제10회 젊은작가상, 제14회 젊은작가상 대상, 제12회 문지문학상을 수상했다.

옮겨붙은 소망
이미상

사는 모양새들로 보아 혼인은 한물간 제도인 듯하지만 부부 이야기는 여전히, 아니 오히려 인기가 나날이 높아지니 나도 내가 아는 부부에 대해 한번 이야기해볼까 한다. 내 생각에 부부는 이기는 쪽과 먹히는 쪽이 있는데 앞으로 이야기할 부부는 다행히 아내가 삶의 원칙을 정했고 남편이 먹혔으며 먹히다 못해 사망에 이르게 되었다.

남편이 죽고 열흘 후, 아내 n&n's가 중단했던 쇼핑을 다시 시작했고, 나도 활동 재개에 동참했다. 우리는 같은 빌라 주민으로 나는 1년째 n&n's의 집을 드나들며 그의 밑에서 일하고 있었다.

n&n's 남편의 장례식은 열흘이 지나도록 열리지 않았다. 병사, 사고사, 심지어 살해를 당했어도 장례식은 무자비할 만큼 제때 치르곤 하는데 이 집 남편의 죽음에는 여러 일이 끼어 있어 장례식이 미뤄지고 있었다. 정부—내가 알아들은 유일한 곳—와 어떤 곳과

어떤 곳의 진심 어린 사과와 재발 방지가 약속되지 않아서였다.

　남편의 죽음을 목격한 사회단체의 활동가가 나타난 것도 그즈음이었다. 내가 도서관에서 책을 빌려 막 n&n's의 집으로 들어갔을 때, 현관에서 활동가가 n&n's에게 간곡히 부탁하고 있었다. 다만 부탁과 동시에 빠른 손놀림으로 현관에 널린 쓰레기를 치우고 있어서 어딘가 산만하고 폭압적인 것이 간청의 진정성을 의심하게 했다. 나는 활동가의 정리에 화가 나 보란 듯 신발을 신고 거실로 올라가 현관으로 신발을 집어 던졌다. 신발 한 짝이 컵라면 그릇에 박히고 다른 한 짝이 박스 무더기 아래로 가라앉았다.

　"쓰셔야 해요." 활동가가 애절하게 말했다. "추도사, 쓰셔야 해요."

　그런데 당신은 어떻게 생각하는가? 집의 위생 상태가 집주인의 정신 상태를 말해준다고 믿는가? 마음의 괴로움을 샤워 부스 수챗구멍을 뒤덮은 젖은 체모에서 부화한 벌레 알이 대변한다고 여기는가? 그럴 수도 있고 아닐 수도 있다. 지난주에 우리 집에서 구더기가 나온 것은 분명 내 정신 상태와 관련되지만, n&n's의 열 평 남짓한 빌라로 들어가기 위해 박스 무더기를 헤쳐야 하는 것은 남편의 사망 때문이 아니었다. 거긴 원래 그랬다.

　내가 도서관에서 빌린 건 한 권은 소설책이고 한 권은 어려운 책으로 각각 『어느 열사 부부 이야기』(김소철 지음, 하는데까지만하는출판사)와 『열사, 분노와 슬픔의 정치학 : 한국저항운동과 열사 호명구조』(임미리 지음, 오월의봄)였다. 나는 죽은 남편이 어떤 사람이었나 궁금해 책을 빌렸지만 평소대로 스무 페이지쯤 읽고 말 것이었다.

 한때는 나 자신이 뒤가 흐린 사람, 책을 완독할 줄 모르는 사람, 실을 옹골차게 매듭짓지 못하고 엉성하게 묶어 결국 구슬이 알알이 추락하게 만드는 사람이라는 사실을 받아들이기 어려웠다. 그러나 이제는 그런 못난 마음을 품지 않는다. 어찌나 매사에 흐지부지한지 나는 나를 싫어하는 일에도 금세 질렸다. 자기혐오라는 아늑한 둥지에서조차 오래 뭉개지 못했다. 한마디로 나는 집요함이 심각히 결여된 바람에 본의 아니게 속 편히 사는 스타일이었다.

 지층에 사는 내가 두 층 위에 사는 n&n's에게 고용된 것은 빌라 반장으로부터 쓰레기를 제날짜에 버리라고 꾸중을 들은 날이었다. "대답하지 마세요." 반장이 우리에게 말했다. "차라리 대답하지 마시라고요. 그냥 가만히 계시라고요. 다시는 안 그러겠습니다, 하고 어차피 또 그럴 거잖아요. 말이라도 마시라고요." "옙!"은 n&n's가, "예! 알겠습니다"는 내가, 쌍으로 하지 말라는 짓을 했다. 심지어 나는 경례까지 붙여 반장을 놀려먹었다. 그러자 반장은 우리를 심각하게 보더니 그대로 지나쳐 골목으로 사라졌다.

 말을 우습게 여기는 사람. 말로만 떠들고 행동으로 옮기지 않는 사람. n&n's와 나는 그런 부류에 속했다. 그러나 우리에게도 미세한 차이가 있었으니 실천하고자 하는 마음은 충만하나 정신을 차리고 보면 어느새 책임과 의무를 내팽개친 나와 달리, n&n's의 불이행은 의도적이고 평생에 걸쳐 올곧게 지키는 신조였다.

 내가 n&n's의 밑에서 일하며 가장 자주 들은 말이 '말이 그렇다는 거지'였다. 아침이고 밤이고 샤워가운을 입고 퍼질러 사는 n&n's는 말을 던지고는 바로 이어 '말이 그렇다는 거지' 하고 취소함으로써 앞서 뱉은 말의 피부, 가장 기초적이고 정직한 의미를 뜯어버렸다. 그렇게 나를 양쪽으로 잡아당기며 가혹한 해석의 미로, 눈치 보기의 지옥에 빠뜨렸다.

 진심과 농담과 예언과 명령과 기타 등등이 섞인 n&n's의 말을 나는 이해하지 못했다. 그가 어떤 사람인지도 알기 어려웠다. 그런데도 그와 붙어 있으면 하여간 기분이 나빠서 나는 몇 번이나 분필을 쥐고 주차장으로 내려가 사방치기를 하고 올라와야 했다. 그러나 태평한 성격 탓인지 정신을 차리고 보면 어느새 나는 n&n's의 말 따위에는 신경을 끄고 즐겁게 살고 있었다.

 반장에게 꾸중을 들은 우리는 차를 마시기로 하고 n&n's의 집으로 갔다. 그리고 나는 n&n's의 '클릭 도우미'가 되었다. 정확히는 '터치 도우미'라고 해야 옳지만 n&n's가 나를 고용하게 된 바로 그 이유, 자신이 제대로 다뤘던 마지막 신식 기계 용어를 쓰는 중년 기계치 특유의 경향 때문에 마우스를 사용하지 않는데도 클릭 도우미로 불렸다.

 내가 하는 일은 n&n's를 대신해 인스타그램 쇼핑라이브 방송에서 물건을 구입하는 것이었다. n&n's라는 별칭도 대실 해밋의 하드보일드 소설 『그림자 없는 남자』(황금가지)의 전설적인 부부인 닉(Nick)과 노라(Nora)의 앞 글자를 따서 만든 인스타그램 아이디였다.

우리가 라이브 방송을 통해 사는 물건은 빈티지 주얼리였다. 구입 방법은 간단했다. 빈티지 주얼리숍의 사장이 인스타그램에서 라이브 방송을 켜고, 장신구들을 하나씩 선보이며 제작 시기와 도금 상태와 희소성 같은 것을 자세히 설명한다. 설명을 마치고 진행자가 물건값을 부르면 구입을 희망하는 사람들이 채팅창에 진행자가 부른 가격을 적는다. "에이본(Avon) 목걸이는 3만 원입니다"라고 말하면 채팅창에 서둘러 '3'이라고 적는 것이다. 인기가 좋은 물건에는 여러 댓글이 달리고, 그중에서 진행자의 휴대전화를 기준으로 가장 먼저 보이는 댓글의 주인에게 물건이 낙점된다. 한마디로 누구의 댓글이 가장 먼저 달리는가 하는, 인터넷 속도 싸움이었다.

문제는 n&n's의 손놀림이 느리다는 것이었다. 그가 타자를 치기 전에 이미 채팅창에 '6.5'가 올라와서 누군가 모조 루비 눈과 모조 사파이어 코를 가진 6만 5000원짜리 뱀 반지를 채갔다. 히피 주인의 사랑을 듬뿍 받은 1960년대 나비 문양 팔찌도 그렇게 뺏겼다. 빈티지 주얼리의 구매층이 넓지는 않지만 스무 명가량의 마니아들이 매주 정규 라이브 방송 시간에 모여 치열한 싱크율 경쟁을 벌여 섬세한 선조 세공이 돋보이는 미리암 하스켈의 모조 바로크 진주 목걸이와, 에이본의 하트 목걸이와, C자형 걸쇠 바깥으로 핀이 길게 삐져나와 찰 때마다 손이 찔리는 19세기 스털링 실버 브로치를 사들였다.

그리하여 내가 클릭 도우미로 고용되어 시급 9860원을 받고 라이브 방송이 진행되는 동안 n&n's의 집에 머물며 그가 가리키는 목걸이와 브로치와 구하기 어려운 듀엣 핀을 빠른 손놀림으로 사들였다. n&n's가 눈치를 챘는지 모르겠지만, 나의 그럭저럭 괜찮은 성공률은 빠른 터치 실력 덕이 아니라 내가 그 집 와이파이 공유기를 바꿨기 때문이었다.

그렇게 구한 앤티크 카메오 브로치를 샤워가운 양 가슴팍에 열 개씩 달아 온몸으로 2000년을 해치우고도 모자라 코코 샤넬처럼 목에 진주 목걸이를 휘감은 n&n's는, 소파에 모로 누워 흑백영화를 보다가 라이브 방송에서 원하는 물건이 나오면 내 어깨를 두드려 신호를 보냈다. 나는 n&n's에게 신호를 받기 위해 그가 누운 소파 바로 아래 앉아 눈으로는 영화를 보고 귀로는 방송 진행자가 언제 가격을 말할지 신경을 곤두세우며 새벽까지 머물렀다. 사고 싶은 물건이 나오지 않거나 진행자의 설명이 길어지면 우리는 냉동떡을 녹여 먹으며 대화를 나누기도 하였으나 대체로 우리의 인생과 무관한 두 개의 상이 흘러가는 것을 바라보기만 했다.

n&n's는 진행자의 긴 설명을 싫어했다. 물건 손상에 관한 실용적인 설명—진주 까짐, 에나멜 벗겨짐, 박편이 손상되어 광채가 흐려진 라인스톤—이 아니라 역사 강의가 시작되면 특히 인상을 쓰고 휴대전화 소리를 줄이라고 소리쳤다. 내가 그러다 가격을 못 들어서 사고 싶은 물건을 놓치면 어쩌느냐고 항의해도 요지부동이었다. 그렇게 나는 독일의 점령으로 미국으로 이주한 체코슬로

바키아의 유리 세공 숙련공들이 1940년대 미국의 코스튬 장신구 발전에 어떠한 영향을 미쳤는가 하는 흥미진진한 이야기를 끝까지 듣지 못했다.*

n&n's의 남편이 죽기 한 달 전쯤 희한한 일이 있었다. 대단히 절묘해 거의 계시처럼 느껴진 일이었는데, 그날 우리는 한쪽 눈을 라이브 방송에 느슨히 걸쳐두고 나머지 감각은 〈세이사쿠의 아내〉(마스무라 야스조 감독)에 퍼붓고 있었다. 아내가 남편을 지독히 사랑하여 떨어지기 싫은 나머지 참전하려는 남편의 눈을 대못으로 찔러 주저앉히는 내용의 영화였다.

아내가 마당에서 우연히 발견한 대못으로 손바닥을 꾹 누르는 장면이 흘러나왔다. 못에 눌린 손바닥 중앙이 움푹 파이고 주름이 방사하듯 퍼져나갔다. 뒤이어 대못에 눈이 찔려 피투성이가 된 남편이 끔찍한 비명을 지르며 뛰쳐나왔다. 그런데 바로 그 순간, 한창 목걸이를 팔던 라이브 방송 진행자가 이런 이야기를 하는 것이 아닌가.

"목걸이는 이따가 다시 팔고요. 재밌는 물건을 보여드릴게요. '해트 핀'이라고 불리는 것인데 그게 뭐냐 하면요······."

n&n's가 인상을 찌푸렸다. 진행자가 이야기를 이어나갔다.

---

* 캐롤라인 콕스, 『빈티지 주얼리 : 120년 주얼리 디자인의 역사』, 마은지 옮김, 투플러스북스, 2012, 99쪽 참고.

"에드워드 시대에는 크고 화려한 여성용 모자가 유행했습니다. 다들 머리에 닭 한 마리씩 얹고 다녔는데요, 그 큰 모자를 고정하려고 만든 것이 지금 소개할 모자 핀, 일명 해트 핀입니다. 비녀 같은 것을 상상하실 텐데요……."

진행자가 30센티미터 자만 한 바늘을 꺼냈다. 너무 길고 뾰족해서 모자를 고정하는 게 아니라 두개골을 관통시키려고 만든 물건 같았다. 장신구임을 겨우 증명하듯 끝에 인어의 물결치는 머리 장식이 달려 있었다.

"'시카고 트리뷴'지에 따르면 1898년에 차 강도를 당한 윌리엄스 양이 모자 핀을 뽑아 단검처럼 강도의 가슴을 마구 찔렀다고 하네요. 그런가 하면 당시 병원에는 아내가 휘두른 모자 핀에 눈이 찔린 남편들이 줄을 이었고요.＊ 3월 8일"

"꺼."

"여성의 날을 맞아"

"꺼."

"아껴두었던 영국산 앤티크 모자 핀 컬렉션을 보여드리려고 해요. 세월감이 있는 만큼 실사용은 어려우세요. 하지만 소장할 가치가 있을 것 같고요. 모자 핀 홀더는 서비스로 나갈게요."

＊ '시카고 트리뷴'지 속 내용은 다음 기사를 참고. Elizabeth Greiwe, 「When men feared 'a resolute woman with a hatpin in her hand'」, 1910. 3. 1. (https://digitaledition.chicagotribune.com/tribune/article_popover.aspx?guid=f5323885-cc9b-4a67-87d6-e09823e0c7ff)

"끄라고."

"역사를 알고 빈티지 장신구를 차면요, 단순히 쇠, 구리, 은을 걸치는 것이 아니라 역사 속에서 스러진 이들의 혼령이 우리의 어깨를 주무르고 등을 두드리며 힘내라고 응원하는 것 같아요. 저도 죽고 싶었던 적이 있는 사람입니다. 100년 된 앤티크 진주 목걸이를 걸고 거울을 보면서 겨우 죽다 살아났죠." n&n's가 내 휴대전화를 가져가 베란다에 두고 왔다.

나라고 모든 유형의 치유 이야기를 좋아하지는 않는다. 하지만 치유의 계기를 먼 데서 끌어올수록―예컨대 우울증을 낫게 한 진주 목걸이라거나―군침이 도는 것은 사실이다. n&n's가 약간 겸연쩍어하며 웅얼거리듯 말했다. "그러게, 듣기 싫다는데 왜 계속 틀어놔." 하지만 어떻게? 어떻게 그럴 수 있지?

어떻게 이런 고귀한 우연성을 무시할 수 있지? 큰 화면에서는 아내가 남편의 눈을 찌르려고 대못을 들고 설치고, 작은 화면에서는 목걸이로 우울증을 극복한 여자가 팔뚝만 한 바늘을 휘휘 돌리며 펜싱의 찌르기 동작을 흉내 내는데, 그런 일이 동시에 벌어지고 있는데, 어떻게 n&n's는 남의 휴대전화를 차마 함부로 끌 수는 없어서 대신 베란다에 두고 옴으로써, 천지를 울리듯 노골적으로 들려오는 계시를 모른 체할 수 있지?

그때 이미 나는 불길한 예감에 사로잡혔다. 두 사물이 우리에게 무시무시한 미래를 알리고 있었다. 세이사쿠의 아내가 증오가 아니라 사랑 때문에 남편의 눈알을 터뜨렸듯 n&n's도 남편과 사이가 나쁘기는커녕 긴밀해서, 부부로 사는 내내 다른 사람은 모르는 둘만의 은밀하고 달콤한 게임에 도취되어 있어서 본의 아니게 남편을 죽게 하리라는 끔찍한 예언이었다.

그러나 앞으로 일어날 비극을 모르는 n&n's는 평온할 따름이었다. 소파에 모로 누워 눈이 먼 남편을 대신해 밭을 가는 세이사쿠의 아내를 볼 뿐이었다. n&n's의 발에 밀려 팔걸이에 쌓인 책들이 떨어졌다. n&n's가 책을 줍기 위해 몸을 일으켰다가 그대로 다시 누웠다. 목덜미를 타고 벨 에포크와 양차 세계대전과 대공황이 흘러내렸다. 샤워가운 가슴팍에 따개비처럼 달라붙은 브로치들은 역사의 응축이었다―위에서 세 번째에 달린 브로치의 사용감이 유난히 적은 까닭은, 주인이 드레스에 브로치를 몇 번 꽂지도 못한 채 궤양에 수은만 바르다 요절했기 때문일까?

나는 n&n's가 숨겨둔 휴대전화를 찾아 베란다로 갔다가 집 밖 주차장으로 내려가 사방치기를 했다. 영혼이 암울했던 그때만 해도 사방치기는 내 영혼을 달래고 분노를 잠재우는 정화 의식이었다.

*

n&n's와 그의 남편을 설명하는 다양한 방법이 있을 테지만 이렇게 말하면 많은 이의 마음이 편할 것이다. 아파트에 살다가 빌라로 내려간 부부. 그들은 스스로 하방을 선택했다.

두 사람은 아이 없는 맞벌이—n&n's가 인사부장, n&n's의 남편이 마케팅팀장—로 사십대 후반에 아파트 대출금을 모두 갚았다. 5억에 샀던 아파트가 매매가 10억을 넘기자 팔고 나와 2억짜리 빌라로 이사해 직장을 그만둔 후 돈이 떨어질 때까지만 목숨을 부지하기로 맹세하고 현금을 까먹으며 살았다. 대략 한 달에 300만 원 안 되게 쓰면 칠십대까지 살 수 있을 듯했고 이후의 일은 닥쳐서 생각하기로 했다. 그사이의 일도.

예컨대 구급차에 길을 내주려다가 지나가던 아이를 치어 구급차에 아이까지 실어 보내는 일—선의라는 웃돈을 얹어 불행을 배로 불리는 소설적 비극—같은 건 일단 계산에 넣지 않기로 했다. 그런 계획에서 벗어난 큰돈 나갈 일까지 세세히 따지다가 다들 사표를 못 던지고 마추픽추에 못 가고 어영부영 요양 시설로 떠밀려 뿌연 섬망 속에서 안개에 싸인 잉카의 땅을 구경하는 것일 테니까. 어쨌든 당장은 손바닥에 놓인 시간의 묵직한 압감과 그것이 선사하는 가벼운 해방감을 누릴 일이었다.

시세 차익과 시간을 맞바꾸자는 아이디어를 낸 사람은 n&n's였다. 그는 자신이 남편에게 아파트를 팔자고, 아파트를 판 돈을 가지고 최소한의 생활비만 쓰며 살아가자고, 그러다 돈이 떨어지면 한날한시에 같이 죽자고 제안했다며, 바로 이어 나에게 이렇게 말했다. "아, 나는 그냥 말이 그렇다는 거였는데!"

내가 보기에는 n&n's가 주동자고 남편이 추종자였다. 그가 둘의 삶을 은밀한 방식으로 좌지우지했다. n&n's가 추석을 앞두고 "여보, 나 굴을 잘못 먹을 것 같아. 노로바이러스에 걸릴 것 같아" 하고 말하면, 신호를 알아먹은 남편이 즉각 달려나가 상한 굴을 집어 먹고 응급실에 실려가 시가에 가지 않게 했다. 어떤 사람들은 n&n's가 남편을 조종했다고 생각할 것이다. 그러나 그는 남편이 자신의 소망을 실현할 때마다 세상을 향해 '봤지?' 하고 턱을 드는 것이 아니라 망가진 세상을 재건해야 하는 히어로의 피곤한 표정을 지었다.

 n&n's는 세상 물정에 어두운 사람이 전혀 아니어서 아파트를 팔겠다는 아이디어를 떠올렸을 때에도 앞으로 집값이 계속 오르리라는 것을 알았다. 그런데도 남편에게 이렇게 말한 것이다. "여보, 나 살면서 한 번은 돈을 이겨보고 싶어. 아파트를 팔아버리자. 손해 볼까 전전긍긍하지 말고 선제적으로 손해를 봐버리고 손해로부터 자유로워지자."

 당시에 n&n's의 남편은 주식에 코인에 유행하는 잡다한 것은 다 했다. 누가 불러도 고개를 들지 않고 주식 차트에 코를 박고 건성으로 '응? 왜?' 대답하는 인간 대열의 당당한 일원이었다. 그럼에도 아내가 돈을 이겨보고 싶다고 말하자 바로 다음 날 부동산으로 달려가 집을 팔아달라고 난리를 피웠다. 시세보다 수천만 원을 깎은 끝에 몇 시간 뒤 중국 주재원으로 근무 중인 젊고 부유한 부부와 계약을 맺었다. 그들은 집을 보지도 않고 샀는데 알고 보니 부동산 사장의 조카였다. 집을 팔아치우고 의기양양하게 돌아온 남편에게 n&n's는 예의 그 대사를 읊었다. "아, 나는 그냥 말이 그렇다는 거였는데!"

　n&n's가 시세 차익과 시간의 맞교환이라는 아이디어를 떠올린 때는 대한민국의 집값이 폭등하던 시기였다. 그해 여름, 아파트 상가 통닭집 파라솔 아래는 맥주를 들이켜며 인생이 이보다 좋을 수 없다는 듯 고개를 젖히고 웃는 사람들로 가득했다. 그들은 고개를 들다 시커먼 나무에 줄줄이 기어올라가는 바퀴벌레의 행렬을 마주하고 문득 앞으로 일어날 일, 집값 하락뿐 아니라 상승까지 포함하는 어쨌든 변동이라는 정신을 뒤흔드는 요소에 몸서리치며 이 짓거리를 언제까지 해야 할까, 돌연 지긋지긋해했다. 그러곤 10년, 20년 뒤에는 돈에 대한 정신적 종속을 떨치고 자유의 몸이 되어 세계여행—세계에 세워진 호텔이라는 단기 셋방의 탐험—을 하겠노라, 라고 급작스레 맹세했다. 어찌 보면 n&n's도 그런 하나 마나 한 소리를 했을 뿐이었다. 그런데 남편이 쏜살같이 달려 나가 몽상으로 남았어야 할 소망을 현실로 만들었다.

　희한한 일은 n&n's가 남편의 돌발 행동에 경악하기는커녕 오히려 잘됐다며 자신이 씨를 뿌리고 남편이 성급하게 이룬 자충수 속으로 열정적으로 돌진했다는 것이다. n&n's는 분명 자신의 소망이 그냥 한번 해본 소리에 불과하다는 것을 알았으나 부동산 계약을 파기하지 않았고 일이 흘러가는 대로 내버려두었다. 그는 남편에게 질세라 양문형 냉장고를 내다 버리고 이사할 빌라의 평수에 알맞은 폭 좁은 가구를 사러 이케아로 달려갔다. 내가 보기에 그것은 자충수를 넘어 적극적인 자학 행위였다.

결혼 생활 내내 같은 일이 반복되었다. 아내가 명하면 남편이 받들었다. 아내가 손을 들어 어딘가를 가리키면 남편은 이미 거기 가 있었다. 아내가 꿈을 품으면 남편이 그 꿈을 거의 낚아채듯 잽싸게 이뤘다. n&n's의 입술에서는 새로운 소망, 새로운 목표, 새로운 삶의 비전이 끝없이 터졌고, 지난 것이 성취되기가 무섭게 새로 돋아나는 그 꿈들을 남편이 미식축구 선수처럼 옆구리에 끼고 세상을 싸돌아다니며 깡그리 이뤘다. n&n's가 모빌이 멈추기가 무섭게 모빌에 묶인 발을 버둥거려 코끼리 모빌을 다시 움직이면, 남편은 어느새 멀리서, 아주 멀리서, 예컨대 세렝게티에서 소리쳤다. '여보, 나 여기 있어, 당신도 어서 와!'

　n&n's는 직전 삶과 다르기만 하면 어떠한 방향성도 일관성도 없이 아무 삶이나 골라잡는 싫증을 잘 내고 입이 방정인 사람이었다. 그는 결코 자신의 소망이 실현되기를 바라지 않았다. 왜냐하면 꿈이 실현되는 순간, 천장에서 코끼리 모빌이 아니라 진짜 코끼리가 떨어져 깔려 죽는다는 것을 알았기 때문이다. n&n's는 지극히 보수적인 사람이었고, 그러므로 그들 부부의 앞길은 약간의 탈규범적인 아이디어로 꾸며진 탄탄대로였다. 그런데 마찬가지로 한고집 하는 남편이 자꾸만 이렇게 외치는 것이었다. '여보, 나 여기 있어, 당신도 어서 와!'

　그렇게 두 사람의 삶이 관념이 아니라 현실에서 궤도를 벗어났다. 둘 중 한 사람이라도 자신의 습성을 버렸더라면, n&n's가 소망을 품지 않거나 남편이 그 소망을 이루지 않았더라면, 그랬다면 아직 남편은 살아 있을 것이다. 살던 집에서 하던 일을 하고 마시던 맥주를 마시며 이 수준까지 삶을 변혁하지 않은 채 그럭저럭 행복하게 살았을 것이다. 그러나 그들은 이음새가 전혀 만져지지 않는 징그러운 결합체처럼 한 덩이로 세상을 굴러다니며 축복받은 삶을 사정없이 뒤틀어버리다가, 결국 내가 사는 빌라까지 흘러들어와 휠체어 경사로와 승강기의 부재가 장보기에 미치는 영향을 관절 쑤시게 경험하다가 급기야 한쪽이 죽고 만 것이었다. 이 무슨 난리법석이란 말인가! 정말이지 아내들이란! 남편들이란! 그런데 나는 이 죽은 부부를 떠올리며 낄낄대다 갑자기 기운이 쭉 빠지면서 사방치기를 하고 싶어지곤 한다.

나의 사랑하는 사방치기. 내 영혼의 정화 의식. 나는 마음이 부대낄 때면 분필을 들고 주차장으로 내려가 차가 빠져나간 자리에 네모와 대각선으로 이루어진 사방치기 판을 그린다. 그러곤 몇 분이고 몇 시간이고 홀로 깡총, 반드시 깡총—깡'총'이 표준어가 아니라는 것은 알지만 깡'충'은 나의 성미와 색채와 취향과 기갈에 맞지 않는다. 칙칙하고 둔탁한 어감의 '껑충'은 말할 것도 없다. 요정처럼 깡총 뛰면서 칸을 옮길 때마다 속으로 이렇게 외친다. 나 (깡총) 가 (깡총) 죽 (깡총) 어 (깡총) 라 (뒤를 돌아) 얍! 나, 가, 죽, 어.

점프 한 번에 한 음절씩. 전진하는 다섯 음절과 회귀하는 다섯 음절. 그렇게 사방치기를 실컷 하고 다시 천천히 집으로 돌아올 때면 대차게 울고 난 것처럼 후련하지만 언제나 정화 의식 끝에는 비린 의문이 달라붙는다. 분명 나가 죽어야 할 사람은 내가 아닌 것 같은데 어째서 내가 나가 죽어야 할 것 같은가.

*

"추도사를 쓰셔야 해요."

n&n's의 남편이 죽은 지 보름째 되던 날에 활동가가 다시 찾아와 말했다. n&n's와 나는 언제나 그렇듯 영화와 라이브 방송을 동시에 시청 중이었다.

"남편분을 영웅이나 열사로 만들려는 게 아니에요. 거짓말을 하시라는 게 아니에요."

활동가가 바닥에 앉아 걸레질하며 말했다. 그는 청소하는 사람이었다. 얼마나 상심이 크십니까, 참담한 일입니다, 고인의 명복을 빈다는 말도 하기 어렵군요, 하고 말하는 대신 쓸고 닦는 사람, 무너진 정신이 아니라 그 정신의 투영인 집을 돌보는 사람이었다. 그는 나에게도 머리카락에 붙은 구더기를 떼어주며 집을 '한번 들었다 놔주겠다'고 제안하기까지 했다.

"추도사를 어떻게 쓰시든 관여하지 않아요. 저희를 욕하셔도 괜찮아요. 남편분을 욕하셔도 어쩔 수 없다고 생각해요. 다만 쓰기는 쓰셔야 해요." 활동가가 말했다.

"아니요, 저는 쓸 수 없어요. 왜냐하면 남편의 죽음은 저희 두 사람의 일이니까요. 제가 남편을 죽였으니까요. 그러니 그 일에 대해 다른 사람이 사정을 알 필요는 없어요." n&n's가 말했다.

"하지만 사모님, 저는 봤어요. 남편분이 어떻게 돌아가셨는지 제 눈으로 봤어요. 남편분은 사모님이 죽인 게 아니에요. 경찰이 죽였어요. 쓰셔야 해요. 추도사를 쓰셔야 해요."

"아니요, 남편은 저 때문에 죽었어요. 그 일은 저희 두 사람의 일이에요."

"하지만 사모님."

"아니요, 남편은."

"하지만 사모님."

"아니요, 남편은."

두 사람은 같은 말을 반복했다. 한 사람의 비극적인 죽음을 받아들일 수 없는 두 사람의 비이성적인 관점과 의미 없는 논쟁이 방의 공기를 팽팽하게 잡아당겼다. 나는 제삼자로서 두 사람을 지켜보며 속으로 누구의 말이 맞는지 판정하고 있었다.

이제 슬슬 n&n's의 남편에게 무슨 일이 일어났는지 이야기하려 하는데, 사람마다 다르게 말해 진실을 파악하기가 쉽지 않다. n&n's, 활동가, 경찰의 이야기가 제각각이다. n&n's는 남편이 '태어나 한 번도 해보지 않은 일'에 도전하다가 죽었다는 황당한 주장을 펼쳤다. n&n's에 따르면 남편은 매일 '태어나 한 번도 해보지 않은 일'을 하고 돌아다녔는데, 그의 일환으로 한 번도 가보지 않은 바다에 갔고, 거기서 한 번도 듣지 못한 주장을 들었고, 한 번도 해보지 못한 인간띠잇기 시위도 하였다.

n&n's의 남편이 도착한 바닷가에서는 활동가가 속한 단체가 주

최한 집회가 한창이었다. 열 명 남짓밖에 모이지 않은 소규모 시위였고 모든 참가자가 서로 아는 사이였다. 새로운 사람은 n&n's의 남편밖에 없었다. 그는 태어나 한 번도 시위에 참여해보지 않았기에 사람들 사이에 슬그머니 끼어 구호를 외치고 노래를 흥얼거리고 인간띠잇기를 위하여 옆 사람의 손을 잡았다. 공식 일정이 끝나고 참가자들은 해상 시위를 이어나가기 위하여 하나둘 포구에서 바다로 뛰어내렸다. 마주 잡았던 손들이 끊어졌고 아마도 남편은 그런 사소한 단절에도 상처를 받았을 것이라고, n&n's는 말했다.

처음에는 n&n's의 남편도 사람들을 따라 바다에 들어가려고 했다. 하지만 태어나 한 번도 해보지 않았다는 이유로 위험한 바다 수영을 할 용기까지는 없었기에 다이빙 직전에 멈췄다. 대신에 육로로 시위대를 쫓아갔다. 시위대는 바다를 직선코스로 헤엄쳐 반대편 방파제로 가려 했다. 그곳에 또 다른 시위대가 고립되어 깃발을 흔들며 친구들을 기다리고 있었다.

n&n's의 남편은 바다에 떠 있는 시위대의 작은 머리통을 쫓아 쉴 새 없이 달렸다. 시위대와 달리 그는 육로로 먼 길을 돌아 반대편 방파제에 닿아야 했기에 달리기를 멈출 수 없었다. 바다에서 멀어지자 언제 사람들과 뭉클하게 하나가 되었느냐는 듯이 삭막한 풍경이 펼쳐졌다. 더러운 주차장과 호객꾼이 달려드는 횟집. 그는 그 거리를 달리며 돌아가야 한다고, 어서 빨리 돌아가야 한다고, 비록 잠시 손을 잡았던 낯선 사람들일 뿐이지만 그래도 그들 속으로 돌아가야 한다고, 마음이 완전히 무너진 채 달렸다.

바다가 보이지 않는 기나긴 길을 달리며 남편은 상상했을 것이다. 방금까지 손을 잡고 있던 사람들. 신발 끈을 손목에 감고 신발을 젖지 않게 높게 치켜든 채 친구들을 향해 파도를 헤치며 헤엄치는 사람들. 깃발은 바다에 잠겨 구호가 보이지 않지만 그들은 어찌나 수영을 잘하던지. 마침내 방파제에 다다른 그들은 최초의 인간처럼 육지로 올라가 친구들과 얼싸안고 기쁨의 눈물을 흘릴 것이다. 하루의 마지막 빛을 반사하며 거침없이 빛을 쏟아내는 바다가 그들의 재회를 아름답게 꾸며줄 것이다. 비록 그들은 절망하고 화가 나 있었지만, 절실한 염원과 정결한 저항을 분출하였지만, 그럼에도 행복했을 것이다. 반면에 n&n's의 남편은 혼자였을 것이다.

n&n's의 남편에게도 애증으로 얽인 직장 동료들, 텔레그램으로 주식 정보를 물어다 주던 사기꾼들, 자전거 동호회 사람들, 사진 동호회 사람들, 클래식 면도 동호회 사람들, 매일 밤 맥주를 사러 들르는 편의점의 오래 일한 직원과 그의 러시아인 여자친구, 그리고 그들과 나누던 담소가 있었다. 그러나 직장을 그만두고 이사를 오면서 대부분의 관계가 끊어졌고 그에게 남은 것은 우울증에 걸려 더 이상 소망을 발신하지 않고 집에 누워만 있는 아내뿐이었다. 그리하여 n&n's의 남편은 계속 달렸다. 사람들에게 돌아가려고, 다시금 그들의 뜨끈한 손을 잡아보려고, 더는 외롭지 않으려고, 어떻게든 세상에 달라붙으려고, 그는 달리고 또 달렸다. 그렇게 바다가 점점 가까워지면서 방파제 테트라포드에 평화로이 누워 몸을 말리고 있는 사람들이 보였다. 그들은 정말 재회한 것이다! 이제

자신이 나타나면 아까 자신에게 눈인사를 했던 사람이 새 친구들에게 자신을 소개하리라. '인사해. 오늘 처음 오신 분이야. 성함이 어떻게 되시죠? 시위 끝나고 뒤풀이 가실 거죠?'

그런데 정신을 차렸을 때, 그는 뒤쪽에서 밀려온 수십 명의 시커먼 경찰들 사이에 있었다. 그리고 활동가의 말에 따르면 시위를 진압하던 경찰의 손에 밀려 n&n's의 남편이 바다로 떨어졌다.

해양경찰 측의 설명은 완전히 달랐다. 그들은 바다에 뛰어들려는 시위자를 구하려 하였으나, 손이 닿기 전에 시위자 스스로 균형을 잃어 테트라포드에서 추락해 안타까운 죽음을 맞이하게 되었다.

"남편은 저 때문에 죽었어요. 그 일은 저희 두 사람의 일이에요."
"하지만 사모님."
"아니요, 남편은."
"하지만 사모님."
"아니요, 남편은."
"하지만 저는 봤어요." 이제 활동가는 냉장고 청소를 하고 있었다. 뒤돌아 앉은 그에게서 독백이 흘렀다. "남편분이 어떻게 돌아가셨는지 저는 봤어요. 저는 그 자리에 있었어요. 그 일은 두 분 사이의 일이 아니에요. 우리에게는 그분을 단지 발을 헛디뎌 운 나쁘게 죽은 사람이라는 결론에서 구할 책무가 있어요. 영웅을 만들자는 게 아니에요. 열사로 숭상하자는 게 아니에요. 그러나 그분이 어떤 사람이었는지 세상이 알아야 해요. 저는 그분에 대해 아는 것이 없어요. 하나도 없어요. 죽는 순간을 보았을 뿐이에요. 죄송해요. 이런 말씀을 드려서 정말 죄송해요. 하지만 쓰셔야 해요. 추도사를 쓰셔야만 해요."

"우리 저거 사야 할 것 같아."

n&n's가 내 어깨를 쳤다.

"사, 저거."

라이브 방송 진행자가 뚜껑을 열 수 있는 로켓 목걸이를 선보이고 있었다. "안에 무엇이 들어 있을까요? 또 어떤 100년 전에 죽은 사랑스러운 아기의 사진이 우리를 향해 웃을까요?" 뚜껑을 열자 빛바랜 벌레가 보였다. 진행자가 쓸쓸히 웃으며 말했다.

"애도 주얼리(mourning jewelry)가 선풍적인 인기를 끈 것은 빅토리아 시대였습니다. 빅토리아 여왕은 부군 앨버트 공이 죽은 후 그를 기리기 위해 그의 머리카락을 엮어 만든 목걸이와 반지를 항상 몸에 지니고 다녔습니다. 지금 소개해드릴 로켓 펜던트도 애도 장신구로, 빈티지 장신구 마니아라면 누구나 탐내는 구하기 매우 힘든 개체입니다. 펜던트 뚜껑을 열면 죽은 사람의 땋은 머리카락 조각이 있습니다." 벌레가 아니라 체모였다.

진행자가 목걸이를 착용하더니 살짝 퉁겼다 내려놨다. 펜던트가 가슴에 부딪혔다. "죽어서도 사랑받는 사람의 일부가 영원히 우리의 심장에 닿아 있습니다. 치열한 경쟁이 예상되네요. 그럼, 준비하시고요. 이제 가격 나갑니다."

n&n's가 남편의 죽음을 독점하려 했느냐고? 죽은 자의 머리카

락으로 만든 목걸이를 목에 걸고 다니는 것처럼, 남편의 사회적인 죽음을 오로지 부부의 일로, 그 협소한 단위로 완강히 쪼그라뜨려 자신의 소유물로 삼으려 했느냐고? 그럴 수도 있었다. 돌이켜보면 n&n's는 오래된 사물의 역사적 의미를 지운 채 오로지 그것을 소유물로만 여기려고 했으니까. 이번에도 경찰의 과잉 진압, 신공항 건설, 배를 까뒤집은 채 파도에 떠밀려올 물고기 떼, 데모 신출내기의 비극적인 죽음, 죽음을 값지게 할 최소한의 의미 부여 같은 것과의 끈을 죄 끊어버리고 배우자라는 자격으로 남편의 죽음을 소유하려는 것일 수도 있었다. 남편이 죽은 자명한 이유를 무시하고 그의 죽음이 자신의 탓이라고 고집함으로써 스스로의 힘이 닿지 못하는 곳에서 죽어간 남편을 다시 자기에게로 되돌리려는 부질없는 노력일 수도 있었다. 그런 생각을 하자 징글징글했다. 정말이지 부부란, 아내란, 남편이란, 헤테로들이란. 갑자기 머리끝까지 짜증이 나서 사방치기를 하러 밖으로 나가려는데 n&n's가 궤변을 늘어놓아 나의 정화 의식을 방해했다. 그리고 그것이 n&n's가 자살하기 전, 내가 들은 그의 마지막 말이었다. 그날 이름 모를 망자의 머리카락으로 장식된 애도 주얼리—10K 골드, 금 함량 분석 완료, 매우 좋은 컨디션—는 나의 재빠른 손놀림과 교체한 와이파이 공유기 덕분에 n&n's의 소유가 되었다. 45만 원이라는 높은 가격 때문에 어차피 경쟁자도 없었다.

*

"남편과 저는 집을 팔아 시간을 샀는데 시간이 넘쳐나자 집에서 잠만 잤어요. 하루 종일 잠이 밀려와 시도 때도 없이 잤어요. 저는 침실에서 잤고 남편은 거실에서 잤어요. 왜냐하면 우리는 둘 다 코를 심하게 골기 때문에. 제가 침대에서 남편에게 '돌려' 외치면 남편이 몸을 돌렸고 남편이 거실 바닥에서 저에게 '뒤집어' 문자를 보내면 제가 욕창을 방지했어요. 하지만 가끔 거실에 나가보면 남편은 혼자 일어나 노는 아이처럼 안 자고 있었어요. 그는 잠이 오지 않았던 거예요. 저 때문에 하루 종일 자는 척했던 거죠. 가끔은 저에게도 활력이 생겨 남편에게 나가자고 속삭였어요. 집 밖으로 나가 태어나 한 번도 해보지 않은 일을 하고 돌아다니자고 꼬드겼어요. 그렇게 우리는 우리와 비슷한 상황에 처한 사람들이 맨 먼저 할 법한 상투적인 행동, 외딴 별장에 모여 파트너를 옷걸이로 때리는 일 같은 걸 했어요. 우리는 같은 활동은 다시 하지 않기로 정했기 때문에 우리를 아낌없이 환영해주었던 선배들, 일상복을 벗고 라텍스 의상으로 갈아입기 위해 온몸에 오일을 바르던 채찍질을 좋아하는 친절한 그들을 실망시켰어요. 점차 우리는 태어나 한 번도 해보지 않은 무수한 일 중에서 우리에게 맞는 것을 잘 고르게 되었어요. 이상하게도 그것은 갈수록 눈물과 관련되었어요. 우리는 자식을 죽인 부모의 공판에 갔어요. 거기서 나는 국화를 던지다 울었어요. 우리는 계룡산을 네 발로 기어올랐어요. 거기서 나는 절벽 너머로 빠진 발톱을 던지다 눈물을 터뜨렸어요. 초콜릿을 김에 싸 먹다가 목 놓아 울었고 계란을 부치다가 오열했어요. 나는 점점 눈물이 많아져 노상 하던 일도 울면서 했고, 그러니 모든 일이 새로운 일이 되어 굳이 밖에 나가 찾을 필요가 없어졌어요. 계란은 부쳐봤지만 울면서 부쳐본 적은 없으니까요. 우울증에 걸리면 모든 일이 그토록 새로워져요. 나중에는 입원을 요할 만큼 병이 깊어져 팔에게 올라가라 명해도 팔이 들리지 않고 밖으로 나가고 싶어도 못 나가게 되었어요. 남편도 우울증을 얻었다면, 그래서 무기력이 기운을 다 빼놨다면 우리는 사이좋게 집에 누워 겨우 '돌려' 중얼대고 '뒤집어' 문자를 보냈을 거예요. 남편은 밖에 나가지 못했을 거고 그 바람에 죽지 못했을 거예요. 반대로 내가 우울증에 걸리지 않았다면 나는 변덕스러운 성격이기에 삶의 방향을 줄기차게 바꿔댔을 거예요. 지금쯤 우리는 부에노스아이레스에서 묘지기를 하고 있거나 시간으로 돈을 사는 시절로 돌아가 스리잡을 뛰고 있었을 거예요. 그러나 나는 팔을 들 수도 없었고 아이디어를 떠올릴 수도 없었고 남편에게 이것저것을 하자고 속삭일 수도 없어서 남편이 어찌할 바를 모르고 제가 돌아오기를 기다리며 우리가 마지막으로 하던 일을 하고 돌아다닌 거예요. 태어나 한 번도 해보지 않은 일이라면 닥치는 대로 했던 거예요. 그러니 모르는 사람의 발가락을 빼는 일이나 러시아 대사관 담을 넘는 일, 올리브오일 한 병을 마시는 일이나 에어컨 설비 교육을 받는 일, 그리고 시위에 참여했다가 방파제에서 떨어져 죽는 일은 모두 같은 층위에 있어요. 남편과 내가 정한 규칙이 그 모든 세세한 일을 내려다보고 있어요. 당신들은 얼핏 중요해 보이지만 남편의 죽음에서 곁가지예요. 당신들이 끼어들 틈은 없어요. 남편의 죽음은 우리 부부의 것이에요."

*

 남편이 죽은 지 1년이 채 되지 않은 어느 날, n&n's는 스스로 목숨을 끊었다. 자식이 없던 그는 죽기 전에 여러 모르는 사람에게 재산을 증여했다. 언젠가 TV 다큐멘터리에서 보았던 자립 준비 청년 세 명에게 2000만 원씩 주는 식이었다. 집을 판 돈으로 시간을 샀던 n&n's에게 미래가 사라지자 현금만 넘치게 남았던 것이다. n&n's는 옥상에서 돈다발을 뿌리는 사람처럼 세상 구석구석 필요한 사람에게 수억을 쏘느라 자살을 차일피일 미뤘으나 결국에는 죽음이라는 나쁜 방식을 통해 남편과 재회했다. 죽음이 부부의 재회 수단이었다는 것은 나의 추측이 아니라 n&n's가 유서에 분명히 적어놓은 바였다.
 n&n's의 유서는 여러 사람에게 남기는 짧은 문장으로 구성되어 있었다. 나에게도 몇 마디 남겼으나 그에 대해 언급하기 전에 가장 중요한 사실부터 짚고 넘어가야겠다. 내가 받은 것은 3000만 원이 아니었다.
 생판 모르는 남에게 2000만 원을 준 n&n's가 매일 보다시피 한 나에게는 돈도 차도 아닌 주얼리를 남겼다. 어떻게 그럴 수 있지? 나는 변색 방지를 위해 앙증맞은 지퍼 백에 담긴 장신구를 폭력적으로 잡아 빼며 광분했다. 그러다 이것을 모두 팔면 1000만 원은 건질 수 있음을 깨닫고 n&n's를 용서했다. 현금을 물려받은 자립 준비 청년들과 달리 나는 현물을 물려받았고 그것을 현금화하려면 일을 해야 했다. 나는 라이브 방송을 시작했다. 그것은 전혀 어렵지 않았다. 나에게는 수천 번의 라이브 방송 시청 경험과 수만 번의 '저요+가격' 채팅을 통한 빈티지 주얼리 시세에 대한 데이터가 이미 내장되어 있었다. 미니 삼각대를 사서 방송을 시작하기만 하면 되었다.

  어떤 사람들은 인생을 포기했기 때문에 집에서 구더기가 나오는 줄 안다. 하지만 의외로 구더기는 의욕이 바닥났을 때가 아니라 다시 막 샘솟을 때 나오기도 한다. 나를 예로 들자면 수년을 편의점 도시락만 먹고 살다가, 알 수 없는 알고리즘에 의해 한겨울에 얼어붙은 계곡물을 깨고 입수하는 사람의 영상을 보고는 불현듯 제대로 살아야겠다는 각오에 휩싸여 감자를 사서 베란다에 던져놓았다가, 거기서 이슬처럼 반짝이는 구더기 친구들을 만났다. 그리고 때로 그것은 의욕을 품은 것에 대한, 새 삶을 꿈꾼 것에 대한 처벌처럼 느껴진다. 나는 이슬 친구들을 박멸하는 대신 그들에게 나의 길고 축축하고 뜨듯한 머리카락을 넘겨주곤 집에 종일 누워 있다가 라방 시간에 맞춰 n&n's의 집으로 올라가곤 했다.

  그러나 이제 n&n's도, 그의 집도 사라졌다. 나에게 남은 것은

n&n's의 물건뿐이었다. 나는 그것을 팔기로 했고 그러려면 삼각대를 구비하기 전에 청소부터 해야 했다. 하루에 40만 원 이상 써재끼는 큰손 손님이 택배 상자를 열었다가 우윳빛 캠퍼 글라스 귀걸이를 놀이터 삼아 타고 노는 이슬 친구를 발견해서는 안 되기 때문이다. 과거 나에게 집을 한번 들렀다 놔주겠다고 제안한 바 있는 활동가에게 연락할까 하다가 마지막으로 본 그의 얼굴을 떠올리곤 관뒀다. n&n's가 죽었다는 소식을 들은 그는 나에게 말했다. "죽지 마세요. 그쪽이 죽으면 저도 정말 죽습니다." 그래서 나도 응수했다. "죽지 마세요. 그쪽이 죽으면 저도 정말 죽습니다." 우리는 똑같은 얼굴을 하고 서로의 삶에 대한 연대책임을 졌지만 다시는 만나지 말아야 한다고 느꼈다. 어쨌든 나는 범죄 현장에 남은 지문을 지우는 범죄자처럼 집을 쓸고 닦다 이것이 n&n's가 나에게 남긴 유산임을 깨달았다.

 방송을 시작하자 놀랍게도 나의 내면에서는 원대한 야심이 폭발했다. 그것은 그동안 보아온 라이브 방송에 대한 불만에서 비롯되었다. 그리하여 나는 첫 방송 전에 동종업계인의 눈으로 정탐할 겸 시청한 타 방송 진행자들과 돌아가며 싸웠다.

 '어떻게 주얼리를 자신을 꾸미는 데에만 사용할 수 있죠?' 내가 채팅창에 쓰자 한 진행자가 물건을 팔다 말고 인상을 찌푸리며 말했다. "혹시 장신구의 뜻을 모르시나요? 몸치장을 하는 데 쓰는 물건, 그게 장신구의 사전적 정의예요. 그럼 목걸이를 사람 모가지 꾸미는 데 쓰지 어디다 써요?"

그런 식이었다. 그들은 시간에 대한 존경심이 부족했다. 만일 그들이 전쟁과 기아와 히틀러와 항생제가 개발되지 않아 발톱 거스러미만 잘못 뜯어도 픽픽 죽어나가던 시대를 건너 우리에게 와준 목걸이에 일말의 존경심이 있다면, 지금 당장 백화점에서 살 수 있는 스와로브스키의 노골적인 휘광이 아니라 백내장 환자의 안구처럼 희뿌연 빛을 발하는 이 낡고 슬프고 지치고 상실을 간직한 사물에 대한 조금의 애정이라도 있다면, 어떻게 그것을 오로지 우리의 존재를 조금 더 낫게 만드는 데에만 사용할 수 있을까? 적어도 우리의 존재를 '조금'이 아니라 완전히 탈바꿈시킨다는 것을 보일 멋진 무대를 마련해야 하지 않을까?

첫 라이브 방송을 하던 날, 나는 온 힘을 다해 n&n's에게 물려받은 주얼리를 소개했다. 각 피스마다 그에 걸맞은 메이크업과 의상을 준비해 목걸이 하나, 귀걸이 하나, 브로치 하나가 한 인간을 얼마큼 변화시킬 수 있는지, 우리 안에 갇힌 또 다른 우리를 얼마나 손쉽게 끌어낼 수 있는지 보여주려 했다. 한마디로 나는 귓불 끝을 겨우 가리는 작디작은 귀걸이가 한 인간에게 끼치는 영감의 최대치를 드러내려 했다. 내가 방송을 준비하며 레퍼런스로 삼은 사람은 가수 콘치타 부르스트와 구찌의 새 시대를 견인한 전(前) 크리에이티브 디렉터 알레산드로 미켈레와 예수 그리스도였다. 나도 그들처럼 머리카락을 어깨까지 늘어뜨리고 인중과 턱을 수염으로 뒤덮고 티셔츠 넥을 잡아당겨 오프숄더로 만들고 고불고불한 가슴 털 위로 목걸이 열두 줄을 낭만적이고 난잡하게 드리우고 눈가에 까보숑과 보색 대비를 이루는 아이섀도를 칠하고 주얼리 하나당 40분씩 들여 n&n's가 내게 남긴 선물을 세상에 열렬히 소개했다.

나를 탈진 직전까지 몰아간 방송이 끝나고 나는 'MZ_vintage_lover'라는 분께 다음과 같은 다이렉트 메시지를 받았다. '님, 그냥 드래그가 하고 싶으면 하세요. 메이크업하는 드래그 퀸은 많지만 아직 주얼리 코디네이션을 하는 드래그 퀸은 없답니다. 블루오션을 노려보세요. 파이팅! 사랑하고 응원합니다.'

이제 n&n's가 나에게 남긴 유언에 대해 말해야겠다. '지층에 사는 click 군에게'로 시작하는 유언은, 바로 이어 호칭을 갑작스레 바꾸어 나를 당황하고 슬프고 화나고 웃음 짓게 만들었다.

'아가씨!'

이 아줌마야, '아가씨'는 내가 나를 부를 때는 쓸 수 있지만 당신이 나를 부를 때는 쓰면 안 되는 호칭이야, 나는 속으로 말했다.

'선물이야. 진짜 보석은 하나도 없지만…… 시집갈 때, 예물로써!'

그렇게 나는 남편을 따라 죽은 여자에게 578개의 빈티지 주얼리를 미래의 예물로 선물 받았다. 한 쌍의 부부가 죽었고 혼인율은 곤두박질치고 있으며 나, 드래그 click은 결혼할 생각이 추호도 없고 여남 쌍이 씹다 버린 한물간 제도를 나는 아직도 누리지 못한다는 현실이 어이가 없고 그렇지만 n&n's의 머리카락을 넣어 만든 하트 로켓 목걸이가 가슴을 아프게 칠 때면 나는 두리번대며 남편감을 찾는다.

　키가 170센티미터 이하이고 오리 엉덩이에 짧은 다리로 힘차고 야무지게 걷는 내 식성의 남자들의 굵은 목에 불가리 목걸이를 휘감아주고, 오동통한 검지에 까르띠에 반지를 끼워주고, 아프게 사랑하다 드라마틱하게 이혼하는 꿈을 꾸다가 깨닫는다. n&n's의 남편이 옆구리에 끼고 다니던 n&n's의 소망이 나에게 옮겨붙었구나.

제 26회
이 효 석
문 학 상
———
우 수 작 품 상
수   상   작

2022년 서울신문 신춘문예를 통해 소설을 발표하기 시작했다. 제14회 젊은 작가상, 제14회 문지문학상을 수상했다.

**우리의 적들이 산을 오를 때
함　　윤　　이**

신입 이름이 뭐였지. 그 질문은 몇 겹의 파티션과 책상을 건너 노아에게 왔다. 노아는 일어서 갈색이라고도 베이지색이라고도 할 수 없는 빛깔의 파티션 위로 얼굴을 내밀었다.

"이노아입니다."

과장이 졸린 개처럼 생긴 눈으로 그를 훑고서 말했다. "그래……." 뒤이어 박 주사와 함께 어디를 좀 다녀오라고 했다. 노아는 고개를 끄덕이고 사무실 가장 안쪽을 보았다. 칸막이 너머에 둥그스름하게 웅크린 녹색 등이 있었다. 이제껏 한 번도 말 붙여본 적 없는 등이었다.

"짐 챙겨요." 잠시 후 다가온 박녹원이 말했다. "거기서 퇴근합시다."

녹원의 차는 흰색 포터였다. 매끈한 방수포가 짐칸 전체를 꼼꼼하게 덮고 있었다. 조수석에는 겹겹의 옷가지와 손가방, 몇 해는 묵은 듯한 문서철이 쌓여 있었다. 녹원은 그것을 모조리 챙겨 뒷좌석에 밀어 넣었다. 차에서는 흙과 송진 냄새가 났다.

주차장 옆 벤치에 앉은 노인들이 트럭을 타고 떠나는 두 사람을 지켜보았다. 노인들은 얇은 코트 혹은 우비만 걸친 채 매일 오후 면사무소로, 주차장으로, 가장자리의 벤치로 왔고 날이 저물 때까지 앉아 있었다. 그들이 무엇을 하러 오는지 노아는 잘 몰랐다. 시간을 때우러 오나 보다, 막연히 추측했을 뿐이었다. 그것은 이 소도시에 사는 사람들이 가장 자주 하는 일이었다. 느리고 꾸준하게, 표정 없는 얼굴로 시간을 흘려보내는 일.

면사무소는 소도시의 서쪽 끝에 있었다. 정문을 나와 동쪽으로 방향을 틀면 회색 강을 가로지르는 다리가 나타났다. 강을 건너면 국도였다. 길 양옆으로 창백한 노란색 논밭과 비닐하우스, 용도를 알 수 없는 조립식 건물들이 드문드문 이어졌다. 노아는 내비게이션 화면을 슬쩍 보았다. 천문대까지 차로 약 반 시간이 걸린다고 나와 있었다.

면사무소를 떠난 후로 트럭 안은 내내 고요했다. 녹원은 음악도 라디오도 틀지 않았다. 음악이나 라디오를 듣는 모습이 상상되지 않는 사람이기는 했다. 노아는 실수로라도 그를 곁눈질하지 않기 위해 차창 쪽으로 몸을 틀었다.

"노아 씨."

화들짝 놀란 노아가 고개를 돌렸다. 녹원의 옆얼굴이 거기 있었다. 진흙으로 빚은 양 뭉툭한 얼굴이었다. 꽤나 나이를 먹은 것 같다가도, 갓 성인이 된 듯 보이기도 했다.

"천문대에 대해 들은 적 있어요?"

노아는 그렇다고 대답했다. 실은 여러 번 들었다고. 면사무소의 자잘한 민원 속에서도 천문대 이야기는 유달리 도드라졌다. 사람들은 천문대에 사는 이들에 관해 여러 말을 늘어놓았다. 너무 시끄럽다, 쥐 죽은 듯 고요하다, 무슨 생각인지 모르겠다, 어떤 작당을 하는지 빤히 보인다……. 그들의 말에 따르면 천문대에 머무는 이들은 산 곳곳을 청소하고, 숲과 들을 돌아다니며, 둘러앉아 노래를 부르고, 폐건물 외벽을 칠하거나 본래 있던 철조망을 허물고, 등산객과 마주치면 미소 짓다가도 대뜸 소리를 지른다고 했다. 여기서 나가세요. 사유 구역입니다. 그들의 목소리를 흉내 내는 민원인도 있었다. 잔뜩 내리깔거나 얼음이 갈라지듯 쨍하거나. 어느 쪽이든 듣기 싫은 목소리였다.

허공에 매달린 신호등이 노랗게 번쩍였다. 멈춰 선 트럭 안에서 노아가 외쳤다. "앗." 신호등이 매달린 기둥 뒤편에서 무언가를 발견한 탓이었다. 너른 밭 한가운데에서 흑갈색 무리가 웅성이고 있었다. 노아가 큰 소리로 말했다.

"독수리예요."

"점심시간인가 보네요." 녹원이 조수석 창밖을 바라보았다. "처음 보시나요?"

"저, 야생 독수리 자체를 처음 봐요."

노아가 차창을 살짝 내렸다. 희미한 우짖음과 분변 냄새가 섞여 들어왔다. 냄새는 또 다른 민원을 떠올리게 했다. 시내 외곽의 식품 공장과 그 주변을 맴도는 독수리 떼에 관한 민원이었다. 소도시의 사람이라면 누구나 새들의 냄새와 소리에 대해 할 말이 있는 듯했다.

독수리들은 매 겨울 몽골에서 3000킬로미터를 날아 이곳으로 왔다. 새들은 주기적으로 식품 공장을 찾았고, 이른 새벽 떨어지는 소와 돼지의 부산물을 받아먹었다. 주말이면 카메라를 든 몇몇 시민단체가 스타렉스나 트럭에 또 다른 동물의 사체를 이고 와 논밭에 뿌렸다. 공장 인근의 주민들은 독수리의 똥과 울음소리를 어떻게든 해달라 청해왔다. 반면 새들이 이곳을 떠나지 않게 해달라고 부탁하는 이들도 있었다. 독수리 밥을 주러 오는 이들 또는 탐조나 사진 촬영을 하러 오는 사람들이 내는 관광 수익이 쏠쏠하다고 했다.

"정말 크네요, 세상에."

노아가 중얼거렸다. 인터넷에 올라온 강원도 독수리에 관한 농담을 몇 차례 본 적 있었다. 농담의 레퍼토리는 엇비슷했다. 길가에 털옷을 입은 어린아이 혹은 노인의 등이 보여 말을 걸었더니 날개를 펼치고 날아갔다는 것이었다. 실제로 보니 그 농담을 충분히 이해할 수 있었다. 새들은 놀랄 만큼 컸고, 묘하게 사람다운 면이 있었다. 둥글게 구부린 어깨나 축 늘어뜨린 목 등이 특히 그랬다.

신호가 바뀌고 트럭이 다시 출발했다. 노아는 방금 자신이 낸 목소리, 흥분에 겨운 그 음성이 부끄러워졌다. 입을 다물고 차창을 올리는 그에게 녹원이 또 말을 걸었다.

"실례가 될 수 있는 질문인데, 그래도 해야 할 것 같아요."

트럭이 굽잇길을 따라 큰 곡선을 그렸다. 녹원은 아까보다 더 뜸을 들였다. 말이 물 위로 천천히 솟아올라 명확한 윤곽을 드러내기까지 기다리는 듯했다.

"노아 씨의 이름에는…… 종교적인 의미가 있나요?"

"아, 네. 어머니가 개신교세요."

녹원이 고개를 까닥거렸다. 다시 찾아온 적막 속에서 노아는 녹원의 다음 말이 무엇일지 가늠해보았다. 왼손으로는 오른 검지의 손톱을 서서히 뜯어냈다. 그의 이름을 옹호하는 쪽이든, 슬그머니 적대하는 쪽이든, 어느 것이라도 반갑지 않았다. 이름에 관한 질문은 늘 그를 초조하게 만들었다. 그러한 불안은 노아가 예전부터 개명을 원한 이유 중 하나였다.

하나 녹원이 꺼낸 말은 옹호와도 적대와도 가깝지 않았다. 대신에 노아가 전혀 예상치 못한 질문이 왔다.

"천문대에 가서 사람들을 만나면, 그러니까 혹시 이름을 댈 일이 생기면, 가명을 말해줄 수 있나요? 그래도 괜찮겠어요?"

"네네, 문제는 없는데……."

"거기 사람들이 다른 종교에 예민할 수도 있어서요."

가드레일 너머로 천문대 방향을 가리키는 녹색 표지판이 보였다. 노아가 머리를 주억였다. 비로소 그간 민원인들의 목소리에 스며 있던 불안이 어디서 온 것인지 알 수 있었다.

트럭은 국도를 빠져나와 표지판이 놓인 곁길로 직진했다. 쉴 새 없이 구불거리던 길은 곧 산중 도로로 변했다. 오래도록 방치되었는지 곳곳에 포트홀이 눈에 띄었다.

10분가량 비탈을 오르자 우거진 나뭇가지 틈새로 원통형 건물이 드러났다. 희고 길쭉하여 얼핏 등대처럼 보였다. 주차장 팻말을 지나갈 무렵에는 은박지 빛깔의 돔 지붕과 원통 옆에 딸린 직사각형 건물까지 볼 수 있었다.

녹원이 차를 세웠다. 주차장에서 건물로 이어지는 석조 계단에 또 다른 녹색 표지판이 서 있었다. 한때는 천문대의 이름이 적혀 있었겠지만, 지금은 검은 페인트로 뒤덮인 채였다.

"노아 씨, 이번이 첫 외근이지요?"

"네, 맞습니다."

차에서 내리자마자 바람이 목덜미를 파고들었다. 산 아래보다 배로 찬 공기에 머리카락까지 송두리째 곤두섰다. 노아는 뒤를 돌아보았다. 천문대 너머로 펼쳐진 산면에 서슬 퍼런 백색이 군데군데 맺혀 있었다. 어머니의 목소리가 귓가를 맴돌았다. 강원도는 10월부터 눈이 왔지. 기억나? 그런 데서 평생을 살 수 있겠니? 너는 추위도 많이 타잖아. 녹원이 트럭 짐칸을 덮은 방수포를 한 차례 더 고정하며 말했다.

"오늘은 그냥 일 배우는 시간이라고 생각하세요. 제가 하는 걸 지켜보시면 돼요. 누가 말 걸어도 길게는 이야기하지 마시고요."

노아가 코를 훌쩍이며 답했다. "그러겠습니다." 녹원이 뒷좌석에서 꺼낸 목도리를 건넸다. 노아는 몇 차례 거절하다가 받아들였다. 목도리에서도 흙과 송진 냄새가 났다.

녹원이 먼저 계단을 올랐다. 노아는 바짝 뒤따라갔다. 건물이 가까워지자 통유리창 앞에 선 몇 개의 인영(人影)이 보였다. 일렬로 나란히 선 그림자들은 분명 두 사람을 응시하고 있었다. 이윽고 그중 하나가 움직였고, 정문이 열렸다. 검은 털옷을 입은 여자가 문간에 서 있었다. 체구는 작달막했으며 까맣고 기름진 머리채가 거의 허리에 닿았다.

"박녹원 선생님."

목소리는 두 채의 건물과 계단 그리고 산을 꿰뚫듯 날아 그들 앞에 꽂혔다. 소리친 여자가 잔걸음으로 달려왔다. 메아리가 잦아들 즈음, 여자는 그들 바로 앞에 섰다. 그가 녹원의 두 손을 덥석 잡았다. 면사무소에서는 물론이고 다른 어디서도 녹원을 그토록 스스럼없이 대하는 사람은 본 적 없었다. 여자는 녹원의 손을 아래위로 흔들며 말했다.

"얼마 만이에요. 반갑다. 오는 길이 얼진 않았어요? 요새 기온이 훅 내려갔거든요. 춥죠? 안에 들어오세요. 차라도 드릴게요."

말을 마친 여자가 몸을 돌려 노아를 마주했다. 그는 노아가 한 발짝 물러선 거리를 순식간에 좁힌 다음 물었다.

"이쪽은 처음 뵙네요. 신입이신가요? 이름이 어떻게 되세요?"

여자가 손을 내밀었다. 얼떨결에 악수가 이루어졌다. 노아는 더 듬대지 않으려 애쓰며 말했다.

"반갑습니다. 지난달에 새로 들어왔어요. 정선화입니다."

그것은 어머니의 이름이었다. 어쩌다가 그 이름부터 떠올랐는지는 스스로도 알 수 없었으나, 적절한 대처 같기는 했다. 어머니의 이름은 구세대적이긴 해도 무던했다. 신분을 숨기기에도 좋았고 귀에 익은 만큼 입에도 잘 붙었다. 그러므로 여자의 뒤에 선 녹원과 눈이 마주쳤을 때 노아는 흠칫 놀라고 말았다. 부릅뜬 녹원의 눈에 들어선 감정이 무엇인지 이해할 수 없었다. 그와 악수하는 여자가 입을 벌리고 크게 숨을 내쉬는 이유 역시 알 수 없었다. 다만 노아 자신이 무언가를 잘못 쓰러뜨렸다는, 혹은 엎질렀다는 사실 정도는 알 수 있었다. 목덜미가 다시 서늘해졌다.

"너무 신기하다." 마침내 여자가 말했다. "기막힌 우연이네요. 내 이름도 선화거든요."

선화는 두 여자를 양옆에 둔 채, 정확히 말하면 노아와 녹원의 양팔에 제 팔을 끼워 넣은 채로 계단을 올랐다. 천문대의 유리문이 자동으로 열렸다. 실내의 훈기가 그들 사이를 파고들었다. 그 안에 세제와 락스 냄새가 섞여 있었다.

로비는 등받이 없는 벤치가 놓인 왼편과 한때 접수대였을 높직한 책상이 자리한 오른편으로 나뉘었다. 책상 뒤편에는 위층으로 향하는 새하얀 계단이 보였다. 벤치에는 작업복 차림의 여러 사람이 앉아 있었다. 방금까지 통창 너머로 그들을 보던 이들이었다. 부연 백발에 내려앉은 눈꺼풀을 가진 여자부터 막 고등학교를 졸업한 듯 보이는 남자애까지, 도무지 교집합이 없을 법한 예닐곱 명이었다. 전부 허리를 꼿꼿이 세운 데다 눈썹이나 입꼬리 또한 어디로도 치우치지 않은 듯 팽팽해서 마네킹 같은 인상을 주었다. 그들 옆으로 걸레가 차곡차곡 쌓인 붉은 대야와 벽에 기댄 대걸레, 통돌이 청소기 등이 놓여 있었다. 선화가 말했다.

"정신이 좀 없죠. 월요일이 대청소 날이어서요."

선화는 두 사람을 계단과 책상 사이의 조그만 방으로 데려갔다. 본래 직원 휴게실로 쓰던 공간이라고 했다. 거의 텅 빈 벽장 한가운데에 커피 가루와 찻잎이 든 상자가 있었다. 선화는 싱크대 아래에서 커피포트를 꺼내고 물을 끓이는 내내 말을 멈추지 않았다.

"시내 간 김에 종류별로 사다 놨어요. 다행이지 뭐예요. 카페인 있는 것과 없는 것 중 뭐가 좋으세요? 아무거나 괜찮으시면 제가 즐겨 마시는 것으로 드릴게요……. 이게 특히 향이 좋아요."

노아는 찻잔을 건네는 선화의 얼굴을 슬며시 살폈다. 녹원과 마찬가지로 나이를 가늠하기 어려운 얼굴이었다. 눈가나 입 주변에 내려앉은 주름은 퍽 깊었으나, 뺨과 입술이 십대처럼 발그스름했다. 시종일관 밝은 표정은 갓 대학에 입학한 스무 살처럼도 보였다.

차는 적당하게 따뜻했고 진한 풀 냄새를 풍겼다. 노아는 찻잔을 기울이며 앞쪽을 흘끔거렸다. 맞은편 벽장에 몸을 기댄 녹원이 차를 홀짝였다. 트럭에서는 가명을 쓰라거나 길게 이야기하지 말라는 둥 바짝 경계할 법한 이야기를 늘어놓더니, 막상 천문대에 들어온 녹원은 몹시 편안해 보였다. 면사무소에서보다 더 자연스레 행동하는 것 같기도 했다.

선화가 그들을 도로 로비에 데리고 나갈 때까지 녹원은 아무 말도 하지 않았다. 선화가 벤치에 앉은 이들에게 무언가 이야기하는 순간에야 그는 노아 옆으로 다가와 섰고, 빠르게 속삭였다.

"너무 오래 눈 마주치지 마세요."

목적어와 주어 모두 분명치 않은 지시였다. 누구와 눈을 마주치지 말라는 건지, 어느 정도 바라보아야 오래 눈을 마주친 것인지, 무엇 하나 명확한 게 없었다. 되물을 틈 또한 없었다. 선화가 두 사람 쪽으로 돌아선 탓이었다. 그는 벤치를 가리키며 머릿수건을 쓰거나 앞치마를 두른 여자와 남자, 노인과 아이, 누구랄 것 없이 허리를 반듯이 펴고 입술이 경직된 이들을 한 명씩 소개했다. 선화가 말하는 내내 노아는 바닥에 눈길을 둔 채 고개만 주억였다.

"박녹원 선생님은 지난번에도 만나셨지요?"

벤치에 앉은 이들이 그렇다고 대답하자, 선화가 양손으로 노아를 가리켰다. 그가 함빡 웃었다.

"이분…… 이분은 정선화 선생님이세요. 저와 완전히 같은 이름이지요? 깜짝 놀랐어요."

로비의 모든 시선이 노아에게 모였다. 온몸으로 느낄 수 있었다. 이번에는 녹원의 말을 의식적으로 따르려 할 필요도 없었다. 눈을 마주치기는커녕, 표정을 헝클어뜨리지 않는 데만도 갖은 노력을 들여야 했다.

녹원이 그의 옆으로 한 발짝 더 다가왔다. 면사무소에서는 낯설고 어색하던 몸이 이곳에서는 보호자처럼 느껴졌다. 그의 소매나 팔을 붙잡지 않으려 애써야 할 정도였다.

"선화 씨."

녹원이 말했다.

"저흰 오늘 민원 때문에 왔습니다. 면사무소에 관련 민원이 계속 들어와서요."

"네에, 말씀하세요."

선화의 목소리는 정말로 듣기 좋았다. 뒤따른 녹원의 음성이 안쓰러울 정도였다. 녹원은 갈라지고 새된 목소리로 민원을 전달했다. 서로 모순되는 내용들은 적당히 쳐내고, 말투는 점잖게 다듬은 전달이었다. 민원인들은 천문대의 무리가 지난 몇 주간 유난히 시끄럽게 굴었고, 불을 피우는 듯 탄내를 풍기거나 번쩍이는 빛을 하늘에 쐈으며, 이른 새벽 산나물을 캐러 온 주민들 앞에 낫 또는 제초기를 든 채로 나타나 마주한 이들의 마음을 덜컥 내려앉게 만들었다고 했다. 민원인 일부는 천문대에 머무는 이들의 목적이 대체 무엇인지 알려달라고 호소해왔다…….

말을 마친 녹원이 차를 한 모금 더 마셨다. 홀짝이는 소리가 로비 전체를 울렸다. 천문대의 사람들은 아무런 말도 표정의 변화도 없이 그들을 보고 있었다. 노아는 다시 바닥을 내려다보았다.

자기들끼리 논의할 시간이 필요하다는 선화의 말에 따라 두 사람은 다시 휴게실로 물러났다. 벽 너머에서 소곤거리는 소리들이 들려왔다. 노아는 몇 번이나 녹원을 쳐다보았다. 그가 이 상황에 관해 조금 더 분명한 말을 해주지 않을까 기대했으나, 녹원은 입을 열지 않았다. 그는 희미한 김이 피어오르는 컵을 든 채 싱크대 뒤편의 작은 창만 보고 있었다.

선화는 금방 돌아왔다. 위층에서 잠시 이야기하자고 했다. 녹원이 먼저 일어섰다. 노아는 그 뒤를 따라가며 방금까지 녹원이 보던 창밖을 보았다. 싱크대 바로 앞에 서자 숲 아래의 주차장까지 내려다보였다. 그 한가운데에 파란 방수포를 덮어둔 녹원의 트럭이 서 있었다. 한 사람이 차를 향해 다가가는 중이었다.

그는 흰 스웨터에 야구 점퍼를 걸쳤으며, 머릿수건을 쓰고 있었다. 아까 로비에서 본 차림새였다. 여드름 흉터가 가득한 옆얼굴도 낯익었다. 트럭 앞에 선 소년이 침을 뱉었다. 오른손에 길쭉하고 구부러진 무엇인가가 들려 있었다. 낫처럼 보였다.

"선화 선생님!"

노아가 깜짝 놀라 돌아섰다. 제 이름과 똑같은 이름을 부른 선화가 웃는 얼굴로 말을 걸었다. "이쪽으로 오세요." 그가 로비 끝에 난 계단을 가리켰다. 다시 창밖을 보니 소년은 이미 사라지고 없었다.

층계를 따라 이어지는 벽에는 푸르스름하게 바랜 사진들이 붙어 있었다. 주로 하늘을 찍은 사진이었다. 12월에 관측된 카펠라의 역동적인 빛, 희거나 푸르게 빛나는 플레이아데스성단, 달의 크레이터와 목성의 줄무늬……. 사진 아래 적힌 설명과 날짜는 모두 10여 년 전의 것이었다. 지금 이곳에 사는 이들이 천문대와 그 부지를 사들인 것은 약 1년 전의 일이라고 들었다. 그 1년 사이 산의 분위기가 몹시 흉흉해졌다는 민원인의 말이 떠올랐다.

"우리 때문에 흉흉해졌다는 이야기는 좀 납득이 안 가요."

나선형으로 이어지는 계단을 오르며 선화가 말했다.

"녹원 선생님도 아시겠지만, 우리가 한 건 자원봉사나 다름없는 일뿐인걸요. 기억나시죠? 요 주위 잡초를 솎아내거나, 산처럼 쌓인 쓰레기들 좀 치우고, 옛날에 설치한 야생동물용 덫도 대신 없애 주고…… 뭐 그런 것들. 아시잖아요? 좋은 이웃이 할 만한 일이요. 그런 일 때문에 여기가 흉흉해졌다고 얘기하면 저희는 할 말이 없어요."

그가 계단 끝에 놓인 쇠문을 힘껏 밀었다. 경첩이 긁히는 소리와 함께 문이 열렸다. 희고 깨끗한 빛이 그들의 머리부터 발끝까지 적셨다.

빛 속으로 발을 디디며, 노아는 자신이 여태 한 번도 천문대에 와본 적 없다는 사실을 깨달았다. 그가 본 천문대는 사진이나 영상 속에 나온 이미지뿐이었다. 실제로 본 관측대 내부는 상상보다 좁았으며 기대보다 훨씬 밝았다. 돔 지붕과 맞닿은 길쭉한 유리창에서 쏟아진 빛이 홀과 세 사람 그리고 중앙에 놓인 큼직한 망원경을 비쳤다. 햇빛에 잠긴 몸체가 하얗게 반들거렸다. 주위를 둘러싼 또 다른 망원경들은 은색 천으로 덮여 있어 인형극에 등장하는 유령처럼 보였다.

선화가 망원경 사이를 누비며 앞으로 나아갔다. 그는 따라오는 두 사람을 향해 이런저런 설명을 늘어놓았다. 정원의 수목들이라도 소개하는 것 같은 태도였다. 이것은 반사굴절망원경, 저기 있는 것은 굴절망원경, 저것으론 주로 목성을 보고 이것으로는 성단을 관찰하며……. 녹원이 그의 말을 잘랐다.

"아까 다른 분들과 이야기 나누셨다고 했는데, 결론은 어떻게 났나요?"

"아, 그러니까……."

선화가 멈춰 섰다. 중앙의 망원경 바로 앞이었다. 그가 녹원과 노아를 번갈아 보았다. 마지막 시선은 노아에게 오래 머무른 다음 허공으로 옮겨 갔다. 왜 그 사실이 아쉬운지, 노아 스스로도 이해할 수 없었다.

"우리는 2주 뒤에 떠나요." 선화가 말했다. "2주 동안 저희도 더 조심할게요. 그렇지만 기도회나 대청소, 주변 순찰 같은 건 어쩔 수 없어요. 그런 걸 하려고 여기 온 거니까요. 혹 또 민원이 들어온다면 보름 내로 다 정리될 거라고 말해주세요."

"왜 2주 뒤죠?"

녹원이 묻자 선화가 웃었다. 웃음소리조차 간드러졌다.

"원래 그때까지 머물려고 했어요. 저희도 먹고살아야죠. 어떻게 여기에만 계속 있겠어요?"

 녹원이 고개를 끄덕였다. 그 이상의 문답은 없었다. 녹원은 먼저 관측대를 빠져나갔다. 노아가 그 뒤를 따랐다. 빠르게 걸었음에도 선화는 금세 그를 따라잡았다. 빙판 위를 미끄러지듯 날랜 움직임이었다. 노아의 팔을 붙든 선화가 말했다.

"선화 선생님."

"네."

"제 이름으로 계속 남을 부르려니 기분이 이상해요."

 선화가 또다시 웃었다. 노아는 대답하지 않았다. 선화의 양손이 노아의 팔을 위아래로 쓰다듬었다. 부드러운 말씨나 걸음걸이와 달리 손아귀 힘은 억셌다. 선화가 바싹 붙은 얼굴로 속닥거렸다.

"선화 선생님, 2주 뒤에 저희는 떠나요. 12일 다음 날이요. 그러니까 12일 밤에 한번 오세요. 큰 행사를 열 계획이거든요. 즐거울 테고, 아주 아름다울 거예요. 어디서도 보기 힘든 행사예요. 그러니 꼭 와주세요, 네?"

 바깥으로 향하는 문은 활짝 열려 있었다. 녹원이 도어스토퍼로 고정해둔 것이었다. 말을 마친 선화가 팔을 놓아주었고, 노아는 잽싸게 문을 나섰다. 계단 아래에서 그들을 올려다보는 녹원이 보였다. "오면 제가 잘 대접할게요." 뒤따라 나온 선화가 한 차례 더 속삭이고서 계단을 내려갔다. 노아는 그 자리에 서 있었다. 산속 주차장에 처음 섰을 때처럼 몸이 떨렸다.

주차장으로 돌아갔을 때 하늘은 이미 어둑했다. 불그스름한 구름 떼가 숲의 정수리를 덮었다. 그 아래 트럭이 서 있었다. 앞바퀴와 뒷바퀴가 하나씩 찢긴 채였다. 칼로 여러 번 벤 듯 너덜너덜한 모양이 눈에 띄었다. 선화가 다가가 타이어를 살폈다. 긴 머리를 높이 틀어 묶은 뒤 타이어 앞에 앉아 손끝으로 칼자국들을 매만졌다. 곧 그가 녹원에게 몸을 돌렸다.
 "선생님, 큰일이네요. 이게 무슨 일일까요. 짐승 짓인지, 아니면 미친 사람 짓인지……."
 노아가 한 발짝 앞으로 나섰다. 아까 휴게실 창 너머로 본 소년에 관해 말할 생각이었다. 그의 흰 스웨터와 둥그스름한 뒤통수, 손에 쥔 낫까지 똑똑히 보았다고. 그러나 녹원의 손이 그의 앞을 가로막았다. 멈춰 선 노아가 머뭇대는 사이 녹원은 트럭 짐칸으로 향했다. 팽팽하게 펼쳐진 방수포를 빼내어 둘둘 말기 시작했다. 곧 짐칸 한쪽에 쌓인 스페어타이어가 드러났다.
 녹원이 타이어를 교체하는 동안, 주차장은 이상하리만치 고요했다. 바람에 가지가 맞부딪히거나 새가 우는 소리조차 들리지 않았다. 어느새 로비에서 본 이들 모두가 주위에 서 있었다. 트럭을 반원형으로 둘러싼 모양이었다. 노아는 금세 흰 스웨터를 입은 소년을 찾아냈다. 그는 주머니에 양손을 꽂은 채 타이어를 가는 녹원을 지켜보고 있었다. 아무런 표정 없는 얼굴이었다.
 반면 선화는 웃음을 꾹 참는 듯 보였다. 그는 차 옆에 쭈그려 앉아 타이어를 갈아 끼우는 녹원을 지켜보았다. 검은 털 코트가 반쯤

언 땅에 끌려도 개의치 않았다. 마침내 녹원이 일어서자, 선화는 그를 끌어안을 양 바투 다가가 섰다.

"박녹원 선생님."

"네."

"여길 떠나면 종종 생각날 것 같아요. 보고 싶을 거예요."

녹원이 선화를 내려다보았다. 몇 번의 호흡이 지나간 뒤에 그가 말했다.

"저도요."

그들이 트럭을 타고 주차장을 떠나는 내내 선화는 줄곧 손을 흔들었다. 그 뒤에 선 사람들 역시 자리를 지켰다. 새 떼처럼 무리를 이룬 채, 그들을 기억에 깊이 새기려는 듯 눈길을 거두지 않았다.

2주는 순식간에 지났다. 그사이 노아는 갖가지 민원과 서류 그리고 몇 개의 질문과 맞닥뜨렸다. 주로 박녹원과 다녀온 출장에 관한 물음이었다.

발령받은 지 몇 해가 지났음에도, 녹원과 일상적으로 대화하는 직원은 거의 없었다. 업무와 관련된 대화조차 대개 짧게 끝났다. 함께 출장을 다녀온 이튿날, 녹원과 노아가 나란히 앉아 밥을 먹는 모습을 본 몇 사람은 대놓고 기함했으며 이후에 슬며시 다가와 물었다. 박녹원 주사 어때? 같이 일하기 불편하지 않았어?

노아는 늘 비슷하게 답했다. 아니요. 친절하셨어요. 일도 잘 가르쳐주시고요.

거짓말은 아니었다. 천문대에 있는 내내 녹원은 미온적으로나마 노아의 보호자가 되어줬고, 노아는 소맷자락을 붙든 기분으로 그를 따라다녔다. 다만 산에서 내려올 때 녹원이 건넨 말에는 분명히 석연찮은 구석이 있었다. 노아는 그 대화에 관해서만은 누구에게도 말하지 않았다.

그날 녹원은 물었다.

갈 거예요?

네?

아까 선화 씨가 얘기한 것 들었어요. 12일에 오라면서요.

주사님, 청력이 좋으시네요.

녹원은 웃음기 하나 없는 얼굴로 운전대를 틀었다. 산길이 끝나고 빛과 소음이 어룽진 도로가 나타날 무렵 한마디 더 덧붙였다. 가고 싶으면 도와줄게요. 노아가 물끄러미 그를 보았다. 녹원이 말했다.

나는 천문대 사람들과 아무 관련 없어요. 그랬다면 내 타이어를 망가뜨리지 않았겠죠. 그냥 의견을 묻는 거예요. 가고 싶어요?

그는 노아를 집 앞까지 태워다 주었다. 노아의 집은 면사무소에서 도보 15분 거리에 있는 신축 빌라였다. 원룸과 투룸으로만 이뤄진 건물로 아직 절반가량이 텅 비어 있었다. 이삿짐 트럭을 타고 함께 빌라까지 온 날, 어머니는 도배용 풀 냄새가 나는 방을 둘러보며 말했다. 정말 여기서 살 거니? 노아는 그날도 오랫동안 입을 다물고 있었다. 그러나 이사 날에도 녹원과 나란히 앉은 그 순간에도, 대답은 분명히 노아에게 있었다. 귀와 눈 안 그리고 혀끝에 또렷하게 매달려 있었다.

네, 저는 가고 싶어요. 주사님, 궁금해요.

차에서 내리기 직전 노아는 말했다. 녹원이 그의 얼굴을 응시했다. 아주 잠시, 눈치채기 어려울 만큼의 찰나였으나 미소 지은 듯도 했다.

그래요, 그럼. 곧 연락할게요. 주말 잘 보내요.

그러나 주말이 끝날 때까지 연락은 오지 않았다. 그다음 주도 마찬가지였다. 같이 점심을 먹으며 그날 일에 관한 말을 꺼내려다 관두길 두어 차례쯤 했을 때, 녹원이 연락처를 하나 건넸다. 근방 파출소에서 일하는 경장의 번호였다. "이분은 누구세요?" 노아가 묻자 녹원은 이렇게만 말했다.

"모레 만나요. 나도 같이 갈 거예요."

대관절 어디에 같이 간다는 것이며 경찰의 번호는 왜 필요한지, 이번에도 녹원은 무엇 하나 제대로 말해주지 않았다. 저녁에 집 앞으로 데리러 갈 테니 옷을 단단히 챙겨 입으라는 말만 덧붙일 뿐이었다. 노아도 더 묻지 않았다. 아무렇게나 휩쓸리는 쪽이 더 나을지도 모르겠다는 생각이 들었다.

일요일 저녁, 노아는 창밖의 경광등 불빛에 잠을 깼다. 직전까지는 꿈을 꾸고 있었다. 새들이 나오는 꿈이었다. 천문대와 국도, 면사무소와 빌라가 한데 뒤섞여 눈앞에 펼쳐졌다. 새들은 뒤엉킨 도심 위를 날아갔다. 겨울 이불을 터는 듯 요란한 날갯짓 소리가 땅까지 선명하게 들렸다. 소리는 점차 귓전을 때릴 듯 가까워졌다.

붉고 푸른 불빛에 눈을 떴을 때는 사위가 고요했다. 휴대전화를 보니 부재중 전화 세 통이 찍혀 있었다. 녹원으로부터 온 것이었다. 부랴부랴 점퍼와 목도리를 챙겨 계단을 내려갔다. 녹원은 공용 현관 앞에 서 있었다. 그 뒤로 순찰차가 보였다.

"잤어요?"

"죄송해요. 언제 오시는지 몰라서……."

"뒤에 타세요."

뒷좌석에는 한 남자가 앉아 있었다. 노아와 비슷한 나이로 보였다. 두툼한 연회색 점퍼 어깨에 새겨진 완장이 도드라졌다. 노란 참수리와 저울, 무궁화가 첩첩이 쌓인 모양이었다.

남자가 손을 내밀며 말했다.

"조남욱 경장입니다."

운전석에 앉은 경찰관은 좀 더 연배가 지긋한 남자였다. 녹원이 조수석에 올라탔다. 노아가 남욱과 악수하는 사이 차가 출발했다.

순찰차가 천문대로 향하는 동안 남욱은 그들이 앞으로 무엇을 할지 정리해주었다. 실상 노아와 녹원이 할 일은 거의 없었다. 여러 번 천문대에 가본 녹원이 그곳 구조나 지리를 안내해줄 예정이었고, 참고인 조사가 필요하면 두 사람에게 몇 차례 협조를 요청할 수 있다고 했다. 노아가 물었다.

"무슨 참고인이요?"

"박녹원 주사님 말씀으로는…… 그 사람들이 오늘 연다는 행사가 불법일 가능성이 커 보여서요."

노아가 앞을 보았다. 조수석 등받이 위로 툭 튀어나온 뒤통수가 고요했다. 차창 밖 또한 저번보다 한층 조용했다. 지난 2주간 간간이 내린 눈이 나뭇가지와 뿌리 위에 거미줄처럼 쌓여 있었다. 순찰차는 산중 도로를 덜커덩거리며 나아갔다. 천문대를 지나친 후에도 긴 오르막을 따라 올랐고, 도로가 평평해지는 구간에 멈춰 섰다. 산면에 맞닿은 갓길이었다. "노아 씨." 녹원이 뒤돌며 말했다.

"저는 경사님이랑 먼저 천문대 주변 상황을 좀 볼 거예요. 노아 씨는 경장님이랑 같이 오시면 됩니다."

녹원과 운전석의 경찰관이 먼저 차에서 내렸다. 그들은 불 꺼진 순찰차를 뒤로한 채 방금 지나온 도로를 거슬러 내려갔다. 노아는 멍하니 그들의 등을 바라보았다. 여전히 꿈속에 있는 느낌이었다. 옆자리에서 남욱이 물었다.

"저희도 갈까요?"

차 문을 잠근 남욱이 손전등을 켜 앞을 비췄다. 녹원 일행이 걸어간 쪽과 반대 방향이었다. 한밤중의 산은 보름 전보다 훨씬 더 추웠고 또 어두웠다. 손전등 빛조차 얼어붙을 듯했다. 그들은 웅크린 몸으로 산을 올랐다.

차에서 내린 후 남욱은 쭉 입을 다물고 있었다. 상황 설명을 끝내니 별달리 할 말이 없는 듯했다. 노아 역시 아무것도 묻지 않았다. 질문할 것이야 차고 넘쳤지만, 입 밖으로 꺼낼 자신은 없었다.

그러다 도리어 질문을 받게 될까 두려웠다. 가령…… 어째서 이 한밤중에 산을 오르느냐 같은 질문. 이유는 기실 한 가지밖에 없었다. 그것은 보름 전 자신의 팔을 쥐고 눈을 빛내던, 그의 어머니와 똑같은 이름의 여자가 건넨 한마디였다.

즐거울 테고, 아주 아름다울 거예요.

언 도로를 오르는 발가락이 끊어질 듯 아렸다. 바람과 맞닥뜨린 뺨과 이마의 감각이 둔해졌다. 그럼에도 그 말을 곱씹는 일을 멈출 수 없었다. 그 말에는 어머니의 이야기를 연상시키는 구석이 있었다. 어머니는 노아가 이름을 바꾸고 싶다고 말할 때마다 불현듯 부드러운 미소를 띠며 노아의 양손을 쓰다듬곤 했다. 그러면서 몇 번이나 한 이야기를 다시 꺼냈다. 네 이름은 더 낫고 아름다운 세상으로 모두를 인도하는 이름인걸. 그 새로운 세상에선 모두가 배부르고, 즐겁고, 따뜻할 테고…….

"다 왔습니다."

갑자기 멈춘 발이 순식간에 미끄러졌다. 남욱이 손을 뻗었다. 노아는 손을 붙든 채 고꾸라졌다. 언 땅에 무릎을 부딪힌 통증보다 수치심이 먼저 왔다. 붉어진 얼굴의 노아를 일으켜 세운 남욱이 눈썹을 찡그렸다. 가로등 하나 없는 도로였으나, 달빛이 환해 표정이 그대로 보였다.

"힘든데 억지로 오신 건 아니지요? 주사님이 시키셨다거나…….."

"아니에요. 전혀 아니에요."

노아가 무르팍과 손바닥에 달라붙은 서리를 털어냈다. 몸을 일으키자 가드레일 뒤로 완만하게 이어진 산비탈과 그 끝자락에 선 천문대가 훤히 내려다보였다. 그제야 지금 자신들이 어디까지 왔는지 알 수 있었다. 그들은 천문대보다 조금 더 높은 해발고도의 도로변에 서 있었다. 노아가 코를 닦으며 말했다.

"저도 오고 싶어서 온 거예요. 확인을 좀 하고 싶어서요. 무슨 일이 벌어지는지……."

그는 말을 멈추고 가드레일에 몸을 붙였다. 지난번 갔던 관측대의 돔이 열려 있었다. 절반이 훌쩍 넘게 열린 지붕 아래에 한데 모인 사람들이 보였다. 자세히 보이지는 않았으나, 돔 안에서 한창 움직임이 벌어지고 있음은 확실했다. 남욱이 말했다.

"저기 있네요."

"네."

"직접 만나셨다면서요. 어떤 사람들이었어요?"

"어떤 사람들이라뇨?"

"저는 한 번도 못 만났거든요. 소문만 들었지."

반쯤 드러난 관측대에서 웅성대는 몸짓이 이어졌다. 저 안에 긴 털옷을 입은 선화와 머릿수건을 썼던 로비의 사람들 그리고 낫을 든 채 트럭으로 슬금슬금 다가가던 소년이 있을 터였다. 그들이 어떠했던가? 면사무소 사람들도 그 질문을 했다. 녹원이 어땠느냐 물을 때와 비슷한 투로 천문대 인간들은 어때, 하고 물어왔다. 그때마다 노아는 웃음으로 얼버무렸다. 사람들이 떠나면 홀로 남아 생각했다.

그들은…… 흥미로웠다.

그들은 확신에 차 보였다.

그런 확신은 쉬이 보기 힘든 것이었다. 밤마다 기도하던 어머니도 그러한 굳건함은 보여준 적 없었다. 지난 2주 내내 노아는 그들의 견고한 태도가 어디서 비롯되었는지 골똘히 생각했다.

"그냥…… 열심히 사는 사람들 같았어요."

남욱이 싱겁다는 듯 웃었다. 노아가 마주 웃으려는 순간, 천문대에서 무엇인가 벌어졌다. 그들은 동시에 고개를 돌렸다. 노랗고 밝은 빛이 먼저 눈에 띄었다. 빛은 점차 몸피를 불려 그들이 선 도로변까지 번졌다. 남욱이 망원경을 꺼내 들었다. 노아는 가드레일을 붙들고 그 너머로 몸을 기울였다. 돔 안쪽에서 이글거리는 불꽃이 보였다. 관측대에서 피어오른 불꽃은 날름거리며 자라나더니, 곧 빠르게 부풀기 시작했다.

남욱이 무전을 주고받는 사이 노아는 휴대전화를 들고 도로 곳곳을 돌아다녔다. 마침내 주파수가 잡히자 녹원의 문자가 날아들었다. 움직이지 말고 그 자리에서 기다리라는 내용이었다. 전화를 걸었으나 아무 응답도 없었다. 노아는 손끝에 입김을 불어 넣은 뒤 문자를 두드렸다.

무슨 일이 일어나는 건가요?

답장은 오지 않았다. 대신에 대답이 왔다.

첫 번째 대답은 천문대에서 산 쪽으로 부는 바람에 실려 있었다.

냄새였다. 비린내와 탄내, 종래에는 노릇노릇하게 구운 고기의 먹음직스러운 향이 섞였다. 냄새는 점차 짙고 풍성해졌다. 불꽃의 형체 또한 뚜렷해지고 있었다. 쥐색 연기가 불길을 타고 날아오르고, 노랗거나 파란 불똥이 돔 바깥으로 점점이 튀었다. 이윽고 두 번째 대답이 노아의 이마에 떨어졌다.

노아가 고개를 들었다. 방금 이마를 스친 것이 하나 더 떨어졌다. 뺨에 부딪힌 걸 얼른 붙잡아 살폈다. 깃털이었다. 길쭉하고 끄트머리가 뾰족했다. 휴대전화 플래시를 켜자 짙은 고동색이 드러났다. 노아는 깃털을 눈 앞까지 들어 올렸다.

새들은 그들의 머리 위에 있었다. 북극성을 등진 채 비행 중이었다. 활짝 편 날개는 성단을 단번에 가릴 만큼 길고 큼직했다. 노아는 목을 힘껏 젖히고 새들의 움직임을 좇았다. 그 날개들을 처음 본 순간이 떠올랐다. 추수가 끝난 밭 위에 검은 옷을 입은 수도승 무리처럼 앉아 있던 모양, 노인이나 아이로 착각하기 쉽다던 구부정한 뒷모습, 짙고 부숭부숭한 몸. 그들은 한결 기운찬 모습으로 천문대에 날아들었고, 관측대 주위를 빙글빙글 돌기 시작했다. 커다란 날개들 사이로 불꽃과 연기 그리고 냄새가 피어올랐다.

독수리의 울음소리는 예상보다 높고 또 쨍했다. 돔 안쪽에서 울리는 노래는 그보다 낮은 음이었지만 노아가 선 도로에까지 와 닿았다. 처음에는 웅얼거리는 소리만 들렸으나 곧 가사가 또렷이 전해졌다.

우리의 적들이 산을 오를 때,
우리의 적들이 산을 오를 때…….

노아가 다시 휴대전화를 꺼냈다. 카메라를 켜고 확대하자 돔 안의 사람들이 보였다. 춤추고 있었다. 엎드린 채 양손을 들어 올린 사람들도 보였다. 불 속에 고깃덩어리를 더 깊숙이 밀어 넣는 이도 있었다. 화면을 확대할수록 모든 것이 몹시 빠르게 움직였다. 불빛의 갖가지 색깔과 춤추는 몸, 고깃덩어리가 얽히고설켰다. 드디어 화면 속에 검은 털옷을 입은 여자가 들어선 순간, 노아는 손에 힘을 꽉 주었다.

화면 속 선화가 불 앞에 서서 하늘을 올려다보았다. 사방으로 튀는 불티 속에서도 아무런 미동이 없었다. 그는 천문대로, 불꽃 안으로, 화염 속 고깃덩이와 그 곁의 사람들 위로 날아드는 새들에게만 온 심혈을 기울이고 있었다.

휴대전화 카메라는 선화의 표정까지 잡아내지 못했다. 화면에 담기는 것은 옆모습의 윤곽뿐이었다. 몇 번의 망설임 끝에 녹화 버튼을 누르려는 순간, 옆모습이 서서히 돌아섰다. 검은 얼굴이 도로 쪽을 향했다. 저화질의 지글거리는 얼굴은 분명히 노아를 보고 있었다. 노랫소리는 계속하여 같은 구절을 되풀이했다.

우리의 적들이 산을 오를 때…….

노아는 도로변에 쭈그려 앉았다. 양손에 가둔 카메라 화면 속, 새까맣게 들끓는 얼굴을 들여다보았다. 두개골 안쪽에서 부글대는 소리가 들렸다. 무언가 끓고, 그리하여 변형될 때 들리는 소리였다.

"우리도 이동하죠."

어깨를 짚은 손길에 노아는 소스라치며 돌아섰다. 남욱도 놀랐는지 손을 떼고 몇 걸음 물러섰다. "어디로요?" 노아가 헐떡이며 물었다. 남욱은 찌푸린 얼굴로 대답했다. 방화가 확인됐으니 이제 체포와 진화를 시작할 것이라고. 연락을 받은 산불 지원 차량이 오고 있었고, 소방대도 출동 중이었다.

그들은 천문대를 등지고 걷기 시작했다. 남욱이 앞장서서 도로를 내려갔다. 그는 몇 번이나 뒤를 돌아보았다. 한번은 대놓고 노아와 눈을 맞췄다. 할 말이 있지 않느냐 질문하는 눈길이었다. 노아는 말없이 걸었다. 아직도 귓속에서 끓는 소리가 났다. 관측대 안에서 피워 올린 불이 몸속의 무엇을 지핀 것 같았다.

주차장에 다다랐을 때는 이미 사이렌 소리와 경광등 불빛이 사방에 가득했다. 오렌지색 소방차와 산불 지원 차량이 관측대 앞에 서 있었다. 노아 또한 면사무소에서 산불과 관련된 비상 교육을 받은 적 있었다. 그때 배운 절차대로라면, 곧 등짐을 멘 지구대원들이 소방관들과 함께 물을 뿌릴 터였다.

"다른 순찰차 주차장에 세워놨대요. 잠깐 차 안에 계실래요?"

남욱이 말했다. 노아가 고개를 끄덕였다. 남욱은 그를 몇 초간 바라본 뒤 소방차 쪽으로 달려갔다. 노아는 그와 반대로, 주차장을 향해 걸었다. 산그늘에 접어들 무렵 뒤돌아 남욱이 사라진 것을 확인했고, 곧장 방향을 바꿨다. 천문대 쪽이었다. 그는 빠르게 걸었다. 누군가 자신을 부르는 소리를 들은 것 같았으나 멈추지 않았다.

그는 먼저 천문대 로비로 들어섰다. 천장 곳곳의 스프링클러가 홀에 물을 뿌리고 있었다. 화재 감지기만은 정상적으로 돌아가는 모양이었다. 노아는 물방울에 닿지 않도록 조심스레 로비를 가로질렀다. 계단 쪽 스프링클러도 작동한 상태였으나 효과가 한층 미미했는지 층계 중턱부터 희뿌연 연기가 들어차 있었다. 노아는 옷소매로 코와 입을 가린 채 계단을 올랐다. 연기 속에 들어서자 시야가 온통 흐려져 몇 차례 발을 헛디뎠다.

층계에서 세 번째로 미끄러졌을 때, 누군가 그를 잡았다. 긴 머리에 검은 털옷을 입은 여자였다. 선화는 별다른 말은 하지 않았다. 노아를 붙들고 느릿느릿 계단을 내려갈 뿐이었다. 머리 위에서 사이렌과 새소리, 노랫소리가 뒤섞여 울렸다. 노아가 큰 목소리로 말했다.

"제가 당신한테 거짓말한 게 있어요."

선화는 아무 말도 하지 않았다. 노아는 계속 이야기했다. 자신이 가명을 댔다는 말부터 그것이 사실 어머니의 이름이었다는 것, 그리고 본명이 무엇인지까지 모두 털어놓았다.

선화는 여전히 묵묵부답이었다. 그는 노아의 손을 잡고 계속 걸었다. 여러 갈래의 물이 쏟아지는 로비 가장자리를 지나 후문으로 나갔다. 겨울밤의 차가운 공기가 그들을 맞아들였다. 그제야 선화가 손을 놓았다. 그는 몸을 굽히더니 노아의 얼굴을 이모저모 살폈다. 오래전 헤어진 이를 알아보려는 양 정성스러운 시선이었다. 그가 말했다.

"우리는 천문대에 이름을 새로 붙였어요."

곧이어 선화는 그 이름을 말해주었다. 몹시 오래되고 유명한 배의 이름이었다. 어머니가 어린 시절 해준 이야기에 나오는 잣나무 배의 이름이기도 했다. 방주는 거센 풍랑에도 뒤집히거나 좌초되지 않고 꿋꿋이 나아가 새로운 세상과 맞닥뜨렸다. 그 세상은 이전의 세상보다 한층 깨끗했고, 한결 아름다웠다. 선화가 허리를 펴고 관측대를 가리켰다.

"저것 좀 봐요."

소방차와 지원 차량의 호스가 뿜은 물보라가 돔 속으로 하얗게 쏟아지고 있었다. 독수리들은 돔의 안팎을 오가며 날개를 푸드덕거렸다. 요란하게 우짖는 소리가 물과 사이렌 소리에 뒤섞였다. 선화가 말했던 대로 확실히 어디서도 보기 힘든 광경이었다. 물보라와 돔 사이를 오가는 독수리 떼는 얼핏 그 사이에 갇힌 것 같다가도, 어느 순간에는 그 모든 것을 지휘하는 듯 보였다.

"난 저기서 계속 적을 기다렸어요."

선화가 말했다. 때로는 그것이 어떤 가르침보다 중요하게 느껴졌다고도 했다. 모든 책에서 구원은 적의 공습 뒤에 찾아왔다. 적들이 온다는 것은 긴긴 괴로움으로 뭉쳐진 기다림, 그 자체로 하나의 세계가 되어버린 기다림이 끝난다는 의미이기도 했다. 그러므로 선화는 매일 찾아오는 이들을 유심히 살폈다. 산을 타고 올라와 그들의 이 고된 기다림을 끝내줄 사람을 기다렸다.

"그래서 나는 우리가 만난 게 대단한 운명 같아요. 그렇지 않아요?"

노아는 입을 벌리고 그를 바라보았다. "글쎄요……." 한참 후에 노아가 말했다. "저는…… 저는 잘 모르겠어요. 당신이 딱히 적처럼 느껴지지 않아요." 선화가 몇 발짝 뒤로 물러섰다. 그는 흠, 소리를 냈고, 속이 상한 듯 입을 내밀었다.

선화가 물었다.

"그렇다면 당신은 무엇 때문에 이곳에 왔나요?"

노아는 그의 뒤편에서 몰아치는 새 떼와 돔 바깥으로 피어오르는 연기, 그 너머에 무수히 흩뿌려진 별을 보았다. 과연 강원도의 겨울 하늘은 높직하고 별이 많았다. 문득 불에 탄 관측대의 망원경으로 어떤 별을 볼 수 있는지 궁금해졌다. 노아가 질문하자 선화는 얼굴을 찌푸렸다. 그럼에도 대답은 해주었다. 그것은 주문 제작한 망원경으로, 겨울에는 종종 토성을 보는 데 쓴다고 했다. 한쪽 눈을 가까이 들이대면 숲 가까이에서 조용하게 반짝이는 별의 고리까지 볼 수 있다고.

불이 진압된 후 체포는 신속히 그리고 매끄럽게 이어졌다. 천문대의 사람들은 별다른 저항 없이 순찰차에 탔다. 독수리들은 이미 어디론가 사라진 후였다.

남욱이 노아를 집 앞까지 데려다주었다. 산에서 내려가는 내내 그는 뭔가 물으려는 듯 노아를 힐끔거렸으나, 끝내 어떤 질문도 하지 않았다. 대신 자신의 이야기를 꺼냈다. 처음 발령받은 근무지에서 겪은 일들에 대한 이야기였다. 거기서 기상천외한 사람들을 연달아 맞닥뜨렸다고 했다. 학생들이 단합하여 폐가를 불태우거나, 오래도록 의좋게 지낸 이웃이 서로의 물건을 주고받듯 끊임없이 훔치는 꼴도 보았다. 어느 여름에는 도시에서 찾아온 이들이 내내 벌거벗고 해변을 돌아다녀, 그들의 알몸과 대치하고 옷을 입으라 설득도 했다.

"저는 이제 그런 사람들을 이해하려고 하지 않아요."

남욱이 속도를 서서히 줄이며 말했다. 차창 너머로 줄지어 선 빌라들이 보였다. 노아는 안전띠를 풀다 멈추고서 그와 눈을 맞췄다.

"그럼요?" 남욱이 어깨를 으쓱였다.

"그냥 받아들이는 거죠. 세상에 이런 사람들이 있다고요."

남욱이 차를 몰고 떠난 후에도 노아는 한동안 집 앞에 서 있었다. 공동 현관의 비상등이 켜졌다 꺼지길 반복했다. 문득 담배를 피우고 싶다는 생각이 들었다. 그러나 그에게는 담배도 라이터도 없었으며, 실은 여태 담배를 피워본 적도 없었다. 대신 노아는 휴대전화를 꺼냈다. 녹원에게서 문자가 와 있었다.

집에 잘 도착했나요?

노아는 휴대전화를 도로 주머니에 넣었다. 그는 순찰차에 올라타던 선화를 생각했다. 그는 차 문을 닫기 직전까지 노아와 눈을 맞추고 있었다. 입 모양으로 같은 질문을 거듭했다. 네가 맞지 않느냐고, 네가 그 사람이 아니냐고. 선화는 누차 물었지만, 노아는 답하지 못했다. 그 사실이 미안하게 느껴졌다.

주머니에서 진동이 느껴졌다. 박녹원이었다. 노아는 몇 번의 신호음이 울린 뒤에야 전화를 받았다. 대체 왜 자신을 천문대에 데려갔느냐 물을 심산이었다. 그러나 전화를 받자 전연 다른 말이 튀어나왔다.

"그 사람들이 저보고 적이라고 그랬어요."

한동안 낮은 숨소리만 들렸다. 노아는 천문대 후문에서 들은 이야기를 몽땅 쏟아냈다. 녹원은 말없이 듣더니, 어느 순간 웃음을 터뜨렸다. 처음 듣는 웃음소리였다. 대관절 어떤 표정으로 웃을지 상상도 되지 않았다. 웃음의 끝자락에서 녹원은 말했다.

"고마운 일이네요. 우리도 이야기에 끼워주고."

말을 모두 마치자 물속에서 나온 느낌이 들었다. 숨을 어느 정도 가라앉힌 뒤에 노아는 물었다. "그런데 왜 전화하셨어요?" 녹원도 웃음을 멈추고 숨을 골랐다. 내일 연차를 낼 생각이 없느냐고 했다. 괜찮다는 노아의 말에도 녹원은 재차 권했다. 이런 일을 겪고 난 뒤에는 몸도 마음도 쉬게 해주는 것이 좋다고, 그렇게 쉬어야 다시 일할 수 있다고 했다.

전화를 끊은 노아가 주위를 둘러보았다. 그는 문득 자신이 집으로부터 아주 먼 곳에, 어머니 말대로 정말이지 낯선 장소에 와 있음을 깨달았다. 등 뒤의 신축 건물부터 저 멀리에서 반짝이는 차와 집들의 불빛까지, 모든 것이 수상쩍고도 새삼스러웠다. "새로운 세상." 노아는 중얼거렸다. 고개를 치켜들자 사위가 몹시 환해졌다. 기다렸다는 듯 켜진 비상등 불빛이었다. 노아는 빛에 찔린 눈을 깜빡이며 하늘을 올려다보았다.

 밤하늘은 여전히 검고 고요했다. 성단과 성운, 행성과 위성이 소리 없이 빛났다. 그 사이로 새들이 날고 있었다. 매 가을 새로운 땅으로 이동하는 새들이었다. 그들은 한곳을 향해 이동하지 않고 서로 다른 방향을 보며 둥글게 비행했다. 목적지는 다른 어디도 아닌 이 한가운데에 있다는 듯, 고리 모양으로 돌면서 서서히 땅으로 내려앉았다.

제26회
이효석문학상

기수상작가
자선작

2009년 『21세기문학』 신인상과 2011년 동아일보 신춘문예를 통해 소설을 발표하기 시작했다. 소설집 『그들에게 린디합을』 『우아한 밤과 고양이들』 『사랑의 꿈』, 장편소설 『디어 랄프 로렌』 『작은 동네』 『사라진 숲의 아이들』, 경장편소설 『세이프 시티』, 중편소설 『우연의 신』, 짧은 소설집 『맨해튼의 반딧불이』, 산문집 『아무튼, 미드』가 있다. 제46회 한국일보문학상, 제21회 김준성문학상, 제25회 대산문학상, 제45회 이상문학상, 제4회·제5회·제6회 젊은작가상과 제3회 젊은작가상 대상, 제25회 이효석문학상 대상을 수상했다.

자연의 이치
손보미

로비와 통하는 엘리베이터 쪽을 뚫어지게 바라보던 영유는 두 눈을 한번 질끈 감았다가 떴다. 갑자기 떠오른 그녀—서울 언니의 말 때문이었다. 2년 만에 영유네 집에 들르러 온 그녀는 며칠 전 영유에게 말했다. "나중에 결혼을 하고 딸을 낳게 된다면 사랑에 빠지지 말라고 충고할 거야." 그리고 덧붙였다. "아, 괜찮아, 너는 사랑에 빠져도 괜찮아. 너는 내 딸이 아니니까." 영유는 속으로 이렇게 대답했다. 바보, 멍청이. 멍청이, 바보.

영유는 열여덟 살이었다. 지난해 가을부터 시도 때도 없이 한 가지 생각이 영유의 마음을 파고들었다. 아, 내가 몰랐던 게 너무 많아. 똑똑해져야 해. 자신이 사는 도시 근방에 (겨우 구색을 갖춘 것에 불과했지만) 큰 병원이 있는 줄, 영유는 몰랐다. 여름 내내 자신이 이 병원의 로비를 뻔질나게 드나들게 되리라는 사실은 더더군다나 몰랐다(하지만 이런 생각은 이치에 맞지 않았다. 미래에 무

자연의 이치 ✽ 손보미　321

슨 일이 일어날지 누군들 알 수 있단 말인가?). 병원의 위층으로는 올라가본 적이 없었다. 항상 여기에 앉아 기다리기만 했다. 올라가고 싶었던가? 그랬거나 말거나 아무런 의미도 없다고, 영유는 생각했다.

중요한 건, 오늘 운이 좋았다는 점이다.

병원에 오는 건 이걸로 마지막이 될 터였다. 마지막, 이라는 단어를 떠올리자마자 입안이 모래를 머금은 것처럼 까끌해졌고, 몸이 으스스 떨렸다. 아니다. 입안이 까끌해지는 것, 몸이 으스스 떨리는 것 모두가 마지막이라는 단어 때문은 아니었다. 의도된 착오―이것 역시 최근에 영유가 새롭게 터득하게 된 것 중 하나였다. 몸이 떨리는 건 마지막, 이라는 단어와 상관이 없었다. 여기에 올 때마다 늘 그랬다. 몸이 떨렸다. 병원의 에어컨 때문에. 8월 중순의 강렬한 태양이 도시를 집어삼키는 중인데, 일단 안으로 들어오면 믿을 수 없는 속도로 피부가 차갑게 식었고, 결국 소름이 돋고야 말았다. 여기에 오는 사람들을 여름 감기에 걸리게 하려는 수작인 걸까? 비웃음을 살 만한 생각이라는 건 알았다. 하지만 영유에게 옳고 그름은 별로 상관이 없었다. 중요한 건, 특별히 의도한 게 아닌데, 상대의 속내를 간파하려는 시도가 저절로 자신의 내부에서 이루어졌다는 사실이었다. 그게 마치 자신의 본성인 양.

새로운 삶, 다시 태어나는 것.

그게, 가능해?

영유는 시선을 반바지 아래로 드러난, 자신의 쇠꼬챙이처럼 마르고 길쭉한 허벅지로 옮겼다. 주눅이 든 것처럼, 타인의 신체를 훔쳐보는 양 흘긋거리면서 조심스럽게. 살가죽이 감싼 근육의 형태가 드러난 지는 좀 되었고 최근에는 근육의 크기가 감소하기 시작했다. 다른 사람들도 에어컨 바람이 차갑다고 느끼겠지만, 영유만큼은 아닐 것이었다. 그건 영유의 신체가 느끼는 고유의 방식이었다. 영유는 여기, 로비에 앉아 있는 사람들이 자신을 환자라고 생각할지, 보호자라고 생각할지 궁금했다. 그들이 어떤 답을 떠올리건 틀린 답이었기 때문에 얼마간은 으스대는 마음이 들겠지만 곧 미심쩍은 마음이 몰려들 것이었다.

그럼, 나는 뭐지?

에어컨 때문에 늘 벌벌 떨었지만, 영유는 카디건 같은 걸 챙긴 적은 없었다. 만약 에어컨 온도 때문에 카디건을 챙겨야 하는 상황을 알았다면 그녀—서울 언니는 이렇게 말했을 것이다. "에어컨 바람 때문에 덧입을 옷을 챙겨야 하다니. 자연을 거스르려고 할 때 얼마나 많은 대가를 치러야 하는지 알아? 나는 그런 생각을 하면 견딜 수가 없어." 하지만 6년 전, 영유가 열두 살이었던 여름, 처음으로 영유의 할머니를 만나러 온 그녀가 제일 먼저 한 일은 그 집에 에어컨을 들이는 것이었다. "이렇게 더운데 어떻게 에어컨도 없이 살아요?" 그해 그녀는 영유네 집에서 5일 정도 머물렀다. 자신이 에어컨의 혜택을 누릴 수 있는 시간이 며칠 되지 않는다는 걸 알면서도 그녀는 그렇게 했다. 온도는 늘 25도로 맞추어두었다 ("북극곰을 생각해라." 그녀는 그렇게 말했다). 에어컨 설치를 한

날 함께 막대 아이스크림을 먹다가 그녀가 영유에게 물었다. "아주머니는 아직도 창조론자시니?" 영유는 창조론자가 뭔지 몰랐다. 뭔지 물어볼 엄두는 나지 않았다. 그냥 창피한 마음이 들었다. 영유는 다른 걸 물었다.

"언니는 왜 우리 할머니를 아주머니라고 불러요? 아주머니가 아니라 할머니인데."

"그게 익숙해서 그래."

그녀는 영유의 할머니가 타지에서 거의 25년 동안 입주 도우미로 일했던 집의 하나뿐인 손녀딸이라고 했다. 할머니는 한 번도 그런 이야기를 한 적이 없었다. 25년, 인생의 거의 3분의 1에 해당하는 시간이었는데도 그랬다. 어떻게 그럴 수 있어? 함께 살기 전에는 1년에 한 번만 할머니를 볼 수 있었다. 영유는 아빠와 단둘이 살았는데 새해 첫날 점심 무렵이 되면 어김없이 양손에 무언가를 주렁주렁 싸 든 할머니가 찾아왔다. 점심과 저녁, 성대하게 차린 두 끼 식사를 배 터지게 함께 먹은 후, 다음 날 아침이 되면 할머니는 일찍 떠났다. 할머니와 함께 살기 시작한 건 영유가 여섯 살 때부터였다. 그리고 2년이 지났을 때, 영유의 아빠가 죽었다. 할머니가 오기 1년 전부터 이미 영유의 아빠는 투병 중이었기 때문에, 영유는 당연히 아픈 아빠를 대신해서 할머니가 자신을 돌봐주러 온 거라고 생각했었다. 바통을 넘기는 것. 하지만 그녀의 말은 달랐다.

"우리 할머니가 요양원에 들어가시면서 아주머니—너네 할머니가 일을 그만두신 거야. 입주 도우미가 필요 없어졌으니까."

필요 없어졌으니까. 영유는 그녀의 말을 믿었다. 철석같이 믿었다.

"우리 할머니는 돈이 어마어마하게 많았거든. 기차역에 도착해서 택시를 잡아타고 우리 할머니 이름을 대면 그 집에 갈 수 있을 정도였어."

영유는 이 말도 믿었다.

"언니네 할머니 이름이 뭔데요?"

영유의 질문에 그녀는 두 눈을 내리깔았다.

"얼마 전에 돌아가셨어. 그래서 이제는 소용없어."

열두 살의 영유는 그녀에게 빠져들었다. 그녀 덕분에 에어컨이 생겨서가 아니었다. 그녀가 할머니에 대한 (영유가 몰랐던) 사실을 알려줘서도 아니었다. 그녀가 부자여서는 더더군다나 아니었다.

돌이켜보면 그런 것보다 더 얼토당토않은 이유였다.

영유가 사는 동네에는 대부분 나이 든 사람들이 거주했다. 영유가 아주 어렸을 적에는 그렇지 않았다. 영유의 아빠는 아프기 전, 그 도시에 있는 자동차 공장에 다녔다. 아주 오랫동안, 타 지역 사람들이 영유가 사는 도시에 대해 말할 때, 자동차 공장에 대한 이야기가 빠지지 않았다. 공장이 망하면서 도시가 쇠락하기 시작했다고. 시와 도 차원에서 여러 가지 시도가 있었다. 이를테면 관광지를 개발하고, 도시에 있는 커다란 호수 주변을 개발하는 것. 개발 지역의 땅값이 올랐고, 거기에 살던 사람들이 얼마간의 혜택을 보았다. 하지만 영유네 동네는 아니었다. 영유네 동네는 관광지와 그리 멀리 떨어지지도 않았는데(호수와는 멀었다), 개발이 시작되자 오히려 급격하게 쇠퇴하기 시작했고, 그나마 남아 있던 젊은 사람들이 떠나버렸다.

초등학교 4학년이 되던 해에, 영유가 다니던 초등학교가 문을 닫았다. 그 후로 영유는 아침마다 30분 넘게 버스를 타야 했다. 아침마다 눈물이 찔끔 났다. 새로 간 학교는 호수 근처의 개발 구역에 있었고, 같은 시에 속해 있다는 걸 믿을 수 없을 정도로 풍경이 전혀 달랐다. 나중에 영유는 이때를 떠올리며 생각하게 된다. 세상이 무너질 때에도 순서는 있는 거라고, 그 알량한 순서가 많은 것을 바꾸어놓는다고. 담임선생은 이십대 후반의 젊은 여자였다. 누구나 미인이라고 언급할 만했다. 쌍꺼풀이 있는 커다란 눈, 반짝거리는 입술, 달랑거리는 귀걸이. 긴 머리카락은 구불거렸고, 여름에는 셔링이 들어간 블라우스와 주름이 들어간 파스텔 톤의 스커트를 입고 다녔다. 겨울에는 허리선이 들어간 보라색 코트를 입고 장식이 달린 굽이 높은 부츠를 신었다.

방과 후에, 선생을 만나러 우르르 교무실로 가는 여자애들이 있었다. 옷을 잘 차려입고, 사투리를 안 쓰고, 똑 부러지게 의견을 말할 줄 아는 여자애들. 인기쟁이들(그 단어 말고 다른 단어로는 표현이 안 된다고, 영유는 생각했다). 4학년이 거의 끝나갈 무렵의 어느 날, 영유는 교무실을 염탐했다. 학생들은 집으로 돌아가고,

선생들도 거의 다 퇴근한 뒤였다. 날씨가 추워서 운동장에서 노는 애들도 거의 없었다. 차가운 공기가 복도에 무겁게 내려앉았다. 영유는 교무실 벽에 붙어 서서 허리를 숙였다. 숙이고 창문 틈으로 안을 들여다보았다. 담임선생과 인기쟁이 여자애들이 둘러앉아 있었다. 여자애들은 선생의 책상 위 크래커를 하나씩 집어 종이컵 안에 든 액체에 찍어 먹었다. 그리고 무언가 소곤거리며 이야기를 나눴다. 교무실에는 그들 말고는 아무도 없었다. 교실에서 인기쟁이들은 늘 소리 높여 무언가를 말하곤 했다. 우리는 서로를 영원히 사랑할 거야. 그런 말을 서슴없이 했다. 영유는 종이컵 안에 든 게 믹스커피라고 추측했다. 아이들에게 믹스커피는 금지되어 있었지만 선생이 저 여자애들에게 허용해줬으리라고.

 그녀―서울 언니는 영유의 4학년 때 담임선생 또래였다. 하지만 그 여자만큼 예쁘지는 않다고 영유는 생각했다. 처음엔 그렇게 생각했다. 그녀는 피부가 하얗고 반짝거렸는데 화장은 거의 하지 않았다. 볼에는 주근깨가 흐릿하게 남아 있었고 코가 높았다. 그녀는 자신의 코가 원래 더 높았는데, 휘어진 콧대를 바로잡는 수술을 하는 바람에 낮아진 거라고 설명했다. 머리카락은 귀밑까지만 길렀는데, 언제나 안쪽으로 동그랗게 말려 있었다(나중에 영유는 그런 머리 모양을 유지하는 게 얼마나 어려운 일인지 알게 된다). 귀에는 반짝이는 스터드 귀걸이를 하고 있었다. 약간은 살집이 있는 체형이었다. 영유네 집에 머무는 동안 매일 반팔 셔츠와 데님 반바지 차림이었는데, 살펴보면 매일 다른 옷이었다. 키는 영유와 비슷했다. 그때, 영유가 열두 살 때 이미 그랬다. 그녀가 평균보다 (아주) 약간 작기도 했지만, 그것보다는 영유가 지나치게 컸다. "와, 너 정말 크다. 그런데 이렇게 미리 커버리면 나중에는 오히려 키가 안 자랄 수도 있다더라. 나도 그랬거든." 그녀의 말은 틀렸다. 영유는 언제나 또래보다 (머리통 하나만큼 더) 컸다.

그해, 서울 언니가 처음으로 영유네 집을 방문한 그해 여름에, 며칠이 지난 후에야(그러니까 그녀가 떠나기 직전에야) 영유는 겨우 그 말을 꺼낼 수 있었다.

"언니, 나랑 같이 커피에 크래커 찍어 먹을 수 있어요?"

"커피?"

그녀가 의아하다는 듯이 되물었다. 영유는 울고 싶은 기분이 들었다. 학교에 가기 싫어서 찔끔 눈물이 나는 것과는 달랐다. 머리털이 쭈뼛 서는 것 같은 기분이 들었고, 뱃속이 간질간질해지는 것 같았다. 용기를 내서 그녀에게 믹스커피 봉지를 내밀자 그녀가 살가운 목소리로 부드럽게 대답했다.

"아, 나는 믹스커피 안 마셔. 커피 파는 곳이 있어?"

영유는 심장이 얼얼해지는 것 같았다.

서울로 돌아가는 날, 그녀는 영유를 몰래 불러서 돈을 주었다. 돈봉투가 아니라, 그냥 지폐 뭉치였다. 충동적인 건 아니었을 거라고, 나중에 영유는 생각했다. 그러기에는 액수가 너무 많았다. 그 나이대의 아이에게는 머리가 어질어질해질 만한 액수였고, 지금도 저절로 감탄사가 나올 만한 액수였다. "할머니에게는 말하지

마. 순전히 너를 위해 써. 저축을 해둬도 좋을 거야." 나중에 영유는 그녀가 할머니에게는 더 많은 액수의 돈을 주고 갔다는 사실을 알게 되었다.

그녀는 그 후로 매년 여름이면 두 시간 넘게 고속 열차를 타고 영유가 사는 도시로 내려왔다. 머무는 일정은 조금씩 달라졌다. 보통은 사나흘이었다. 닷새를 넘긴 적은 없었다. 그녀는 영유의 할머니와 함께 장을 보러 나갔고, 영유를 데리고 시내로 나가서 파스타나 피자 같은 음식을 사줬다. 생각보다 음식이 괜찮다는 말은 꼭 덧붙였고, 가끔씩은 이렇게 말했다. "나라면 여기에서 못 살 것 같아. 다른 건 다 참을 수 있는데 너무 심심할 것 같아." 저녁에는 혼자 산책을 나갔는데, 그럴 때마다 영유는 애가 탔다. 서울로 돌아갈 때면 그녀는 어김없이 영유(와 할머니)에게 돈을 주었다(액수는 달라지지 않았다). 그녀가 와 있는 동안에는 하루 종일 에어컨이 켜져 있었지만 그녀가 서울로 돌아가고 나면 할머니는 에어컨을 껐다. 그리고 가끔씩만, 견디기 어려운 폭염이 찾아올 때만 에어컨을 켜주었다. 해가 진 후에는 절대로, 아무리 기온이 올라가도 어림없었다. 세상이 온통 어둠에 젖어 있어도 열기는 사라지지 않을 수도, 혹은 훨씬 더 가혹한 열기를 내뿜을 수도 있단 게 자연의 이치라는 걸 할머니는 절대로 받아들이려고 하지 않는 것 같았다. 밤에 몰래 에어컨을 켜두면 귀신같이 알아챈 할머니가 에어컨을 껐다. 그게 할머니 자신의 지상 과제라도 되는 양. 하지만 그렇게 하찮은 지상 과제가 있을 수 있어? 그렇게 볼품없는 마음을 품고 어떻게 살아? 열여섯 살이 되었을 때(그러니까 자신이 더 이상 아이가 아니라는 판단이 들었을 때)부터는 그런 투쟁을 한다는 것 자체가 너무 애처롭게 느껴져서 영유는 그냥 열대야를 견디기로 했다.

하지만 가끔은 불만에 차서 이렇게 말했다.

"할머니, 열대야 몰라?"

"그럼 니는 에어컨 없을 때는 어떻게 살았노? 에어컨 안 틀어도 안 죽는다."

영유는 나중에 에어컨을 틀지 못해서 죽는 사람들도 있다는 사실을 알게 된다. 하지만 그때는 그런 건 몰랐고, 할머니의 사투리가 싫다는 생각뿐이었다. 이곳에 사는 사람들과는 전혀 다른 말투를 쓰면서도 할머니는 전혀 신경 쓰지 않았다. 영유는 그게 너무 싫었다. 아니다, 이곳의 말투든, 저곳의 말투든, 영유는 절대로 사투리는 쓰지 않을 거라고 다짐했다.

지난해 여름, 그녀—서울 언니가 오지 않았다. 여름 내내, 영유는 그녀를 기다렸다. 무엇보다 영유는 자신이 그녀를 기다린다는 사실을 한시도 잊어본 적이 없었다. 여름이 끝날 때까지 그녀는 나타나지 않았다. 자신이 그녀를 기다렸다는 사실—그리고 그 사실을 늘 염두에 두고 있었다는 것—이 어처구니가 없어서 영유는 굴욕감을 느끼지도 못했다. 느낄 수 없다고 존재하지 않는 건 아니었다. 그런 감정은 어느 날 불쑥 돌풍처럼 존재감을 드러냈다. 여름

방학도 끝나고, 가을의 한복판에 접어든 어느 날, 영유는 참지 못하고 그녀에게 전화를 걸었다. 세 번, 영유는 연달아 세 번 전화를 걸었다. 그녀는 전화를 받지 않았고, 영유에게 전화를 걸지도 않았다. 그날 밤, 좁은 욕실에 쭈그리고 앉아서 샤워를 하던 영유는 그녀의 전화기 액정에 떠올라 있었을 자신의 이름과 숫자 3을 떠올렸다. 샤워를 끝내고, 영유는 욕실에서 입으려고 가지고 들어갔던 속옷과 추리닝을 바라보았다. 영유는 자신의 집, 욕실을 제외하고는 어디에서도 벌거벗은 채로 있어본 적이 없었다. 정말로 그랬다. 영유는 공중목욕탕이나 수영장에도 가본 적이 없었다. 남들 앞에서 벗은 몸을 보여준 적이 단 한 번도 없었다.

  영유는 속옷과 추리닝을 손에 들고 어둑한 방으로 (할머니에게 들키지 않으려고 재빨리) 돌아왔다. 그리고 그대로 침대 위에 걸터앉았다. 엉덩이와 뒷허벅지에 남아 있던 물기와 머리카락에서 떨어진 물방울이 침구에 흔적을 남겼다. 침대가 있는 맞은편 벽에는 작은 거울이 하나 걸려 있었다. 어둠 속에서 영유는 거울에 비친 자신의 얼굴과 쇄골, 가슴 윗부분을 바라보았다. 그때까지만 해도 영유는 약간 과체중이었고, 가슴도 큰 편이었다. 언제부터 과체중이 되었는지 알 수 없었다. 초등학교 때는 아니었다. 키 때문인지, 실제 몸무게보다 영유의 체구는 다소 거대해 보였다. 영유가 중학교 2학년 때 그녀—서울 언니는 말했다. "사람들이 너에게 운동선수냐고 묻지 않아?" 그건 사실이었다. 사람들은 종종 영유가 운동부일 거라고 생각했다. 영유가 다니던 학교의 선생은 영유 같은 애들을 보면 마음이 아프다고 말했다. 신체 조건 말고는 타고난 게 없다고, 그래서 너무 안됐다고. 그래도 엄청난 자제력을 발휘해서 그다음 문장은 생략했다. 이런 식으로 여기에 남아 변변찮은 삶을 살아가겠지. 누군가는 미래가 없는 삶, 이라는 문장을 떠올리고 깜짝 놀랐다. 미래가 없는 삶이라는 게 가능해? 누구에게나 미래는 있잖아. 그들 대부분은 그 말이 가진 아이러니는 알았지만(그래서 냉소적으로 웃었지만), 냉혹함은 잘 몰랐다.

영유는 거울에 비친 자신의 쇄골을 쓰다듬다가, 침대에서 일어나 책상 서랍 앞에 웅크리고 앉았다. 맨 아래 책상 서랍을 열었다. 돈뭉치. 그녀가 주고 간 돈뭉치. 그녀—서울 언니는 한 번도 자신이 준 돈으로 뭘 했는지 물어보지 않았다. 그녀가 준 돈은 정말 유용했다. 이를테면 학교에서 꼭 간직하고 있어야 하는 것들이 있었다. 영유는 모범생이나 인기쟁이는 아니었고 공부도 잘 못했지만, 반항아는 더더군다나 아니었다. 어른들의 질서에 맥없이 순응하고 싶었던 건 아니었다. 그저 영유는 어른—선생에 대한 반항은 비굴한 순응과 다를 바가 없다고 생각했다. 어설프게 자의식을 내보이는 것 자체가 굴욕적이었다. 문제는 어른—선생들이 아니었다. 중요한 건 같은 반 아이들이었다. 별종 취급을 받지 않으려면 필요한 것들이 있었다. 적절한 웃음과 소리침, 초연함, 때로는 약간 과장된 맞장구, 자연스럽게 얼버무리기…… 그리고 지니고 있어야 하는 물건들. 영유는 그녀가 준 돈을 조금씩 꺼내 썼지만, 그래도 여전히 많이 남아 있었다. 어두운 방 안에 벌거벗은 채로, 그녀가 남기고 간 돈을 바라보다가 영유는 그제야 할머니가 여름에도 왜 그렇게 에어컨을 켜지 않으려 했는지 알 것 같았다. 어떻게 그걸 여태껏 몰랐을 수가 있지?

부대비용.

그녀―서울 언니는 부대비용이 뭔 줄이나 알까? 신체 말단이 동시에 저릿해지는 느낌이 들었고, 그 느낌이 곧 온몸으로 퍼져가는 것 같았다. 어둠 속에서 벌거벗은 채 영유는 그녀와 에어컨 바람을 맞으며 함께 아이스크림을 먹던 일을 떠올렸다. "아주머니는 아직도 창조론자시니?" 그 질문을 던질 때 그녀가 어땠는지 기억해내려고 애썼다. 제일 먼저 떠오른 건 그녀의 머리카락이었다. 귀 뒤로 넘긴, 윤기가 도는 짧은 갈색 머리카락, 흐릿한 귀밑머리와 반짝거리던 귀걸이, 길게 뻗은 목(목걸이는 안 했다). 에어컨 바람 때문에 그녀의 피부는 평소보다 창백했었고, 주근깨는 좀 더 도드라져 보였다. 아이스크림의 색소 때문에 입술은 색을 칠한 것처럼 붉었다. 얕보거나 업신여기는 말투는 아니었다. 자신은 그 어떤 판단도 내리지 않는다는 걸 드러내고 싶어서 안달이 난 것 같긴 했다. 창조론자라도 괜찮다고(영유는 여전히 자신의 할머니가 창조론자인지 아닌지 알지 못했다), 다만 그냥 사실이 알고 싶을 뿐이라는 듯한 그녀의 말투, 웃음. 영유는 그녀의 코에 대해 생각했다. 그녀는 (휘어진 콧대를 바로잡는) 수술 때문에 코가 낮아졌다고 주장했지만, 돌이켜 생각해보니 그건 말도 안 되는 것 같았다. 어떻게 그게 가능해? 휘어진 코를 바로잡으면 더 높아져야 하는 거 아닌가? 영유를 처음 봤을 때, 겨우 열두 살인 아이가 자신과 키가 비슷하다는 걸 알게 되었을 때 그녀는 어떤 표정을 지었던가? 영유는 책상 서랍을 소리 나게 닫고 다시 (아까 자신이 앉았던, 약간 축축해진) 침대에 걸터앉아 자신의 두툼한 허벅지를 내려다보다가 천천히 손으로 쓸어보았다. 접힌 배를 잡았다가 놓았다. 한 번 더 잡았다가 놓았다. 그리고 그걸 몇 번 더 반복했다.

며칠 후 영유는 체중계를 샀고, 방에는 커다란 전신거울을 놓았다. 매일 아침 체중을 쟀다. 매일 밤에는 속옷만 착용하고 거울 앞에 서서 제 몸을 들여다보았다. "그런 거울이 와 필요하노?" 할머니는 못마땅하다는 듯이 혀를 찼지만 언제나 그랬듯이 돈이 어디서 났는지 묻지 않았다. 영유는 아침밥을 굶기 시작했다. 처음에는 너무 배가 고팠는데, 시간이 조금 지나니까 얼마 안 가 익숙해졌다. 점심 급식 때는 밥과 반찬을 조금만 펐다. "영유, 다이어트하는 거야?" 같이 밥을 먹는 친구들이 과장된 톤으로 말했다. 그 애들 중 다이어트를 시도하지 않은 애들은 없었다. 성공한 애들도 거의 없었다. 저녁밥을 먹을 때, 할머니는 영유가 깨작거린다고 잔소리를 했다. 그런 식으로 한 달이 지나자 4킬로그램이 빠졌다. 교복 치마가 너무 헐렁해져서 허리 옆부분을 겹쳐서 실로 꿰매야만 했다. 한 달 후에 3킬로그램이 더 빠지자 그런 임시방편이 불가능해졌다. 영유는 교복을 새로 샀다. 같은 반 남자애들이 가끔 놀라움에 가득 차서 영유를 바라보았다. 눈이 마주치면 얼른 고개를 돌렸다. 누군가 감탄에 차서 말했다. "와, 살을 빼니까 정말 이쁘다. 키도 커서 꼭 모델 같아." 한 여자애가 작은 목소리로 영유에게 물었다. "가슴이 작아지지 않았어? 난 그게 걱정돼." "그런 걸 뭐 하러 걱정해?" 영유가 묻자, 친구가 대답했다. "가슴이 얼마나 중요한데!"

학기 말, 수학 시간이 거의 끝나갈 무렵, 남자 선생이 영유를 바라보다가 의아하다는 듯이 물었다.

"너, 원래 이 반이었어?"

몇 명이 키득거렸고, 누군가 영유 대신 대답했다.

"살을 빼서 그래요! 엄청 많이 뺐어요!"

반 아이들이 큰 소리로 웃었다. 웃지 않는 건 영유와 수학 선생뿐이었다. 얼굴이 붉어진 선생이 영유를 탓하듯 말했다.

"살 뺄 시간에 수학 문제라도 하나 더 풀어라. 이제 곧 2학년이 되는데, 그래 가지고 대학은 가겠냐? 얼굴만 반반하면 뭐 하냐?"

영유가 웃지 않은 건 창피해서가 아니었다. 웃을 필요가 없다고 느꼈기 때문이었다. 영유는 수학 선생이 경박하다고 생각했다. 내용이 경박한 게 아니라 궁금증을 참지 못한 게 경박했다. 영유는 그의 말을 논리적으로 반박할 수도 있었다. 살을 빼는 데 시간은 필요 없었다고. 오히려 밥 먹는 시간을 아낄 수 있었다고. 그 시간에 수학 문제를 풀 수도 있었겠지만 그런 건 자신이 선택한, 똑똑해지는 방법은 아니라고.

영유는 점심을 같이 먹던 무리 중 두 명과 2학년 때도 같은 반이 되었다. 친구가 말했다. "운명인가 봐." 그런 말—운명 운운하는 건—은 십대 중반까지만 할 수 있는 거라고 생각했지만 영유는 함께 호들갑을 떨었다. 영유가 살을 뺀 후로 여자애들은 영유에게 더 친밀하게 굴었다. 방과 후에도 시간을 함께 보낼 때가 있었다. 학교 안에서건 밖에서건 그 애들은 시도 때도 없이 영유의 허리에 팔을 두르거나 어깻죽지를 두드리거나 팔뚝을 만지작거렸다. "딱딱한 게 뭔가 기분이 좋아." 누군가 말랑한 게 더 좋지 않냐고 반문했다. "말랑한 건 나한테도 있잖아." 친구는 두 손으로 살이 오른 허리를 잡으며 말했다. 모두 다, 웃음을 터뜨렸다.

4월, 중간고사가 끝난 주말, 약속 장소에 친구 중 한 명이 사촌오빠의 구식 그랜저를 타고 나타났다. 영유는 그 친구가 사촌오빠와 함께 산다는 걸 들은 적이 있었다. 그는 서울에서 쭉 자랐고, 지난해에 수영 특기생으로 서울에 있는 대학에 들어갔지만 한 학기가 지나자 수영을 그만두고, 휴학을 했다. "엄마가 아빠랑 이야기하는 걸 몰래 들었는데, 오빠는 이모가 참아줄 수 있는 한계선을 넘었다는 거야. 이모는 너무 실망해서 더 이상 견딜 수가 없대." 사촌오빠의 엄마—친구의 이모—가 사촌오빠를 친구네 집으로 보냈다고 했다. 다 큰 성인을 다른 집으로 보낸다는 게 그들—부모나 자식—에게 무슨 의미가 있어? 영유는 궁금했다. 자기가 낳은 자식을 다른 사람에게 내던지듯 맡기는 행위가 갖는 위력을 그때는 미처 알지 못했기 때문이었다. "근데 웃기는 게 뭔 줄 알아? 작년 가을에 여기에 오고 얼마 지나지 않아서 여자친구를 사귄 거야. 서울에선 자기 때문에 그렇게 난리가 났는데, 정작 본인은 여기 와서 연애질이나 하고 있었다니까? 엄마는 몰라. 나만 알아." 연애질. 영유는 그 단어를 곱씹었다. "말은 안 하는데 요즘도 사귀는 것 같더라. 맨날 차를 몰고 어디를 갔다가 오더라고. 근데 그런 연애가 무슨 소용이니? 오빠는 이제 곧 군대를 가야 하는데." 이제 곧, 은 아니었다. 그는 9월에 입대할 예정이었다.

영유가 친구에게 이런 질문을 한 적이 있었다.

"너네 엄마는 너네 사촌오빠를 잘 견뎌? 괜찮대?"

영유가 묻자 친구가 대답했다.

"응. 이모는 실패했지만 우리 엄마는 아니야."

어리둥절해진 영유가 자동반사처럼 되물었다.

"뭐라고?"

하지만 영유는 친구가 대답을 하기도 전에 그냥 웃어버렸다. 큰 소리로 웃어버렸다. 영유는 그런 질문을 한 게 부끄러웠다.

그의 머리카락은 아주 짧아서 이미 입대한 군인 같았다. 선수 생활은 그만두었지만, 일주일에 두 번씩은 시내에 있는 실내 수영장에 간다고 했다(영유는 시내에 실내 수영장이 있는 줄도 몰랐다). 그는 영유보다 훨씬 키가 컸다. 어깨가 넓었고, 두 다리가 아주 튼튼해 보였다. 혹독한 훈련과 식이요법을 그만둔 사람에게 징벌처럼 따라붙는 군살이 있었겠지만 영유는 그것까지는 몰랐다. 그는 가끔 그런 식으로 차를 몰고 나타나서 영유와 친구들을 목적지까지 데려다줬다. 식당이나 카페에 동행할 때도 있었지만 드문 일이었다. 그럴 때마다 계산은 자주 해줬다.

함께 있을 때, 그는 친구―그러니까 자신의 사촌동생―가 영유의 허리를 감싸안을 때 드러나는 몸의 골격을 유심히 보았다. 너무 노골적이어서 다른 친구들이 그걸 알아차리지 못한다는 게 놀라울 따름이었다. 정말이었다. 그 애들은 그런 건 전혀 눈치채지 못했다. 그가 그렇게 쳐다볼 때마다 영유는 몸이 뻣뻣해지는 것 같았고 속이 메슥거렸다. 어느 날 그가 다른 애들 모르게 영유에게 상자를 하나 주었다. 상자 안에는 영양제가 들어 있었다. 종합영양제와 아연. 아연? 영유는 인터넷 포털 사이트에 들어가서 아연을 검색했다. 가장 위에 뜬 포스팅의 제목이 '아연의 활력'이었다. 잘못된 문장이었다. 아연이라는 영양소가 활력을 지니는 것이 아니므로. 활력을 주는 아연, 이게 문법에 맞았다. 하지만 영유는 아연의 활력이라는 문장이 마음에 들었다. 그 단어를 가슴에 새겼다. 다음에 그를 만났을 때, 영유는 다른 친구들 몰래 전화번호를 적은 쪽지를 그의 손에 쥐여주었다. 살짝 닿은 그의 손바닥이 축축했다.

그는 영유에게 따로 연락을 하지 않았다.

시간이 좀 더 지나고, 6월이 되자 더 이상 몸무게가 빠지지 않았고 심지어는 살짝 더 늘어나는 날도 있었다. 여자애들은 그런 변화를 징그럽게도 빨리 알아차렸다. "너, 살 좀 붙었다." 그리고 덧붙였다. "살이 지금보다 더 찌는 게 보기엔 훨씬 좋아." 언제는 딱딱한 게 좋다더니. 그 애들의 변덕 때문에 영유는 기가 막혔다. 영유는 저녁밥을 굶기로 했다. 영유가 집에서 음식에 입을 대려고 하지 않자 할머니는 화를 냈다. 할머니는 영유의 몸에 대한 언급은 단한 번도 하지 않았었다. 왜 이렇게 살이 빠지는 거냐라든지 어디가 아프냐라든지 그런 걸 물어본 적도 없었다. 몸에 대한 언급 자체가 불경한 일이라도 된다는 듯이. 할머니는 고봉밥을 퍼주고 영유가 먹지 않으려 하면 불같이 화를 냈다. 영유의 등을 때리기도 했다. 한번 생긴 멍 자국은 쉽게 사라지지 않았다. 영유는 할머니에게 별 반응을 보이지 않았다. 그런 식으로 힘을 낭비할 수는 없었다. 누군가를 동정하거나, 누군가를 미워하는 데에도 에너지를 쓸 수 없었다. 영유는 음식을 입안에 모아뒀다가 몰래 뱉었다. 아주 가끔씩 토할 때도 있었다. 할머니는 절대 알아채지 못하리라고 생각하면서. 손가락을 넣어 목구멍으로 음식을 (밀어 넣는 것이 아니라) 밀어내는 것은 할머니의 세계에서는 있을 수 없는 일이었으므로. 자연의 이치를 벗어나는 행위였으므로.

학교에서 점심 급식은 늘 챙겨 먹었다. 양을 줄이는 건 괜찮지만 굶는 건 경멸의 대상이 될 것 같았다. 몸무게가 다시 줄어들기 시작했다. 영유는 아침마다 영양제를 챙겨 먹었다. 입에 넣기 전에, 성스러운 의식이라도 행하는 것처럼 손바닥에 그가 준 알약을 올려놓고 오래도록 쳐다보았다. 그리고 생각했다. 생기를 잃어버리면 안 돼. 다시 몸무게가 줄어들 때는 처음 살을 뺄 때와는 전혀 다른 기분이 들었다. 신체를 통제하는 것. 그건 많은 것에 초연해질 수 있는 기회를 얻는 것과 마찬가지였다. 그런 생각이 들었다. 잠들기 전에 샤워를 한 후, 영유는 (소리가 나지 않게) 방문을 걸어 잠그고 전신거울 앞에 섰다. 예전에는 속옷을 입고 있었지만, 이제는 아니었다. 영유는 완전히 벌거벗은 채였다. 서 있을 때도 있고, 거울 앞 의자에 허리를 곧게 펴고 앉을 때도 있었다. 앉아 있을 때, 손은 모아서 두 무릎 위에 나란히 두었다. 거울에 비친 몸을 바라볼 때 영유는 절대 흘긋거리지 않았다. 볼살이 없는 얼굴, 쇠꼬챙이처럼 마른 팔다리, 움푹 튀어나온 어깨뼈와 무릎뼈, 하나하나 모양을 알아볼 수 있는 가슴뼈를 자신만만하게 똑바로 바라볼 수 있었다. 그렇지만 실제로, 아무런 반사판 없이 자신의 몸을 직접 보게 될 때, 영유는 늘 주눅이 든 것처럼 흘긋거렸다.

얼마 지나지 않아, 친구들은 영유에게 한마디씩 했다. "너 살이 너무 많이 빠지는 것 같아. 더 빼면 안 될 것 같아." 시간이 좀 더 지나자 아무도 영유의 몸을 만지지 않았다. 여전히 영유를 바라보는 애들이 있었다. 눈이 마주치면 이제는 시선을 돌리는 대신 미간을 찌푸렸다. 거슬리거나 불쾌해서 그러는 게 아니었다. 그 남자애들은 자신들이 무언가를 영원히 놓쳤다고 생각했다. 인생을 걸쳐 다시는 찾아오지 않을 그런 것. 허무맹랑한 착각에 불과하지만, 그들은 그게 착각인지 영원히 알지 못할 것이었고, 심지어 때로는 마음 아파할 예정이었다. 선생들도 한마디씩 했다. 이제는 아무도 웃지 않았다. 기말고사가 끝난 날, 친구들은 영유를 빼놓고 영화를 보러 갔다. 영유는 그 애들이 자신을 욕할 거라고, 어쩌면 자신이 학교 화장실에서 토한다는 사실을 알아챘는지도 모른다고 생각했다. 하지만 아니었다. 그 애들은 영유를 욕하지 않았다. 영유가 토한다는 사실도 몰랐다. 그 애들은 영유를 떠올리기가 싫었다.

영유는 시험이 끝난 날 오후 내내 시내에 위치한 수영장이 있는 체육센터 1층에 죽치고 앉아 있었다. 건물 안에는 염소 냄새가 구석구석 배어 있었다. 영유는 그다음 날도, 그다다음 날도, 학교 수업이 끝나면 곧바로 그곳으로 갔다. 그리고 마침내 그와 마주쳤을 때, 영유는 그의 표정 위에 떠오른 난처함을 알아차렸다. 그는 그걸 숨길 생각도 안 했다. 영유가 먼저 다가가지 않았다면 모른 척 건물 바깥으로 나가버렸을 것이었다. 영유는 그런 걸 신경 쓰지 않았다. 다만, 영유는 방금까지 물속에 있다 나온 사람이라고 믿을 수 없을 정도로 그에게서 물기 하나 찾아볼 수 없다는 점 때문에 놀라움을 느꼈다.

"어떻게 이렇게 하나도 안 젖을 수가 있어요?"

영유가 그를 올려다보며 말하자, 그가 웃었다. 주위에 도사리고 있는 맹렬한 의심을 어설프고 조악한 확신으로 재배열시키는 힘을 지닌 웃음. 그의 손가락 끝에는 물에서 머문 흔적—쭈글쭈글해진 손끝의 피부—이 확연하게 남아 있었다. 영유는 몰랐지만 그는 알고 있었다. 하지만 그걸 말하지는 않았다. 그는 작별인사를 하듯 고개를 까딱거리고 밖으로 나갔다. 영유는 그를 따라 걸었다. 곧바로 자신의 차 앞까지 간 그가 걸음을 멈추고 뒤를 돌았다.

"넌 이제 어디로 갈 거야?"

"오빠를 따라갈 건데요."

영유는 당돌하게 말하며 그에게 다가갔다. 그의 몸에는 미약하지만, 염소 냄새가 남아 있었다. 물기 대신 염소가 남았네. 영유의 눈앞이 하얘졌다. 머리통이 죄는 것 같았다. 이런 상태를 그가 눈치챌까 봐 두려워서 영유는 고개를 숙였다. 어금니를 꽉 깨물고 두 주먹을 불끈 쥐었다. 한동안 아무 말도 없이 영유를 내려다보던 그는 검지 끝으로 영유의 뼈밖에 남지 않은 팔뚝을 따라 길게 선을 그었다. 마치 영유의 몸에 무언가를 남기겠다는 듯이. 영유는 손가락 끝의 촉감을 느낄 수 있었다. 드디어 그가 입을 열었다.

"그래, 그럼 나를 따라와."

조금만 늦게 말했다면 영유는 그의 앞에서 쓰러졌으리라.

그게 바로 영유가 그를 따라 도시의 근방에 있는 병원—그 전에는 있는 줄도 몰랐던—으로 간 첫날이었다. 차 안에는 얼마간의 의구심, 숨길 길 없는 기대, 피할 수 없는 두려움이 스며들어 있었다. 그는 영유의 존재는 잊어버린 것 같았고, 자주 주먹으로 핸들을 가볍게 두드렸다. 사실 병원에 갈 땐 언제나 그랬다. 병원에 도착한 그는 영유에게 로비에서 기다리라고 말한 후, 엘리베이터를 타고 사라졌다가 30분 후에 다시 나타났다. 흡족함과 참혹함의 망망대해를 떠돌다 온 사람처럼 기진맥진한 표정을 품고서. 감정의 종류는 영유가 고려하는 대상이 아니었다. 양극단을 스스럼없이 왔다 갔다 할 줄 아는 능력, 그게 중요했다. 그가 항상 30분씩 머물다 내려오는 건 아니었다. 5분도 안 되어서 내려올 때도 있었다. 그럴 때 그에게는 분노, 그것 말고 다른 감정은 찾아볼 수 없었다. "허탕을 쳤어." 그는 내뱉듯이 말했다. 영유는 그게 보기 싫었다.

차라리 소리를 질러요! 소리를 질러! 소리를 지르라고! 그 문장이 영유의 입속에서 맴돌았다. 그 말을 입 밖으로 내지 않는 건 그의 기분을 고려해서가 아니었다. 그건 순전히 영유 자신을 위한 행위였다. 영유는 위층에 누가 있는지 궁금하지 않았다. 그에게 물어볼 생각도 안 했고, 그가 절대 말해주지 않기를 바랐다(그가 어떤 식으로 부모의 한계선을 넘었는지는 궁금하긴 했다).

7월 중순부터 영유는 일주일에 두세 번씩 그를 따라 병원에 갔다. 가끔씩은 학교를 빠졌다. 영유가 그와 함께하는 공간은 그랜저와 병원밖에 없었다. 얼마 지나지 않아 그가 영유를 데리러 오기 시작했다. 처음으로 영유네 동네를 방문한 날, 그는 차에서 내려서 그곳을 둘러봤었다. 여기에 누가 살아? 눈앞에 영유가 보이자 그는 자신이 방금 떠올린 질문이 완전히 잘못되었음을 깨달았다. 아, 바로 저 여자애가 살지. 그는 조수석의 문을 열어주었다. 머릿속에 떠오른 문장을 그냥 입 밖으로 내보냈다.

"타세요, 공주님."

영유는 웃었다. 그날도 '허탕을 쳤다'. 자동반사같이 튀어나오는 분노와 체념이 지나가고, 영유를 다시 동네로 데려다주는 차 안에서 그가 이런 이야기를 해줬다.

"내가 아마 예닐곱 살 때였던 것 같아. 성당에 다닌 적이 있었어. 부모님은 종교가 없었는데, 모르겠어, 왜 내가 주말마다 거기에 가게 된 건지. 누가 데려다줬지? 그런 것도 기억이 안 나. 내가 기억하는 건, 나 같은 어린애들이 작은 교실 같은 곳에 함께 있었고, 젊은 남자―아마도 그 성당에 속해 있는 청년부 원이었던 것 같은데―가 우리에게 간식을 주고 성경에 대해 알려줬다는 거야. 대단한 내용은 아니었어. 성모마리아의 잉태, 동방박사, 오병이어…… 뭐 그런 거였어. 그런데 하루는 매일 오던 남자가 아니라 다른 사람이 온 거야. 약간 나이가 든 여자였어. 그 여자는 십자가에 대한 이야기를 해주었어. 예수님이 우리를 구원하기 위해 돌아가셨다고. 그 뜻을 헤아리지 못하면 우리는 구원받을 수 없을 거라고, 구원받지 못하면 지옥에 떨어질 거라고도 했지. 난 그 말을 듣고 완전히 겁에 질렸어. 농담이 아니라, 정말 무서웠어. 그날 밤에 한숨도 못 잤어."

"구원을 받지 못할까 봐? 지옥에 떨어질까 봐요?"

"모르겠어, 뭐가 그렇게 무서웠지? 아마 이런 생각을 한 것 같아. 구원받지 못했는데 갑자기 사고로 죽으면 어떻게 되지? 하루빨리 구원을 받아야 한다는 생각뿐이었어. 며칠 동안 잠도 못 자고 밥도 못 먹었어. 가만히 있으면 손이 벌벌 떨렸어(이 말을 하면서 그는 두 손을 떠는 흉내를 냈고 영유가 웃었다). 신부님을 만나야겠다고 마음먹었어. 어쨌든 성당에서 가장 힘이 센 사람은 신부님이라고 생각했으니까. 아마 혼자서 성당을 찾아가서…… 아무나 붙잡고 신부님을 만나게 해달라고 말했던 것 같아. 누군가 나를 신부님에게 데려다줬고, 신부님을 보자마자 나는 울음을 터뜨렸어. 어떻게 해야 구원받을 수 있느냐고 물었지. 너무 무서워서 잠이 안 온다고, 지옥에 가고 싶지 않다고 했어. 신부님은 아마 황당했을 거야. 신부님이라고 알 수 있었겠어? 어떻게 해야 구원을 받을 수 있을지. 신부님은 잠시 생각에 잠겨 있다가 내 머리통에 자신의 손을 올려줬어. 올리고 한참을 가만히 있었지. 나는 계속 훌쩍이고 있었고. 한참 후에 마침내 신부님이 말했어. 얘야, 너는 이제 구원 받았단다.”

"그게 효과가 있었어요?"

"있었지, 완전 있었지. 완전 장난 아니게 있었지. 난 내가 구원 받았다고 생각했어. 안심이 되었지. 밤에 잠도 잘 잤고 밥도 잘 먹었어."

"그거 정말 웃긴 이야기예요."

어느새 그들은 영유의 동네에 도착했고, 영유와 그는 차 안에 한동안 그대로 있었다. 여름의 긴 해가 넘어가는 중이었고, 하늘의 절반이 주황빛이었다.

"걔가 많이 아파."

영유는 그를 바라보았다. 그 말을 하는 그의 태도에는 스스럼이 없었다. 그런 말을 하는 게 정해진 수순이라는 듯이.

"아, 불치병 같은 건 아니야. 하지만 언제나 약을 달고 살아야 해. 지난 반년 동안 입원과 퇴원을 반복했거든……. 우리가 바라는 건 그냥 함께 시간을 보내는 거야. 우리는 정말 서로를 사랑한다고. 난 곧 군대에 가니까…… 앞으로 못 볼 날이 많을 텐데. 그 애 부모님은 나를 싫어해. 외동딸이니까 걱정이 되기도 하겠지. 하지만 만나지도 못하게 하는 건 너무 심한 거 아니냐고. 그냥 우리는 같이 시간을 보내고 싶을 뿐인데……. 걔 전화기도 뺏어가버렸어."

갑자기, 아무런 맥락도 없이 영유의 머릿속으로 그녀—서울 언니의 질문이 떠올랐다. "아주머니는 아직도 창조론자시니?" 자동연상의 결과였는지도 몰랐다. 그러니까, 그가 성당 이야기를 꺼냈기 때문인지도 몰랐다. 영유의 그녀가 자신의 곁에 앉아 귀에 대고 그 말을 반복하는 것 같았다. 그 생생한 목소리와 표정, 얼굴. 심장이 철렁 내려앉는 것 같았다. 자기 자신을 배반하는 행위 같아서. 맹세코 영유는 이번 여름 그녀를 기다리지 않았다. 아, 기다리지 않았다는 말로는 부족했다. 그녀가 나타나지 않기를 바랐다. 영원히, 죽을 때까지. 영유는 고개를 흔들었다.

"왜?"

그가 물었다.

"그럼 같이 도망을 치면 되잖아요."

사랑의 도피.

그는 약간 멍한 표정으로 영유를 바라보았다.

"아, 당연히 그런 생각을 해봤지. 계획을 세운 적도 있어. 하지만 아픈 애를 데리고 어떻게 도망을 쳐."

그가 쓸쓸하게 웃었다. 그날, 집 안으로 들어가기 전에 그가 영유에게 잠깐만 앉아 있으라고 했다. 먼저 차에서 내린 그는 조수석 문을 열어주었다.

"잘 들어가."

공주님, 이라고 덧붙이지 않았다. 그건 너무 과한 것 같았다.

그녀가 찾아온 건, 그가 처음 데리러 온 지 열흘 정도가 지난 후였다. 영유는 다름 아닌 자신이 그녀를 이곳으로 불러들인 거라고 생각했다. 자신이 그의 이야기를 듣고 부지불식간에 그녀의 목소리를 떠올렸기 때문에. 매몰되어 있던 그녀의 잔해를 그토록 생생하게 건져 올렸기 때문에 그녀가 이곳으로 다시 온 거라고. 비과학적인 생각이라는 걸 알고 있었지만, 영유는 그런 생각을 멈출 수가 없었다. 영유는 그녀의 목소리를 떠올린 걸 후회했다.

2년 만에 영유를 본 그녀는 새된 목소리로 소리치듯 말했다. 다른 세상에서 전해져온 불길한 소식을 지금 막 확인했다는 듯이, 약간은 호들갑스럽게.

"너 왜 이렇게 살이 빠졌어? 무슨 일이 있었던 거야? 세상에, 뼈가 부러지겠어."

그리고 정말로 심각한 표정으로 덧붙였다.

"정말 심란해. 영유야, 너 때문에 나 정말 걱정돼. 난 여기에 걱정하러 오는 게 아니란 말이야."

그럼 여기엔 뭘 하러 오는 건데? 영유는 궁금했다. 영유 역시 그녀가 뭔가 달라졌다고 느꼈다. 지난 몇 년 동안 그녀의 머리카락은 단발에서 어깨 부근의 길이로 왔다 갔다 했는데 이번에는 거의 숏컷에 가까운 단발이었다. 주근깨가 사라졌고, 연하게 화장을 하고 있었다. 미미하지만 살이 조금 빠진 것도 같았다. 하지만 그게 다가 아니었다. 영유는 그게 뭔지 도무지 알 수가 없었다.

그녀가 찾아온 첫날 저녁, 밥을 같이 먹자고 문을 두드릴 때, 영유는 침대에 누워 있었다. 영유는 집에 있을 땐 거의 침대 위에만 있었다. 힘을 비축하려고 그러는 것이었다. 평소라면 할머니가 난리를 치며 어떻게 해서든지 영유를 식탁 앞으로 끌어냈겠지만, 그날은 분노 섞인 투로 (영유 들으라는 듯이 크게) 말하기만 했다.

"됐다. 죽을 것 같으면 나와서 밥상 앞에 앉겠지. 니나 많이 먹어라."

할머니가 그녀를 위해 급하게 만든 불고기와 잡채 냄새를 맡으며, 영유는 자신이 죽을 리가 없다고, 할머니 말대로라면 자신은 영원히 밥상 앞에 앉을 일이 없을 거라고 생각했다. 이치에 맞지 않다는 것을 알면서도 그런 생각이 들었다. 위악이나 억지가 아니었다. 자신은 절대 죽지 않을 것 같았다. 살가죽이 더 얇아지고, 근육이 작아지면서 영유는 그 어느 때보다 심장의 박동을 잘 느낄 수 있었다. 온몸에 피를 돌게 하는 심장의 그 수축운동, 그게 절대 멈추지 않을 것 같았다. 그런 예감이 들었다.

다음 날 낮에 그녀는 기어코 영유의 방에 들어왔다. 영유는 몸을 벽 쪽으로 돌렸다.

"거울이 생겼네."

그녀의 말에, 영유는 그녀가 벌거벗은 채로 거울 앞에 서 있는 모습을 상상해보려고 했다. 하지만 잘되지 않았다. 영유는 그녀의 신체 모양을 그려볼 수가 없었다. 대충이라도 불가능했다. 영유는 이해할 수가 없었다. 이를테면 그의 벌거벗은 모습을 떠올릴 수가 없는 건 당연했다. 성교육 시간에 남자 성기 모형과 인체 그림을 본 적이 있긴 했다. 그건 온도를 지닌 말랑말랑한 신체의 일부분이라기보다는 객관적인 생물처럼—해부를 기다리며 사지가 속박된 개구리처럼—느껴졌다. 그게 인간의 신체 어딘가에 달려 있는 모습을 상상하는 건 아무래도 어려웠다. 하지만 그녀와 영유는 같은 모양의 신체 기관을 가지고 있었으므로 그런 걸 떠올리는 건 식은 죽 먹기여야 했다.

그녀는 거울에 비친 영유의 뒤통수를 바라보다가 입을 열었다.

"너는 지금 니 모습이 마음에 들어?"

영유가 놀란 건, 그녀의 말투 속에서 느껴지는 냉랭함 때문이었다. 영유는 여전히 벽을 향해 누운 채 그녀에게 되물었다.

"언니는 지금 언니 모습이 마음에 들어요?"

그녀는 영유의 침대 옆에 무릎을 꿇고 앉았다. 상체를 숙이고 얼굴을 영유의 뒷덜미에 가까이 댔다. 영유는 그녀의 숨결을 느낄 수 있었다. 영유는 자기도 모르게 눈을 꽉 감았다.

"흠…… 아니."

그녀의 말투에서 약간의 회의감이 느껴졌다. 좀 전의 냉랭함은 사라지고 없었다.

"그러니까 이제 말해봐, 넌 어떠니?"

영유는 이불을 얼굴 끝까지 올렸다. 그 바람에 그녀가 뒤로 물러났다. 그제야 영유는 그녀가 어떻게 바뀌었는지 콕 집을 수 있을 것 같았다. 그녀는 참견쟁이가 되었다. 물론 예전에도 그녀는 참견쟁이였지만, 참견하는 대상의 종착역은 대개는 그녀 자신이었다. 참견은 그녀 자신에게 도달하기 위한 하나의 경유지일 뿐이었다. 하지만 이제 그녀는 진정한 참견쟁이가 되려고 준비 중이었다. 진정한 참견쟁이의 덕목 중 하나가 바로 인내심이었다. 영유의 대답을 듣고 싶어서 그녀—서울 언니가 인내심을 발휘하며 영유를 구슬리기로 한 것이다.

다음 날 저녁 (토할 각오로) 영유는 저녁 식탁 앞에 앉았다. 할머니는 집에서 콩을 삶고 갈아 만든 콩국수와 직접 만든 겉절이를 같이 내왔다.

"니네 할머니는 국산 콩으로 직접 만든 콩국물이 아니면 안 드셨다 아이가."

"그건 할머니가 원한 게 아니었어요. 할아버지 때문이었죠."

그녀가 말하자 할머니가 대답했다.

"내도 안다."

그녀가 숟가락으로 콩국물을 부지런히 떠먹다가 영유에게 물었다.

"요즘도 간부수련회 이런 거 가?"

갑작스러운 그녀의 질문에 젓가락으로 면발을 깨작거리던 영유가 고개를 저었다.

"간부수련회가 뭐꼬?"

할머니가 물었다.

"학교의 반장 부반장을 모아서 수련회를 보내는 거예요. 좀 웃기긴 하죠. 대체 뭘 수련하는 건지……. 보통 버스를 대절해서 가는데, 서울에서 두 시간가량 가면 산속에 합숙소가 있거든요. 거기 가서 2박이나 3박을 하는 거예요. 말도 안 되는 유격훈련 같은 걸 받고, 글짓기대회도 하고, 마지막 날 밤에는 캠프파이어를 했어요. 아주머니는 알죠? 제가 학교 다닐 때 고3 때만 빼고 반장을 계속한 거요. 저희 할머니가 엄청 자랑스러워하셨잖아요. 중학교 2학년 때, 강남 지역의 여중 몇 개 간부 대표들을 모아서 연합수련회를 간 적이 있어요. 전 사실 가기 싫었어요……. 하지만 엄마는 꼭 가야 한다고 했어요. 학교 대표로 뽑히는 게 얼마나 대단한 일이냐고요. 아주머니도 알죠? 엄마는 할머니에게 본인이 딸을 잘 키우고 있다는 걸 보여주고 싶었던 거였어요. 여하튼 엄마의 등쌀에 못 이겨 가게 되었어요. 다른 학교 간부까지 다 합쳐서 스무 명 정도였던 것 같아요. 3박 4일 일정이었죠. 그때, 수련회 측에서 여러 학교 학생들이 골고루 섞이도록 함께 생활 조를 짜준 거예요. 생전 처음 보는 애들이랑 3박 4일을 보내야 한다는 게. 저는…… 괜찮았어요. 그래봤자 나흘이잖아요. 그런데 애들 중 몇 명이…….''

그녀가 갑자기 말을 멈추고 영유를 힐긋 보았다.

"그러니까 그 애들은 어릴 적부터 자기 의견을 똑똑히 말해야 한다고 교육받은 애들이었어요. 원하는 게 있으면 가만히 있지 말라고요. 아주머니도 아시잖아요. 우리 할머니는 항상 저에게 넌 뭐든지 가질 수 있단다, 그렇게 말씀하셨죠. 하지만 전 뭐든지 가지고 싶다는 생각은 해본 적이 없어요……. 여하튼 애들 몇 명이 사무실로 찾아가서 이런 식으로 조를 짜는 건 아무런 이득도 없는 것 같다, 친한 친구들과 조를 짜는 게 수련에 더 도움이 될 것 같다, 뭐 그런 말을 했죠. 수련회 선생님은 안 된다고 딱 잘라 대답했대요. 절대 안 돼, 라고요. 웃지도 않고, 달래주지도 않고요. 그리고 그날 오후에 우리를 운동장에 불러 모았어요. 선생님—늙은 남자였는데—은 한동안 한탄 비슷한 걸 했죠. 요즘 애들은 공부만 잘하면 되는 줄 안다고, 정말로 중요한 게 뭔지 모르고, 불편한 건 견디기 싫어한다고요. 그러면서 수련원에서는 교실에서는 배울 수 없는 귀중한 걸 알려주겠다고 했죠. 우리의 입속에 들어오는 음식이 어떤 식으로 만들어지는지 낱낱이—정말로 이런 단어를 썼어—알려주겠다고 했어요. 음식의 기원—네, 이런 단어도 사용했죠—을 알아야 한다고요. 그런 게 진정한 교육이고, 교실에서는 절대 배울 수 없는 거라고요."

여기서 말을 멈춘 그녀는 영유에게 물었다.

"어떤 음식인지 안 궁금해?"

이번에도 영유는 관심 없다는 듯 고개를 흔들었다. 그녀는 상관없다는 듯 말을 이었다.

"치킨, 치킨을 만들겠다고 했어요. 치킨을 좋아하지 않는 사람은 없다면서요. 선생님은 우리를 수련원 건물과 조금 멀리 떨어진 곳으로 데리고 갔어요. 15분 정도를 걸어가니까 닭장이 나왔는데, 대여섯 마리 정도 있었던 것 같아요. 닭들은 미친 듯이 울어대고 있었죠. 닭을 직접 본 건 처음이었는데…… 그 눈이 아직도 기억이

나요. 정말 징그러웠어요."

그녀는 자기도 모르게 얼굴을 찌푸렸다.

"하지만 더 싫었던 건 냄새였어요. 눅눅하고…… 축축하고…… 찝찝한 냄새요. 끔찍했어요. 배설물과 사료에서 풍기는 냄새였겠죠. 우리는 모두 코를 틀어막았어요. 모르겠어요. 거기서 원래 키우던 닭인지, 아니면 그날을 위해 미리 사다 둔 건지. 닭장에서 조금 떨어진 공터에는 휴대용 가스레인지 위에 커다란 냄비까지 갖다 놨더라고요. 아, 아마도 거기서 키우는 닭이었을 거예요. 왜냐하면…… 그 사람이 너무 익숙하게 닭을 잡았거든요."

"뭐라고요?"

영유가 되물었다.

"닭을 잡았다고. 닭 한 마리를 잡아서 나오는데, 닭이 난리를 쳐서 닭 깃털이 여기저기 날렸어. 그게 몸에 닿을까 봐 우리는 뒷걸음질을 쳤지. 하지만 그 사람이 뭘 하려는 건지는 몰랐어. 그런데 갑자기 손으로 닭 모가지를 비트는 거야. 그러고는 칼로……"

그녀는 영유를 바라보며 닭을 죽이는 장면을 최대한 기억나는 대로 설명해줬다. 영유는 속이 울렁거렸다.

"어떤 애들은 헛구역질을 하고, 어떤 애들은 비명을 질렀어요. 우는 애들도 있었고요. 그런데 그 사람이 너무 당황하더라고요. 당황해서 얼굴이 벌게져 가지고는…… 우리가 말도 안 되는 반응을 보인 것처럼 심지어 우리를 다그쳤어요! 대체 왜들 그러는 거냐고요. 너무 이상하지 않아요? 그 장면을 본 우리가 충격을 받을 거라는 사실을 예상 못 했다는 게?"

"언니도 울었어요?"

"뭐라고?"

"언니도 울었냐고요."

그녀는 방금처럼 얼굴을 찌푸렸다.

"아, 그래, 울었어. 나도 울었어."

"언니는 닭고기를 먹잖아요. 닭이 죽는 걸 보고 울었던 적이 있는데 어떻게 아무렇지도 않게 닭을 먹어요?"

그녀는 어깨를 으쓱했다.

"그날 저녁때까지 우리는 아무것도 못 먹었어. 완전 배가 고픈 상태였지. 하지만 우리가 그 닭을 먹을 수 있으리라고는 생각하지 않았어. 상상조차 할 수 없었지. 식당으로 가니까, 간소한 뷔페가 차려져 있었고, 우린 각자 식판에 음식을 담아 자리에 앉았어. 잠시 후, 어디선가 고소한 냄새가 풍기기 시작했지. 그리고 테이블마다 접시에 담긴 치킨이 도착했어. 갓 튀겼는지 그때까지도 김이 올라오고 있었고, 치킨 냄새가 식당 안을 가득 채웠어. 정말 너무 먹음직스러웠어. 먹지 않고는 견디지 못할 것 같았고, 대다수는 견디지 못했어. 나도 마찬가지였어. 물론 끝까지 입에도 안 댄 애들이 있긴 했지만, 그 애들 중 몇 명이나 지금까지도 닭고기를 안 먹고 있을까?"

빈 그릇을 치우던 할머니가 말했다.

"니는 옛날에 그걸 다 봤다 아이가, 닭 잡는 거 말이다. 내가 니

시장에 데리고 간 거 기억 안 나나?"

그녀는 영문을 모르겠다는 듯이 얼굴을 찌푸리며 고개를 흔들었다.

"아니요, 아니요, 그런 적은 없어요. 그럴 리가 없어요. 제가 닭 잡는 걸 본 건 그때 딱 한 번뿐이었어요."

"니는 본 적 있다. 왜, 그 식당 뒤에 닭장에서 닭 꺼내 가지고 죽인 다음에 탈수통 같은 데 집어넣었던 거 기억 안 나나? 그 통에다가 닭을 넣으면 털이 다 뽑혔다 아이가. 옛날에는 시장에서 다 그렇게 닭을 직접 잡아서 팔았는데."

탈수통이라니. 영유는 그런 표현을 하는 할머니가 싫었다. 속이 울렁거렸다. 무슨 소리인지 모르겠다는 듯한 표정을 짓고 있던 그녀의 얼굴 위로 갑자기, 스위치라도 탁 켜진 것처럼 무언가가 비쳐 들었다. 잠시 동안 그녀는 자신에게 잦아든 것을 털어내고 싶다는 듯 눈을 가늘게 뜨고 허공을 응시했다. 그리고 작은 목소리로 중얼거렸다.

"하지만 그날 저도 울었어요. 그건 사실이에요."

그날 새벽에 영유는 인터넷으로 닭털 뽑는 기계를 찾아보았다. 생각보다 닭을 직접 잡아봤거나, 그런 장면을 목격한 사람들이 많았다. 영유는 닭 뼈에 대한 기사를 클릭했다. 전 세계 사람들이 닭을 너무 많이 먹어서, (마치 지금) 공룡 뼈가 화석으로 발견되듯, 몇천 년이 흐른 후에는 땅속에 묻혔던 닭 뼈가 발견되리라는 내용이었다. 그 기사를 읽자마자 영유는 화장실로 달려갔다. 달려가서 저녁에 먹은 (약간의) 콩국수를 게워냈다. 목구멍으로 손가락을 집어넣지도 않았다. 집어넣을 필요도 없었다. 방으로 돌아오자, 그녀가 팔짱을 낀 채 책상 의자에 걸터앉아 있었다. 그녀는 벌떡 일어나더니 영유에게 다가왔다.

"너 먹토까지 하는 거야?"

먹토—먹고 토한다. 영유는 그 단어를 경멸했다. 그 단어가 품고 있는 경솔함과 무례함을 경멸했다. 게다가 이번 경우는(방금은) 전적으로 그녀의 이야기 때문에 구토를 한 것이었다. 그녀는 화가 잔뜩 난 것 같았고, 영유의 방 안을 조급하게 서성거리다가 멈췄다가 (다시) 서성거리기를 반복했다. 그리고 마침내 그 자리에 멈춰 섰다.

"아주머니도 알아?"

그녀는 영유의 대답은 필요 없다는 듯, 극적으로 고개를 흔들어댔다.

"하, 아주머니는 모르겠지. 아주머니는 알 수가 없겠지. 세상에, 너 정말 어쩌려고 그래?"

그녀는 영유의 팔뚝을 잡았다가 얼른 놓았다. 너무 가늘고 약해서. 자신이 부러뜨릴 수도 있을 것 같아서.

"미안해."

"뭐가요?"

한참 후에 그녀가 다시 입을 열었다.

"하지만 이 말은 해야겠어. 너 정말 심각해. 말도 안 되게 심각해. 먹토라니……. 여기에 머무는 동안 내가 너 뭐 하는지 다 지켜볼 거야. 알았어?"

영유는 그녀―서울 언니의 말을 믿지 않았다. 자신이 뭘 하는지 그녀가 어떻게 다 지켜본단 말인가? 감시를 할 거란 말인가? 미행이라도 하겠다는 말인가? 영유는 그녀의 말을 하나도 믿지 않았다.

그 후로 며칠 동안 집을 나설 때마다 영유는 걸음을 멈추고 뒤를 돌아보고 싶은 마음이 시시때때로 솟아올랐다. 조금이라도 주위를 두리번거리는 기색을 보이면 안 된다는 생각이 들었을 때는 기가 막힐 지경이었다(도대체 누구에게 무엇을 감춘단 말인가?). 저 멀리 자신을 데리러 온 그의 구식 그랜저가 보이기 시작하면 그런 감정은 사라졌다. 안도감이 들었다. 그럼에도 아주 잠깐 동안 사이드미러로 자신이 걸어온 길을 확인하고 싶은 마음이 드는 것은 어쩔 수 없었다.

딱 한 번, 그런 유혹에 굴복한 적이 있었다.

이곳에 온 지 닷새째인데도 그녀는 떠날 생각을 안 했다. 저녁마다 함께 밥을 먹자고 영유의 방문을 두드렸다. 더 이상 할머니의 잔소리도, 분노도, 폭력도 없었다. 할머니는 그저 영유의 밥을 새 모이만큼만 담아주었다. 영유는 그것도 다 못 먹었다. 남긴 건 다음 날 식탁에 다시 올랐다. 영유가 (그를 만나러) 외출할 때마다 그녀는 이렇게 말했다. "다 컸다고 이제는 나랑 놀아주지도 않네?"

그런데 그날 그녀가 신발을 신고 있는 영유의 뒤통수에 대고 이렇게 말한 것이었다. "나중에 결혼을 하고 딸을 낳게 된다면 사랑에 빠지지 말라고 충고할 거야." 그러고는 이렇게 덧붙이며 웃었다. 마치 자신이 너무 재밌는 농담을 해서 웃지 않고는 배길 수 없다는 듯이. "아, 괜찮아, 너는 사랑에 빠져도 괜찮아. 너는 내 딸이 아니니까." 영유는 웃지 않았다. 바보, 멍청이, 멍청이, 바보. 마음속으로 떠올린 단어 몇 개가 그의 차로 걸어가는 내내 영유의 머릿속에서 메아리쳤다.

조수석에 앉은 영유는 안전벨트를 매고, 조심스럽게 차창을 열었다. 약간은 비통한 마음이 들었지만, 어쩔 수 없다는 심정으로 영유는 사이드미러를 움직여서 자기가 걸어온 길을 훑어봤다. 그 어디에서도 그녀가 영유를 미행한 흔적은 찾아볼 수가 없었다. 그가 영유를 흘긋 바라보았고, 영유는 사이드미러를 원래대로 고정했다.

그날도 그는 허탕을 쳤다. 그즈음에는 항상 그랬다. 항상 허탕을 쳤다. 영유를 집으로 데려다주는 길에 그가 물었다.

"뭘 봤어?"

"내가 뭘 봤어요?"

영유는 주위를 두리번거렸다.

"아니, 아까, 너네 동네에서 출발할 때 말이야."

그는 영유를 바라보지 않았다. 흘끔거리지도 않았다. 말투에는 그 어떤 감정도 담겨 있지 않았다. 그는 사랑에 빠진 누군가의 아들이었다. 아들은 사랑에 빠져도 돼? 왜 딸만 사랑에 빠지면 안 돼? 그 순간, 영유는 그런 생각이 들었다. 자신이 품고 있는 그녀―서울 언니에 대한 마음은 그를 사랑하는 마음에 비하면 반짝이는 모조품에 불과하다고. 지나치게 정교하게 만들어져서 오히려 그 가치를 잃어버린 모조품. 누군가는 뭐가 진짜인지 알아보지 못할지도 모르고, 심지어는 알아차린 후에도 상관하지 않을지 몰랐다. 모조품을 알아보고, 가차 없이 버릴 수 있는 사람이 승자였다. 영유는 승자가 될 생각이었다. 승자에게는 고동치는 심장, 활력, 몸을 던질 기회가 부여될 것이었다. 그러니까 그게 상이었다.

"오빠, 사랑의 도피를 하세요."

그가 몸을 돌려 믿을 수 없다는 표정으로 영유를 바라보았다.

"내가 도와줄게요."

영유는 여전히 하나도 못 알아듣겠다는 듯한 표정을 짓고 있는 그의 쪽으로 자신의 손을 뻗었다. 그리고 그의 건장한 팔근육 위로 포개진 (지나치게) 가느다란 자신의 손가락을 보았다.

그와 영유는 계획을 세웠다. 누군가 그 계획을 들으면 깜짝 놀랄 것이 분명했다. 그 계획이 품고 있는 그 믿을 수 없는 허술함과 단순함 때문에. 그들의 어리석음 때문에. 누군가는 그들이 어려서 그랬다고 말할지도 모른다. 영유는 어리석다는 말보다 어리다는 말을 훨씬 더 모욕적으로 받아들이리라.

영유와 그는 계획이 완벽하다고 느꼈다. 모두가 잠들었을 시간, 영유가 망을 보는 동안 그가 몰래 병실에 침입한다. 여자는 미리

옷을 갈아입고, 필요한 물품이 들어 있는 가방을 챙겨 그를 기다린다. 5인실을 사용하고 있긴 하지만 언제나 두세 개의 침상은 비어 있고, 여자는 문 바로 옆의 침상을 사용했기 때문에 다른 어려움은 없을 터였다. 그들은 포옹을 하고 가벼운 키스를 나눈다. 진짜 키스를 나눌 여유는 없을 터였다. 영유는 불안하게 주위를 두리번거리며 두 사람이 빨리 나오기를 바란다. 영유의 안내에 따라 그들은 병원을 빠져나온다. 중간에 당직 중인 의사나 간호사를 만나면, 영유는 울먹이며 말할 것이다. 우리 엄마가 여기에 입원해 계세요. 너무 걱정이 되어서 여기서 밤을 새울 거예요. 친구들이 함께 있어 줄 거예요. 그런 식으로 그들은 무사히 병원을 빠져나올 수 있다. 그와 여자는 구식 그랜저에 오른다. 그러면 된다. 여자의 치료는? 영유와 그는 그것에 대해서 (당연히) 생각했다. 여기가 아니더라도 병원은 있으니까 괜찮을 거라고. 그러려면 일단 그가 여자를 만나야 했다. 계획을 알려줘야 했다. 그러기만 하면 모든 일은 완성될 것이었다.

당장 다음 날부터 영유와 그는 병원 로비에 죽치고 앉아 기회를 엿보기 시작했다. 하루에도 몇 번씩 그는 에스컬레이터를 타고 위층과 로비를 왔다 갔다 하며 여자의 부모가 자리를 비우기를 기다렸다. 영유는 그가 여자를 공모자로 만들기를 기다렸다.

그리고 드디어 그가 기회를 잡았다.
운이 좋았어. 로비에 앉아서 영유는 그가 여자에게 할 말을 상상했다. 오늘 밤에 너를 데리러 올게. 함께 떠나자. 그가 사랑의 도피, 라는 말을 하지는 않을 것 같았다. 도망치자, 정도는 입 밖으로 냈을 것 같기도 하다. 여자는 뭐라고 대답할까? 알 수 없었다. 영유는 여자에 대해 아는 게 별로 없었다. 잠시 후, 영유는 엘리베이터에서 내려 제 쪽으로 걸어오는 그를 볼 수 있었다. 그는 이번에도 기진맥진해 보였다. 흡족함도 참혹함도 보이지 않았다. 병실 안에서 여자에게 계획을 털어놓는 동안, 그는 온몸이 부르르 떨리는 걸 숨기려고 너무 많은 힘을 써야 했다. 온몸의 근육이 경직되는 것 같았다. 그런데 경직 뒤에 찾아온 갑작스러운 감각이 있었다. 그동안 자신의 몸에 꾸준히 붙은 지방이 생생하게 느껴졌던 것이다. 마치 그림으로 그리라고 하면 한 치의 오차도 없이 두께를 나타낼 수 있을 것처럼. 그는 조금 어리둥절해졌다. 내가 왜 내 몸을 그려야 한단 말인가? "정말 그렇게 할 수 있어? 정말로 나와 함께 떠날 거야?" 여자의 목소리가 그를 깨웠다. 그는 여자의 창백한 얼굴을 바라보았다. 폴대에 주렁주렁 매달린 링거와, 손등과 팔오금에 연결된 관을 보았다. 모든 힘을 소진해버린 것 같은 얼굴. 마침내 그는 여자의 머리를 쓰다듬으며 대답했다.

"그럼, 할 수 있고말고."

여자가 그의 손을 꽉 잡았다.

영유에게로 가까이 다가와 옆자리에 앉은 그는 영유의 어깨에 머리를 기댔다. 지방이라고는 남아 있지 않은, 그 연약하고 바짝 마른 뼈의 감촉. 그는 자신의 무게가 영유의 뼈를 부러뜨릴지도 모른다고 생각했다. 부러뜨리기까지는 못해도 분명히 해를 끼칠 수 있을 것 같았다. 하지만 그렇게 생각만 했을 할 뿐, 머리를 떼지는 않았다. 어쩌면 일부러 무게를 더 실었을지도. 그의 무게를 느끼며, 영유는 드디어 계획이 진짜로 실현되리라는 사실을 깨달았다.

그들은 각자의 집으로 돌아갔다.

그날 저녁, 영유는 최선을 다해 밥알을 꼭꼭 씹어 넘겼다. 오늘은 괜한 시빗거리를 만들어서는 안 되었다. 열흘이 지났는데, 그녀는 여전히 떠날 생각이 없어 보였다. 도대체 서울 언니는 이곳에서 뭘 하며 지내는 걸까? 하지만 영유는 그건 자신의 진정한 관심사가 아니라고 생각했다. 영유의 진짜 관심은 그와 여자가 바로 내일 새벽, 사랑의 도피를 하게 되리라는 사실, 그뿐이었다.

새벽, 침대에서 나온 영유는 책상 서랍을 열어서 아연 네 알을 꺼내 물도 없이 꿀떡 삼켰다. 아연의 활력. 몸이 깃털처럼 가벼워지는 듯한 기분. 그런 착각은 언제나 유용했다. 거실에는 에어컨이 작동되고 있었다. 할머니의 방문은 닫혀 있었고, 그녀는 에어컨 때문에 방문을 반쯤 열어놓고 있었다. 이때쯤이면 열대야가 사라졌어야 하는데, 아직도 밤의 더위가 기승을 부리고 있었다. 아니, 그 어느 때보다 심했다. 영유는 그녀의 방문 앞에서, 그녀의 잠든 모습을 잠시 바라보았다. 그러고는 방문을 조심스럽게 닫았다. 영유는 현관까지 발뒤꿈치를 들고 걸었다. 그동안은 숨도 쉬지 않았다. 자신에게서는 아무런 기척도 느껴지지 않을 것이고, 그러므로 쥐

새끼 한 마리도 깨울 수 없으리라 여기며. 현관문을 열고 바깥으로 나온 영유는 그제야 숨을 몰아쉬었다. 뜨거운 열기가 입안으로 밀려들어왔다. 사방에서, 열기가 영유의 몸을 압박하는 것 같았다. 멀지 않은 곳에 그의 자동차가 서 있었다. 차의 후미등에서 길게 뻗은 빛의 고리. 영유는 지금은 그 차에 자신의 자리가 마련되어 있지만, 불과 몇 시간 후에는 그렇지 않으리라는 걸 알고 있었다. 분명히 알고 있었다.

그가 칠흑같이 어두운 길을 운전하는 동안 영유는 깜빡 잠이 들었다. 영유가 그의 차 안에서 잠이 든 건 처음 있는 일이었다. 그는 영유가 깨지 않도록 작게 볼륨을 낮추고 라디오를 틀었다. 그리고 백미러로 뒷좌석에 놓여 있는 더플백을 흘끔거렸다. 도망을 친다. 그런 생각을 하자 몸이 가볍게 떨렸다. 떨림이 잦아들면서, 차 안이 좁아지는 것 같은 기분이 들었다. 얼마나 시간이 지났을까? 라디오에서 흘러나오는 음악 사이로 이질적인 소리가 섞여들었다. 뭐지? 소리의 진원지를 찾으려고 그는 라디오를 껐다.

드르렁.

영유가 코를 골고 있었다. 강파른 몸에서 새어 나온 코 고는 소리는 공기 중을 힘없이 배회하다가 잦아들었다. 영유는 침대 위에 누워 있는 것처럼 편안하고 안락해 보였다. 그 순간, 그는 침상 위에 누워 있던 여자친구의 팔과 연결되어 있던 링거를 떠올렸다. 폴대에 주렁주렁 달려 있던 링거들. 젠장, 그는 자신이 큰 실수를 했음을 깨달았다. 링거에 대한 조치를 마련했어야 했다. 여자친구가 링거를 계속 들고 있다면, 병원을 빠져나오다가 누구라도 만나게 되면 곤란해질 것이다. 그가 알기로 링거는 심장보다 위쪽에 위치해야 했다. 무사히 병원을 빠져나와 차에 탄다 한들 그걸 어디에 걸어둔단 말인가? 링거를 뺄 수 있나? 링거 없이 여자친구가 견딜 수 있을까? 얼마나 견딜 수 있을까? 병원에 도착한 그는 건물 바로 앞에 차를 세운 채, 영유를 깨우지 않고 그대로 앉아 있었다. 입술이 바싹 말랐다. 영유에게 뭐라고 말해야 할지 알 수 없었다. 계획에 큰 문제가 있다는 말을 어떤 식으로 해야 할지 도무지 알 수 없었다.

잠시 후, 영유가 잠에서 깼다. 영유는 그의 옆에서 세상모르고 잠들어버린 게 부끄럽지 않았다. 지나치게 명료해진 정신. 흐릿하거나 명확하지 않은 건 아무것도 없는 것 같았다. 잠든 동안 신체의 감각이 재배열된 것처럼. 대체 누가 그런 일을 할 수 있어? 영유와 눈이 마주치자 그가 어색하게 웃어 보이더니 무언가 말을 하려다가 말았다. 그가 망설이고 있다고 생각한 영유는 가느다란 팔을 뻗어 그의 머리 위에 댔다. 그리고 말했다.

"용기를 내요, 왕자님."

그는 울고 싶어졌는데, 그 자신도 그 이유를 몰랐다.

잠시 후, 영유와 그는 아무 말 없이 불 꺼진 텅 빈 병원 로비를 천천히 가로지르고 있었다. 어둠 속에는 미약한 열기와 습한 기운이 감돌았다. 영유는 병원이 너무 암울하고 너절해 보인다고 생각했다. 낮에는 그런 생각을 해본 적이 없었다. 5층 엘리베이터에서 내리자 궁색하고 협소한 공간이 나왔고, 곧바로 병실로 이어지는 철문이 보였다. 철문은 열려 있었다. 그 안으로 보이는 병실 복도에는 흐릿한 전구 몇 개만 켜져 있었다. 그는 영유를 한번 바라보고, 다시 무언가를 말하려다 그만두었다. 한숨을 한번 쉬고, 천천히 여자의 병실로 들어갔다. 영유는 누군가의 기색이 느껴지면 바로 연락을 할 심산으로 휴대전화를 꼭 쥐었다. 그런데 알고 보니 그럴 필요가 없었다. 새벽의 병동은 예상한 만큼 고요하지 않았다. 환자복을 입은 남자가 복도를 서성거렸는데 그는 영유를 신경 쓰지조차 않았다. 영유는 철문 앞 낡은 의자에 앉았다. 이제 곧 그들이 떠난다. 사랑에 빠진 누군가의 아들과 딸이 떠난다. 그의 구식 그랜저를 타고 떠난다. 영유는 사랑의 도피를 목격할 것이다. 유일한 목격자. 두 사람은 자신들에게 너무 도취되어서 영유는 신경 쓰지 않고, 고마워하지도 않을 것이다. 그래도 괜찮았다. 아니다, 영유는 그들이 고마움 같은 건 느끼지 않기를 바랐다. 나는 여기에 남을 거야. 영유는 생각했다. 하지만 영원히는 아니야. 나는 누군가의 차를 얻어 타지 않고 내 발로 여기를 떠날 거야. 순간, 영유는 깜짝 놀랐다. 다른 이유 때문이 아니었다. 그 전까지는 한 번도 떠나고 싶다는 생각을 해본 적이 없기 때문이었다.

　영유가 뭔가 문제가 생겼다고 느낀 건, 15분 정도가 흐른 후였다. 이렇게 시간이 걸릴 일이 아니었다. 그냥 여자를 데리고 나오기만 하면 되는 일이었다. 그가 그런 일을 실패했으리라고는 생각할 수가 없었다. 영유는 병동 쪽으로 천천히 걸음을 옮겼다. 여자가 머무는 병실 문은 아주 조금 열려 있었다. 열린 문틈 사이로 감정을 억누른 그의 목소리가 들려왔다. 그랬다. 문제가 생겼다. 하지만 그가 걱정했던 것처럼 링거줄 때문이 아니었다. 그런 걱정은 쓸모없는 것이었다. 그의 여자친구가 마음을 바꿨다. 떠나지 않기로 마음을 정한 것이다. 그는 왜 마음을 바꾼 거냐고, 하루도 지나지 않았는데 어떻게 그럴 수가 있느냐고 여자에게 따지듯 물었다.

"가고 싶지 않아. 너에 대한 마음이 변한 건 아니야."

영유는 배신감을 느꼈다. 누군가 칼로 자신의 심장을 긋는 것 같았다. 그도 영유도 미처 예상하지 못한, 모든 것을 뒤흔들 만했지만 한 번도 고려한 적 없는 변수. 영유는 여자가 마음을 바꾼 건 두려움 때문이 아니라고 생각했다. 유일한 이유—그 여자가 사랑에 빠지지 않았기 때문에.

그가 여자의 손을 잡아끌었다. 여자가 외마디 비명을 질렀다. 그리 크지 않았고 위협적이지 않았지만, 같은 병실의 환자가 더 이상 참을 수 없다는 듯, 화를 냈다. 좀 더 적극적이었던 다른 환자는 침상에서 빠져나왔다. 그와 그의 여자에게 다가가서 무슨 일이 있는 거냐고 물었다. 웅성거림. 납치, 라는 단어는 그의 여자친구 입에서 나왔다. 눈 깜짝할 사이에 소란스러움은 5층 병동 전체로 퍼져나갔다. 병동 복도의 불이 켜졌다. 병실 문 앞에 엉거주춤 서 있던 영유는 갑작스레 빛에 노출되었고, 눈이 부셨다. 너무 부셨다. 그래도 영유는 천장에 달린 형광등에서 시선을 떼지 못했다. 고장 난

등 몇 개. 영유는 시간이 아주 흐른 후에도 자신이 고장 난 등 몇 개를 기억하게 되리라고 생각했다. 그런 예감이 들었다. 병원 직원들이 빠르고 위협적인 걸음—그들은 절대 뛰지 않았다—으로 병동 쪽으로 들어왔다. 건장한 남자 둘, 저들이 나와 그를 잡아갈까? 쇠창살에 갇히게 될까?

그때, 누군가 영유의 손을 잡아챘다. 빛의 잔상이 시야를 장악했지만 누군지 알아볼 수는 있었다. 그녀—서울 언니였다.

그녀는 입을 꾹 다물고 영유의 팔을 끌고 무작정 걸어갔다. 병원 직원들을 그대로 지나쳐 비상계단을 걸어 내려갔고, 로비를 지나 병원 건물을 빠져나왔다. 병원 밖은 뜨거운 공기 때문에 숨이 막히는 것 같았다. 종아리와 허리에 통증이 느껴졌다. 그녀가 꽉 잡은 팔목이 욱신거렸다. 영유의 시야로 구식 그랜저가 들어왔다. 영유는 거기에서 눈을 떼지 못했다. 그녀에게 끌려가면서도 시야에서 사라질 때까지 영유는 그랜저를 바라보았다. 그건 쓸모를 잃어버리고 살처분을 기다리는 커다란 말 같았다.

"세상에, 너 정신이 어떻게 된 거야? 미쳤어?"

영유는 그녀가 자신의 손목을 비틀어 부러뜨릴 거라고 생각했지만, 아니었다. 던지듯 손목을 놓아버렸을 뿐이다. 영유는 숨을 몰아쉬며, 빨갛게 달아오른 손목을 주물렀다. 숨을 몰아쉬며, 주위를 둘러보았다. 어두운 길 사이로 드문드문 서 있는 1층짜리 낡은 건물(들)에는 셔터가 내려져 있었다. 영유는 얼떨떨한 기분이

들었다. 아무런 일관성이라고는 찾을 수 없는, 되는대로 입점한 것 같은 가게들 때문에. 나래해장국, 삼전전파상, 명화보살 사주팔자……. 그녀는 영유를 바라보며 이마에 맺힌 땀을 닦았다. 습한 열기 때문에 숨이 막히는 것 같았다. 8월 중순이 지났는데도 이렇게 열대야가 이어지는 건 정상이 아니야. 그녀는 생각했다. 저 애가 저렇게 땀을 거의 흘리지 않는 것도 정상이 아니야.

영유가 그녀에게 물었다.

"나를 미행했어요? 나를 따라왔어요? 언제부터 그랬어요?"

"내가 뭐랬어? 니가 뭐 하는지 다 지켜본다고 했잖아! 그 남자는 누구야? 왜 맨날 둘이 병원에 죽치고 앉아 있었던 건데? 대체 너네 뭘 하려고 했던 거야? 그 여자 데리고 어디를 가려고 했던 거야? 도대체 무슨 일을 꾸민 거야?"

그녀는 영유의 대답을 기다릴 생각이 없었다.

"너네가 하려고 했던 일이 뭔지 알아? 그게 뭔지 알아?"

"나쁜 짓을 하려는 게 아니었어요."

영유는 다리가 후들거리는 것 같았다. 불안함이나 후회 때문이 아니었다. 그저 혈액 속 아연이 다 소진된 것뿐이라고, 집으로 돌아가서 아연을 몇 알 더 먹으면 되리라고 영유는 생각하고 있었다.

"너네는 범죄를 저지르려고 한 거야. 알았어? 내가 너를 거기서 데리고 오지 않았다면…… 어떻게 되었을지 알아? 넌 그 남자랑 지금쯤 경찰서에 있을 거라고!"

그건 영유도 알고 있는 사실이었다. 하지만 그게 왜 죄가 되어야

해? 그들은 사랑의 도피를 하려고 했던 것뿐이었다. 영유는 약간의 도움을 주려고 했을 뿐이다. 도망치는 게 죄가 될까? 영유는 도저히 그런 식으로는 생각할 수가 없었다. 진짜 죄는 그 여자가 사랑에 빠지지 않았다는 거라고, 영유는 생각했다. 사랑에 빠지지도 않았으면서 그런 척했다는 거였다. 그것이야말로 진짜 죄였다.

"개소리하지 마요."

영유는 더 이상 서 있을 수가 없어서, 바닥에 주저앉았다. 무릎을 세우고 두 손으로 끌어안았다.

"뭐라고? 그게 지금 나한테 할 말이니? 어떻게 그럴 수가 있어? 넌 나한테 고마워해야 해!"

그녀—서울 언니가 며칠 동안 미행한 게 틀림없다고, 영유는 생각했다. 새벽에 집에서 나오기 전에, 내가 그녀를 잠시 바라보았던 것도 다 알고 있었던 거야. 그러면서 모른 척을 한 거지. 영유는 어딘가에 몸을 숨긴 채로 자신을 바라보는 그녀를, 구식 그랜저에 올라타는 자신을 바라보는 그녀를 떠올렸다. 그를 보고 어떤 생각을 했을까? 영유는 궁금했다. 영유가 그 차를 타고 어디로 갈지 예측하는 건 그녀에게 그렇게 어려운 일도 아니었을 것이다. 영유와 그가 머문 건 차 안과 병원밖에 없었으므로. 시간이 애매해서 택시를 부르는 게 쉽지는 않았을 것이다. "기사님, 최대한 빨리 가주세요. 속도위반 벌금은 제가 다 물게요. 택시비도 두 배를 드릴게요." 그녀—서울 언니는 그렇게 말했으리라. 영유는 그녀가 그와 자신이 무슨 계획을 세웠는지까지는 몰랐을 거라고 생각했다. 그랬다. 당연히 몰랐을 거였다. 하지만…… 영유는 고개를 들어 그녀를 유심히 바라보았다.

"언니."

그녀를 부르는 영유의 말투가 미묘하게 바뀌어 있었다. 그녀를 졸졸 쫓아다니던 시절, 그녀를 부르는 영유의 말투에는 언제나 약간의 어리광과 애처로움이 담겨 있었다. 어쩔 수 없이 그녀의 마음이 조금 누그러졌다. 그녀는 영유 앞에 쭈그러 앉으며 대답했다.

"응?"

영유는 그녀의 얼굴, 수술을 해서 낮아졌다는 코를 바라보며 말했다.

"그럼 왜 애초에 나를 말리지 않았어요? 왜 새벽에 나가는 걸 보고만 있었어요? 왜 그랬어요?"

그녀의 볼이 일그러졌다. 볼이 붉어졌다. 어떤 감정을 담은 게 아니었다. 무의식의 결과 따위도 아니었다. 그건 순수한 신체적 반응이었다. 근육이 떨리고 혈관이 확장되는 것. 그녀는 금방 얼굴 근육을 바로잡을 수 있었다. 금방 소리 내어 웃을 수 있었다. 하지만 붉어진 볼은 어떻게 할 수가 없었다. 끙, 소리를 내며 자리에서 일어난 그녀가 영유에게서 몇 발짝 떨어졌다.

"정말 웃기다. 너 정말 정신이 어떻게 됐구나?"

이번에도 그녀는 영유가 대꾸할 기회를 주지 않았다.

"그렇게 먹지 않으니까, 영양분이 뇌까지 공급되지 않으니까 그런 말도 안 되는 생각을 하는 거야. 도대체 음식을 왜 안 먹는 거야? 왜 먹토를 하는 거야? 왜 거식증에 걸린 거야?"

거식증이라니, 영유의 심장이 고동치기 시작했다. 세상에, 영유는 자신을 환자라고 생각한 적이 단 한 번도 없었다. 밤마다 벌거벗은 채로 거울 앞에 서서 드러난 뼈를 보면서도 그런 단어—거식증을 떠올린 적은 단 한 번도 없었다. 자신은 병에 걸린 게 아니었다. 물론 영유가 잃어버린 게 있었다. 그건 영유가 선택한 것이었다. 누군가의 계략이나 모략이 아니었다. 도대체 누가 스스로 병에 걸릴 수가 있지?

"너 그러다가 죽을 수도 있어."

다시 가까이 다가온 그녀가 영유를 내려다보며 말했다. 화가 나서 견딜 수 없다는 듯이 말했다.

"아니, 분명히 죽게 될 거야."

온통 땀으로 젖은 그녀가 너무 볼품없어 보인다고, 영유는 생각했다.

"너 혹시 일부러 밥을 안 먹는 거야? (여기까지 말한 그녀는 단어를 고르려고 잠시 멈췄다) 살고 싶지 않아서? 그런 거야?"

"아니에요!"

즉각적이고 단호하게 대답하고 싶었지만, 영유의 입에서 나온 대답은 지나치게 맹렬하고 성급한 인상을 주었다. 이번에 그녀는 단어를 고르지 않았다.

"너 혹시 죽고 싶은 거야?"

영유는 자리에서 일어났다. 순간적으로 머리가 핑 도는 것 같았다. 속이 메스꺼웠다. 여전히 영유의 심장은 쿵쿵거리고 있었다. 영유는 작지만 분명하게 말했다.

"난 죽고 싶다고 생각한 적 없어요. 그런 생각 한 적 없어요."

영유는 우호적이지 않았던 선생들의 시선을 떠올렸다. 반 아이들 사이를 떠도는 의구심을 떠올렸다. 영유는 병원 로비에 앉아 있을 때 사람들이 자신을 보고 언짢아한다는 걸 알았다. 그런 건 괜찮았다. 그녀―서울 언니가 자신을 불편해하고 두려워한다고 해도 괜찮았다. 하지만 영유가 스스로를 죽음으로 밀어 넣고 있다고 여기는 건 참을 수 없었다. 그건 영유의 모든 행위와 과정들―교복 치마에 바느질을 하고, 아침마다 체중을 재고, 영양제를 챙겨 먹고, 벌거벗은 채로 거울을 확인하는―에 대한 모욕이었다. 영유는 마음이 찢어지는 것 같았다. 너덜너덜해지는 마음. 영유는 무작정 걷기 시작했다. 길이 어디로 향하는지 그런 것도 모르면서 그냥 걸었다. 어디선가 개 짖는 소리가 들렸다. 그녀는 붙박인 것처럼 서서 영유의 뒷모습을 멍하니 바라보았다. 피부를 타고 흐르는 땀이 성가시다는 생각을 하다가, 영유를 따라 걷기 시작했다. 영유는 금세 따라잡혔다. 그들은 나란히 걸었다. 얼마나 걸었을까? 어딘가에서 흘러나오던 빛도 사라지고, 어둠이 모든 것을 장악해버린 것 같았다. 그녀가 휴대전화 불빛을 길 앞으로 비추었다. 그들은 버려진 것처럼 보이는 정류장을 발견했다. 하지만 버려진 게 아니었다. 하루에 다섯 번밖에 버스가 서지 않을지언정 그건 엄연한 정류장이었다. 그들은 기다란 의자에 앉았다. 솔직히 말해서 영유는 더 이상 걷지 않아도 된다는 생각에 안도감이 들었다. 여전히 심장이 쿵쿵거리고 있었다.

그녀가 입을 열었다.

"거짓말하지 마."

무슨 거짓말? 아아, 영유는 숨을 크게 들이마셨다가 내쉬었다. 그녀가 영유에게 바짝 붙어 앉아서 팔짱을 꼈다. 어느 정도의 비굴함을 감수하겠다는 태도로 조심스럽게, 영유를 구슬리고야 말겠다는 듯이. 영유는 자신에게 딱 달라붙은 그녀 몸의 굴곡을 느낄 수 있었다. 그녀가 영유에게 팔짱을 꼈다.

"영유아, 넌 죽고 싶었던 거야. 그렇지? 솔직하게 말해봐, 제발."

영유에게 닿은 그녀의 피부가 너무 뜨거웠다. 땀에 젖은 그녀의 살이 너무 축축했다. 자신의 딱딱하고 메마른 피부에 닿은 그녀의 뜨겁고 축축한 살. 맨살과 맨살 사이에 스며들어 있는 것. 영유는 그것을 온전히 그녀에게 건네주고 싶었다. 하지만 그게 뭔데? 귀 뒤의 맥박이 생생하게 느껴졌고, 오금이 저렸다. 오줌이 마려운 기분이 들었다.

"맞아요. 언니, 나는 죽고 싶어요."

그녀가 팔짱을 풀어서, 한쪽 팔로 영유의 등을 감쌌다. 영유는 그녀의 얼굴을 볼 수 없었다.

"세상에, 불쌍하기도 해라. 그래, 너는 죽고 싶었던 거야."

그녀가 탄식하듯 말했다.

"언니, 나는 심장이 멈출 때까지 밥을 먹지 않을 거예요."

"그러지 마. 영유야, 그러지 마."

그녀는 영유의 등에 이마를 갖다 댔다.

"영유야, 그건 너무 어리석은 생각이야. 애 같은 생각이야. 니가 죽는다고 해서 달라지는 건 없어."

"나 때문에 우는 사람들이 있을 거예요. 나를 기억하는 사람들이 있을 거예요."

영유는 그게 개소리라는 걸 알고 있었다.

"불쌍한 우리 영유를 어쩌면 좋아. 영유야, 사람들은 너를 위해 우는 게 아니야. 사람들은 아주 빨리 너를 잊어버릴 거야. 니가 살아 있었다는 사실조차 잊어버릴 거야."

"아니에요, 나를 기억할 거예요."

영유는 위엄을 지키고 싶었다. 조급하거나 어설픈 인상을 주고 싶지 않았다.

"키가 크고 체구가 크던 여자애, 갑자기 살을 빼기 시작한 여자애, 보기 싫을 정도로 볼이 움푹 들어가고, 뼈가 만져지고, 힘없이 앉아 있기만 했던 그 여자애가 스스로를 천천히 천천히 말라 죽였어. 그런 식으로 기억할 거예요. 떠올리면 불쾌하고 기분이 나빠지겠지만 그래도 기억할 거예요."

그녀는 여전히 영유의 등에 이마를 댄 채로 고개를 흔들었다.

"그 사람들은 너 때문에 기분 나빠하지 않을 거야. 너는 그 사람들을 기분 나쁘게 하지도 못할 거야."

영유는 이번에도 그녀의 말을 믿었다. 철석같이 믿었다. 그렇지만 그녀의 말을 반박하고 싶었다. 땀에 젖은 볼품없는 그녀의 말을 반박하고 싶었다. 그녀가 맥없이 자신의 의견을 철회하는 걸 보고 싶었다.

"할머니는 나를 기억할 거예요."

"그래, 아주머니는 너를 기억할 거야."

그녀의 대답에 영유는 조금 의기양양한 기분이 들었다. 그녀가 영유의 등에서 이마를 뗐고, 영유를 안고 있던 손을 풀었다.

"하지만 그게 무슨 의미가 있어?"

그녀는 영유를 바라보았다. 영유는 모조품을 생각했다. 너무 반짝거리는 모조품, 진짜와의 차이를 잃어버린 모조품. 진짜와 완전히 똑같다면 그걸 모조품이라고 말할 수 있어? 모조품으로서의 가치를 잃어버린 모조품. 그런 게 있을 수 있어? 영유의 입안이 바싹 말랐다. 주위가 온통 습기로 가득한데, 영유의 입안은 바싹 말랐다.

"언니는요? 언니는 나를 기억할 거죠?"

영유는 그녀를 잡고 싶었다. 그녀의 몸을 경솔하게 잡고 흔들고 밀고 당기고 싶었다. 그럴 만한 힘이 남아 있을까? 영유의 반대편으로 고개를 돌린 그녀가 입을 열었다.

"아주 잠깐은, 아주 잠깐은 그럴 거야."

하, 문득 영유는 깨달았다. 그녀―서울 언니는 자신에게 왜 죽고 싶은지 묻지 않았다. 그 이유를 물어보지 않았다. 영유가 죽고 싶다고 생각하는 게 당연한 것처럼. 그럴 힘이 남아 있어? 영유는 자리에서 일어났다. 조금 비틀거렸고, 눈앞이 하얘졌지만, 금방 괜찮아졌다. 이상했다. 어떤 힘이, 혈액 속에 남아 있던 아연의 찌꺼기들이 소용돌이치는 것 같은 기분이 들었다. 가만히 있기가 힘들었다. 움직이고 싶었다. 팔다리를 사용하고 싶었다.

 영유는 달리기 시작했다. 보이는 대로 길을 따라 뛰었다. 지면에 발바닥이 닿을 때마다 관절들에 통증이 느껴졌다. 몸이 위아래로 흔들릴 때마다 몸속 장기의 배열이 어긋나는 것 같았다. 영유는 그걸 계속 느끼고 싶었다. 멈추고 싶지 않았다. 하지만 그 힘은 금방 소진되어버렸다. 순식간에 영유는 온몸이 무력해지는 걸 느꼈다. 놀라울 정도로 짧은 시간. 영유는 땅바닥에 무릎을 대고 기듯이 엎드렸다. 목 뒷덜미에서 흘러나온 땀이 땅바닥으로 뚝뚝 떨어졌다. 처음으로 영유의 몸에서 흘러나온 땀. 그제야 영유는 자기가 얼마나 어리석었는지 깨달았다. 그 일—그와 여자가 도망치는 일—이 성공했다면 그들이 구식 그랜저를 타고 떠났다면 나는 집에 어떻게 돌아갈 생각이었지? 그 차 안에 더 이상 자리가 없으리라는 걸 알면서 나는 대체 어떻게 돈 한 푼 안 가지고 나온 거지? 물론 영유에게는 자기만의 계획이 있었다. 영유는 걸어서 돌아갈 계획이었다. 그럴 수 있을 거라고 생각했었다. 경솔하고 무분별한 계획. 새로운 삶, 다시 태어나는 거, 그게 가능해? 숨을 몰아쉬며 영유는 그녀의 발소리를 들었다. 그녀가 바로 옆까지 다가왔을 때, 영유는 천천히 천천히 몸을 일으켰다. 가쁜 숨을 몰아쉬며 그녀를 불렀다.
 "언니."

그녀는 영유의 말투가 다시 예전—자신을 졸졸 쫓아다니던 그 시절—으로 돌아가 있다는 사실을 알아차렸다. 하지만 이번에는 속지 않을 것이었다. 얼굴의 근육이 멋대로 움직이거나 얼굴이 붉어지는 일은 없을 것이었다. 그래도 그녀는 다정하게 대답했다.

"응?"

영유는 그녀에게 가까이 다가갔다.

"언니, 나 언니에게 뽀뽀해도 돼요?"

영유는 그녀의 대답을 기다리지 않았다. 그냥 그녀를 꼭 끌어안았다. 그녀의 축축하고 말랑한 몸과 자신의 축축하고 딱딱한 몸. 영유는 그녀를 끌어안은 자신의 팔을 보았다. 흘긋거리지 않았다. 조심스럽지도 않았다. 영유는 자신의 앙상한 손목에 드러난 뼈를 노려보았다. 자신의 마음속에서 웅크리고 있던 어떤 것이 기지개를 켜는 것 같은 기분이 들었다. 전지전능한 존재가 더미 인형에 숨을 불어넣은 것처럼. 하지만 그 숨이 영원할 수 있어? 영원히 살아갈 수 있어? 절대로 들어맞을 리 없는 예언. 하지만 그런 게 있지 않아? 죽음도 아니고, 삶도 아닌 거. 죽음과 삶 사이에 존재하는 게 아니라, 죽음과 삶 바깥에 존재하는 거. 집으로 돌아가면 서랍 속 아연을 모두 버려야 하리라. 문득, 영유의 머릿속에 닭 뼈가 떠올랐다. 땅속에 묻혀 있는 무수한 닭 뼈들. 인간은 사라져도 지구상에 끝까지 남아 있을 뼈들. 영유는 그녀와 자신의 발 바로 아래 매몰되어 있는 그 수많은 닭 뼈를 떠올렸다.

영유의 품 안에서, 그녀 역시 뼈에 대해 생각하고 있었다. 인터넷에 거식증을 검색했을 때 제일 처음 나왔던 이미지는 구멍이 숭숭 난 뼈 사진이었다. 영유의 뼛속에도 그런 식으로 구멍이 나 있겠지. 영유에게서는 냄새가 났다. 평소에는 긴가민가했는데 이렇게까지 가까이 있으니까 분명히 좋지 않은 냄새가 났다. 구취. 거식증 환자에게 흔히 나타나는 증상 중 하나라는 것, 그것 역시 검색으로 알게 된 사실이었다. 그녀는 그때, 엄마가 억지로 보냈던 수련회에서 맡았던 닭장 냄새를 떠올렸다. 온 세상을 잡아먹을 듯 강렬했던 냄새. 끔찍하다고 생각했지만 돌이켜보면 그건 자연의 냄새, 잘 키운 건강한 닭이 내뿜는 냄새였다. 그에 비하면 영유의 냄새는 미미했지만 명백하게 자연을 배반한 것이었다. 오, 가엾기도 해라. 그녀는 숨을 있는 힘껏 들이마셨다. 한동안은 냄새를 피할 수 있으리라. 그런 생각을 하며 그녀는 눈을 감았다. 그리고 그 다음을 기다렸다.

제 26 회
이 효 석
문 학 상
———
심 사 평

삶은 자주 날것으로,
때로는 세공된 별처럼

한국문학의 현장이 뜨겁다. 세계 유수의 문학상 수상이나 다국어로의 번역 그리고 영상 콘텐츠화 등 외부로부터의 소식이 문학장 전체에 활기를 부여하고 있다. 떠들썩한 주목에 한국문학장 전체가 도취된 듯 보이지만, 한편에서는 이 활기가 한때에 그치지 않도록 냉철한 시선을 거두지 않고 있으며, 또 다른 한편에서는 문학의 본질에 대한 탐구로 깊이 침잠하고 있다. 이효석문학상은 삶에 대한 이해를 넓혀주는 동시대 소설들을 독자에게 소개해왔다. 올해의 수상작 역시 인생의 한 모퉁이에서 겪어보았을 법한 감정 혹은 막연하게 바랐던 다른 세계에 대한 갈망을 환기하며 지금 여기의 삶과 함께 호흡한다. 특히 올해는 적나라한 욕망과 주체하지 못하는 분노, 주술적 힘이 틈입하는 낯선 세계 등 삶의 원초적 면모를 보여주는 소설과 더불어, 언어의 세련과 은유적 장치를 통해 일상을 다시금 반짝이게 하는 소설이 두루 선정되었다. 삶은 자주 날

것 그대로의 잔악성을 드러내며 공포스러운 얼굴로 육박하지만, 때로는 신이 마련한 완벽한 장면 속에서 세공된 별처럼 번뜩인다. 그런 점에서 올해 수상작들은 각기 다른 리듬으로 독자의 삶과 동행할 수 있으리라 기대한다. 이효석문학상이 독자와 한국문학을 잇는 값진 연결고리가 될 것을 기원하며, 심사 경위와 작품별 논의 내용을 아래와 같이 전한다.

제26회 이효석문학상은 2024년 5월부터 2025년 4월까지 문예지 및 기타 매체를 통해 발표된 중·단편 소설을 대상으로 최종 후보작 여섯 편―김경욱의 「너는 별을 보자며」, 김남숙의 「삽」, 김혜진의 「빈티지 엽서」, 이미상의 「옮겨붙은 소망」, 이희주의 「사과와 링고」, 함윤이의 「우리의 적들이 산을 오를 때」―을 선정하였고, 그 가운데 이희주의 「사과와 링고」를 2025년 대상작으로 결정하였다. 심사위원들의 중론은 후보작 여섯 편 가운데 어느 것이 대상을 받아도 손색없다는 것이었고, 바로 그렇기에 대상작을 선정하는 데에는 열띤 논의와 숙고의 시간이 필요했다. 각각의 색채로 빛나고 있는 작품들 가운데 한 작품만을 선정하는 일은 어렵고도 고되었으나, 그만큼 한국문학의 뜨거운 현장을 체감하는 일이기도 하여 뜻깊은 시간이었다.

김남숙의 「삽」은 성폭력 사건에 억울한 피고발자가 된 남성 인물을 주인공으로 한다. 소설 전반을 장악하고 있는 작가의 역량과 흡인력 있는 서사 전개가 호평을 받았다. 반면, 오늘날 '성폭력 무고죄' 사건이 지니는 논쟁적인 의미에 비해 여성 청소년 인물이 단편적으로만 그려지고 있는 점, 주인공에 대한 비판적 거리가 부족한 점에 아쉬움이 있었다. 그럼에도 주인공이 분노를 자기를 향해 터뜨리는 마지막 장면은 깊은 인상을 남겼다. 김혜진의 「빈티지 엽서」는 타인의 엽서를 읽으며 자신에게도 가능했을지 모르는 '다른' 삶을 꿈꾸는, 그러나 다시금 '이곳'의 중력에 이끌리고 마는 인물의 일상을 섬세하게 그린 작품이다. 굵직한 사건 전개가 부재하다는 의견도 있었으나, 주인공이 타인의 엽서를 읽을 때 동네 사람들 역시 주인공의 삶을 함부로 읽는 장면이 겹쳐지면서 중심 소재인 엽서는 삶에 대한 은유로 완성된다. 삶이란 겉면에 사연을 쓰는 엽서처럼 타인에게 함부로 읽히기 쉽지만, 당사자의 내밀한 사정 없이는 제대로 읽어낼 수 없는 것임을 다시 한번 확인하게 한다. 함윤이의 「우리의 적들이 산을 오를 때」는 스타일과 분위기의 측면에서 가장 강렬한 인상을 남긴 작품이었다. 독수리가 떼 지어 다니는 소도시의 풍경이나 낯선 종교 행사가 이루어지고 있는 천문대는 그 자체만으로 탁월한 서스펜스를 만들어낸다. 그러나 소설 세계를 구축하기 위해 동원된 소재와 사건의 의미가 잘 포착되지 않는다는 점에서 심사위원들의 확신을 얻지 못하였다.

김경욱의 「너는 별을 보자며」와 이미상의 「옮겨붙은 소망」은 대상작 선정 과정에서 마지막까지 오래 논의된 작품이다. 먼저 「너는 별을 보자며」는 소설가 소설이라는 익숙한 형식을 띠고 있지만, 아내 '은하'는 소설의 중심인물이자 '나'의 글쓰기를 이끄는 은유적 장치로 기능하면서 해석의 용적을 넓히고 있다. 소설에 삽입

된 노래 가사, 시 등이 전체적으로 잘 어울려 편안하면서도 어딘가 신비감마저 드는 분위기를 창출하였다. 안정된 문체와 단어의 활용은 한국어 문장의 품위를 돋보이게 한다는 찬사를 받기도 했다. 보편적인 공감을 얻을 수 있는 작품이라는 확신을 주었고, 동시에 그러한 완미함이 지금 여기 한국문학의 현장성을 대표할 수 있는가에 대해서는 머뭇거리게 하였다. 이미상의 「옮겨붙은 소망」은 작가의 다른 소설들처럼 개성이 확실하였고, 따라서 논의가 거듭될수록 작품의 강점에 매료되었던 작품이다. 소설의 특성상 사건의 실체를 완전히 파악하거나 그것을 요약하는 일은 어쩌면 큰 의미가 없지만, 개략적으로 말하자면 남편을 잃은 n&n's가 그와 함께 여생을 살려고 했던 돈을 빈티지 주얼리에 탕진하고, 주얼리를 '나'에게 유산으로 남김으로써 '소망'이 '옮겨붙는' 이야기다. 소설에서 빈티지 주얼리의 가치는 그것에 담겨 있는 여성들의 역사와 사연을 통해 측정되지만, 막상 인물들은 주얼리를 한 번도 사용하지 않는다. 주얼리는 사고파는 교환 체계에서 가치가 발생하고, 그것이 '나'에게 '소망'이 되기 위해서는 역시 되팔려야만 한다. 그러나 '나'와 n&n's가 거대한 교환 체계 속에 붙들려 있다고 해도, '소망'은 '증여'되는 방식으로, 다시 말해 '옮겨붙는' 방식으로 n&n's에서 '나'에게로 전해진다. 마이너리티가 피동성을 가진 채 지배 체제의 틈에서, 혹은 그것을 교란하며 살아남는 방식은 소설 전반을 장악하고 있는 유머러스하고 시니컬한 분위기에 반해 진지한 해석을 요청하고 있다. 그러나 민감한 사안인 이동권, 애도, 시민

저항 등의 문제가 소설 특유의 분위기 속에서 너무 가볍게만 다루어지고 있다는 점이 한계로 지적되었다.

마지막으로 대상 수상작인 이희주의 「사과와 링고」는 흔히 '살림 밑천'이라 불리며 가정경제의 부담이 일방적으로 부가되는 K-장녀 사라와 타고난 외모에 의지해 변변한 직업도 경제관념도 없는 동생 사야를 통해 자매의 애증과 불화를 그린다. 소설은 '여성'이라는 단일한 이름으로 묶일 수 없는 자매의 갈등을 포착하고, 그들의 욕망과 허영을 거침없이 드러낸다. 언니 사라가 초점화자로 설정되어 동생에 대한 비판적 시각이 소설 전반을 장악하고 있지만, 그 '비판적 시각'이 오히려 적극적으로 동생의 여성성을 환금(換金)하려는 것이기에 소설은 진부함에 빠지지 않는다. 특히 소설의 마지막에 동생 사야의 시선이 슬쩍 제시되면서 언니 사라 역시 '(취향의) 사치'를 갈구하고 있었음이 분명해지고, 이로써 사라와 사야는 하나의 기의를 지칭하는 '사과와 링고(りんご, 사과)'처럼 서로 거울상임이 확인된다. 문장이 다소 거칠고, 고양이를 죽이는 결말이 갑작스러운 파국이라는 비판도 있었지만, 「사과와 링고」는 이러한 돌출부마저 날것 그대로의 매력으로 읽히게 하는 파괴력이 있는 소설이었다. 이에 「사과와 링고」를 대상작으로 선정하였다.

수상하신 모든 작가들께 다정한 응원과 기대의 마음을 보내며, 대상을 수상하신 이희주 작가에게 특별한 축하의 인사를 전한다. 여섯 편의 소설이 많은 독자들을 만날 수 있길, 독자들의 삶에 위로와 활기가 되어주길 진심으로 기원한다.

제26회 이효석문학상 심사위원회
강영숙, 김미정, 심진경, 윤고은, 이지은
(심사위원 이지은 대표 집필)

이 효 석
작 가 연 보
1907. 2. 23 ~ 1942. 5. 25

- 1907년 2월 23일, 강원도 평창군 진부면 하진부리에서 부친 이시후
李始厚와 모친 강홍경康洪卿의 1남 3녀 중 장남으로 출생. 전주 이씨 안
원대군의 후손인 부친은 한성사범학교 출신으로 교육계 사관仕官으로
봉직하였음. 아호는 가산可山, 필명으로 아세아亞細亞, 효석曉晳, 문성
文星 등을 쓰기도 함.

- 1910년(3세) 서울에서 교편을 잡고 있던 부친을 따라 서울로 이주.

- 1912년(5세) 가족과 함께 평창으로 다시 내려왔으며, 사숙私塾에서 한
학을 수학修學.

- 1914년(7세) 평창공립보통학교 입학.

- 1920년(13세) 평창공립보통학교 졸업. 경성제일고등보통학교(현재의

경기고등학교) 입학.

• **1925년(18세)** 경성제일고등보통학교 졸업(제21회). 경성제국대학京城帝國大學(현재의 서울대학교) 예과 입학. 예과 조선인 학생회 기관지인 『문우文友』간행에 참가. 매일신보每日申報 신춘문예에 시「봄」입선. 유진오俞鎭午, 이희승李熙昇, 이재학李在鶴 등과 사귀며『문우』와 예과 학생지인『청량淸凉』에 콩트「여인旅人」발표.

• **1926년(19세)**「겨울시장」「거머리 같은 마음」등 수 편의 시를『청량』에 발표. 콩트「가로街路의 요술사妖術師」「노인의 죽음」「달의 파란 웃음」「홍소哄笑」등을 매일신보에 발표.

• **1927년(20세)** 예과 수료 후 경성제대 법문학부 영어영문학과 편입. 시「님이여 들로」「빨간 꽃」「6월의 아침」, 단편「주리면⋯⋯—어떤 생활의 단편—」, 제럴드 워코니시의「밀항자」번역판을『현대평론』에 발표.

• **1928년(21세)** 경성제대 재학 중 단편「도시都市와 유령幽靈」을『조선지광朝鮮之光』에 발표하며 문단의 주목을 받기 시작. 유진오와 함께 동반자작가同伴者作家로 불리게 되었으나 KAPF에 적극적으로 참여하지는 않았음.

• **1929년(22세)** 단편「기우奇遇」를『조선지광』에,「행진곡行進曲」을『조선문예朝鮮文藝』에 발표, 시나리오「화륜火輪」을 중외일보中外日報에 발표.

- 1930년(23세) 경성제대 영어영문학과 졸업. 졸업논문은 「The Plays of John Millington Synge, 1871~1909」. 단편 「마작철학麻雀哲學」 「깨뜨러지는 홍등紅燈」 「북국사신北國私信」 「상륙上陸」 「추억追憶」 발표. 이효석, 안석영安夕影, 서광제徐光霽, 김유영金幽影 등은 조선시나리오작가협회를 결성하여 연작連作 시나리오 「화륜」을 바탕으로 침체의 늪에 빠진 조선 영화계에 활력을 줌.

- 1931년(24세) 시나리오 「출범시대出帆時代」를 동아일보東亞日報에 발표. 단편 「노령근해露領近海」를 『대중공론大衆公論』 6월호에 발표하고, 같은 달 최초 창작집 『노령근해』를 동지사同志社에서 발간. 이 단편집에서 자신의 프롤레타리아 문인적 성향을 보임. 함경북도 경성鏡城 출신의 미술작가 지망생 이경원李敬媛과 결혼.

- 1932년(25세) 장녀 나미奈美 출생. 부인의 고향인 함북 경성으로 이주, 경성농업학교鏡城農業學校에 영어 교사로 취직. 「오리온과 능금林檎」을 『삼천리』에 발표. 이 무렵 이효석은 순수한 자연을 배경으로 한 서정적 경향도 보이기 시작.

- 1933년(26세) 순수문학을 표방하는 문학동인회 구인회九人會를 창립함. 창립회원은 김기림金起林, 김유영, 유치진柳致眞, 이무영李無影, 이종명李鍾鳴, 이태준李泰俊, 이효석, 정지용鄭芝溶, 조용만趙容萬 임. 「약령기弱齡記」 「돈豚」 「수탉」 「가을의 서정抒情」(후에 「독백獨白」으로 개제) 「주리야」 「10월에 피는 능금꽃」 발표.

- 1934년(27세) 「일기日記」「수난受難」발표.

- 1935년(28세) 차녀 유미瑠美 출생.「계절季節」「성수부聖樹賦」발표. 중편「성화聖畵」를 조선일보에 연재.

- 1936년(29세) 평양 숭실전문학교(현재의 숭실대학교) 교수로 부임. 평양시 창전리 48 '푸른집'으로 이사. 대표작「메밀꽃 필 무렵」을 비롯하여,「산」「들」「고사리」「분녀粉女」「석류柘榴」「인간산문」「사냥」「천사와 산문시」등을 발표하며 대표적인 단편소설 작가로서 입지를 굳힘.

- 1937년(30세) 장남 우현禹鉉 출생.「개살구」「거리의 목가牧歌」「성찬聖餐」「낙엽기」「삽화揷話」「인물 있는 가을 풍경風景」「주을의 지협」등을 발표.

- 1938년(31세) 숭실전문학교 폐교에 따라 교수직 퇴임.「장미薔薇 병病들다」「해바라기」「가을과 산양山羊」「막幕」「공상구락부空想俱樂部」「부록附錄」「낙엽을 태우면서」등을 발표.

- 1939년(32세) 평양 대동공업전문학교 교수 취임. 차남 영주煐周 출생. 장편『화분花粉』을 인문사人文社에서, 단편집『해바라기』를 학예사에서,『성화聖畵』를 삼문사에서 발간,「여수旅愁」를 동아일보에 연재.

- 1940년(33세) 부인 이경원과 사별(1940. 2. 22). 3개월 된 영주를 잃음. 장편『창공蒼空』을 총 148회에 걸쳐 매일신보에 연재. 1941년 단행본으로 간행될 때에는『벽공무한碧空無限』으로 개제.「은은한 빛」「녹색

의 탑」 등을 일본어로 발표.

• **1941년(34세)** 『이효석단편선』과 장편 『벽공무한』을 박문서관博文書館에서 출간. 「산협山峽」 「라오콘의 후예後裔」 「봄 의상衣裳」(일본어) 「엉겅퀴의 장」(일본어) 등을 발표. 부인과 차남을 잃은 슬픔과 외로움을 달래며 중국, 만주 하얼빈 등지를 여행.

• **1942년(35세)** 5월 초 결핵성 뇌막염으로 진단을 받고 평양 도립병원에 입원 가료. 언어 불능과 의식불명의 절망적인 상태로 병원에서 퇴원 후, 5월 25일 오전 7시경 자택에서 35세를 일기로 생을 마감. 임종은 부친과 친구 유진오 그리고 지인 왕수복이 함께 지켰음. 유해는 평창군 진부면에 부인 이경원과 합장됨.

• **1943년** 유고 단편 「만보萬甫」를 『춘추春秋』에 게재. 단편선집 『황제皇帝』가 박문서관에서 간행됨. 「향수」 「산정山精」 「여수」 「역사」 「황제」 「일표一票의 공능功能」이 함께 수록되어 발간됨. 5월 25일 서울 소재 부민관에서 가산可山의 1주기 추도식 열림.

• **1945년** 부친 이시후 별세(1882~1945).

• **1959년** 장남 우현에 의해 편집된 『이효석전집李孝石全集』 전 5권 춘조사春潮社에서 발간.

• **1962년** 모친 강홍경 별세(1889~1962).

- 1971년 차녀 유미에 의해『이효석전집』전 5권 성음사省音社에서 재발간.

- 1973년 강원도 영동고속도로 건설로 진부면 논골에 합장되었던 가산 부부 유해를 평창군 용평면 장평리로 이장함.

- 1980년 강원도민의 후원으로 영동고속도로변 태기산 자락에 가산 이효석 문학비 건립.

- 1982년 10월에 열린 문화의 날을 맞아 대한민국 금관문화훈장이 추서됨.

- 1983년 장녀 나미에 의하여『이효석전집』전 8권 창미사創美社에서 발간.

- 1998년 영동고속도로 확장개발공사로 묘소가 경기도 파주시에 소재한 동화경모공원으로 이장됨.

- 1999년 강원도 평창군 주최로 봉평에서 지역민과 함께하는 효석문화제 창시.

- 2000년 「메밀꽃 필 무렵」의 산실인 평창군 봉평에서 지역 주민을 중심으로 한 가산문학선양회와 평창군의 주관으로 "문학의 즐거움을 국민과 함께"라는 염원을 담은 효석문화제가 활성화됨. 이효석문학상 제정. 정부의 재정 지원으로 이효석문학관 건립 추진.

- 2002년 이효석문학관 건립.

- 2011년 제목 미상 「미완未完의 유고遺稿」(미발표 일본어 소설) 장순하 張諄河 번역. 2011년 9월에 발행된 『현대문학』(통권 제681권, 220~224쪽)에 발표.

- 2012년 재단법인 이효석문학재단 설립.

- 2016년 이효석문학재단 주관하에 텍스트 비평을 거친 정본定本 『이효석전집』 전 6권 서울대학교출판문화원에서 발간.

- 2017년 2월 23일 가산 이효석 탄신 110주년 기념식 및 정본 전집 출판 기념회 개최.

- 2019년 이효석문학재단, 강원도 평창군 진부면에 지부 설립.

- 2021년 11월, 강원도 평창군 봉평면 이효석문학관 근처 '효석달빛언덕'에 가산 부부 유택 안장. 12월, 이효석문학재단 지부를 평창군 봉평면 이효석길 157번지로 이전.

이효석문학상 수상작품집 2025

초판 1쇄 발행 2025년 8월 18일

지은이 이희주 김경욱 김남숙 김혜진 이미상 함윤이 손보미
펴낸이 허정도
편집장 박윤희
책임편집 김정은   **디자인** 용석재
마케팅 신대섭 김수연 배태욱 김하은 이영조   **제작** 조화연

펴낸곳 주식회사 교보문고
등록 제406-2008-000090호(2008년 12월 5일)
주소 경기도 파주시 문발로 249 (10881)
전화 대표전화 1544-1900   주문 02)3156-3665   팩스 0502)987-5725

ISBN 979-11-7061-296-4 (03810)

- 이 책의 내용에 대한 재사용은 저작권자와 교보문고의 서면 동의를 받아야만 가능합니다.
- 잘못된 책은 구입하신 곳에서 바꾸어 드립니다
- '북다'는 기존 질서에 얽매임 없이 다양하게 변주된 책을 만드는 종합 출판 브랜드입니다.